本书为国家社会科学基金、教育部人文社会科学研究基金、
浙江省哲学社会科学规划课题的研究成果

由浙江省哲学社会科学重点研究基地浙江工业大学
“浙江学术文化研究中心”资助出版

新故事与当代民间叙事研究

以《故事会》为中心

王　姝◎著

ZHEJIANG UNIVERSITY PRESS
浙江大学出版社

图书在版编目(CIP)数据

新故事与当代民间叙事研究:以《故事会》为中心/王姝著. —杭州:浙江大学出版社,2020.12
(郁文丛刊)
ISBN 978-7-308-18852-4

Ⅰ.①新… Ⅱ.①王… Ⅲ.①故事—文学研究—中国—当代 Ⅳ.①I207.427

中国版本图书馆CIP数据核字(2018)第291988号

新故事与当代民间叙事研究:以《故事会》为中心
王 姝 著

责任编辑 牟琳琳
责任校对 吕倩岚
封面设计 项梦怡
出版发行 浙江大学出版社
(杭州市天目山路148号 邮政编码310007)
(网址:http://www.zjupress.com)
排 版 浙江时代出版服务有限公司
印 刷 杭州良诸印刷有限公司
开 本 880mm×1230mm 1/32
印 张 13.25
字 数 331千
版 印 次 2020年12月第1版 2020年12月第1次印刷
书 号 ISBN 978-7-308-18852-4
定 价 56.00元

浙江大学出版社市场运营中心联系方式 (0571)88925591;http://zjdxcbs.tmall.com

目　录

中编　《故事会》期刊史与新故事演进历程

下编 新故事文本研究

绪　论

第一节　问题的缘起与研究综述

创刊于1963年7月的《故事会》，是中国当代文学史上一个独特的存在。它从不定期地刊载故事员讲故事的脚本，发展成双月刊、月刊，直到今天的半月刊，一直繁荣不衰。1984年到1986年，《故事会》连续三年发行量居全国期刊之首，1985年第2期更是达到了760万册，创造了世界期刊单语种发行的最高纪录。1997年，据世界期刊联盟(FIPP)编辑的《世界期刊概况》统计，《故事会》位列全球发行量第6位。1999年，据《世界期刊概况》介绍，《故事会》在世界综合文化类期刊排行榜中排名第五。1998年以来，《故事会》发行量在全国近1万种期刊中，一直保持前五位；至今仍然保持着每期400万册的发行量，遥遥领先于全国同类期刊[①]。1994年，《故事会》被中央电视台评为“读者最喜

① 文汇报：《保持每期400万发行量　〈故事会〉为啥红这么久?》，2011年12月16日，http://www.chinanews.com/cul/2011/12-16/3537619.shtml，2020年11月14日。

爱的全国十大杂志”之一。到 2011 年 12 月,《故事会》总计发行了 500 期,共刊载了 3 万多篇故事,总印数超过 14 亿册。2015 年 1 月,由中国新闻出版研究院和龙源数字传媒集团主办的“全民数字阅读论坛及 TOP100 排行发布会”发布了“2005—2014 数字阅读影响力期刊”,《故事会》在 2005—2014 年十年间连续上榜国内海外双栖期刊前十位排行榜①。相较于纯文学刊物发行量日益萎缩、阅读面越来越窄的现状,《故事会》的长盛不衰是一个值得深思的现象,可以成为我们重审当下文学格局的一个切入口。

铸就了半个世纪辉煌的《故事会》,被称为“中国期刊出版的神话”。很多研究者纷纷从《故事会》期刊史、办刊的成功经验(如办刊定位、办刊理念、编辑思想、栏目设置、新故事写作、品牌经营)以及存在的问题等方面进行了深入的研究。

首先是《故事会》期刊史研究,这是研究的重点所在,大部分研究兼具史实梳理与学理考辨。不少学者关注《故事会》期刊的创刊过程,讨论它在不同文化政策下如何调整自己的步伐,如何适应改革开放后文化市场的变化,如何培育自己的作者队伍等问题。沈国凡、贾娅莉、李云分别从不同的角度,对《故事会》期刊的发展历程做了解析。沈国凡《解读〈故事会〉》将《故事会》定位为大众通俗期刊,并以文学的手法详述了《故事会》期刊的发展历史:从 1963 年创刊,到“文革”期间停刊、再到“文革”结束后复刊曲折徘徊的发展历程。他介绍了《故事会》如何适应国家文化政策进行调整,阐释了《故事会》辉煌成绩背后与时俱进的办

① 上海市新闻出版局:《全民数字阅读 TOP100 排行发布》,2015 年 2 月 16 日,http://cbj.sh.gov.cn/cms/realPathDispather.jsp?resId=CMS0000000004169979,2020 年 11 月 14 日。

刊理念，以及“眼睛向下，情趣向上”的办刊宗旨。《解读〈故事会〉》还详细介绍了编辑部办刊、发刊的故事，作者们创作、故事员们采集故事，读者与《故事会》的故事等。这些生动感人的故事可以体现出《故事会》刊物的特点与个性。严格来说，沈著并非学术著作，而是一部文学性的期刊史，它为《故事会》期刊立传，抓住了它发展历史上的几个关键节点：包括理论论争与实践转型，刊物的宗旨与理念的形成，反而以文学直觉的方式击中了《故事会》“对一个时代文化的价值”[①]。贾娅莉的《〈故事会〉杂志(1963—2005)研究》则采用文化研究的视角和方法，从宏观和微观的角度，对不同时期《故事会》的阶段性特征进行研究。她将《故事会》分为1963—1966年、“文化大革命”时期和改革开放时期三个阶段。对于第一阶段的《故事会》，研究国家政治话语与民间文学的复杂关系，导致“革命故事”复杂多元的特质。第二阶段的研究主要探讨《革命故事会》在主题、题材、人物塑造和艺术表现手法上的特点，认为这一阶段的《革命故事会》无论从题材的选择、人物的塑造还是情节的安排上，都无条件服从“无产阶级专政下继续革命”的主题，表现出文学对政治绝对臣服的特质。第三阶段则讨论市场转型下《故事会》呈现出的与前两个阶段完全不同的特征。这一时期的《故事会》摆脱了政治的附庸地位，迎来了发展的春天。但“市场化”原则有时也带来“恶俗化”的趋向[②]。李云则截取了《故事会》几个重要发展阶段进行专门研究。《〈故事会〉前史(1963—1966)与社会主义教育运动》细析

---

① 沈国凡：《解读〈故事会〉——一本期刊的神话》，上海社会科学院出版社2003年版，第378页。

② 贾娅莉：《〈故事会〉杂志(1963—2005)研究》，首都师范大学2008年硕士学位论文。

了《故事会》创刊与20世纪60年代社会主义教育运动之间的直接联系[①]，《从群众文艺到通俗文艺——〈故事会〉(1979—1986)在新时期的转型兼及"80年代通俗文学热"》则研究20世纪80年代《故事会》从"群众文艺"到"通俗文学"的演化过程，认为"'群众文艺'不断地去除自身携带的政治意识形态转而面向市场经济和随之而来的消费群众释放回归被压抑的娱乐潜能，最终耗尽了这个概念本来所承载的内涵，而在悄然之间过渡为依附于另一种意识形态的'通俗文学'并与港台、域外通俗文学相互融合激荡汇成一股在80年代绵延数年的'通俗文学热'"[②]。

更多的研究则是对《故事会》办刊成功经验的总结。

1. 关于《故事会》刊物的定位。何承伟、丁永勋分析《故事会》的作用，刘守华、张英铎则讨论《故事会》的文学体裁，都认为《故事会》是针对广大人民群众出版的通俗故事期刊，发表的是贴近老百姓的日常生活，雅俗共赏、寓教于乐的新故事。何承伟认为新时期以来，《故事会》摆脱"左"的影响，找到了这本刊物在整个现实社会中的位置。"《故事会》是一本专门发表故事这一口头文学作品的通俗性的刊物"，它的读者对象是多方面的，不仅是故事员，不仅是农村读者，"它的努力目标，是要设法深入到千千万万个家庭中去，为人们茶余饭后互相交谈提供各种各样生动有趣的口头文学作品。在潜移默化的过程中，为建设社会主义的精神文明发挥它的作用"[③]。丁永勋在《〈故事会〉品牌成

---

① 李云：《〈故事会〉前史(1963—1966)与社会主义教育运动》，《上海文化》2009年第2期。

② 李云：《从群众文艺到通俗文艺——〈故事会〉(1979—1986)在新时期的转型兼及"80年代通俗文学热"》，《中国图书评论》2009年第12期。

③ 何承伟：《在实践中探索办好〈故事会〉的路子》，《编辑学刊》1987年第1期。

功经验、存在问题及品牌升级之路》中也从三个角度对《故事会》做了定位:从雅俗文学的角度看,《故事会》是通俗故事读物,传播的是有品位、有教益的故事作品,因而不是低俗的刊物;从读者的角度看,《故事会》不仅解决了广大农民的娱乐文化需求,同时也满足了学者、教师、学生等不同层次读者的兴趣和要求,具有庞大的读者群;从《故事会》内容来看,它拒绝庸俗,内容涉及古代悠久灿烂的文化、传说,发生在老百姓身边的故事,歌颂社会正义、人间真情,鞭挞讽刺不良现象,能与读者产生共鸣,是一本大众文学期刊①。

刘守华和张英铎从文学体裁的角度来定位《故事会》,认为《故事会》是一本成功的新故事期刊。刘守华指出,“上海文艺出版社主办的《故事会》,是新故事的主要园地和窗口”,“以发表取材于现实生活的新故事为主,也选载少量的优秀传统故事,还发表由国内外文学、影视名著改编的文学故事。它以大力倡导富有鲜明时代特色与民族风格,既生动有趣多姿多彩,又寓意健康雅俗共赏的故事文学,受到广大读者的欢迎和文化界的好评”②。张英铎认为新故事是“介于严肃文学和通俗文学之间的案头文学。它符合中国广大群众的传统审美观念,又适合了时代快节奏的,短、奇、趣的需要”③。不同于其他研究者对《故事会》通俗期刊的定位,刘守华、张英铎抓住《故事会》发表的独特体裁——“新故事”,将期刊定位于故事类期刊,并对新故事进行了一定的理论阐述。

---

① 丁永勋:《〈故事会〉品牌成功经验、存在问题及品牌升级之路》,《编辑之友》2003 年第 1 期。

② 刘守华:《中国民间故事史》,商务印书馆 2012 年版,第 648—649 页。

③ 张英铎:《新故事史略》,《信阳师范学院学报》1995 年第 4 期。

2.《故事会》的办刊理念与宗旨。一部分学者针对《故事会》主编何承伟提出的办刊理念“眼睛向下，情趣向上”展开论述。石峰指出“眼睛向下”就是要文化工作者深入实际、了解群众，“还故事于民”；“情趣向上”就要明确办刊的宗旨，把高尚的、最好的精神粮食奉献给人民，把刊物做成读者的精神家园，呵护读者心灵的圣地[①]。杨振武阐释“眼睛向下，情趣向上”的办刊理念：“精心挑选那些适合口头传播、构思精巧的故事，以读者喜闻乐见的手法，讲述：什么是对的，什么是错的；什么是应该提倡的，什么是必须反对的”，用“大量贴近生活、贴近群众、贴近实际的小故事，在读者中口耳相传”，“歌颂真善美，鞭挞假恶丑，弘扬爱国敬业、公正守法、诚信友善、勤劳节俭等中华传统美德”[②]。赵畅认为《故事会》的办刊宗旨是：“坚持‘把每期都当作创刊号来办’”，“始终把读者利益和需要放在第一位”。“眼睛向下”是“迎着百姓的方向”，“就是写百姓关注的人，说百姓爱听的话，讲百姓爱看的事”；“品位向上”意味着“提供积极健康的文化产品，传递正确的价值观念，渲染高尚的道德情操，提供健康的审美享受”[③]。沈国凡从个人本体的角度去解读故事会的办刊宗旨，认为《故事会》是打动读者、感化读者，引导读者人生态度的，“《故事会》编辑们在自己多年的办刊中，逐步地对这本刊物的内容进行了固定，那就是将传统与现实进行了熔铸，每篇故事都围绕着一个中心主题——讲做人的基本道理”[④]。这个办刊宗旨是不能

---

① 石峰：《如歌的故事》，《编辑之友》2003年第6期。

② 杨振武：《坚持主流价值取向 打造大众文化精品——在〈故事会〉500期出版座谈会上的讲话》，《编辑学刊》2012年第1期。

③ 赵畅：《“把每期都当创刊号办”》，《新闻实践》2004年第8期。

④ 沈国凡：《解读〈故事会〉——一本期刊的神话》，上海社会科学院出版社2003年版，第206页。

突破的。

3.《故事会》的编辑思想与办刊方针。《故事会》成功的主要原因是在正确的办刊理念下，坚持自己独特的办刊方针。一部分学者认为《故事会》在内容上坚持“三贴近”的原则，在艺术形式上进行不断的创新，从而保持鲜明的个性特色。同时还要有一群与时俱进、具有团队合作精神的编辑队伍和作者。何承伟总结《故事会》的成功之路，说：“她始终讲述的是老百姓喜爱的故事，始终坚守自己的办刊方针，走市场化道路，不断开拓空间，强化创新意识、精品意识，以及品牌意识。”[①]冯杰认为，《故事会》“在改革开放之初就能够承风气之先，把握时机，及时调整杂志的办刊方针，还‘故事’以其民间本色，强调故事的‘新、奇、巧、趣’，突出的是‘人无我有’”，从而“发表了一大批读者喜闻乐见的、具有时代气息的新故事作品”[②]。在办刊方法上，他也强调了创新意识的重要性，要不断关注读者的变化，栏目常办常新。严格的审稿流程保证了刊物的高质量。有组织、有计划地培养作者队伍，开设作者培训班。

另一部分学者强调编辑与作者的团队合作办刊。邢越在《“故事”的头脑风暴》一文中指出，“‘合作式’的加工工作贯穿于整个编辑加工的始终，成为最重要的组成部分”[③]。《故事会》采用“头脑风暴”的方法，通过笔会谈构思，以作者沙龙和网络小组的形式来进行集体构思，由编辑引导作品讨论，向贴近刊物风格的方向发展，为作者下一步的构思和创作指明方向。不仅作者

---

① 何承伟：《〈故事会〉：跨世纪的品牌战略》，《出版发行研究》2000 年第 7 期。

② 冯杰：《历久弥新的四大秘笈——〈故事会〉品牌建设之回顾》，《编辑学刊》2010 年第 5 期。

③ 邢越：《“故事”的头脑风暴》，《编辑学刊》2009 年第 2 期。

与作者之间有加工合作，编辑与编辑之间在稿件加工中也有合作关系。《故事会》除了三审制外，还有专家参与集体讨论，编辑和专家对作品逐一讨论，通过这样的精编严审，才可以发刊。这种广泛合作的办刊方法，不仅加强了作者、编辑之间的交流沟通，集思广益，也提高了刊物质量。

4.《故事会》的栏目设置。《故事会》不断关注读者的阅读习惯和阅读兴趣的变化，对栏目不断进行调整和创新，使栏目具有鲜明的个性和时代特色。一部分学者认为《故事会》的栏目体现出时代性、丰富性和创造性三个特点。沈国凡对《故事会》的栏目设置做了具体阐述："在二十世纪八十年代初期，《故事会》就在原有栏目的基础上进行了适应时代的调整，对一些不太适合当时人们思想和精神需求的栏目进行了改变，增加和增设了一些新的栏目，开设了'新故事'、'生活故事'、'外国民间故事'、'中外文人故事'、'机智人物故事'、'风物传说'、'土特产传说'、'风俗故事'、'动物故事'、'谜语故事'、'外国童话'、'寓言'等，这适应了刚刚粉碎'四人帮'不久，人们多年以来对于民族文化知识的渴求。"[①]可见，《故事会》在栏目设置上具有创新精神，能够站在时代变化的前沿，及时进行调整和创新。

夏一鸣认为故事会的栏目设置包含着编辑们的意图设计，在讲故事的基础上融合鲜活的时代特色，针对不同的读者层设置形式多样的栏目，"设置的栏目尽管为数众多，包罗万象，但却有明确的向度。他们把故事根据信息量裁分成微型故事、短篇故事、中篇故事三大系列，长短咸宜，容量适中。微型故事是指

① 沈国凡：《解读〈故事会〉——一本期刊的神话》，上海社会科学院出版社 2003 年版，第 333 页。

笑话与幽默世界一类。笑话三言两语，嬉笑怒骂，皆成文章。现在有许多通俗读本中都有笑话、幽默一类的补白，恐怕与《故事会》的首倡不无关系。而幽默世界可以说是有故事，有情节的笑话，一般都有一两个包袱裹挟其中。短篇故事，即是指新故事，都市新传说以及搜集整理的传统故事等。其中新故事代表了《故事会》的量级，是‘纯文学’与‘俗文学’分野的一块界碑。中篇故事主要是为了投合读者审美情趣而设置的。因为人们的精神文化生活需要更多信息量的投入，情感世界、意志世界也需要更多可提供回忆的时空，所以编辑们特地开辟了‘中篇故事’一栏，供人们讲读，欣赏、传承甚至采编”。栏目的设置和调整也是有艺术的，“栏目的相对稳定性，可以保证稿源相对的集中，而新栏目的适时推出，又使得《故事会》清泉活水，充满旺盛的生命力”①。姚自豪在《从“百姓话题”栏目谈刊物的特色竞争》一文中指出，1978 年到 1996 年《故事会》栏目变化不大，尽管已有的栏目是精心策划而来，“这种‘策划’最根本的是特色策划，即个性的体现、特征的表露。比如，《故事会》‘点击网络故事’的栏目体现了故事这一传统传播方式和网络这一崭新传播渠道的融合，‘东方夜谈’体现了现实性和荒诞性的结合，‘民间故事金库’、‘传闻遗事’是对‘故事’这种源自于民间文学的古老传播方式的‘追本溯源’，‘16 岁故事’是专为青少年学生开启的一个维系校园生活的窗口，‘外国文学故事鉴赏’是为大众型读者精心准备的、介绍国外经典文学作品的一个平台”②。但“久盛必衰”，必然会被社会所淘汰。应时代需求，《故事会》于 1996 年 9 月推出了

① 夏一鸣：《〈故事会〉与接受美学》，《中国图书评论》1991 年第 2 期。

② 姚自豪：《从“百姓话题”栏目谈刊物的特色竞争》，《编辑学刊》2008 年第 3 期。

新栏目“百姓话题”,该栏目最大的特色就是题材的社会性、形式的创造性、表述的简明性以及内容的可读性。“百姓话题”这一特色栏目一经面世就立即赢得了同类期刊的关注和广大读者好评。姚自豪认为,只有不断进行栏目的调整和创新,才会使刊物在特色竞争中取得成功。

5.《故事会》的新故事写作。《故事会》能够深入人心很大程度上取决于它所刊载的大量脍炙人口的新故事。“《故事会》在继承传统故事艺术的基础上,进一步发展了口头文学,刊发的故事强调通过情节塑造人物,提炼主题;易讲、易记、易传;而其主要特点是反映现实生活内容的新故事,题材广阔,如社会问题、社会改革、伦理道德、男女爱情、法制教育、案例侦破、讽刺趣事、名人传说等等,作品有能给人以启迪、思索、回味的社会内涵,又有较厚的故事性和新奇曲折、风趣动情的情节,通过情节塑造的人物形象更是显明清晰;语言清新,通俗上口。”①《故事会》杂志主编何承伟在访谈中也曾强调《故事会》的生命力来自当代新故事的创作,他认为当代的新故事创作要与时俱进,不仅在采稿上要创新途径、扩大范围,在故事的创作上也要与时俱进,“能随着时代的发展和读者的新要求,提出与之相适应的东西来”,“在求变的同时,也要看到期刊还有不变的一面”。期刊的总体编辑构思和表述方式不能变,否则会损害期刊的品牌形象。他提出要“把我们的作品变成你心中的故事”,新故事在内容上是“劝人方”,教导人们做人的道理,在形式上是旧主题融合新时代的情节,总体可以归纳概括为“内容健康向上,节奏清新明快,风格简洁凝练,生动活泼,亦庄亦谐,易认易传”。《故事会》三个历史阶

① 沈阳:《〈故事会〉一个小型大刊物》,《新闻记者》1988第12期。

段的发展离不开新故事创作的推动，“党的十一届三中全会以后，我们连续刊载了一大批社会流传故事，如《蔷薇花案件》和《恐怖的脚步声》等，把口传作品变成了书面作品；其后，又举办了第一届故事刊授培训班和故事理论培训班，在全国培养和扶植了许多故事作者，其中又有不少书面作品，返回到民间，成为人们茶余饭后的谈资。90 年代以后，开辟‘当代写实故事’，要求故事反映现实，反映生活，反映老百姓的喜怒哀乐，也得到了广大读者的欢迎”①。方英在《当前故事创作的流弊与对策》一文中指出：“优秀的新故事应该植根于现实生活，反映人民群众的喜怒哀乐，具有现实感和质朴感，能够经得起时间的推敲，能够反映一个时代的思想、风俗面貌。在这方面，《故事会》上刊登的阿 P 故事系列是比较成功的。”方英认为阿 P 故事取材于日常生活中的凡人小事，题材广泛多样，阿 P 性格鲜明而又有现实基础，他的身份可以是我们生活中的任何一个，就好像生活在我们身边。这个艺术形象是“顺应了时代潮流，反映了时代精神的，因而具有强烈的生命力，传得开，流得广”②。关于新故事文本如何写作的问题，魏敏在《新故事切入艺术谈》中提倡创作新故事的三个要点：“前切点贴近‘故事核’”、“集中笔墨挖‘核心’”、“后切点开核端底现”，并紧扣这三点详细分析了《故事会》刊载的一则故事《捆绑也成夫妻》。“这篇作品的‘故事核’很简单，就是一个解放军战士把父母给他买的媳妇送回了姑娘的家乡。崔陟在创作这篇故事时，没有用过多的笔墨来介绍计玉山的家境，以及父母给计玉山买媳妇的前后经过，而把前切点紧紧贴近‘故事核’，

① 李晓晔：《〈故事会〉：大理论撑起“小”刊物——访〈故事会〉杂志主编何承伟》，《传媒》2002 年第 10 期。

② 方英：《当前新故事创作的流弊与对策》，《中山大学学报论丛》1998 年第 1 期。

使开头很快进入情节。故事结尾也很简洁，没有赘述，没有添足。作者把大量的笔墨集中在对'故事核'的挖掘上，通过洞房主动被缚、刀切伤口以血瞒娘，千里颠簸送姑娘等细节，使计玉山这个解放军战士的形象塑造得以圆满完成。由于'故事核'部分的精致细密，使计玉山赢得翠华的爱情入情入理，结尾大团圆的结局便是水到渠成。"[①]对故事核的深刻挖掘，使作品产生了强烈的艺术感染力，让故事深入人心。《捆绑也成夫妻》在《故事会》评奖中名列榜首，也获得1992年度中国新故事学会最佳故事奖。

6.《故事会》的品牌建设。《故事会》的品牌建设不仅要保证刊物质量，还要适应时代的发展，利用新媒体和数字技术，走立体化、多元化的发展道路。何承伟指出，"品牌管理是一种更高层次的管理"[②]，《故事会》的品牌形成之后，最重要的是赋予品牌一种连续性和发展性。进入新世纪以后，走立体化发展之路，利用《故事会》的品牌效应，大力开发故事资源，推出数十套系列丛书，还推出了大型历史百科全书《话说中国》，取得了很好的社会反响。《故事会》还积极探索跨媒体形式，将故事作品改编成音像、影视作品，扩展它的发展空间。冯杰在《历久弥新的四大秘籍——〈故事会〉品牌建设之回顾》中更全面地分析了《故事会》的品牌建设经验，他提出，"《故事会》之所以能够历久弥新，辉煌再铸，我们认为主要因为坚持意识主导"，即以下四个意识："得益于使命意识"即把握时机，调整办刊方针；"得益于经营意识"即设置分印点，广告经营；"得益于精品意识"即创新栏目，培养

① 魏敏：《新故事切入艺术谈》，《民间文学论坛》1997年第4期。

② 李晓晔：《〈故事会〉：大理论撑起"小"刊物——访〈故事会〉杂志主编何承伟》，《传媒》2002年第10期。

作者队伍;“得益于忧患意识”即利用新媒体,主动调整新的发展模式[①]。他还在《大众期刊如何应对个性化阅读需求的变化——以〈故事会〉为例》一文中,对利用新媒体走立体化办刊道路做了详细的阐述。他认为数字技术的迅猛发展,催生出蓬勃发展的新媒体,改变了人们的阅读习惯和阅读方式。传统期刊无法提供个性化的阅读需求,应该走期刊与新媒体合作的道路,使期刊内容数字化。《故事会》在 2006 年成立上海故事会文化传媒有限公司,“是一家以期刊、图书和新媒体三位一体协调发展的大众出版公司”,由此“打造一个市场化的故事网站,进而发展成为一个新媒体经营平台”,而“《故事会》杂志在新媒体领域的探索和发展,丝毫没有削弱《故事会》品牌的影响力,也没有造成对《故事会》读者市场的冲击。相反,传统内容和新媒体形式上的相互影响、相互作用,使得《故事会》的产品线得到了延长,品牌内涵得到了充实”[②]。李欣认为《故事会》成功地“以主体产品为核心,打造具有文化制高点的多元化内容产业链”,通过“书刊互动”,“图书源于母体又高于母体,图书出版极大提升了杂志的品牌价值和影响力”,《故事会》杂志社推出《话说中国》《故事会精品书系》《故事会 5 元精品》等图书,后来又有《旅游天地》《秀》《金色年代》等期刊的加盟,书刊互动,优势互补,极大提升了《故事会》的品牌价值和影响力;走立体化发展模式,选择“符合自身内容特点”,“具有现实的盈利模式和发展前景”的项目,如“故事中国网”网站建设;与国内的移动通信运营商合作,推出《故事

---

① 冯杰:《历久弥新的四大秘籍——〈故事会〉品牌建设之回顾》,《编辑学刊》2010 第 5 期。

② 冯杰:《大众期刊如何应对个性化阅读需求的变化——以〈故事会〉为例》,《传媒》2011 年第 2 期。

会》手机版；与播客、电视台合作，推出《故事会》语音节目；与网络平台合作，推出电子书、电子杂志等等[①]。

7. 对《故事会》期刊存在问题的研究。一些学者认为《故事会》存在的问题主要如下：一是有些故事的内容比较滞后；二是它的体制不活；三是它在内容上无法满足个性化的需求；四是它的封面艺术不协调。丁永勋指出《故事会》存在的问题“首先是根本上的体制问题，《故事会》在所有权性质上属于社办期刊，还要用期刊的利润来支撑其他品种图书的出版。在决策和开拓品牌上缺乏足够的自主权，机制不活，也影响了编辑人员的积极性，很难留住年轻有活力的人才。目前，《故事会》还在靠 20 多年前复刊时候的‘老人’在维持，缺乏激励机制和灵活的用人机制，就会使刊物失去新鲜的血液”。《故事会》的读者对象是多层次的，读者对刊物的需求呈现多样化、小众化的趋势，《故事会》无法满足大部分读者多样化的需要。“刊物的内容上也有许多脱离现实生活的东西”，比如“当代写实故事”描写的内容还停留在“生产队”的时候，宣传不合时宜的思想，没有关注当今社会的热点。刊物的封面多采用外国人物和风景，“与刊物的书法题名和整体的民族特色不协调”[②]。徐国升也指出了《故事会》时光停止的问题：“一是在内容方面”，“有些内容和观念之陈旧，则给人老掉牙的感觉”；二是“经营体制‘永不变色’”[③]。

面对《故事会》“体制不活”“内容脱离实际”“封面不协调”等

---

① 李欣：《打造多元化的故事文化产业链》，《编辑学刊》2011 第 5 期。

② 丁永勋：《〈故事会〉品牌的成功经验、存在问题及品牌升级之路》，《编辑之友》2003 年第 1 期。

③ 徐升国：《名刊的“软肋”——给〈故事会〉、〈女友〉、〈读者〉挑刺》，《出版参考》2001 年第 8 期。

问题，丁永勋给出了建议：首先，“改革的方向应该是《故事会》从出版社剥离出来，独立经营，进行产业改造，实行股份制等资本重组，扩大期刊规模，建立现代企业制度”[①]。其次，《故事会》应该根据实际情况，对市场进行细分，开发新的发展方向，学习《知音》，针对不同群体，在原有刊物的基础上开发新的刊物。再次，作者们应该更多地关注社会热点，发掘现实生活中有价值、有意义、有真情的故事。最后，封面可以采用具有中国民间特色的，又切合刊物内容的素材。针对《故事会》存在的问题，习诏在《全国故事类期刊现状》中指出，“以《故事会》为首的一些刊社，抓住时机，积极进行了作者队伍的更新工作。《故事会》每年投入相当大的财力、人力，狠抓了作者观念更新和创作手法更新的工作”，“注重与当代先进媒体的结合”，积极主动地把故事与广播电视相结合，扩展它的影响面与覆盖面等[②]。

纵观《故事会》期刊的研究，学者们主要从该刊的期刊史、期刊定位、办刊理念和宗旨、编辑思想与办刊方法、品牌建设、期刊问题和对策等六大方面进行研究和探讨。由于《故事会》刊物较之国内其他期刊取得的巨大成功，相当多的研究都试图总结《故事会》办刊的成功经验，而没有将《故事会》期刊发展史放在百年民间文学学术史的视野中，总结其产生的渊源和特殊的地位。因而，对于与《故事会》刊物密切相关的新故事写作，也就仅仅停留在写作技巧的总结与训练上，未能对新故事的文体特征、类型演变及其作为当代民间文学的价值与意义加以揭示，对于《故事会》与新故事的研究还有值得发掘的较大空间。

---

① 丁永勋：《〈故事会〉品牌的成功经验、存在问题及品牌升级之路》，《编辑之友》2003 年第 1 期。

② 习诏：《全国故事类期刊现状》，《传媒》2004 年第 9 期。

第二节　选题意义与研究框架

对于《故事会》和其所开创的新故事文体，以及与之相联系的新故事学科而言，相关的争议自其产生之日起就一直未曾停歇。《故事会》在1963年的创刊与20世纪60年代新民歌、新故事运动密不可分，在当时就引发了关于社会主义民间文学范围界限的大讨论①。新时期以来，复刊后的《故事会》提出"还故事于民"的主张，恢复其民间故事的身份；但刊物的实际需要、新故事的创作实践又很快推着理论走，20世纪80年代以来的新故事研究热点集中于新故事创作理论，如蒋成瑀、王国全等。由于新故事较之传统民间故事确乎显现了不同的面貌，学者们在新故事的书面化传播特质面前开始变得态度游移，一方面认为，"文学系统最突出的特征就是语言，文学语言的创作，来源于说话的口语，现在是用笔来写成本子，这是语言的发展，或者说是语言的第二性，是由口语转化成文字。写故事实际是用笔头说故事"②。新故事"在原有口头传播的渠道之外，又开辟了一条书面流传的渠道"③。商鹏荣指出新故事的"话本性"④，金洪汉提出，

---

① 20世纪60年代初期，连续召开两次会议讨论关于"社会主义时期民间文学范围界限问题"，周扬提出了"合流论"；姜彬认为群众从口头创作到书面创作是社会主义时期的特点；吴开晋、以群、刘守华等则提出了新故事与传统民间文学之间继承与发展的辩证关系。

② 乌丙安：《论新故事系统》，辽宁省新故事学会、故事报社编，《辽宁新故事论集》（内部刊物），1988年，第4页。

③ 金洪汉：《新故事对民间故事的继承和发展》，辽宁省新故事学会、故事报社编，《辽宁新故事论集》（内部刊物），1988年，第67页。

④ 商鹏荣：《试论新故事与话本小说的相同特征》，商鹏蓉、余强主编：《新故事研究文集》，华岳文艺出版社1987年版，第27页。

"新故事不仅同样具有可读性,同时它还具有可讲性,既能读又能讲,比通俗小说多了一条口耳相传的流传渠道"[①],试图解释民间文学的书面化问题。另一方面,也有学者意识到书面流传之于新故事民间文学属性的冲击,"现在的新故事,已经远远超过了研究者讨论的界限,它面对着各种各样的可能性,在自由地发展。可能之一,就是'文革'以后的新故事,都是写出来供人阅读的大众读物,或者说是在这样发展着。这使我预感到,一种新的故事文学将要到来"[②]。

尽管刊物主编何承伟始终强调:"新故事是指当代产生的反映现实生活的故事作品。从创作方式上来看,包括个人创作的适合口耳相传的故事和沿用传统民间故事创作方式形成的新的民间传说故事这两部分。新故事是在传统民间故事基础上发展起来的新时期的民间口头文学。"[③]但越来越多的人认为新故事已与民间故事愈行愈远,不再承认它的民间文学属性,而是或将它归入通俗文学、大众文学,与小说、微型小说等混同;或在承认它口头性的基础上提出故事文学的独立性,认为新故事是新出现的独立的艺术品种。有的干脆将之一分为二,认为"新故事的构成及其形式,都具有复杂多样的特点。总的来说,它属于通俗叙事文学的范围,能够称作新民间故事的只是其中的一部分"[④]。

---

① 金洪汉:《新故事在通俗文学中的地位与作用》,《古今中外故事论》,香港新世纪出版社 1993 年版,第 98 页。

② [日]加藤千代:《中国现代的新故事——"民间"的创作空间》,贾海一、郭安平等译,辽宁省新故事学会、故事报社编,《辽宁新故事论集》(内部刊物),1988 年,第 217 页。

③ 何承伟:《故事基本理论及其写作技巧》,大众文艺出版社 1993 年版,第 22 页。

④ 刘守华:《中国民间故事史》,湖北教育出版社 1999 年版,第 795 页。

1983年，何承伟发表《应该明确新故事的属性》，明确提出"新故事是社会主义时期的民间文学"，他认为："社会主义民间文学主要是口头语言艺术，它靠口头语言进行传播，以起到它的社会效果；而书面文学主要靠书面语言进行传播，以起到它的社会效果的。尽管一些故事用文字固定下来后，也可供人阅读，但它主要还是供人讲述的，而阅读是第二位的，次要的。"他进一步强调，"新故事的属性问题，是新故事讨论中的中心议题，而不赞成有些同志的观点，认为新故事还在发展，现在不必去研究它的属性，不必去管它是属于民间文学还是书面文学，关于属性问题可到将来去解决"①。的确，新故事的属性问题，关系到它的定位与发展路径，因而至关重要。但是，其后新故事的发展道路却与何承伟所设想的有所偏离：随着《故事会》刊物越来越向通俗化转型、新故事创作越来越依赖个人创作、新故事流传越来越走向书面化，《故事会》发表的新故事开始与新故事演讲活动脱节。黄宣林、杨初在《新故事十论》中认为，"新故事是新时代的产物。从建国初期的萌芽、到粉碎'四人帮'后的迅速崛起，作为一种新问题，其存在、发展、继承、革新，一直到今天，也才走过了半个世纪的历程"。他们也看到了新故事的民间文学属性与当下书面流传之间的矛盾，"新故事创作不能无视民间故事固有的口耳相传的特性，即使它已成为完全书面阅读的通俗文学作品。为此，我们必须重视新故事的理论研究，必须使理论研究为新故事的创作提供相应的美学观念和价值标准，并努力使之成为一门新的学科"②。"新故事和传统故事虽同属于口头文学创作，但经过

---

① 何承伟：《应该明确新故事的属性》，中国民间文艺研究会上海分会编，《民间文艺集刊》(第四集)，上海文艺出版社1983年版，第147—151页。

② 杨初、黄宣林：《新故事十论》，中国文史出版社2004年版，第6页。

书面写作并通过纸质媒体的传播之后，新故事和传统故事之间出现了明显的不同。”他们不得不一再强调，“‘新故事是一种独立的艺术形式’，是‘口头创作与书面创作相结合’的产物，虽不是纯口头文学，但保持民间故事的特色——口传性”[①]。在口传性与书面性的矛盾面前，新故事理论家与创作者们很难提出令人信服，又具备包容性、前瞻性的理论解释。

近年来，在“告别革命”的时代思潮影响下，现代文学领域的新故事研究倾向于挖掘其与革命的关系：陈思和、唐小兵等从知识分子立场发现“民间”；游自荧、隋倩、李云的研究辨析出了加诸新故事之上的革命意识形态影响，但未能看出新故事的口头流传性质，因而不能解释在通俗文学衰退之后，新故事仍保持活力的原因。这样，民间文学往往与通俗文学、大众文化混淆，其结果是遮蔽了新故事的民间口头流传特性。

一方面，新故事成为一个可疑的民间；另一方面，民间故事研究本身在受芬兰历史—地理学派、普罗普的故事形态学影响之后，继续跟进西方帕里-洛德的口头程式理论、鲍曼的表演理论，对传统形态的民间故事研究获得长足发展，新故事淡出学术视野。传统民间故事研究主要集中在以下方面：一是建立在民间故事采录整理基础之上的比较研究、类型研究。大多运用已有的二手书面材料，缺乏民间故事的田野现场，类型研究始终停留在文本的自足之中。二是建立在田野调查基础之上的民俗学、社会学及人类学研究。这类研究过于强调田野调查，缺乏学科反思，迷失在田野的研究遗忘了民间文学的文艺学属性。三是借鉴口头程式理论、表演理论重建民间文艺学的研究

① 杨初、黄宣林：《新故事十论》，中国文史出版社 2004 年版，第 25 页。

范式，但这类研究的主要对象以传统史诗、少数民族民间文学为主。近年来，传统形态的民间叙事研究获得长足发展，如朝戈金、巴莫曲布嫫、尹虎彬、杨利慧、林继富等人的研究。但对传统的偏爱使民间故事遗产化、博物馆化，“故事村”的衰落、“故事家”的减少已经将传统民间故事研究推向了尴尬的境地。随着文化研究、大众传播、非物质文化遗产保护等晚近学术思潮与文化现象的兴起，传统民间文学研究在受到冲击的同时开始积极应对，高丙中、万建中、田兆元等提议建立现代都市民俗学，新故事研究渐趋回归。但研究《故事会》和新故事的相关成果《20 世纪新故事文体的演变及其特征研究》《〈故事会〉杂志(1963—2005)研究》等，或局限于新故事文体内部，或局限于《故事会》刊物本身，未能展现《故事会》和新故事对于当代民间文化的意义。

由传统民间故事发展而来的新故事兴衰沉浮的命运，折射了当代中国社会的变迁，其集体性、口头性的民间文学特征也逐渐向大众文化嬗变。新故事展现的底层社会公共空间，构成了被文学史长期忽视的一极，对之进行社会学、文化学的解读，可与启蒙代言的民间、革命利用的民间以及大众文化中的民间传统相互参照，也可为当代民间文学研究开辟新的话语空间。以故事类期刊代表《故事会》为研究对象，既可揭橥新故事与当代民间社会之间的互动，亦可重新梳理“民间”对于中国现当代学术思想史的重大意义。

作为特殊年代的产物，新故事深受革命、启蒙、通俗等多元因素影响，它见证了当代中国社会转型过程中文化思潮、阶层结构、社会心理的急剧变革。本书以《故事会》新故事为研究对象，在整个当代文化、文学场域中，对新故事与当代民间社会的关系进行深入细致的开掘与考察，展开审美分析与社会文化研究。本书的研究框架如下：

首先，将新故事置放在20世纪民间文学学术史的视野中，追溯其前史、发展史，考察五四文学、延安文学的民间转向，梳理民间故事在当代传承中发生了什么样的现代性质变，重建民间文学与当代民间社会的血肉联系，进一步厘清大众文化视野下民间叙事的转型路径。从胡适、周作人到郑振铎，对民间文学、民俗学、俗文学的界定与区分，他们的学术理路是怎样过渡到延安时期对民间的重新发现与落地实践，从而使新故事在话语与权力的争夺中，由革命、启蒙、通俗与大众文化合力建构起新的当代民间故事身份。研究梳理百年民间文学学术史，“五四”“到民间去”传统、民俗学派、俗文学派、延安传统、20世纪五六十年代关于民间文学整理改编的争论，以及当下知识分子对民间“再解读”等学术思潮的复杂关联，揭橥新故事之于当代民间文学的重要意义，即它是在社会转型与文化变迁下民间文学发生的又一次重要而深刻的现代嬗变。这一嬗变的意义为革命对民间的改写所遮蔽，又为大众文化再度袭扰。

其次，结合《故事会》期刊发展史，考察《故事会》创刊、“文革”时期《革命故事会》、新时期恢复《故事会》、新世纪以来的发展历程，研究每个时期刊物的生产、发行机制，与之相应的故事活动、新故事的创作与讲演活动，梳理其与党的群众文艺政策与实践之间的复杂关联，革命性与日常性的消长，新故事如何从革命通俗文艺中解放出来，回到当代民间的自我讲述；如何从民间流传向个人创作转变；《故事会》的办刊理念、运作流程又是怎样一步步建构、丰富了新故事文体，使之与转型期当代民间社会取得密切的呼应，从而在继承传统民间故事的基础上建立起活态的当代民间叙事文化。新故事如何面对全媒体时代的挑战，向网络化、数字化转型。通过对江浙沪地区故事活动的实地调研，对《故事会》的编辑、不同年龄的新故事创作者、讲述者、阅读者的访谈，勾勒讲故事这一民间生活方式的历史变迁。

最后，立足新故事的文本，研究新故事之于传统民间故事类型的继承与变异，在世界故事文学的格局中重新理解新故事的类型性。这些故事新类型是怎样在中西故事类型的交融中承载当代民间价值，在广泛的流传中建构了新的故事结构，从而实现新故事从内容到形式的现代价值生成与传统价值转换。如新民间传说对“机智人物”“巧女”“巧匠”“呆女婿”等传统母题的继承与变异；革命传说、谍战故事主动参与国家意识形态的建构；恐怖、侦破故事背后的集体无意识隐喻；婚恋、情感、青春故事反映从集体文化向个体文化转型过程中的心理困惑；域外传奇、中篇故事的求奇心理与超越日常的理想诉求；百姓话题、中国新传说的日常生活旨趣；阿 P 系列幽默故事的底层立场；新笑话、新民谣的笑讽力量；哲理故事、3 分钟典藏故事的寓言色彩等。

近 20 年来，由于纯文学关注自我，脱离社会和大众，越来越边缘化。甚至有人发出了“文学已死”的哀叹。然而，像《故事会》这样建立在广大民众基础上的新故事，不论在审美趣味还是思想表达层面上都贴近大众，关注芸芸众生的喜怒哀乐以及种种复杂的人间感情与悲欢离合，因而赢得了大众的关注与喜爱。当代文学界、民间文学界与新故事学界都出于各自的理论立场，对新故事进行了不同的定位。但是，只有返归到当代民间话语嬗变的立场，我们对于《故事会》新故事的研究，才能找到正确的理论基石。通过民间文学学术史的梳理，对新故事进行明确的定位，对其当代民间文学身份的重新确认，也是对当代民间文学研究与实践现状的重新审视与反思。本书期望可以通过对《故事会》新故事的研究，一定程度上消解一味求“古”、求“旧”的民间文学经典化背后隐藏的危机。从新故事这一当代民间文学实践出发，融合文本、田野、口头研究范式，不但可以获得研究的当代价值与当代意义，更是建构中国当代民间文学本体理论的一种尝试。《故事会》研究长期以来未能深入的原因在于：在纯文学、通俗文学与民间文学的等级式文学体制中，用单一的文学审美价值评判标准无法接纳其俚俗性，而现有的民间文学理论又无法解释其鲜活的当代性。只有在文化研究的思路中考察讲故事作为一种生活方式的超文本性，才有可能建立当代民间文学理论的本土流派。

本书运用跨学科研究法，在现代文学与民间文学的交叉视野中重新梳理新故事与民间话语的源与流；在中国当代社会转型的背景下，运用口述史、调查访谈的方法研究《故事会》期刊史；运用文献研究、调查统计与内容分析法，对《故事会》新故事的主题、类型与叙事结构详加考察；综合运用文化研究、比较研究方法，揭示新故事民间叙事的文学史意义与文化价值。将《故事会》新故事置放在当代文化与社会转型的宏观视野下来探讨，其意义如下：(1)将《故事会》新故事发展历史置放在 20 世纪文学史思潮与民间文学学术史的线索中理解，发现《故事会》新故事对于当代民间文学研究学术范式转型的意义；(2)建立口头流传与书面阅读相结合的大众传媒与文化工业生产背景下的当代民间故事文本分析体系，从而揭示大众文化对传统民间叙事的继承与变革；(3)改变当下民间文学研究只关注遗产式文本的封闭状态，通过新故事研究重新建立当代民间文学与当代生活的血肉联系；(4)关注民间叙事结构承载的文化意义，肯定当代民间文化的自在自足状态、自我更新机制，新故事的“自在民间”成为当代文化格局重构中的一支重要力量。从新故事切入，为民间文学研究开辟新的价值空间；通过新故事研究，探讨当代文化格局中“民间”重构。

上　编

民间文学学术史视野中的新故事

第一章　学科史意义上的胡适《白话文学史》

主流文学从来没有像今天这样艰难过。无数忧心忡忡的学者感慨“文学死了”。可与此同时，文学生产从来没有像今天这样呈现出多元的面貌。网络文学、大众文化已然成为文学的新贵，但其形态已经与主流文学相去甚远。学术界也因此产生了分化的立场：或严守主流文学的界限，对大众文化采取批判的态度；或张扬大众文化的力量，而缺乏深入的反思。主流文学与大众文化之间各自为政，缺少一个沟通的桥梁。这个桥梁正是“五四”学人所倡导的“民间”。不对“民间话语”做出学科史、学术史上的梳理，就无法理解主流文学、大众文化的来龙去脉，及其在今天的分布格局。对于新故事是通俗还是民间的属性定位，只有回到“五四”时期“民间”话语的源起，才能理解其在百年学术史上的全部渊源。重读胡适的《白话文学史》，正可以回溯到现代文学学科化、经典化的初始。借鉴胡适当年勾勒白话文学史的学术思路与方法，为“民间”之现代性内涵在源头处做学科史的梳理，从而重新理解“民间”与当下主流文学、通俗文学、大众文化之间的关系，重新理解“民间”在文学经典化中的重要作用，庶几亦可反观今日之文学现状，寻求当下文学新的生长点。

第一节　从文学工具革命到“民间”原动力的发现

胡适自己从不讳言《白话文学史》重估传统价值的写作动机与思想理路，他多次提到“影响我个人最大的，就是我平常所说的‘历史的文学进化观念’。这个观念是我的文学革命论的基本理论”[①]，他以为，用文学进化观“来提出文学革命这一主题，其潜力可能比我们所想象的更大。把一部中国文学史用一种新观念来加以解释，似乎是更具说服力”[②]。《白话文学史》正是胡适实现这一目的性解释的文学史写作文本。

胡适的文学进化论是从工具革命开始的，因而，他的落脚点在“白话文学”。在《白话文言之优劣比较》一文中，胡适直陈：“文言乃是一种半死的文字”，“白话是一种活的语言”，并进一步认定“白话可产生第一流文学”，“白话的文学为中国千年来仅有之文学”[③]。从语言进化的角度，胡适提出白话（活文字）必须取代文言（死文字）。在《白话文学史》的《引子》中，胡适强调了两点：一是“白话文学是有历史的，是有很长又很光荣的历史的”[④]；二是“白话文学史就是中国文学史的中心部分”[⑤]。胡适将“白话文学”抬高到中国文学史中心的部分，这与他所倡导的“文学革命”取得了同构的关系。因此，胡适在《白话文学史》的《自序》

① 胡适：《〈尝试集〉自序》，欧阳哲生编，《胡适文集》第九卷，北京大学出版社1998年版，第74页。

② 胡适：《胡适口述自传》，欧阳哲生编，《胡适文集》第一卷，北京大学出版社1998年版，第334页。

③ 胡适：《胡适全集》第28卷，安徽教育出版社2003年版，第391—393页。

④ 胡适：《白话文学史》，上海古籍出版社1999年版，第1页。

⑤ 胡适：《白话文学史》，上海古籍出版社1999年版，第2页。

中，明确指出“这书名为‘白话文学史’，其实是中国文学史”[1]。

“白话文学”之所以可以被提到文学史中心的地位，是因为其“自然的，活泼泼的，表现人生”，以此与“模仿的，沿袭的，没有生气的古文文学”相比照[2]。《白话文学史》盛赞汉代民歌《陇西行》《东门行》《孤儿行》等能如实反映“社会风俗与家庭痛苦”[3]；《上山采蘼芜》能以短短80字充分写出“一家夫妇三个人的性格与历史”[4]；《陌上桑》则是一片“天真烂漫”[5]。从白话文学工具论出发的胡适，看中的是白话“真文学”的素质，因为白话“言文合一”，才能写尽“痴男怨女的欢肠热调，征夫弃妇的生离死别，刀兵苛政的痛苦煎熬”[6]，才能通过工具的变革，以达成白话“用来做新思想新精神的运输品”的根本目的[7]。

从工具革命出发，《白话文学史》大大改写了中国文学史的版图。首先是民间文学比例的大幅度提升：在总计十六章的篇幅里，重点讲民歌或与民歌相关的乐府诗的有第三章《汉朝的民歌》、第六章《故事诗的起来》、第七章《南北新民族的文学》、第十二章《八世纪的乐府新词》，佛教的翻译文学占两章，共计六章。其次，只看重知名诗人偏向白话、民间的作品。由于骈文、律诗都被视为文言文学的恶劣代表而被贬低，杜甫虽然因其反映现实的新乐府诗而地位大大高于李白，被单列一章，他的律诗却被

---

① 胡适：《白话文学史·自序》，上海古籍出版社1999年版，第7页。

② 胡适：《白话文学史》，上海古籍出版社1999年版，第14页。

③ 胡适：《白话文学史》，上海古籍出版社1999年版，第19—20页。

④ 胡适：《白话文学史》，上海古籍出版社1999年版，第20页。

⑤ 胡适：《白话文学史》，上海古籍出版社1999年版，第18页。

⑥ 胡适：《白话文学史》，上海古籍出版社1999年版，第14页。

⑦ 胡适：《〈尝试集〉自序》，欧阳哲生编，《胡适文集》第九卷，北京大学出版社1998年版，第82页。

贬为“一种消遣的玩艺儿”[①]。左思不甚重要的白话诗《娇女诗》得以被提及[②]，阮籍的《咏怀》却因为增加了“‘文人化’的程度”而评价不高[③]。再次，不知名诗人由于其多做白话诗而被一一详述，如惠休、王梵志、寒山、拾得、卢仝等。最后是文学评价尺度的改变。元稹、白居易因为“自觉的文学革新”精神，而被专章讲述，不但是因为他们“即事名篇，无复倚傍”的新乐府必然是“有意用平常白话”做的诗[④]，更因为“文章合为时而著，歌诗合为事而作”的文学主张实在是“为人生而作文学”[⑤]！

经由《白话文学史》的重新改写，这一崭新的中国文学史面貌暗寓了如下的文学观念革命：第一个层次是纯文学的理念。胡适通过对白话文学“真实”“富于创造性”“自然”“活泼”等素质的体认，使文学回归了文学的本体。第二个层次是平民文学、写实文学的理念。白话文学可以直接传达“小百姓的悲欢哀怨”[⑥]，是为人生的文学。在这一点上，胡适放宽了“白话文学”的范围，将乐府民歌、小说、戏曲、佛书译本等原来“不肖”的文学品种[⑦]，奉为文学的正宗。尽管《白话文学史》只写到唐中叶，但在《自序》所列的纲目中，两宋的白话词、白话语录、白话小说，元代小令、套数、戏剧，明清的白话小说都是重点专章讲述的内容[⑧]。通过对中国文学经典的重新审定，《白话文学史》实现了文学史版

① 胡适：《白话文学史》，上海古籍出版社 1999 年版，第 210 页。

② 胡适：《白话文学史》，上海古籍出版社 1999 年版，第 77 页。

③ 胡适：《白话文学史》，上海古籍出版社 1999 年版，第 45 页。

④ 胡适：《白话文学史》，上海古籍出版社 1999 年版，第 268 页。

⑤ 胡适：《白话文学史》，上海古籍出版社 1999 年版，第 254 页。

⑥ 胡适：《白话文学史》，上海古籍出版社 1999 年版，第 14 页。

⑦ 胡适：《白话文学史》，上海古籍出版社 1999 年版，第 3 页。

⑧ 胡适：《白话文学史·自序》，上海古籍出版社 1999 年版，第 2—3 页。

图的重构，封闭的文学传统呈现出新的开放的、生长的态势。在《白话文学史》的影响之下，其后写作的文学史，大多同样也将戏曲、小说、戏剧、变文、弹词等俗文学列入重点讲述的内容，如郑振铎《插图本中国文学史》、张振镛《中国文学史分论》、赵景深《中国文学史新编》、徐嘉瑞《中古文学史概论》等不一而足。

在胡适那里，白话文学、俗文学、平民文学、写实文学，甚至民间文学等诸多概念都是夹缠不清乃至可以等同的。《白话文学史》所勾勒的文学史演进路线，其背后的原动力正是民间。胡适断言，“一切新文学的来源都在民间。民间的小儿女，村夫农妇，痴男怨女，歌童舞妓，弹唱的，说书的，都是文学史上的新形式与新风格的创造者。这是文学史的通例，古今中外都逃不出这条通例”[①]。胡适以进化论来考察古今文体演变的规律，由此与传统文论的文体代变说对接。此一观点并非胡适首创。胡适的创见在于，他指出了这一文学演进趋势背后的民间原动力，并以丰富的实例支撑了这一论说。

早在发动“文学革命”之前，胡适与梅光迪就共同认为“文学革命自当从‘民间文学’（Folklore，Popular Poetry，Spoken Language，etc）入手”[②]。其后，在给徐嘉瑞的《中古文学概论》的序言中，胡适指出汉魏六朝的民间文学，不断由原来在野的身份，上升为“正统文学的一部分”。胡适以为做文学史最要紧正是把正统文学如何从“草野田间爬上来”，“这种升沉的大步骤一

① 胡适：《白话文学史》，上海古籍出版社1999年版，第15页。

② 胡适：《逼上梁山》，《中国新文学大系建设理论集》，上海良友图书印刷公司1935年版，第10页。

一点出来"[①]。中国文学史中"稍有生气者皆自民间文学而来"[②]。《词选·序》中,胡适总结了民间文学与正统文学之间相互影响的规律,"文学的新方式都是出自民间的。久而久之,文人学士受了民间文学的影响,采用这种新体裁"。文人的参加一方面使民间形式经典化,另一方面也在模仿中丧失了民间形式的生机。"于是这种文学方式的命运便完结了,文学的生命又须另向民间去寻新方向发展了。"[③]《白话文学史》在多处印证了这一演化的轨迹。如汉朝民歌是"一切平民文学的起点"[④];建安文学的主要成就在于"文人用古乐府的旧曲改作新词"[⑤];"唐朝的文学的真价值,真生命,……在它能继续这五六百年的白话文学的趋势,充分承认乐府民歌的文学真价值,极力效法这五六百年的平民歌唱和这些平民歌唱所直接间接产生的活文学"[⑥],甚至把从汉到唐的白话韵文的发展都定义为乐府时期,"平民的歌曲层出不穷地供给了无数新花样,新形式,新体裁","汉以后的韵文的文学所以能保存得一点生气,一点新生命,全靠有民间的歌曲时时供给活的体裁和新的风趣"[⑦]。由于看重其对后世俗文学的先导作用,胡适《白话文学史》专门辟出两章来谈佛教翻译文学,哪怕冒了不是纯粹文学的风险。

---

① 胡适:《中古文学概论·序》,欧阳哲生编,《胡适文集》第三卷,北京大学出版社 1998 年版,第 610 页。

② 胡适:《中国文学的过去与来路》,欧阳哲生编,《胡适文集》第十二卷,北京大学出版社 1998 年版,第 30 页。

③ 胡适:《词选·序》,欧阳哲生编,《胡适文集》第四卷,北京大学出版社 1998 年版,第 550 页。

④ 胡适:《白话文学史》,上海古籍出版社 1999 年版,第 21 页。

⑤ 胡适:《白话文学史》,上海古籍出版社 1999 年版,第 37 页。

⑥ 胡适:《白话文学史》,上海古籍出版社 1999 年版,第 96 页。

⑦ 胡适:《白话文学史》,上海古籍出版社 1999 年版,第 23 页。

循着“白话文学=平民文学=俗文学=民间文学”的逻辑思路，《白话文学史》从文学工具革命到民间原动力的揭橥，其“关于白话文学之民间根源或平民根源的理论假设和实证描述”[①]，为“确立民间文学的正宗地位及中国现代民俗学的产生开辟了道路。这一事实本身验证了胡适文学观中所蕴含的自觉民俗意识”[②]。尽管《白话文学史》并非专门研究民间文学的论著，却在无意中触及了民间文学的几个重大问题。如在“故事诗的起来”一章中，胡适首先敏锐地分析汉语故事诗不发达的原因，指出故事诗的产生必在民间[③]，随即以扎实的考证研究了《秦女休行》与《孔雀东南飞》的流传与改写过程。对《孔雀东南飞》首句来源于民间歌辞的证明进一步支持了“民间歌辞靠口唱相传，字句的讹错是免不了的，但‘母题’(Motif)依旧保留不变”这一结论[④]。不但论及民间歌谣流传过程中增删改写与历史、社会、文化及民俗的关系，也总结了民间文学演变过程中“母题”不变的重要规律。这种被胡适称为“比较研究法”的方法[⑤]，与顾颉刚研究孟姜女故事的“历史演进法”相类[⑥]，结论也相近。顾颉刚也承认他的研究是受到胡适的启发[⑦]。

但与学科化的民间文学、民俗学研究不同，胡适对于民间文

---

① 吕微：《论学科范畴与现代性价值观——从〈白话文学史〉到〈中国民间文学史〉》，《文学评论》2001 年第 4 期。

② 李小玲：《论胡适民俗思想文艺观》，《宜春学院学报》2003 年第 5 期。

③ 胡适：《白话文学史》，上海古籍出版社 1999 年版，第 48—49 页。

④ 胡适：《白话文学史》，上海古籍出版社 1999 年版，第 64—65 页。

⑤ 胡适：《歌谣的比较的研究法的一个例》，姜义华主编，《胡适学术文集：新文学运动》，本卷主编沈寂，中华书局 1993 年版，第 436 页。

⑥ 户晓辉：《论顾颉刚研究孟姜女故事的科学方法》，《民族艺术》2003 年 4 期。

⑦ 顾颉刚：《顾颉刚读书笔记》第一卷，联经出版事业公司 1990 年版，第 383—384 页。

学,更看重其文学价值。《白话文学史》对杜甫的新乐府诗评价最高,而杜诗所取得的成就,正在于学习民歌。从《白话文学史》中的历史范本,到新文学的创作实例,胡适以为民间文学适足成为中国文学学习的对象。胡适认为歌谣之中有"真诗"在,"根据在这些歌谣之上,根据在人民的真感情之上,一种新的'民族的诗'也许能产生出来呢"[①]。在《〈歌谣〉复刊词》中,胡适再次强调:"我以为歌谣的收集与保存,最大的目的是要替中国文学扩大范围,增添范本。我当然不看轻歌谣在民俗学和方言研究上的重要,但我总觉得这个文学的用途是最大的,最根本的。"[②]

将"民间"视为中国文学发展的源泉,认为民间提供了文体代变的原动力,民间文学足以为正统文学的范本,胡适《白话文学史》的"二元模式和以民间为主动力的演进观迅速被其他文学史撰写者吸收融化,这种模式影响比较深远,延续到 20 世纪七八十年代"[③]。由白话文学,胡适开启了文学的雅俗之分,并在白话文学→方言文学→民间文学→平民文学→俗文学→正统文学的文学演进方向上,规定了"民间"的经典地位。

第二节 《白话文学史》"民间"话语的内在矛盾

尽管胡适《白话文学史》借"民间"的经典化重构了文学的版图,他对"民间"的态度仍然暗含着内在的矛盾。胡适指出一般

---

① 胡适:《北京的平民文学》,姜义华主编,《胡适学术文集:新文学运动》,本卷主编沈寂,中华书局 1993 年版,第 422 页。

② 胡适:《〈歌谣〉复刊词》,北大研究院文科研究所歌谣研究会,《歌谣》第 2 卷第 1 期,1936 年 4 月 4 日。

③ 徐雁平:《胡适与整理国故考论》,安徽教育出版社 2003 年版,第 175—176 页。

士大夫批评民间文学的四个缺陷在于："来路不高明，出身微贱"；"思想的简单和体裁的幼稚"；"民间浅薄的、荒唐的、迷信的思想互相传染"；"无意的传染与模仿，并非有意的去描写"[①]。《白话文学史》也认为王梵志的劝世诗"没有什么文学意味"，而独欣赏其"翻着袜""城外土馒头"等具有个人主义与悲观主义色彩的几首小诗[②]。虽承认佛教翻译文学对释放中国文学的想象力有作用，也不避讳指出"这种'瞎嚼蛆'的滥调，便是《封神传》'三十六路伐西岐'，《西游记》'八十一难'的教师"[③]。

显然，将民间理想化的激情一旦遇到具体的作品，常陷入不符合理想的困境，以至胡适忍不住感慨，"在周作人先生所排斥的十类'非人的文学'之中，有《西游记》、《水浒》、《七侠五义》，等等。这是很可注意的。我们一面夸赞这些旧小说的文学工具（白话），一面也不能不承认他们的思想内容实在不高明，够不上'人的文学'。用这个新标准去评估中国古今的文学，真正站得住脚的作品就很少了"[④]。

那么胡适理想中的民间文学是什么样的呢？他这样说道："一是'要有我'，二是'要有人'。有我就是要表现著作人的性情见解，有人就是要与一般的人发生交涉。"[⑤]殊不知，这个"要有我"固然缝合了民间文学与正统文学的裂隙，在评价作家文学

---

① 胡适：《中国文学的过去与来路》，欧阳哲生编，《胡适文集》第十二卷，北京大学出版社1998年版，第30—31页。

② 胡适：《白话文学史》，上海古籍出版社1999年版，第158—159页。

③ 胡适：《白话文学史》，上海古籍出版社1999年版，第121—123页。

④ 胡适：《导言》，《中国新文学大系建设理论集》，上海良友图书印刷公司1935年版，第258页。

⑤ 胡适：《五十年来中国之文学》，欧阳哲生编，《胡适文集》第三卷，北京大学出版社1998年版，第238页，原载《申报》五十周年纪念刊《最近之五十年》，1923年2月。

时,尽可以将民间文学的自然真挚与启蒙思潮下的个性主义结合起来,文学趣味借民间理想得以传达,但这样的评价标准恰恰远离了民间文学集体性的特质,因为套语、模式亦正是民间文学、俗文学摆脱不掉的色彩。

胡适“理想民间”的第二条标准“要有人”,究其实质是想借助“民间”持续的符号化,“浪漫地将民间想象为推进现代性的现实力量”[1]。胡适等借“民间”话语划开的雅俗之分,根本上乃是一种阶级性的解释,“若把雅俗两字作人类的阶级解,说‘我们’是雅,‘他们’小百姓是俗,那么说来,只有白话的文学是‘雅俗共赏’的,文言的文学只可供‘雅人’的赏玩,决不配给‘他们’领会的”[2]。这种“文人学者是吃肉,愚夫愚妇是吃骨头”的情形,绝“不是共和国家应有的现象”[3]。所以他们才会无视“理想民间”的内在矛盾,坚决地站在白话/民间/俗/平民/民众/大众的一面。《白话文学史》从语言变革出发,改写中国文学史的版图,其落脚点竟是鲜明的政治抱负。《白话文学史》尊杜贬李[4],高度赞扬“安史之乱”之后的唐代文学[5]、大历长庆间的诗人[6]、元白文学革新,其根本主张正符合胡适的理想:“文学是救济社会,改善人生的利器;最上要能‘补察时政’,至少也须能‘泄导人情’”[7]。

---

① 吕微:《现代性论战中的民间文学》,《文学评论》2000年第2期。

② 胡适:《答朱经农》,《新青年》第5卷第2号,1918年8月15日,原题为《新文学问题之讨论》。

③ 胡适:《新文学运动之意义》,1925年9月29日在武昌大学的演讲,欧阳哲生编,《胡适文集》第十二卷,北京大学出版社1998年版,第21页,原载《晨报副刊》1925年10月10日。

④ 胡适:《白话文学史》,上海古籍出版社1999年版,第187页。

⑤ 胡适:《白话文学史》,上海古籍出版社1999年版,第186页。

⑥ 胡适:《白话文学史》,上海古籍出版社1999年版,第228页。

⑦ 胡适:《白话文学史》,上海古籍出版社1999年版,第254页。

这大概是《白话文学史》民间话语内在矛盾的第二个层次。一方面，胡适试图用“要有人”这条标准来传达启蒙理想，缝合理想民间的内在矛盾；另一方面，胡适又不能不发现，这个理想民间往往逸出被设定的启蒙理想。如元白文学革新所寓的政治理想在传播与接受中变形。《白话文学史》感慨白居易有为而作的讽谕诗不为时重，“时之所重，仆之所轻”。因为元白诗中流传广泛，“入人肌骨，不可除去”的，实在不是过于激切浅白的讽谕诗，而恰恰是《连昌宫词》《长恨歌》这些被杜牧批为“纤艳不逞”“淫言媟语”的作品①。

在《白话文学史》开篇为白话争地位时，胡适写道：“这几百年来，中国社会里销行最广，势力最大的书籍，并不是《四书》《五经》，也不是程朱语录，也不是韩柳文章，乃是那些‘言之不文，行之最远’的白话小说！”②这又是从流传广泛的角度肯定“民间”。《白话文学史》常从时代背景、生产体制的角度去解释文学史。胡适尤其关注不同时代乐府这一生产民歌的制度的演变：从汉朝俗乐民歌的势力之大③，到陈后主游宴歌唱与诗歌的关系④，从唐初白话诗，开元、天宝年间的宴饮乐舞，开设梨园，以及教供奉新曲的别教院⑤，到晚唐五代两宋人作词，元明人作曲，与“好妓好歌喉”间的关系⑥。尽管胡适并不持有唯物史观，甚至曾与之展开论战，但在文学史的写作层面，胡适并不空悬一个“民间”的理想，而是以颇具唯物色彩的科学考证，将民间原动力落实到

① 胡适：《白话文学史》，上海古籍出版社1999年版，第270页。

② 胡适：《白话文学史》，上海古籍出版社1999年版，第1—2页。

③ 胡适：《白话文学史》，上海古籍出版社1999年版，第22页。

④ 胡适：《白话文学史》，上海古籍出版社1999年版，第93页。

⑤ 胡适：《白话文学史》，上海古籍出版社1999年版，第156—157页。

⑥ 胡适：《白话文学史》，上海古籍出版社1999年版，第133页。

文学的生产与传播体制上。

第三节 学科史视野中的“民间”

以胡适为代表的“五四”一代学人，有着强烈的“到民间去”的冲动与情怀。由胡适《白话文学史》划分开雅俗文学的二元对立，并把文学发展的动力源头指向“民间”。从文学工具革命出发，以“白话文学”的概念，来重构正统文学的版图，给文学史上正统文学、白话文学、民间文学、俗文学重新排定尊卑优劣，这种努力有时用力过猛，反而使许多论点不那么客观理性。事实上，自胡适以后，“白话文学”这一提法渐渐淡化，不再成为文学史学科划分的根据。受到胡适影响，郑振铎的《俗文学史》则把俗文学专门拉出来讲，其建构的文学史框架就显得更为客观理性。此后，民间文学、俗文学基本成为共识，形成了文学史学科划分的重要领域。

胡适、郑振铎还是偏文学路向的研究，他们都是从文学价值出发，来替“白话文学”“民间文学”“俗文学”奠定地位的，因此他们的研究确实重新改写了中国文学的版图，也重新定义了中国文学的经典。但“民间”的内在矛盾性，亦使得雅俗对立的文学格局得以继续保持。在此格局下，俗文学、民间文学并不能在“平民文学”这一高悬的文学理想下得到弥合，相反使得“俗文学/民间文学”始终无法摆脱脱俗入雅的冲动，始终保持着吃肉/吃骨头的二元结构。一旦由二元结构规定的“俗文学/民间文学”的经典性、正当性、合法性失去革命语义的支撑，被“五四”一代学人颠倒过来的文学等级又再次颠倒，“俗文学/民间文学”便失去了显学的地位。与此同时，由另一位“五四”学人周作人提出的悬置通俗文学(包括民间文学)的文艺价值,只重视人类学、民俗学上的学术价值,这一思路便开始占据学术主流。

陈平原评价“五四”一代学人对俗文学研究的贡献时说,即使胡适所主张的新诗应向歌谣学习,其总结的民间文学向正统文学转化的公式,文学的民间原动力说正在经受前所未有的挑战和质疑,而他们坚持学术研究中的理想性仍然值得肯定。但这一说法自身亦需再反思。因为,今天的民间文学、俗文学研究早已弃“文学”而不顾,急切地以人类学、社会学、民俗学的科学身份来将眼光停留在传统的、遗留状态的“民间”。这个意义上的“民间”虽然更符合民俗学这一学科在英语世界初起的本义,但即使是在西方,“民间”也已经从现代文化之对立物——传统的“他者”,转化为比较文化差异视野中的“他者”。因而,不是当代文学失却了民间原动力,而是其所关注的“民间”,并不是动态的、与时代密切相关的“民间”。陈平原主张保持学科的“当代性”,应当“直面当代中国俗文学的发展”[①],实为的论。在大众文化强势来袭的当下,恪守“俗文学/民间文学”的传统学科界限,失去的不仅仅是本学科的“当代性”,更是缺乏烛照宏观文学格局的长远眼光。以《白话文学史》建设“国语的文学”已成历史陈迹,但《白话文学史》留下的雅俗之分、庙堂与民间之分、纯文学与俗文学/民间文学双线演进的文学结构,其学术理想及其内在的矛盾,却为我们思考当下文学的发展趋势留下了许多启发。

首先,胡适《白话文学史》划分开雅俗文学的二元对立,本来的意图是把白话文学、俗文学、民间文学,在平民文学这一高悬

① 陈平原:《俗文学研究的精神性、文学性与当代性》,《中华读书报》2004 年 11 月 10 日。

的文学理想下弥合。这种弥合并非有效,“民间文学/俗文学”脱俗入雅的冲动进一步强化了二元对立的格局。郑振铎的俗文学研究也好,钟敬文的民间文学研究也好,到后来范伯群的通俗文学研究,都是另辟一席地做专门研究。反而没有胡适这么大胆,拿白话文学去篡夺中国文学的中心。而从胡适的白话文学,到郑振铎的俗文学,再到钟敬文的民间文学,革命性、阶级性日益凸显。延安学派崛起后,从民间文学的口头性出发,偏重对民间口头形式的改造新编。郑振铎的俗文学观被视为“资产阶级观点”,俗文学就这样被贴上了受统治阶级影响的庸俗的市民文学的标签。民间文学演进的线路就从郑振铎的俗文学转到了一个更具意识形态特色的,更为窄化的“人民口头创作”。俗文学和民间文学的联系被割断。一旦支撑这个二元对立格局的革命阶级话语失效,“民间文学/俗文学”在失去显学地位的同时,再度发生学科路向的分化。民间文学为了去除延安学派的改旧编新色彩,向民俗学、人类学的学科方向转型,就是周作人的研究思路,从而只注重遗产化、博物馆化的民间文学。俗文学一部分跟民间文学学习,转向民俗学;另一部分转向通俗文学研究,进一步接通大众文学。当然,“五四”时期混用的民间文学、俗文学、通俗文学、大众文学这些概念细析下来均有差异,但是如果我们用大文学格局的眼光来看,这里面仍有着千丝万缕的联系与彼此演进的关系。在学科分化、概念分化之后的今天,要重新沟连这些关联,才能更好地反观今日文学的格局。

其次,随着法兰克福学派对资本主义文化工业的批判,褒民间而抑大众的学术思路几占统治地位。胡适《白话文学史》紧扣白话这一语言工具,而混用白话文学、平民文学、俗文学、民间文学、大众文学,虽为学科尚未细分时代的特点,但却在精神实质上，抓住了俗文学/民间文学模式化、市场化的本质。大众文化(mass culture)之所以被批判，其主要原因是模式化、市场化与精英文学的个性化格格不入，是文化工业统治、锻造大众精神模式的代表。但是民间话语本身就是现代的一个产物，恰恰是作为现代性的一个对照物产生的。那么，为什么我们不承认民间话语的当代嬗变，革命化的改旧编新是一种嬗变，今天被不断批判的市场化、模式化，所谓意识形态控制的大众文化也是一种嬗变。回到《白话文学史》，胡适以西方文化资源反观民族传统，到俗文学/民间文学中寻找中国文学发展的动力，使我们不禁怀疑，照搬西方大众文化批判的模式，是否与我们自身文化发展的现状与规律相契？今天我们的大众文化究竟是从原来民间文学那个传统里发展而来的呢？还是仅仅是一种西方的仿制品？我们批判的问题有多少是大众文化本身的问题，还是移植过程中产生的水土不服？换句话说，我们的大众文化还是不是那个从民间传统文化土壤上生长出来的自我？抑或只是"他者"的"他者"？比如说，大众文化中的类型文学，如宫斗、谍战类型就确乎是中国所独具的。之所以追问这个问题，更因为类型、模式是与本民族文化传统、思维方式、生活方式息息相关的。

最后，正如王晓明所指出的，抛去传统文学观念的束缚，人们眼中的纯文学/严肃文学萎缩的萧条态势，将转变为一个新的文学世界正在崛起、文学世界的版图正在不断扩大的全新图景[①]。这一转换是从纯粹语言的文学，走向融合多种媒体，伴随社交网络的兴起壮大，跨语言、跨多种艺术形式的又一场更为激进的革命。百年前从文言到白话的革命，也许只是这一场革命

① 王晓明：《六分天下：今天的中国文学》，《文学评论》2011年第5期。

的先声。如果说，第一代网络文学还以向纸面文学的从良而欣喜的话，今天的网络文学在资本的强势支持下，在交互的、多元的异次元世界中已然独立，并正在、即将随着下一代网络格局的变化而继续演进。全新的感知、认知方式，消弭了作者/读者的界限，进一步将俗文学/民间文学推入全新的大众文化进行时态。在严肃文学、纯文学的读者越来越少，影响力越来越小，网络文学、跨媒体、跨语言、跨多种艺术形式的文学兴起、大发展的情况下，是时候重新以胡适式的勇气，把通俗文学、大众文学纳入一个统一的大文学格局里来。这一次希望不是二元对立式的补充，而是可能要重新来问这个问题：中国文学的中心究竟是什么？在梳理了学科史、学术史中的“民间话语”内涵之后，应当反思启蒙思潮对“民间”的理想化，还原“民间”的原生状态与生长动态，进一步承认市场化、模式化等新时代文学生产的特征。以此看来，大众文学、网络文学，虽然量大，不免粗鄙，但其中凝聚在类型文学里的中国文学传统中特有的模式与套路，正是经由民间文学、通俗文学积淀传递而来，它们构成了全媒体语境下当代民间话语的新形态，有着与主流文学勾连往来的可能性。从学科史的视野来看，当我们动态地去理解“民间”，胡适《白话文学史》所揭橥的“民间原动力”恐怕还很难说已经全然失效。当新的文学趣味与新的文学样式结合，经典的不断生长状态方可永在。回溯百年民间文学学科史的源头，沟通民间、通俗与大众的全域文学，才能找到新故事的准确位置。以发展的、动态的眼光看民间，它的当代文学民间身份属性才不会令人存疑，它与民间文学、通俗文学之间的血缘关系才得以确认。

第二章　走向民俗学的周作人民间文学理论及实践

在胡适那个民间、通俗与纯文学沟通往来的白话文学史版图里，留下了“民间”话语内在的矛盾与裂隙。其后的学人从各自的文学趣味与立场出发，开始瓜分这一版图，将之划分成多个自足的学科系统。民间话语在最初阶段的整体性、纯粹性已然失落。周作人从民间文学向民俗学的理论转向，正是裂变过程中的重要一环，开启了其后的民俗学派研究，影响至今。在走向民俗学派的过程中，高悬的民间理想从未落地生根，给当代中国民间文学的话语实践带来空前的艰难。围绕着“新故事”的种种理论论争也正基于这一时期的学科分化。

第一节　期许的民间文学经典为何没有出现？

1913 年 8 月，周作人在《童话研究》的结尾写道：“中国童话自昔有之，越中人家皆以是娱小儿，乡村之间尤多存者，第未尝有人采录，任之散逸。近世俗化流行，古风衰歇，长者希复言之，稚子亦遂鲜有知之者。循是以往，不及一世，澌没将尽，收拾之功,能无急急也。格林之功绩,弗勒贝尔之学说,出世既六十年,影响遍于全宇,而独遗于华土,抑何相见之晚欤?”[①]写于1913、1914年间的《童话研究》《童话略论》与《古童话释义》是周作人童话研究最早也是最重要的论文,周作人研究童话、民间文学乃至民俗学的相关学术体系已于其中基本成形。随着周作人研究的深入,近年来,刘锡诚《20世纪中国民间文学学术史》、高有鹏《中国现代民间文学史论》、陈泳超《中国民间文学研究的现代轨辙》均对周作人的童话研究做了专章专节的评述,指出周作人童话理论体系的独特性与科学性,周作人在民俗学、民间文学学术史上的地位由此奠定。

周作人在《童话研究》中期待,欲以格林兄弟为榜样,搜集、采录即将湮没、消逝的中国儿歌、童话(民间文学),由是而出现如《格林童话》这样影响深远的民间文学经典。他很快将理论付诸行动。1914年1月20日第4号《绍兴县教育会月刊》发表了周作人的《儿歌之研究》,同时还发表了一则《征求绍兴儿歌童话启》,说明自己“今欲采集儿歌童话,录为一编,以存越国土风之特色,为民俗研究、儿歌教育之资材”。并且提出,“录记儿歌,须照本来口气记述。俗语难解处,以文言注释之。有音无字者,可以音切代之,下仍加注”等八则记录儿歌、童话时的条例[②]。2月10日周作人又将启事交《越铎报》社,请代为分送。启事发出后几个月,才有一位熟人送来一首儿歌。儿歌童话征集活动流产之后,周作人并不气馁,开始了多途径的采录:“计从范啸风的

---

① 周作人:《童话研究》,刘绪源辑笺,《周作人论儿童文学》,海豚出版社2012年版,第15页。

② 周作人:《征求绍兴儿歌童话启》,刘绪源辑笺,《周作人论儿童文学》,海豚出版社2012年版,第43页。

《越谚》中转抄下来，也经过自己的实验的，有五十五篇，由我个人亲自搜集的有七十三篇，此外是别人所记录，虽然没有听到过，也是靠得住的，有八十五篇，一总计二百二十三首，略为注解，编成了一卷《绍兴儿歌集》"[①]。经过多方搜集，到 1915 年春，这部《绍兴儿歌集》已经初步完成。

然而，这部追摹格林兄弟的儿歌集不但未曾获得《格林童话》那样的经典地位，甚至连正式出版都命途多舛。直到 1958 年 9 月，《绍兴儿歌集》才得以整理完成，周作人在稿本前面的《绍兴儿歌集小引》回忆道："六年（1917）四月来到北京，不久北京大学歌谣研究会成立，我也在内，所有的贡献也只是这册稿子，登记'浙三'号。几年之后该会无形解散，我便收了回来。"1936 年，歌谣研究会恢复活动，周作人曾整理旧稿，拟"对于方言、名物、风俗，稍加详细的说明，改编为'绍兴儿歌述略'"[②]。1936 年 5 月，复刊的北京大学《歌谣周刊》发表了周作人的《绍兴儿童（歌）述略序》，但计划一再搁浅。"这个工作直至一九五八年九月这才完成，二十多年又已过去了。"有人建议乘鲁迅逝世二十周年之际编印出来，"因陋就简的稍加注解，名字便叫做《绍兴儿童集》。可是现今因为兴起'新民歌'运动，这是旧时代的儿歌，它的出版不能不稍要等待了"[③]。事实上，这本《绍兴儿歌集》一直未能正式出版。周作人在 20 世纪 60 年代写作的《知堂回

① 周作人：《儿童文学与歌谣》，止庵校订，《知堂回想录》，河北教育出版社 2002 年版，第 456 页。

② 周作人：《绍兴儿歌集小引》，《童谣研究稿本》，福建教育出版社 2004 年版影印本，第 77 页，转引自陈泳超：《周作人〈童谣研究稿本〉考述》，《鲁迅研究月刊》2006 年第 11 期。

③ 周作人：《自己的工作四》，止庵校订，《知堂回想录》，河北教育出版社 2002 年版，第 327 页。

想录》中也交代了其不得出版的原因："这种传统的旧儿歌没有出版的机会，所以也只是搁着就是了"[①]。又过了近半个世纪，该手稿才以《童谣研究稿本》的名称，由鲍耀明整理并标点后，部分发表于《鲁迅研究月刊》2000年第9期。2004年，作为"知堂遗存"二种之一，福建教育出版社影印出版了手稿全文，题为《童谣研究手稿》。然而，由于其影印出版的形式，印刷量也很少，仅限于学术、考证的用途，与《格林童话》的传播方式与影响力根本无法相提并论。

时至今日，周作人在民俗学、民间文学领域，特别是童话、儿歌方面的理论研究已获得相当的承认，与此同时，周作人这部《绍兴儿歌集》虽终于得以出版，却远远未获得作者曾期望的文学地位。不仅是周作人这部《绍兴儿歌集》，如果我们仔细考量整个中国民间文学学术史，就会发现，这一理论研究与搜集实践的不平衡状态，实非鲜见。在民间文学、民俗学，还有俗文学研究领域，理论成果层出不穷：如顾颉刚《孟姜女故事研究》在民间故事研究领域提出的"层叠说"演进为"古史辨派"；郑振铎《中国俗文学史》以对中国本土"俗文学"资料的研究开创了"俗文学派"；从《民俗周刊》学者群到西南民俗采风中兴起的"民俗学派"均在镜鉴西方理论方法的同时，针对民间话语的中国资料与中国问题，形成了颇具科学理性方法的中国研究体系。由他们开辟的民间文学、俗文学、民俗学等不同的学科角度，经过其后的积累分别形成了相关的独立学科，其导夫先路的功绩不可谓不大。而另一方面，周作人《绍兴儿歌集》虽然是一个寂寞的开始，

① 周作人：《儿童文学与歌谣》，止庵校订，《知堂回想录》，河北教育出版社2002年版，第456页。

却在几年后的歌谣运动中获得首肯。胡适、刘半农、顾颉刚等歌谣运动的倡导者们热心搜集民间歌谣、民间故事。自 1918 年 2 月 1 日《北京大学日刊》第 61 号发布刘半农《北京大学征集全国近世歌谣简章》，成立北京大学歌谣征集处，《新青年》第 4 卷第 3 期转载《简章》，三个月后，就收到了来稿 80 余起计歌谣 1100 余章。《北京大学日刊》同年 5 月 20 日 第 141 号起，开始发表搜集到的民间歌谣，由刘半农编订，一年时间刊出 148 则，成果亦不可谓不大。在歌谣运动影响下，先后结集的如刘半农的《江阴船歌》，顾颉刚的《吴歌甲集》《孟姜女故事的歌曲甲集》，林培庐的《潮州畲歌集》《潮州七贤故事集》，钟敬文的《客音情歌集》《琅僮情歌》《疍歌》等。根据朱自清在 1929 年所做的统计，当时已出版或即将出版的歌谣集多达 60 种。不过，即使是当时小有影响的《江阴船歌》等，其价值即以周作人看来，“从文艺或道德说，便不免有可以非难的地方”，因此“反对用鉴赏眼光批评民歌的态度”，但既然民歌“是民俗研究的资料，不是纯粹的抒情或教训诗，所以无论如何粗鄙，都要收集保存”，“半农这一卷的《江阴船歌》，分量很少，却是中国民歌学术采集上第一次的成绩。我们欣幸他的成功，还要希望此后有这种撰术发表，使我们能够知道‘社会之柱’的民众的心情，这益处是普遍的，不限于研究室的一角的”[①]。由此可见，民间文学的搜集实践活动，从开始便喜忧参半，呈现出理论繁荣、搜集成果却量多质未必佳的一边倒局面。甚至后来的《民间文学三套集成》也是数量压倒质量。无论在当时还是今日，都没有出现像《格林童话》那样赢得普遍赞扬的民

① 周作人:《江阴船歌序》，止庵校订，《周作人自编文集·谈龙集》，河北教育出版社 2002 年版，第 47—49 页。

间文学作品经典。就周作人《绍兴儿歌集》问世之坎坷而言，固有时代的因素在内。中国民间文学乃至儿童文学经典的缺失，亦与周作人多次批判过的“小大人”、“教训”、被压抑的想象力等民族心理、民族文化传统有着深层的关联。但更值得我们做的也许在于，以周作人为个案，借此梳理20世纪民间文学、民俗学、俗文学学术理论建构内在的焦点与矛盾，从而索解理论繁荣、实践偏弱局面形成的根本原因，可能对现代民间话语的研究与实践道路起到更大的借鉴作用。

第二节　双线并进的学术性与文学性

周作人在《歌谣·发刊词》中开宗明义阐明了他在歌谣运动中的立场与主张：“本会搜集歌谣的目的共有两种，一是学术的，一是文艺的。……歌谣是民俗学上的一种重要的资料。我们把它辑录起来，以备专门的研究；这是第一个目的。因此我们希望投稿者不必自己先加以甄别，尽量地录寄，因为在学术上是无所谓卑猥或粗鄙的。从这学术的资料之中，再由文艺批评的眼光加以选择，编成一部国民心声的选集。意大利的卫太尔曾说：‘根据在这些歌谣之上，根据在人民的真情感之上，一种新的‘民族的诗’也许能产生出来。’所以这种工作不仅是在表彰现在隐藏着的光辉，还在引起当来的民族的诗的发展；这是第二个目的”[①]。由此可以见出周作人在民间文学研究上的双重宗旨。《童话研究》亦初步谈到这个双重路径：“依人类学法研究童话，

① 周作人：《歌谣·发刊词》，《歌谣周刊》第1号，1922年12月17日，北京大学《北大日刊》科发行。

其用在探讨民俗，阐章史事，而传说本谊亦得发明”，“以文史家言治童话者，当于文章原起亦得会益。……心声所寄，乃无有异。外景所临，中怀自应，力求表见，有不能自已者，此固人类之同然，而艺文真谛亦在是，故探文章之源者，当于童话民歌求解说也。”[①]周作人对待“民间”这判然分别、又相互纠缠的“学术的”与“文学的”两条路径，正是他对“五四”时期“民间价值”内在矛盾的一种态度与解决方案[②]。

（一）从文学发生学的角度，判定民间文学乃至文学的无功利性

在著名的《平民的文学》一文中，周作人提出“平民的文学正与贵族的文学相反。但这两样名词，也不可十分拘泥。我们说贵族的或平民的，并非说这种文学是专做给贵族或平民看，专讲贵族或平民的生活，或是贵族或平民自己做的，不过说文学的精神的区别，指他普遍与否，真挚与否的区别”[③]。这一对民间“精神”的指认，既超越了白话文学工具上的区别，也超越了“用文学来表现人生，要用诗歌来描写人生的呼号冤苦”的文学表现内容上的区别[④]，独举“文学精神”的“普遍、真挚”为标准，具体表现为：“第一，平民文学应以普通的文体，写普遍的思想与事实”，“第二，平民文学应以真挚的文本，记真挚的思想与事实”。这两

---

① 周作人：《童话研究》，刘绪源辑笺，《周作人论儿童文学》，海豚出版社 2012 年版，第 13 页。

② 对民间文学内在矛盾的解决方案，胡适、郑振铎各有不同，参见王姝：《生长经典与文学版图的重构》，《浙江社会科学》2014 年第 2 期，《郑振铎“俗文学派”研究》，《民族文学研究》2012 年第 1 期。

③ 周作人：《平民的文学》，刘绪源辑笺，《周作人论儿童文学》，海豚出版社 2012 年版，第 109—110 页。

④ 胡适：《白话文学史》，上海古籍出版社 1999 年版，第 228 页。

条涵盖了文体与内容，更凸显了写作的态度。周作人由此与“人生派”“艺术派”区别，自我认定为“人生的艺术派”[①]。

那么平民文学“普遍、真挚”的文学价值究竟从何而来？在胡适、刘半农等高呼“民间”，借民间力量发动文学革命、歌谣运动时，何以周作人能如此冷静理性地细细阐发“平民文学”精神的真谛？这与周作人在民国初年对神话、世说、童话等民间文学的研究不无关系。“童话（Maerchen）本质与神话（Mythos）世说（Saga）实为一体”，“神话者原人之宗教，世说者其历史，而童话则其文学也”[②]。在后来《童话的讨论》一文中，周作人进一步指出“童话”一词从词源上来说是由日本而来，意为“儿童的故事”，但从学术上来讲乃是“民间故事——原始的小说的意思”。这就从文学发生学的角度将“童话”视为“原始社会的文学”[③]。20 世纪 40 年代，周作人在《我的杂学》一文中又提到，研究童话受哈忒阑（Hartland）的《童话之科学》与麦扣洛克（Macculloch）的《小说之童年》两本书的影响。而《小说之童年》副题即云“民间故事与原始思想之研究”[④]，再次说明他对童话研究之兴趣正导向他对文学起源的认识。

周作人认为神话、世说、童话三者依次产生，“生民之初，未有文史，而人知渐启，鉴于自然之神化，人事之繁变，辄复综所征

---

① 周作人：《平民的文学》，刘绪源辑笺，《周作人论儿童文学》，海豚出版社 2012 年版，第 109—110 页。

② 周作人：《童话略论》，刘绪源辑笺，《周作人论儿童文学》，海豚出版社 2012 年版，第 13 页。

③ 周作人：《童话的讨论》，钟叔河编，《周作人文类编·上下身》，湖南文艺出版社 1998 年版，第 692 页，原载《晨报副镌》1922 年 1 月 25 日。

④ 周作人：《我的杂学（七）》，止庵校订，《知堂回想录》，河北教育出版社 2002 年版，第 761 页。

受，作为神话世说，寄其印感。迨教化迭擅，信守亦移，传说转昧，流为童话。征诸上国，大较如是，而荒服野人，闻异邦童话，则恒附以神人之名，录为世说用之。二者之间，本无大埂，惟以化俗之殊，乃生转移而已"①。"神话是原始人的文学，原始人的哲学，原始人的科学，原始人的宗教传说"②，"所以我们要研究神话必先了解神话的背景。因为神话是古代野蛮民族的思想与遗事，而经过讽咏入诗歌，即是古人的文学的表现，比它更古的便没有了"③。"民歌（Ballade）者盖与童话同质，特著以韵言，便于歌吟，其变则有史诗（Epos），犹世说之与童话……其在文学，则一为古之史册，一为古之诗词，后世著作皆承此出。今之文史，于各国史诗及北方世说，加以论录，而其余盖阙，近世乃有征引民歌以明诗之本原者，其在童话正无所异，或称之为小说之胚胎，殆至当也。"④其后写于 30 年代、40 年代的《希腊神话二》、《我的杂学（七）》继续表明神话、传说与童话之间的渊源关系。"故事还是这一件故事，拿来说明宇宙文化之所以然，这算是神话，只当做小说听了好玩便是童话，若是相信某人某地所曾有过的事迹，那又在这两者之间，是一种传说了。神话可以说是古代初民的科学，传说是历史，童话是文艺，大有一气化三清之概。"⑤

① 周作人：《童话研究》，刘绪源辑笺，《周作人论儿童文学》，海豚出版社 2012 年版，第 7 页。

② 周作人：《续神话的辩护》，吴平、邱明一编，《周作人民俗学论集》，上海文艺出版社 1999 年版，第 8 页。

③ 周作人：《神话的趣味》，刘绪源辑笺，《周作人论儿童文学》，海豚出版社 2012 年版，第 225 页。

④ 周作人：《童话研究》，刘绪源辑笺，《周作人论儿童文学》，海豚出版社 2012 年版，第 13 页。

⑤ 周作人：《希腊神话二》，吴平、邱明一编，《周作人民俗学论集》，上海文艺出版社 1999 年版，第 368 页。

“神话与传说童话元出一本，随时变化，其一是宗教的，其二则是史地类，其三属于文艺，性质稍有不同，而其解释还是一样，所以能读神话而遂通童话，正是极自然的事。”[①]

“民间文艺即是原始的文艺，歌谣是最古的诗，故事是最古的小说，尽管有人加以轻视，它的地位却总是确定实在的。”[②]周作人治神话、传说、童话、儿歌，首从文学起源入手，将这些民间文学体裁视为现代文学的“祖母”，归结为“原始情感”，“民歌与新诗的关系，或者有人怀疑，其实是很自然的，因为民歌的最强烈最有价值的特色是他的真挚与诚信，这是艺术品的共通的精魂，于文艺趣味的养成极是有益的”[③]。这才从学理上为“平民文学”找到了“普遍、真挚”精神本质的根源。由此根源再行推演，进一步得出了“文学无用论”，暗合康德所言艺术之“合目的性”。在倡导“人的文学”之后几年，周作人在《新文学的要求》《文艺的讨论》等文中一再申明：“就文艺起源上论它的本质，我想可以说是作者的感情的表现。”[④]“我以为文艺是以表现个人情思为主；因其情思之纯与表现之精工，引起他人之感激与欣赏，乃是当然的结果而非第一的目的。”[⑤]周作人在1932年的《中国新文学的源与流》一书中总结道：“文学是无用的东西。因为我们所说的

---

① 周作人：《我的杂学（七）》，止庵校订，《知堂回想录》，河北教育出版社2002年版，第761页。

② 周作人：《俄罗斯民间故事・序言》，止庵编，《周作人译文全集》，上海人民出版社2012年版，第6223页。

③ 周作人：《歌谣》，刘绪源辑笺，《周作人论儿童文学》，海豚出版社2012年版，第149页。

④ 周作人：《新文学的要求》，吴平、邱明一编，《周作人民俗学论集》，上海文艺出版社1999年版，第284页。

⑤ 周作人《文艺的讨论》，钟叔河编，《周作人文类编・本色》，湖南文艺出版社1998年版，第65页，原载《晨报副镌》1922年1月20日。

文学，只是以达出作者的思想感情为满足的，此外再无目的之可言。里面，没有多大鼓动的力量，也没有教训，只能令人聊以快意。”“文学只是感情没有目的。若必谓为是有目的的，那么也单是以‘说出’为目的。”①

与此同时，并观点相呼应，周作人曾在1922年《晨报副镌》上发表《歌谣》一文，文中引《英国民歌论》作者吉特生（Kidson）所说，歌谣是“生于民间，为民间所用以表现情绪，或为抒情的叙述者。他又大抵是传说的，而且正如一切的传说一样，易于传讹或改变。他的起源不能确实知道，关于他的时代也只能约略知道一个大概”。歌谣“产生于原始社会的即兴歌，《诗序》所说‘情动于中而形于言’云去，……在文化很低的社会里，个人即兴口占，表现当时的感情或叙述事件，但唱过随即完了，没有保存的机会，到得文化稍进，于即兴之外才有传说的歌谣，原本也是即兴，却被社会所采用，因而就流传下来了”。“民歌作者并不因职业上的理由而创作，他唱歌，因为他是不能不唱，而且有时候他还是不甚适于这个工作。但是他的作品，因为是真挚地做成的，所以有那一种感人的力，不但适合于同阶级，并且能感及较高文化的社会。”②“歌谣是民族的文学。这是一民族之非意识的而是全心的表现。”③民歌“是代表民族的心情的，有一种浑融清澈的地方，与个性的诗之难以捉摸者不同，在我们没有什么文艺修业

① 周作人：《中国新文学的源流》，华东师范大学出版社1995年版，第13—14页。

② 周作人：《歌谣》，刘绪源辑笺，《周作人论儿童文学》，海豚出版社2012年版，第148—149页。

③ 周作人：《潮州畲歌集》，止庵校订，《周作人自编文集・谈龙集》，河北教育出版社2002年版，第46页，原载《语丝》1927年4月刊126期，署名岂明。

的人常觉得较易领会"[1]。

周作人还从文学的宗教起源角度，巩固了民间文学之为文学始祖的说法。《中国新文学的源与流》提出，"文学本是宗教的一部分，只因二者的性质不同，所以到后来又从宗教里分化了出来"。而文学与宗教性质之不同，"是在于其有无'目的'"[2]。在《圣书与中国文学》里他论道："我们知道艺术起源大半从宗教的仪式出来，如希腊的诗、赋、戏曲都可以证明这个变化，就是雕刻绘画上也可以看出许多踪迹……最初的时候，表现感情并不就此完事；他是怀着一种期望，想因了言动将他传达于超自然的或物，能够得到满足；这不但是歌舞的目的如此，便是别的艺术也是一样，与祠墓祭祀相关的美术可以不必说了，即如野蛮人刀柄上的大鹿与杖头上的女人象征，也是一种符咒作用的，他的希求的具体的表现。后来这祈祷的意义逐渐淡薄，作者一样地表现感情，但是并不期望有什么感应，这便变了艺术，与仪式分离了"[3]。无独有偶，他谈到儿歌的分类时也提到："唱歌而伴以动作者则为游戏歌，实即叙事的扮演，可以说是原始的戏曲，——据现代民俗学的考据，这些游戏的确起源于先民的仪式"[4]。既然无"目的"使原始文学与宗教分离，那么文学根本就应当坚持它的"无目的性"。难怪周作人始终反对将文艺挪作他用，"文学即是不革命，能革命就不要文学及其他种种艺术或宗教，因为他

---

① 周作人：《海外民歌译序》，止庵校订，《周作人自编文集·谈龙集》，河北教育出版社2002年版，第42页，原载《语丝》1927年4月刊126期，署名岂明。

② 周作人：《中国新文学的源流》，华东师范大学出版社1995年版，第11—13页。

③ 周作人：《圣书与中国文学》，《艺术与生活》，河北教育出版2002年版，第34页。

④ 周作人：《歌谣》，刘绪源辑笺，《周作人论儿童文学》，海豚出版社2012年版，第151页。

已有了他的世界了；接着吻的嘴不再要唱歌，这理由正是一致”[①]。“假如想以文艺为手段去达别的目的，那又是和尚之流矣。”[②]1930年他在《草木虫鱼小引》中说：“我个人却的确是相信文学无用论的。”[③]

当然，这种“文学无用论”并非真正的无用论，究其实质，只是反对将文学用作宣传的工具。周作人在《苦茶随笔》的“后记”中写道：“我原是不主张文学有用的，不过那是就政治经济上说，若是给予读者以愉快，见识以至智慧，那我觉得却是很有必要的，也是有用的所在。”[④]此论正与他对童话的观点相类。“童话者，其能在表见，所希在享受，撄激心灵，令起追求以上遂也。其余效益，皆属副支，本末失正，斯昧其义。”[⑤]为何会存在这种相似性？周作人借文化人类学的构架再次阐述了文学发生与童话发生之间的同一关系，“人类的个体发生原来和系统发生的程序相同：胚胎时代经过生物进化的历程，儿童时代又经过文明发达的历程；所以儿童学上的许多事项，可以借了人类学上的事项来说明。文学的起源，本由于原人的对于自然的畏惧与好奇，凭了想象，构成一种感情思想，借了言语行动表现出来，总称是歌舞，分起来是歌、赋与戏曲小说。儿童的精神生活本与原人相似，他的

① 周作人：《燕知草跋》，止庵校订，《周作人自编文集·苦雨斋序跋文》，河北教育出版社2002年版，第124页。

② 周作人：《瓜豆集·结缘豆》，钟叔河编，《周作人文类编·花煞》，湖南文艺出版社1998年版，第239页。

③ 周作人：《草木虫鱼小引》，止庵校订，《周作人自编文集·苦雨斋序跋文》，河北教育出版社2002年版，第64页。

④ 周作人：《〈苦茶随笔〉后记》，钟叔河编，《周作人文类编·夜读的境界》，湖南文艺出版社1998年版，第560页。

⑤ 周作人：《童话研究》，刘绪源辑笺，《周作人论儿童文学》，海豚出版社2012年版，第14页。

文学是儿歌童话，内容形式不但多与原人的文学相同，而且有许多还是原始社会的遗物，常含有野蛮或荒唐的思想”[①]。“盖个体发生与系统发生同序，儿童之宗教亦犹原人，始于精灵信仰，渐自推移”。“童话之用，见于教育者，为能长养儿童之想象，日即繁富，感受之力亦益聪疾，使在后日能欣赏艺文，即以此为始基。”[②]

因而，他同样激烈地反对儿童文学的工具化，“反对把一时的政治意见注入到幼稚的头脑里去”，“至于政治上的主义，让他们知力完足的时候自己去选择”[③]。激愤之余，笔调不免有些辛辣，“至少等到了中学完毕，那时再来诱引或哄骗，拉进各派去也总不迟”[④]。“国家主义的教育者乘小孩们脑力柔弱没有主意的时候，用各种手段牢笼他们，使变成他的喽啰，这实在是诈欺与诱拐，与老鸭之教练幼妓何异?”[⑤]他指出，我们有“迎合儿童心理供给他们文艺作品的义务”[⑥]，其要则，必须排除工具化的儿童文学，使之避免“两种方向不同的错误：一是太教育的，即偏于教训；一是太艺术的，即偏于玄美。教育家的主张多属前者，诗人

---

① 周作人：《儿童的文学》，刘绪源辑笺，《周作人论儿童文学》，海豚出版社2012年版，第123页。

② 周作人：《童话研究》，刘绪源辑笺，《周作人论儿童文学》，海豚出版社2012年版，第14—15页。

③ 周作人：《关于儿童的书》，刘绪源辑笺，《周作人论儿童文学》，海豚出版社2012年版，第204—205页。

④ 周作人：《〈长之文学论文集〉跋》，刘绪源辑笺，《周作人论儿童文学》，海豚出版社2012年版，第287页，原载《晨报副镌》1923年8月17日。

⑤ 周作人：《国荣与国耻》，陈子善、张铁荣编，《周作人集外文·上集》，海南国际新闻出版社中心1995年版，第348页，原载《晨报》1921年7月23日第7版。

⑥ 周作人：《儿童剧》，刘绪源辑笺，《周作人论儿童文学》，海豚出版社2012年版，第179页。

多属后者。其实两者都不对，因为他们都不承认儿童的世界”[①]。而应当“以儿童为本位”[②]，不可“将他当作缩小的成人”，儿童期“自有独立的意义与价值”，“应当依了他内外两面的生活的需要”[③]。在他看来，安徒生的高明之处正在于“小儿一样的文章，同野蛮一般的思想”[④]。《阿丽思漫游奇境记》的特色是“有意味的‘没有意思’”[⑤]。儿童故事若能像《安特路阑的动物故事》编写时那样，交给小朋友做考官，则是“顶好”的方法[⑥]。

周作人将民歌分为情歌、生活歌、滑稽歌、叙事歌、仪式歌、儿歌（事物歌、游戏歌）六大类[⑦]。关于儿歌，《儿歌之研究》首先区分了儿歌不同的两种起源：一种“其歌词为儿童所自造”，一种为“本大人所做，而儿童歌之者”，从而把假托占验类的古童谣剔除了出去。然后参照并介绍日本中根淑《歌谣字数考》及西方理论，“顺儿童自然发达之序”，将儿歌依次分为“母歌”与“儿戏”前后两级，母歌又分为抚儿之歌（睡谣）、弄儿之歌、体物之歌、人事之歌四类，儿戏分为游戏、谜语、叙事三类。儿歌的作用也同样

---

① 周作人：《儿童的书》，刘绪源辑笺，《周作人论儿童文学》，海豚出版社 2012 年版，第 185 页。

② 周作人：《学校成绩展览会意见书》，刘绪源辑笺，《周作人论儿童文学》，海豚出版社 2012 年版，第 80 页。

③ 周作人：《儿童的文学》，刘绪源辑笺，《周作人论儿童文学》，海豚出版社 2012 年版，第 122 页。

④ 周作人：《安得森的〈十之九〉》，刘绪源辑笺，《周作人论儿童文学》，海豚出版社 2012 年版，第 94 页。

⑤ 周作人：《阿丽思漫游奇境记》，刘绪源辑笺，《周作人论儿童文学》，海豚出版社 2012 年版，第 140 页。

⑥ 周作人：《〈儿童故事〉序》，刘绪源辑笺，《周作人论儿童文学》，海豚出版社 2012 年版，第 295 页。

⑦ 周作人：《歌谣》，刘绪源辑笺，《周作人论儿童文学》，海豚出版社 2012 年版，第 150 页。

“在顺应自然,助其发达,歌谣游戏为之主课,儿歌之诘屈,童话之荒唐,皆有取焉,以尔时小儿心思,亦尔诘屈,亦尔荒唐,乃与二者正相适合,若达雅之词,崇正之义,反有所不受也。由是言之,儿歌之用,亦无非应儿童身心发达之度,以满足其喜音多语之性而已”①。

上述对儿歌、儿童文学的论述,已经包含了周作人对占验童谣与纯正儿歌、人为童话与纯正童话的区分。前者是人为的,非民间文学本源的;后者才是纯粹的,自然发生的民间文学。那么从文学的发生学角度,衡之以“普遍、真挚”的民间精神,自然可以将其后发生的儿童文学水平高下的判断标准定为,为儿童本身的目的而非其他。“我们对于教育的希望是把儿童养成一个正当的‘人’”而非“忠顺的国民。”②但他并非完全反对儿童文学可以含有教育意义,“艺术里未尝不可寓意,不过须得如做果汁冰酪一样,要把果子味混透在酪里,决不可只把一块果子皮放在上面就算了事”③。正如他从来没有反对过文学在精神上的引导作用一样,“文学家须是民众的引道者。……宗教家的乐园净土,革命家的新社会,与文学家的心里的世界,都是民众所应该而不能够想到的境地,在这一点上,那三种人是相同的,是民众的引道者,精神上的贵族”④。当果子味混透在酪里,才成功地做

① 周作人:《儿歌之研究》,刘绪源辑笺,《周作人论儿童文学》,海豚出版社2012年版,第45—50页。

② 周作人:《关于儿童的书》,刘绪源辑笺,《周作人论儿童文学》,海豚出版社2012年版,第204页。

③ 周作人:《儿童的书》,刘绪源辑笺,《周作人论儿童文学》,海豚出版社2012年版,第185页。

④ 周作人:《文学的讨论》,钟叔河编,《周作人文类编·本色》,湖南文艺出版社1998年版,第71页,原载《晨报副刊》1922年2月8日。

成了“人生的艺术”，“既不必使他隔离人生，又不必使他服侍人生，只任他成为浑然的人生的艺术便好了”[①]。“文学无用论”与“人生的艺术”论就从文学发生学的角度获得了辩证的统一。

（二）从文化人类学的角度，倡导个人主义的人间本位主义

既然平民文学“普遍、真挚”的精神是始自文学的发生时代，那么又如何认识文学中“个性”与“共性”之关系呢？这恰恰是周作人同时代人共同的思想盲点。“以顾颉刚为代表的早期民间文学研究者在研究‘民’或民众时，不仅带着同情心，也带着强烈的认同感和归宿感。这就与欧洲早期学者把‘民’归属于与‘我们’不同的‘他们’（农民或下等阶级）有根本的区别。从五四时期开始的知识分子‘到民间去’的热潮，除了‘增进平民智识，唤起平民之自觉心’的任务之外，还有与劳动群众结为一体的或隐或显的自我身份转换的作用。”[②]这就很容易忽视文学的“个性”、创作主体的独立性，形成借“众”力量的专制。大概在“五四”的民间热潮中，周作人也曾喊出：“一人的情绪，既能代表群众，则情绪的结晶，自然是民众的文学了！”[③]这样激越的文字表面上看与顾颉刚的相去不远，“我们自己就是民众，应该各自体验自己的生活！我们要把几千年埋没着的民众艺术，民众信仰，民众习惯，一层一层地发掘出来！我们要打破以圣贤为中心的历史，建

---

① 周作人：《自己的园地》，止庵校订，《周作人自编文集·自己的园地》，河北教育出版社2002年版，第6页。

② 户晓辉：《现代性与民间文学》，社会科学文献出版社2004年版，第127页。

③ 周作人：《文学与常识》，钟叔河编，《周作人文类编·本色》，湖南文艺出版社1998年版，第122页。

设全民众的历史”[①]。但实际上,周作人一直警惕以“民众的统一思想,定于一尊”,强调“文艺上统一的不应有与不可能”,“文艺是人生的,不是为人生的,是个人的,因此也即是人类的;文艺的生命是自由而非平等,是分离而非合并”,主张通过作家“各行其是的工作”促进文学的发展进步[②]。他对文学个性与共性的关系曾有过学术上的说明。

在《歌谣》一文中周作人曾引吉特生的一段话来说明歌谣作为大众的文艺是个性与共性结合的产物,“谚是一人的机锋,多人的智慧。对于民歌我们也可以用同样的界说,便是由一个人的力将一件史事,一件传说或一种感情,放在可感觉的形式里(表现出来),这些东西本为民众普遍所知道或感到的,但少有人能够将它造成定形。我们可以推想,个人的这种著作或是粗糙,或是精炼,但这关系很小,倘若这感情是大家所共感到的,因为通用之后自能渐就精炼,不然也总多少磨去他的棱角(使他稍为圆润)了”[③]。“上古最初文学所发表的感情,就是全社会的,因为保全生命是关系全体的。后来个人思想发达,于是注重个人的情感。这是上古到 19 世纪的变动。现在觉得文学不应以个人为主,是要结合全人类的感情的。”[④]“原始的文学都是表现一团体的感情的作品”,“古代的人类的文学,变为阶级的文学;后来阶级的范围逐渐脱去,于是归结到个人的文学,也就是现代的人

---

① 顾颉刚:《发刊词》,《民俗》周刊 1928 年 3 月 21 日。

② 周作人:《文艺的统一》,钟叔河编,《周作人文类编·本色》,湖南文艺出版社 1998 年版,第 76—78 页。

③ 周作人:《歌谣》,刘绪源辑笺,《周作人论儿童文学》,海豚出版社 2012 年版,第 148—149 页。

④ 周作人:《宗教问题》,吴平、邱明一编,《周作人民俗学论集》,上海文艺出版社 1999 年版,第 175 页。

类的文学了”。“个人与人类的两重的特色，不特不相冲突，而且反是相成的。古代的个人消纳在族类的里面，个人的简单的欲求都是同类所共具的，所以便将族类代表了个人。现代的个人虽然原也是族类的一个，但他的进步的欲求，常常超越族类之先，所以便由代表族类了。”[①]

回到他“五四”时期最早的那篇论文《人的文学》。“我们所说的人，不是世间所谓‘天地之性最贵’，或‘圆颅方趾’的人。乃是说，‘从动物进化的人类’。其中有两个要点，(一)‘从动物’进化的，(二)从动物‘进化’的。”其一强调人的“动物性”，“人的一切生活本能，都是美的善的，应得完全满足”。其二强调人是“进化”的生物，他的“内面生活”有提升的可能，“渐与动物相远，终能达到高上和平的境地”，由此主张灵肉一致的和谐生活。因此从原始民间文学时代对生存欲望的书写，代表族群的呼声；到进入现代文学中以贵族精神之个性张扬，超越、引领族群的方式，同样是代表着族群。周作人将之概括为“个人主义的人间本位主义”[②]，这成为他一生的文学纲领。

1922 年，周作人在《晨报副刊》上发表了《贵族的与平民的》一文，进一步修正了阶级论出发的“贵族”“平民”观，从学理上深入阐析个性与共性的辩证法。“离开了实际的社会问题，只就文艺上说，贵族的与平民的精神都是人的表现，不能指定谁是谁非”，而主流的观点“拿了社会阶级上的贵族与平民，照着本意移用到文学上来，想划分两种阶级的作品，当然是不可能的事”。

---

① 周作人：《新文学的要求》，刘绪源辑笺，《周作人论儿童文学》，海豚出版社 2012 年版，第 119—120 页。

② 周作人：《人的文学》，刘绪源辑笺，《周作人论儿童文学》，海豚出版社 2012 年版，第 101—103 页。

同时对自己在《平民文学》中的“普遍与真挚”的观点也做出反思，“我觉得古代的贵族文学里并不缺乏真挚的作品，而真挚的作品便自有着普遍的可能性，不论思想与形式的如何”[①]。他改用“求生意志”与“求胜意志”来区别二者，贵族文学不再是“享乐”“修饰”和“游戏”的精神代表，而是一种人的超越生存的精神发展。这就是鲁迅所说的“自觉至，个性张”的精神。“我想现在讲文艺，第一重要是‘个人的解放’，其余的主义可以随便；人家分类的说来，可以说这是个人主义的文艺，然而我相信文艺的本质是如此的，而且是这个人的文艺也即真正的人类的——所谓人道主义的文艺。”[②]“人的文学”“平民文学”所含蕴的“人道主义”就被解说为“个人主义的人间本位主义”这一明确的内涵。文学中的个性穿越了民间和知识分子阶层而成为“人类根本上的共通点”[③]。

周作人民俗研究的两条学术路径，一是以安德鲁·朗格(Andrew Lang)为代表的西方文化人类学，前述从文学的发生学角度解释民间文学及文学的起源，童话之于原始社会的关系，民间文学之代表族群等观点，均以此为理论框架。而其另一路径，则受日本学者柳田国男“乡土研究”的影响。通过“乡土研究”，周作人又将文学中的个性落实到乡土与民俗上。1923 年，他在《地方与文艺》一文里提出要“自由地发表那从土里滋长出来的个性”，所谓“艳曲生于南朝，胡音生于北俗”，“国民性，地方

① 周作人：《贵族的与平民的》，止庵校订，《周作人自编文集·自己的园地》，河北教育出版社 2002 年版，第 14—16 页，原载《晨报副刊》1922 年 2 月 19 日。

② 周作人：《文艺的讨论》，钟叔河编，《周作人文类编·本色》，湖南文艺出版社 1998 年版，第 65—66 页，原载《晨报副镌》1922 年 1 月 20 日。

③ 周作人：《个性的文学》，止庵校订，《周作人自编文集·谈龙集》，河北教育出版社 2002 年版，第 147 页。

性与个性，也即是它的生命”[①]。如果说文化人类学的观点，多指向国民性批判，那么乡土研究则对乡土民俗有着深切的理解与同情。周作人以为，“风土的力在文艺上是极重大的，……我们不必一定在材料上有明显的乡土的色彩，只要不钻入那一派的篱笆里去，任其自然长发，便会到恰好的地步，成为有个性的著作”。“强烈的地方趣味也正是‘世界的’文学的一个重大成分。具有多方面的趣味，而不相冲突、合成和谐的全体，这是‘世界的’文学的价值，否则是‘拔起了的树木’，不但不能排到大林中去，不久还将枯槁了。”[②]

就连周作人倾其心力研究的童话也如此，虽然各国的童话“母题”因了原始社会的缘故十分相似[③]，但“山川风土国俗民情之异，乃令华朴自殊，各含其英，发为文学，亦复如此，可一一读而识之。如爱尔兰童话，率美艳幽怪，富于神思，斯拉夫居阴寒之地，所言深于迷信，憯烈可怖，与南方法伊之国多婉冶之思者殊矣。东方思想秾郁而夸诞，传叙故极曼衍，如《一千一夜》(通俗称为《天方夜谭》)之书可见。多岛海童话亦优美多诗味，马达斯加所传，特极冗长，在虾夷澳洲诸族，则以简洁胜，莽民及蔼思吉摩文化疏末，犹近古石器时代，凡所著述亦最近自然。日本文教虽承中国之流，而其民爱物色，多美感，洒脱清丽，故童话亦幽

① 周作人:《地方与文艺》，止庵校订，《周作人自编文集·谈龙集》，河北教育出版社 2002 年版，第 11—12 页。

② 周作人:《〈旧梦〉序》，钟叔河编，《周作人文类编·本色》，湖南文艺出版社 1998 年版，第 733—734 页。

③ 周作人在《童话研究》《古童话释义》《童话释义》中对《蛇郎》《老虎外婆》《吴洞》等童话进行了中外比较的母题研究。

美可赏，胜于华土，与他艺术同也”[①]。由此可见，他所主张的文学的个性，是从个人主义的个性出发，上升到地方的、乡土的，乃至于国民性的。“我们主张尊重各人的个性，对于个性的综合的国民性自然一样尊重，而且很希望其在文艺上能够发展起来，造成有生命的国民文学。”[②]

故而他反对的是“群”的专制对文学个性的压抑，从他把文学的个性建基于国族的个性之上来看，他的确如“五四”其他学人一样，肯定“民间”的力量，因为这是民族乃至人类的根源所在。“个性就是真实的自然的表现；是不模仿别人而抹杀自己；是个人唯一的所有又与人类根本上相通；是在可以保存范围内的国粹，有个性的新文学便是这国民所有的真的国粹的文学。”[③]以“载自己道亦是言志，言他人志即是载道”来区别个性的文学，“还不如直截了当的以诚与不诚分别，更为明了”[④]，这“诚”与“不诚”正是文学之个性对国族个性的诚实传达，而非刻意的宣传。“以科学常识为本，加上明净的感情与清澈的智理，调合成功的一种人生观，以此为志，言志固佳，以此为道，载道亦复何碍。”[⑤]这正寄寓了周作人对国民性改造的期待。由此，周作人达成了对文学个性与共性的辩证认识，“文艺是人生的，不是为人生的，

① 周作人：《童话研究》，刘绪源辑笺，《周作人论儿童文学》，海豚出版社 2012 年版，第 14 页。

② 周作人：《国粹与欧化》，止庵校订，《周作人自编文集 · 自己的园地》，河北教育出版社 2002 年版，第 11 页。

③ 周作人：《个性的文学》，止庵校订，《周作人自编文集 · 谈龙集》，河北教育出版社 2002 年版，第 147 页。

④ 周作人：《汉文学的前途》，止庵校订，《周作人自编文集 · 药堂杂文》，河北教育出版社 2002 年版，第 31 页。

⑤ 周作人：《杂拌儿之二序》，止庵校订，《周作人自编文集 · 苦雨斋序跋文》，河北教育出版社 2002 年版，第 120—121 页。

是个人的因此也即是人类的，文艺的生命是自由而非平等，是分离而非合并”[①]。

（三）由民俗学与俗文学的学科分化，重新梳理文学类型

在《人的文学》一文中，周作人曾举出十种“非人的文学”，其中包括了为胡适所赞扬的《西游记》《水浒传》等白话小说[②]。这几乎是“五四”时期对“人的文学”最为严苛的划定。《民众的诗歌》中，周作人通过一首“布店里的朋友所写或他所爱读的作品”再次表达了他对民间文学价值的怀疑：形式上“与许多的剧本山歌相同，都是以七言为基本，因此多成为笨拙单调的东西。他们仿佛从诗（而且是七言的）直接变化出来，不曾得到词曲的自由句调的好影响”；思想上“实在足以代表中国极大多数人的思想。妥协、顺从，对于生活没有热烈的爱着，也便没有真挚的抗辩。他辩护酒色财气的必要，只是从习惯上着眼，这是习惯以为必要，并不是他个人以为必要了”。“他们好像奉了极端的现世主义生活着，而实际上却不曾真挚热烈的生活一天。”[③]

这一怀疑正是自《平民的文学》以来一以贯之的。“平民文学决不单是通俗文学”，“因为平民文学不是专做给平民看的，乃是研究平民生活——人的生活——的文学。他的目的，并非想将人类的思想趣味，竭力按下，同平民一样，乃是想将平民的生

① 周作人：《文艺的统一》，钟叔河编，《周作人文类编・本色》，湖南文艺出版社1998年版，第77页。

② 周作人：《人的文学》，刘绪源辑笺，《周作人论儿童文学》，海豚出版社2012年版，第104页。

③ 周作人：《民众的诗歌》，止庵校订，《周作人自编文集・谈龙集》，河北教育出版社2002年版，第20—21页。

活提高,得到适当的一个地位。凡是先知或引路人的话,本非全数的人尽能懂得,所以平民的文学,现在也不必个个'田夫野老'都可领会","正因为他们不懂,所以要费心力,去启发他"[①]。周作人以为歌谣运动将"民间"过于理想化,"中国近来的新文学运动等等都只是浪漫主义的发挥,歌谣研究亦是其一,大家当时大为民众民族等观念所陶醉,故对于这一面的东西以感情作用而竭力表扬,或因反抗旧说而反拨地发挥,一切估价就自然难免有些过当,不过这在过程上恐怕也是不得已的事"[②]。

当他重新审视《霓裳》《白雪》之类民歌时,说道:"我从前对于民歌的价值是极端的信仰与尊重,现在虽然不曾轻视,但有点儿怀疑了。""恐怕她的来源不在桑间蹼上,而是《花间》《草堂》,不,或者且说《太平》《阳春》之间",是"小令套数的支流之通俗化",须"把她从诗歌的祖母这把高椅子上拉了下来,硬派作词曲的孙女儿,坐在小杌子上","这类民歌不真是民众的创作,他的次序不是在文学史之首而是其末"[③]。在为《朝鲜童话集》所作的序中也说:"歌谣故事在当作文学看之后,有不少的文学史的意义,因为正如英国麦加洛克主教所说,童话正是'小说之童年',而歌谣也实在有些是诗的祖母,有些虽然也是诗的孙女。"[④]谈到

① 周作人:《平民的文学》,刘绪源辑笺,《周作人论儿童文学》,海豚出版社2012年版,第111页。

② 周作人:《重刊霓裳续谱序》,止庵校订,《周作人自编文集·苦雨斋序跋文》,河北教育出版社2002年版,第137页。

③ 周作人:《重刊霓裳续谱序》,止庵校订,《周作人自编文集·苦雨斋序跋文》,河北教育出版社2002年版,第137—141页。

④ 周作人:《〈朝鲜童话集〉序》,钟叔河编,《周作人文类编·上下身》,湖南文艺出版社1998年版,第779页。

笑话时也说它“或者是中国滑稽小说的根芽也或是其枝叶”①。1923年在关于谜语的文章里也有这样的区别,“谜语是原始的诗,灯谜却只是文章工场里的细工罢了”②。

他心目中的理想民间文艺应是“原始社会的诗”,对理想民间文艺的研究可以分成两个方面:“一是文艺的,一是历史的。从文艺方面我们可以供诗变迁研究,或做新诗创作的参考。在这一点上我们需要现成的民歌比旧的更为重要,古文书里有不少好的歌谣,但是,经了文人的润色,不是本来的真相了”③。因此,他更看重本来的民间文艺,口头田野的搜集既然困难,只好从书面文献中搜求,只是那就难免为文人改造的痕迹。研究笑话时只好“兹先选抄明清文人所编者为一集,如能更往民间从老百姓口头录下现时通行笑话为第二集,则其价值当更大矣”。而这文献的编选也只能“当作民俗学的资料”④。那么,即使是《霓裳》《白雪》之流,也可从民俗学的研究入手,“假如有人搜集这类材料,作文学史的研究,考察诗歌与倡优的关系,也是很有价值的工作,其重要或未必下于年号民族等的研究”⑤。

在为弟子江绍原所译的《英吉利谣俗》作序时,周作人再次强调了民俗学的研究方法。“譬如民俗学的治理歌谣故事,我觉

---

① 周作人:《苦茶庵笑话选序》,止庵校订,《周作人自编文集·苦雨斋序跋文》,河北教育出版社2002年版,第89页。

② 周作人:《谜语》,吴平、邱明一编,《周作人民俗学论集》,上海文艺出版社1999年版,第168页。

③ 周作人:《歌谣》,刘绪源辑笺,《周作人论儿童文学》,海豚出版社2012年版,第149页。

④ 周作人:《苦茶庵笑话选序》,止庵校订,《周作人自编文集·苦雨斋序跋文》,河北教育出版社2002年版,第89—90页。

⑤ 周作人:《重刊霓裳续谱序》,止庵校订,《周作人自编文集·苦雨斋序跋文》,河北教育出版社2002年版,第142页。

得要比较普通那种文学史的——不自承认属于人类学或文化科学的那种文学史的研究更为正确,虽然歌谣故事的研究当然是应归文学史的范围,不过这该是人类学的一部之文学史罢了。"[①]尽管他对民俗学与人类学的区分还不明晰,"民俗学的特质如何?这要等专家来说,我不能乱道,但我想总多少与文化人类学相近吧?他就一民族或一地方搜集其信仰、习惯、谣谚,以上古及荒蛮的材料比较参考,明了其意义及发生分布之迹,如此而已",建议"现今好做的只是搜集排比这些工作,等到论究其意义,归结到一种学说的时候,便浸入别的学科范围,如信仰之于宗教学,习惯之于社会学、歌谣故事之于文学史等是也"[②]。

与其他学者简单化地将"民间价值"理想化、绝对化不同,周作人较早认识到民间的落后性和复杂性,因而更认可"民间"之于民俗学的学术价值。在歌谣运动深入的1924年,周作人建议扩大歌谣研究、搜集的范围,指出"关于山水风土英雄人物鬼神等传说及童话,此时不收,将来恐怕要感觉困难;所以《歌谣》有附带收集的必要。但是名称也就不能不改作'民俗学会'"[③]。可惜未能得到其他学者的同意。而此前的1922年,周作人一加入歌谣运动,即将刘半农拟的歌谣搜集简章"不涉淫亵而自然成趣者",改为"语涉迷信或猥亵者亦有研究之价值,当一并录寄,不必先由寄稿者加以甄择"。"我们希望投稿者……尽量的录寄,

① 周作人:《英吉利谣俗序》,止庵校订,《周作人自编文集·苦雨斋序跋文》,河北教育出版社2002年版,第135页。

② 周作人:《英吉利谣俗序》,止庵校订,《周作人自编文集·苦雨斋序跋文》,河北教育出版社2002年版,第134—135页。

③ 《本会常会并欢迎新会员纪事》,《歌谣》周刊第45号第6—8版,1924年3月2日。

因为在学术上是无所谓卑猥或粗鄙的。”[①]并于1923年12月在《歌谣》周刊一周年纪念增刊上发表《猥亵的歌谣》，对猥亵歌谣的学术价值加以阐析。但即使如此强调，也只收到一位名叫杨德瑞的印刷工人寄来了100多则歌谣谜语。此后再无别的响应。周作人于是约集钱玄同、常惠三人，以个人的名义在1925年10月《语丝》第48期上发表《征求猥亵的歌谣启》，共同发起征集活动。由周作人署名的这份《征求猥亵的歌谣启》说：“大家知道民间有许多猥亵的歌，谜语，成语等，但是编辑歌谣的人向来不大看重，采集的更是不愿记录，以为这是不道德的东西，不能写在书本子上。我们觉得这是很可惜的，现在便由我们来做这个工作，专门搜集这类猥亵的歌谣等，希望大家加以帮助，建设起这种猥亵的学术的研究之始基来。”文中还将猥亵歌谣的价值归纳为：其一，“实在是后来优美的情诗的根苗”；其二，“从这里窥测中国民众的性的心理”。又列了搜集计划：“(1)搜集猥亵的谣谚谜语等编为《猥亵歌谣集》，(2)搜集古语方言等编为《猥亵语汇》”[②]。这一次征集光周作人收到的就积存了一抽屉，据他估计，三人共总收到的，大约有“二百件之多”，但由于种种原因终于没有编成书籍面世[③]。

猥亵歌谣的搜集计划虽然失败，周作人坚持的“如实地记述”原则被其后江绍原等民俗学者继承了下来。周作人反对对民间文学进行主观的艺术润泽，认为“既失了科学的精严，又未能达

① 周作人：《歌谣·发刊词》，《歌谣》周刊第1号，1922年12月17日，北京大学《北大日刊》科发行。

② 周作人：《征求猥亵的歌谣启》，钟叔河编，《周作人文类编·花煞》，湖南文艺出版社1998年版，第562页。

③ 周作人：《从猥亵的歌谣谈起》，钟叔河编，《周作人文类编·花煞》，湖南文艺出版社1998年版，第616页，原载《文艺世纪》1964年3月刊。

到文艺的独创,那么岂不是改剜古碑的勾当,反是很可惜的么"[①]。"搜集故事的缺点是容易把它文艺化了,它本来是民间文学,搜集者又多是有文学兴趣的,所以往往不用科学地记录而用了文艺的描写,不知不觉中失了原来的色相,这当做个人的作品固有可取,但是民俗学资料的价值反未免因而减少了。"[②]周作人认为,"我们现在所偏重的纯粹文学,只是在山顶上的一小部分。实则文学和政治经济一样,是整个文化的一部分,是一层层累积起来的。我们必须拿它当作文化的一种去研究,必须注意到它的全体,只是山顶上的一部分是不够用的"[③]。因而,民俗学研究可以把学术领域与兴趣"放到低的广的方面来","虽是寂寞的学问,却于中国有重大的意义"[④]。

回到《重刊霓裳续谱序》中展开的关于诗歌祖母或孙女的考辨,周作人以为当时郑振铎等人以本土文献开展的"俗文学"研究,并不是以真正的民间文学的对象,而属于通俗文学。周作人在《关于通俗文学》一文中,将文学分为三部分:民间文学、通俗文学和纯文学,认为纯文学是不能代表全民众的思想的,也没有什么大的力量,倒是通俗文学,民众读后思想会发生变化,我们当有深切的注意才好,并在最后指出,"我们要研究文学或研究文学史,以至所谓纯文学,非包括民间文学与通俗文学二类不可。现在我们大多数的研究文学的人,往往把中间最精彩的一

---

① 周作人:《听耳草纸》,止庵校订,《周作人自编文集·夜读抄》,河北教育出版社2002年版,第52页。

② 周作人:《潮州七贤故事集》,止庵校订,《周作人自编文集·苦雨斋序跋文》,河北教育出版社2002年版,第148页。

③ 周作人:《中国新文学的源流》,华东师范大学出版社1995年版,第4页。

④ 周作人:《十堂笔谈·风土志》,止庵校订,《周作人自编文集·立春以前》,河北教育出版社2002年版,第143页。

段抛弃不管,这是很可惜的"[①]。《中国新文学的源流》里又将民间文学、通俗文学和纯文学之间关系画了一个三角形的示意图,指出纯文学是由民间文学、通俗文学自下而上层层积累而来[②]。以民俗学研究而言,上好的材料是如实记录的民间材料,但经下层文人之手的亦可用之,只是须有所分辨。具体运用起来,则正如高有鹏在《中国现代民间文学史论》中举周作人研究"徐文长故事"时既校考实地传说,又查阅古代笔记文献,再参之西方故事学理论这种学术研究方式,并将之概括为周作人民间文学研究的一种特有模式,"即文本—文献—理论—历史与现实"[③]。这种研究模式契合中国笔记文献丰富、田野调查薄弱的特点,既与顾颉刚的"古史辨派"有关联,又不同于郑振铎的"俗文学"研究过于偏重民间价值,显示出学理的深度与客观性来,并由此开启了民俗学、俗文学研究的学科分化道路。钱理群在《周作人传》一书中说:"当相当一部分知识分子从'五四'救国图存的政治层面出发,把'五四'思想革命转向以推翻反动的国家机器为中心的实际政治革命时,周作人及其同类知识分子却坚持在'学理'上发展'五四'精神,转向更深入、广泛的学术研究与科学建设。这确实是两种不同的选择,他们各自有自己的意义和价值,并且互为补充。"[④]这的确是周作人的意义所在。

---

① 周作人:《关于通俗文学》,吴平、邱明一编,《周作人民俗学论集》,上海文艺出版社 1999 年版,第 305—309 页。

② 周作人:《中国新文学的源流》,华东师范大学出版社 1995 年版,第 4—6 页。

③ 高有鹏:《中国现代民间文学史论》,河南大学出版社 2004 年版,第 253—255 页。

④ 钱理群:《周作人传》,十月文艺出版社 1990 年版,第 266 页。

第三节　寻找再造国民性的文化资源

在学术性与文学性双线并行、互相生发的周作人思想结构中，其实还隐藏着国民性批判的思想核心。甚至周作人思想的前后矛盾、摇摆之处，皆源自他对国民性爱恨交加的情感依恋与理性批判。“民国十六年春间我在一篇小文中曾说我所想知道一点的都是关于野蛮人的事，一是古野蛮，二是小野蛮，三是文明的野蛮。一与三是属于文化人类学的，……这其二所谓小野蛮乃是儿童，因为照进化论讲来，人类的个体发生原来和系统发生的程序相同，胚胎时代经过生物进化的历程，儿童时代又经过文明发达的历程，所以幼稚这一段落正是人生之荒蛮时期”，而“对于儿童学的有些兴趣”则“差不多可以说是从人类学连续下来的”[①]。这段话一方面揭示了周作人有关民间文学、儿童文学到纯文学研究与创作是怎样成为一个有机的整体的，另一方面也告诉我们，周作人民间研究的核心动力实质上应当归结于国民性的批判与改造。

前期的周作人，对中国社会传统几乎是全盘否定。他认为中国社会实际上还处于一个原始的、甚至于野蛮的文化阶段，不无感慨地说：“试看中国的社会里，吃人，劫掠，残杀，人身卖买，生殖器崇拜，灵学，一夫多妻，凡有所谓国粹，没一件不与蛮人的文化恰合。拖大辫，吸鸦片，也正与土人的奇形怪状的编发及吃印度麻一样。至于缠足，更要算在土人的装饰法中，第一等的新

---

① 周作人：《我的杂学（十）》，止庵校订，《知堂回想录》，河北教育出版社 2002 年版，第 767 页。

发明了。”[①]“我们到底不知道自己住着的是文明的还是野蛮的世界。……不但是讲礼教风化的大人先生们如此，便是‘引车卖浆’的老百姓也都一样，只要听他平常相骂的话便足以证明他们的心是还为邪鬼所占据。”[②]

如果说柳田国男的民俗学“以民俗资料的整理和国民精神史的解明为中心”[③]，那么周作人在汲取了柳田国男的学说之后，更加入了国民性批判的视角。当他考察民间信仰的情况时，不无失望地指出“海面的波浪是在走动，海底的水却千年如故”，“我们自称以儒教立国的中华实际上还是在崇拜那正流行于东北亚洲的萨满教”[④]。“国民文化的程度不是平摊的，却是堆垛的，像是一座三角塔；测量文化的顶点可以最上层的少数知识阶级为准，若计算其堕落程度时，却应以下层的多数愚人为准。”[⑤]“种业”[⑥]、“重来”[⑦]、“鬼”等，是周作人对中国国民性传统的悲观之语。

既然中国的传统是如此地深陷于“野蛮”的境地，那不如借

---

① 周作人：《随感录四十二》，钟叔河编，《周作人文类编·中国气味》，湖南文艺出版社1998年版，第166页。

② 周作人：《自己的园地·永乐的圣旨》，钟叔河编，《周作人文类编·千百年眼》，湖南文艺出版社1998年版，第323页。

③ 陈赛：《民俗文化视野下的周作人日本译作》，华东师范大学2011年硕士学位论文。

④ 周作人：《回丧与买水》，止庵校订，《周作人自编文集·自己的园地》，河北教育出版社2002年版，第172页。

⑤ 周作人：《拜脚商兑》，止庵校订，《周作人自编文集·谈虎集》，河北教育出版社2002年版，第148页。

⑥ 周作人：《望越篇》，钟叔河编，《周作人文类编·中国气味》，湖南文艺出版社1998年版，第37页。

⑦ 周作人：《重来》，止庵校订，《周作人自编文集·谈虎集》，河北教育出版社2002年版，第72页。

异国的火种,来重铸国民性。周作人于是找到了希腊神话这个文化源泉,想借希腊文化的“现世主义”、“爱美的精神”[①]、“为知识而求知识的态度”[②]、“热烈的求生意识”[③]来“以遗传的国民性为素地,尽他本质上的可能的量去承受各方面的影响,使其融和沁透,合为一体,连续变化下去,造成一个永久而常新的国民性,正如人的遗传之逐代增入异分子而不失其根本的性格”[④]。由于神话中沉淀了希腊文化的根本因子,周作人多次介绍翻译希腊神话,他说,“我以前所写的许多东西向来都无一点珍惜之意,但是假如要我自己指出一件物事来,觉得这还值得做,可以充作自己的胜业的,那么我只能说就是这神话翻译注释的工作”。他指出希腊宗教“不是受祭司支配而是受诗人支配的”,故能“把宗教中的恐怖分子逐渐洗除,使他转变为美的影象,再回向民间,遂成为世间唯一的美的神话”[⑤]。“希腊是古代诸文明的总汇,又是现代诸文明的来源,无论科学哲学文学美术,推究上去无一不与他有重大的关系。中国的文明差不多是孤立的,也没有这样长远的发展。但民族的古老,历史上历受外族的压迫,宗教的多神崇拜,都很相像,可是两方面的成绩却大有异。就文学而论,中国历来只讲文术而少文艺,只有一部《离骚》,那丰富的想象,热

---

① 周作人:《希腊闲话》,钟叔河编,《周作人文类编·希腊之馀光》,湖南文艺出版社1998年版,第60页。

② 周作人:《希腊之馀光》,钟叔河编,《周作人文类编·希腊之馀光》,湖南文艺出版社1998年版,第110页。

③ 周作人:《新希腊与中国》,吴平、邱明一编,《周作人民俗学论集》,上海文艺出版社1999年版,第346页。

④ 周作人:《国粹与欧化》,止庵校订,《周作人自编文集·自己的园地》,河北教育出版社2002年版,第13页。

⑤ 周作人:《希腊神话引言》,止庵校订,《周作人自编文集·立春以前》,河北教育出版社2002年版,第177—178页。

烈的情调，可以同希腊古典著作相比，其余便鲜可称道。中国的神话，除了《九歌》以外，一向不曾受过艺术化，所以流传在现代民间，也不能发出一朵艺术的小花。我们并不以为这多神思想的传统于艺术是必要的，但是这为原始艺术根源的圣井尚且如此浑浊枯竭了，其他的情绪的干枯也就可以想见，于文艺的发生怎能没有关系呢。中国现在文艺的根芽，来自异域，这原是当然的；但种在这古国里，吸收了特殊的土味与空气，将来开出怎样的花来，实在是很可注意的事。希腊的民俗研究，可以使我们了解希腊古今的文学；若在中国想建设国民文学，表现大多数民众的性情生活，本国的民俗研究也是必要，这虽然是人类学范围内的学问，却于文学有极重要的关系。”①

因而，移植异域文化的本族土壤仍旧十分重要，这关系到移植后可以融汇出怎样的国民性。到晚年，周作人对待民间的态度又趋于缓和，试图以同情理解的态度重返他曾激烈批判过的，或抱着学理态度旁观过的民间。从《论中国旧戏之应废》②，到《中国戏剧的三条路》周作人的态度发生转变，认为“中国旧剧有长远的历史，不是一夜急就的东西，其中存着民族思想的反影，很足供大家的探讨，有许多丑恶的科白，却也当有不少地方具特别的艺术味，留东方古剧之一点余韵；因此这保存事业也是当然的事”。“以前我也赞成官厅的禁止迎会演戏，但现在觉悟这种眼光太狭窄，办法也太暴虐了。有一个故乡海滨的农人曾对我说，‘现在衙门不准乡间做戏，那么我们从那里去听前朝的老话呢？’（这就是说，从何处去得历史知识。）这是客气一点的话，老

① 周作人：《在希腊诸岛》，止庵校订，《周作人自编文集·永日集》，河北教育出版社2002年版，第44页。

② 周作人：《论中国旧戏之应废》，《新青年》5卷5号，1918年11月。

实的说，当云‘从那里得人生的悦乐呢？’禁止他们的‘水满金山’与‘秋胡戏妻’而勒令看萧伯纳易卜生，也不能说是合于情理的办法，因为这是不能满足他们的欲求的。”[①]于是建议改良旧剧：“一种淘汰作用，把旧剧中太不合理不美观的地方改去，其余还是保留固有的精神，并设法使他调和，不但不去毁坏他，有些地方或者还当复旧才行”[②]。对曾经十分厌恶的民间信仰“无生老母”，如今也以为源自“母神崇拜”——“对老母一类的恋慕归依”，是“人类的根本信仰”之一[③]。依然是“如实的记述”的理性，但对待之的态度却起了变化。他希望“‘正经地’介绍老百姓的笑话，我不好替他们代为‘斧正’。他们的粗俗不雅至少还是健壮的，与早熟或老衰的那种病的佻荡不同”，“天下只有天真的小儿与健壮的天才（如拉勃来、歌德、若斯威夫德便有一点病态了）才有欣赏粗俗话的资格”[④]。

在选择异域文化范本时，周作人也十分谨慎，如阿坡罗陀洛斯（Apollodorus）的《书库》，后被冠以《希腊神话》出版的，因其原文朴实不加夸饰，保留了希腊神话的本来面目，而为周作人所看重。在一篇未公开发表的《童话的翻译问题》中，周作人再次谈到了《格林童话》。周作人以为《格林童话》“并不是为儿童供给

① 周作人：《中国戏剧的三条路》，止庵校订。《周作人自编文集·艺术与生活》，河北教育出版社 2002 年版，第 48—49 页，原载《东方杂志》21 卷 2 号，1924 年 1 月。

② 周作人：《中国戏剧的三条路》，止庵校订，《周作人自编文集·艺术与生活》，河北教育出版社 2002 年版，第 48—49 页，原载《东方杂志》21 卷 2 号，1924 年 1 月。

③ 周作人：《无生老母的信息》，吴平、邱明一编，《周作人民俗学论集》，上海文艺出版社 1999 年版，第 178 页。

④ 周作人：《徐文长的故事》，钟叔河编，《周作人文类编·花煞》，湖南文艺出版社 1998 年版，第 720 页，原载《晨报副镌》1924 年 7 月 9、10 日刊。

娱乐，乃是为民俗学者积贮材料”。他相信格林兄弟在序中所言：“我们收集这些故事的第一个目的是正确与真实，我们不曾加添什么我们自己的话，对于故事的情节和形态也不加修饰，只是依照我们所得到的材料那么记录下来”，“虽然著者叹息不得不用高日耳曼语以求统一，却尽可能留存本地方言，在那集子里所说含有十种方言在内”[①]。

坚持学术性的周作人在这里却对格林兄弟进行了一个学术性的误读。根据后来的西方学者研究，格林兄弟并没有到田野进行民间故事搜集活动，而是把讲故事的人请到自己的家中，故事的提供者大多是中产阶级或贵族的受过教育的年轻妇女。格林兄弟还直接从书籍杂志中采录故事[②]。格林兄弟还将方言讲述的故事，转写、处理为高地德语，以完成他们形塑德国国族文化的需要。“当赫尔德和格林兄弟把民间文学定位于集体性并与作家的个人文学对立时，隐含的是一个现代性的预设。格林童话远非所谓自然而纯粹的‘民众之声’，而是在很大程度上诞生于格林兄弟手中的一种现代民间文学体裁，它们的‘生产’是为了迎合资产阶级读者群，而不是为了满足儿童的需求。”[③]并不精通德语的周作人显然无法明了《格林童话》的实际生产过程，而恪守了格林兄弟宣称的“正确与真实”的搜集原则。

在歌谣运动中，周作人倡导以及他自身对绍兴儿歌的搜集，

---

① 周作人：《童话的翻译问题》，刘绪源辑笺，《周作人论儿童文学》，海豚出版社2012年版，第404—405页。

② 参见[德]赫·格斯特纳：《格林兄弟传》，顾正祥译，浙江文艺出版社1986年版，第32—34页。

③ 户晓辉：《现代性与民间文学》，社会科学文献出版社2004年版，第105页。

都秉承了这一原则。出于"歌谣原是方言的诗"这一看法[①]，他要求以方言如实记录，不能以文字呈现的方音以切音注明。并从歌谣搜集倡导方言调查。其目的是在求得"国语及新文学的发达"[②]。途径则有三："一、方言中的名物"，"二、具历史或文艺意味之词"，"三、方言里的熟语"[③]。概括起来即为名物与词汇："普通提起方言似乎多只注重那特殊的声音，我所觉得有兴趣的乃在其词与句，即名物云谓以及表现方式"[④]。通过方言调查庶几可以弥补中国语体文"语汇之太贫弱"的现状[⑤]。周作人想"以口语为基本，再加上欧化语，古文，方言等分子，杂揉调和"，"合古今中外的分子融和而成的一种中国语"[⑥]，来改变初期白话文学"晶莹透澈""缺少了一种余香与回味"的缺点[⑦]。之所以如此重视方言，是因为他以为"言语发达与变迁里反映出民族的生活"[⑧]。

---

① 周作人：《歌谣与方言调查》，吴平、邱明一编，《周作人民俗学论集》，上海文艺出版社1999年版，第108页。

② 周作人：《歌谣与方言调查》，吴平、邱明一编，《周作人民俗学论集》，上海文艺出版社1999年版，第113页。

③ 周作人：《国语的文学》，止庵校订，《周作人自编文集·艺术与生活》，河北教育出版社2002年版，第57页。

④ 周作人：《绍兴儿歌述略序》，刘绪源辑笺，《周作人论儿童文学》，海豚出版社2012年版，第317页。

⑤ 周作人：《歌谣与方言调查》，吴平、邱明一编，《周作人民俗学论集》，上海文艺出版社1999年版，第113页。

⑥ 周作人：《国语改造的意见》，止庵校订，《周作人自编文集·艺术与生活》，河北教育出版社2002年版，第56页。

⑦ 周作人：《扬鞭集序》，止庵校订，《周作人自编文集·苦雨斋序跋文》，河北教育出版社2002年版，第41页。

⑧ 周作人：《古音系研究序》，止庵校订，《周作人自编文集·苦茶随笔》，河北教育出版社2002年版，第82页。

在陈泳超发现的另外一部未曾出版的《绍兴儿歌集》手稿中[①]，我们看到周作人对无论是书面从范寅的《越谚》中搜集的，还是口头采集的儿歌，都加以详尽的注释，对方言名物一一解释，又对某些儿歌如何与游戏配合加以说明。这证明了他在20世纪30年代试图对这部《绍兴儿歌集》加以笺注的计划的确进行了。他在当年《绍兴儿歌集述略序》中表现出来对方言的热情既受到人类学派、民俗学派的学术引诱，想还原一个本然的"民间"；同时也暗蕴了对民间理想的感情性追求："我尝猜想一个人的文章往往暗中受他方言的支配，假如他不去模拟而真是诚实地表现自己。……无论去写作或研究，因为到底只有这个是知道得最深，也运用得最熟"[②]。如此强调运用方言，标榜"如实记录"，恐怕反而是以学术理性站在了"民间"的彼岸。"它（歌谣运动）没有把这种以人民创作为对象的科学工作，跟当时的社会活动——尤其是革命运动联系起来，自然也没有跟这种文学的作者工农大众结合起来。它主要只是在知识阶层中活动。"[③]周作人一再强调"传教式的科学运动是没有用的，最好的方法还只是普及教育，诉诸理性"[④]。然而，从他引入希腊神话，寄希望以异域文化改造传统国民性，到他恪守方言调查，比格林兄弟更为如实地记录搜集来的儿歌，学理追求使他辩证、客观，亦使他谨慎小心地在本然"民间"（实际上又是被人类学、民俗学刻画出来的

---

① 陈泳超：《周作人〈童谣研究稿本〉考述》，《鲁迅研究月刊》2006年第11期。

② 周作人：《绍兴儿歌述略序》，刘绪源辑笺，《周作人论儿童文学》，海豚出版社2012年版，第317页。

③ 钟敬文：《"五四"前后的歌谣学运动》，《民间文艺学及其历史——钟敬文自选集》，山东教育出版社1998年版，第422页。

④ 周作人：《乡村与道教思想》，吴平、邱明一编，《周作人民俗学论集》，上海文艺出版社1999年版，第201页。

本然“民间”对象)里打转转,未尝不是中了“理性的诡计”?

曾经呼唤过中国的《格林童话》出现的周作人,既不能真正走向田野,其搜集整理的《绍兴儿歌集》共三个部分,有两个部分都是从书面搜集,并非从民间口头采集而来;从异域文化的借火,又无可逆料移植后“可以开出怎样的花来”;他心向往之的“唯理主义”固然给他带来了与胡适、顾颉刚、郑振铎不同的[①],清醒客观地对待“民间”的态度,却不无保守,只能在“十字街头的塔里”继续无目的地寻觅改造国民性的文化力量与源泉[②]。周作人之后,江绍原、钟敬文等民俗学者,真正走向了民间的田野,受到周作人“如实记录”的学术原则影响,其调查整理的成果,学术价值高,却不敢贸然进行文学上的修饰改编;郑振铎、赵景深等俗文学研究者,关注书面的俗文学材料,却也一直明辨其与口头文学的区分,从而进一步巩固了民俗学与俗文学学科的分化;在中国民间文学史上搜集整理的作品集虽大量出现,却无法形成周作人理想中的,可以融铸新生的民族性,成为国语新文学典范,取得如《格林童话》那样巨大影响的作品。周作人的“唯理主义”,使他在文学性与学术性之间走得均衡而客观,由此导致了民俗学、民间文学、俗文学的学科分化,形成了较为完备的现代学术生产机制,这是周作人的意义所在。然而,这种“唯理主义”并不能贯彻到民间文学生产实践中来。周作人之后的研究民间的学者们,由于恪守学术的规范,在各自学术领域求得了理论的完足。虽然他们并不缺乏改造国民性的理想和激情,却因了对

---

① 周作人:《记蔡孑民先生的事》,止庵校订,《周作人自编文集·药味集》,河北教育出版社 2002 年版,第 32 页。

② 周作人:《十字街头的塔》,《语丝》第 15 期,1923 年 2 月,署名开明,后收入《雨天的书》。

“民间”的客观辩证的对象式旁观，而不能获得充分的改造民间的自信力；更由于西方所借火种的参照，难以形成自足的改造民间的文化核心，在自身民族的土壤中生出现代“民间”的花，因而不能像格林兄弟等西方第一代关注民间的学者那样，自如地转换民间研究理论与实践的文化成果。20 世纪 30 年代“文艺大众化”之争，40 年代“民族形式”之争，其问题的本质均在此。只有到了延安“改旧编新”运动那里，才形成了明确的改造民间的文化核心，学术性与文学性才真正获得统一，虽然这种统一也以牺牲了民间的多样化为代价，这便是后话了。

第三章 郑振铎"俗文学派"研究

在20世纪民间文学学术史上，民间文学、俗文学、民俗学等诸多概念不仅标志着研究民间文学时的学科分野，也意味着以何种学术视角进入民间文学与文化现象。因而纯粹意义上的概念辨析、标榜客观的学科独立不仅不可能，相反会加倍遮蔽现代民间文学学术话语产生的原生语境。只有揭示出学术立场与视角的选择是怎样制约了民间文学、俗文学、民俗学等学科从重合到分离的不同走向，真正理解现代学者的不同情怀与学术追求，才能由此反观现代学术发展的道路，跳出理论与方法的自我循环，重新接续民间文学与当代民间的血脉联系。

正是从这个意义上来说，以郑振铎为代表的"俗文学派"成为民间文学、俗文学以及民俗学在学科形成时期的一个重要纽结点。郑振铎的"俗文学观"影响了20世纪民间文学的学术理路。由于社会文化变迁与意识形态的影响，"俗文学派"的价值意义始终未能得到正确评价。"十七年"时期，"俗文学派"被认为是地主、小市民文学而趋于沉寂。新时期以来，俗文学研究重新兴起，分化为三种研究路向：一是依附民间文学研究，靠拢民俗派，淡化了文学属性；二是走向泛化的通俗文学研究，却往往采用雅文学的评价标准，丧失了民间新鲜泼辣的力量；三是严守传统学科界限的俗文学研究，重点在变文、宝卷、子弟书，成为古典文学研究的一部分。重评“俗文学派”，重新定位它与民间文学、通俗文学乃至大众文化的关系，对于反思当代民间文学的学术理路与研究范式至关重要。

第一节　《中国俗文学史》的民间价值悖论

1938年，商务印书馆出版了郑振铎的《中国俗文学史》，“俗文学派”由此正式确立。郑氏此著奠定了“俗文学派”的理论构架与学术思想，是整个20世纪俗文学研究的重要著作之一。

郑振铎在《中国俗文学史》的卷首，这样定义“俗文学”：“‘俗文学’就是通俗的文学，就是民间的文学，也就是大众的文学。换一句话，所谓俗文学就是不登大雅之堂，不为学士大夫所重视，而流行于民间，成为大众所嗜好，所喜悦的东西”[①]。用“就是……也就是”的句式，郑振铎将“通俗”“民间”“大众”等不易辨析的概念做了等义对换。正如万建中等学者所指出的，在反抗正统文学的思想启蒙语境下，“俗文学”与当时的“白话文学”“平民文学”“民间文学”“大众文学”“通俗文学”几乎是同义反复[②]。人们既无暇细析这些概念的区别，更是一种有意的混用。谭帆认为：“作为诸多概念中最晚出者的‘俗文学’，几乎含蕴了‘民间文学’、‘平民文学’和‘白话文学’的所有内涵，取‘民间文学’之‘口传性’、‘集体性’，‘平民文学’之‘世俗性’、‘下层性’，‘白话文

---

① 郑振铎：《中国俗文学史（插图本）》，上海人民出版社2006年版，第15页。

② 万建中：《试评郑振铎俗文学研究的成就与不足》，《南昌大学学报》1994年第2期。

学’之‘语体性’、‘通俗性’”，逻辑上的重复“使得‘俗文学’之概念逐步失却了自身的‘定性’”，从而导致了“俗文学学科的含混不清”[①]。

的确，郑振铎在现代性的框架下，建构了一个包容性最大的“俗文学”概念。“通俗”“民间”“大众”不但包括文体形式、文学特征，更体现了自觉的民间立场与价值选择。他之研究“俗文学”的学术思想脉络，主要仍然上承胡适的“白话文学”、周作人的“平民文学”，在思想启蒙的语境下突出其“大众”“民间”的价值立场。

在郑振铎笔下，“俗文学”概念所统摄的“通俗”“大众”与“民间”，都指向同一文学价值：即源自大众，写大众的心声，具备着民间的活力。“他们产生于大众之中，为大众而写作，表现着中国过去最大多数的人民的痛苦与呼吁，欢愉和烦闷，恋爱的享受和别离的愁叹，生活压迫的反响，以及对于政治黑暗的抗争；他们表现着另一个社会，另一种人生，另一方面的中国，和正统文学、贵族文学、为帝王所养活着的许多文人学士们所写作的东西里所表现的不同。只有在这里，才能看出真正的中国人民的发展、生活和情绪。中国妇女们的心情，也只有在这里才能大胆地、称心地不伪饰地倾吐着。”[②]

“民间”在郑振铎的“俗文学”观里，主要在于真挚、鲜活，想象力丰富等特点。但与此同时，郑振铎并没有走向简单的民间崇拜。他一方面表彰俗文学“未经过学士大夫们的手所触动，所以还保持其鲜妍的色彩”，一方面又提出“也因为这所以还是未

① 谭帆：《“俗文学”辨》，《文学评论》2007 年第 1 期。

② 郑振铎：《中国俗文学史（插图本）》，上海人民出版社 2006 年版，第 28 页。

经雕斫的东西，相当的粗鄙俗气”。赞叹“俗文学”的想象力奔放之后，又认为“民间的习惯与传统的观念，往往是极顽强的粘附于其中。……有的时候，比之正统文学更要封建的，更要表示民众的保守性些”[①]。他对“俗文学”的价值保持着清醒客观的态度。

对民间价值的矛盾态度，并不只在郑振铎身上有。胡适“一面夸赞这些旧小说的文学工具（白话），一面也不能不承认他们的思想内容实在不高明，够不上‘人的文学’”[②]。胡适之所以将新文学的鼎革意义定位在“白话文学”这个形式的层面上，恐怕就有绕开这个民间价值悖论的考虑。想要以“平民文学”概念揭示思想内容层面上的意义的周作人则遇到更大的难题。他发表于 1919 年 1 月《每周评论》第 5 期的《平民的文学》一文认为：“平民文学应以普通的文体，写普遍的思想与事实……平民文学应以真挚的文体，记真挚的思想与事实”[③]。但不久又在发表于 1922 年 2 月 19 日《晨报副镌》上的《贵族的与平民的》一文中认为“普遍”“真挚”并非“平民文学”的专利，于是不得不勉强把“贵族文学”与“平民文学”视为两种抽象的精神分野，“以平民的精神为基调，再加以贵族的洗礼，这才能够造成真正的人的文学”[④]。面对“平民文学”的价值缺失，只能重视通俗文学（包括民

① 郑振铎：《中国俗文学史（插图本）》，上海人民出版社 2006 年版，第 18 页。

② 胡适：《导言》，《中国新文学大系 · 建设理论集》，上海文艺出版社 2003 年版，第 20 页。

③ 周作人：《平民的文学》，钟叔河编，《周作人文类编 · 本色》，湖南文艺出版社 1998 年版，第 40—44 页。

④ 周作人：《贵族的与平民的》，钟叔河编，《周作人文类编 · 本色》，湖南文艺出版社 1998 年版，第 73—75 页。

间文学）的学术价值，而对它的文艺价值几乎不置一词[①]。

在致力于搜集民间文学、俗文学书面资料的郑振铎那里，这样的困惑就更有切身的体验。他在写于20世纪30年代的《大众文学与为大众的文学》一文中曾经不由自主地发出这样的感慨："在几十年来的威逼、利诱、蹂躏、扫荡的种种打击之下，大众文学是久已被封锁于古旧的封建堡垒里，其所表现的，每每是很浓厚的封建的农村社会里所必然产生的题材、故事或内容；……今日所搜集的许许多多的各省，各县，各镇的歌谣，小唱本，鼓词，宝卷，弹词等等——我也曾经费了不少的时力在搜集这些东西之上——到底有几种值得流传下来的？如果我们不视之为研究的资料，而欲加以鼓吹、流通，那便真要'谬种流传'，贻害无穷的了。……在技巧、描写的一面讲来，我们旧社会的大众文学，也是渲染着很深刻的古典文学的余毒的；许多摇笔即来的陈辞腐语，常是纠绕在他们的笔端，拂拭不去，扫除不尽。"[②]

对比他在《中国俗文学史》里提及搜集"俗文学"作品的艰辛，这样的感慨无疑是苦辛杂陈的。"著者在十五六年来，最注意于关于俗文学的资料的收集。……壮年精力，半殚于此。……尤为困难的是，许多的记述，往往都为第一次所触手的，可依据的资料太少；特别关于作家的，几乎非件件要自己去掘发，去发现不可。而数日辛勤的结果，往往未必有所得。"[③]1937年的"八·一三"事变中，郑振铎藏于虹口开明书店一百多箱古书

---

① 陈泳超：《中国民间文学研究的现代轨辙》，北京大学出版社2005年版，第97页。

② 郑振铎：《大众文学与为大众的文学》，《郑振铎全集》第5卷，花山文艺出版社1998年版，第199—200页。

③ 郑振铎：《中国俗文学史（插图本）》，上海人民出版社2006年版，第26—27页。

被日军炮火“烧得片纸不存”，以至于郑振铎不得不在第二年仓促出版了《中国俗文学史》。

搜集是这样的繁难辛苦，其文学价值又未能如意。这样的民间价值悖论如何去解决？

第二节　寻找本土中国的民间对象

无论是胡适的“白话文学”、周作人的“平民文学”，还是郑振铎的“俗文学”，在反叛正统文学时，都是将自身置放在文学演进的链条上，获取民间原动力，从而获得合法性的。面对民间精芜并存的原生状态，郑振铎力图总结文学演进的规律，揭示正统文学与“俗文学”之间的互动影响，从而解决上述的民间价值悖论。然而，这一解决方案恰又给“俗文学”学科带来了新的内在矛盾。

在《中国俗文学史》里，郑振铎把“俗文学”的研究对象分为五类：“第一类，诗歌”（包括民歌、民谣、初期的词曲等等）；“第二类，小说”（专指话本）；“第三类，戏曲”（包括戏文、杂剧、地方戏）；“第四类，讲唱文学”（变文、诸宫调、宝卷、弹词、鼓词）；“第五类，游戏文章”①。对“俗文学”研究对象的选择，以及对“俗文学”构成中国文学史中心的论断，显然并不局限于“俗文学”本身，而是源自对中国文学史的整体判断。

郑振铎以现代的眼光，重构中国文学史，发现了文学演进的原动力。“催促我们的文学向前发展不止的，那便是民间文学的发展。原来民间文学这个东西，是切合于民间的生活的。随了

① 郑振铎：《中国俗文学史（插图本）》，上海人民出版社2006年版，第19—24页。

时代的进展,他们便也时时刻刻地在进展着。"[①]但民间的真挚、新鲜与奔放的想像力又与思想保守、陈腐与猥亵等缺陷紧密交织在一起。郑振铎既不满于文人学士对民间精神的洁癖式改造,认为知识分子的改造显然会扼杀新鲜泼辣的民间生命力,又希望这种改造能在去除民间精神中负面因素的同时,并不损伤其真挚与创造性。他勾勒了这样一幅知识者与民间共同推动的文学演进图景:"一部分的文人学士,虽时时高唤着复古,刻意求工的模仿着古人,然时代与民众却即在他们的呼声所不到之处,暗地里产生了不少伟大的作品。到了后来,则时代与民众又压迫着文人学士采取这个新的文学形式。当民众文艺初次与文人学士相接触时,其结果便产生了一个大时代。过了一个时代,这个新的形式,又渐渐成为古董而为时代及民众所舍弃,他们又自去别创一种新的文学形式出来"[②]。这一论断后来成为被普遍接受的有关中国文学史演进的确论。

在《中国俗文学史》里,郑振铎进一步以民间价值为中心,展开对"俗文学"的研究。开宗明义,他概括"俗文学"特点为六点:大众的、无名集体的创作、口传的、新鲜然而粗鄙、想像力奔放、勇于引进新的东西[③]。对"俗文学"口头性、集体性等特质的指认,显然与郑振铎在此著中大量引用的词曲、变文、弹词等书面文本例证之间形成了内在的矛盾。

从1932年的《插图本中国文学史》到1938年的《中国俗文学史》,郑振铎一直谈的是俗文学,把民间文学包括在俗文学之内。然而,无论是他对俗文学的概念定义,还是他对俗文学特征

---

① 郑振铎:《中国文学史·绪论》,陕西师范大学出版社2009年版,第8页。

② 郑振铎:《中国文学史·绪论》,陕西师范大学出版社2009年版,第10页。

③ 郑振铎:《中国俗文学史(插图本)》,上海人民出版社2006年版,第17—19页。

的总结,都是从民间文学出发的。对俗文学民间内涵的自觉追求,与他在论证时采用的大量书面俗文学文本之间,似乎形成了一个巨大的矛盾,并因此而为后人所诟病。

面对"俗文学"口传性、集体性特征与书面文本例证不相匹配的现象,刘锡诚、陈泳超、朱康、黄永林等学者通过学术史的梳理,一方面肯定郑氏结合传统学术专长,以唯物史观的治学理念与研究方法,揭示俗文学对中国文学史演进的重要作用,将俗文学研究迅速推进到相当的学术高度;另一方面又认为郑氏未能区分俗文学与民间文学,造成其理论与文本例证不相匹配。

事实上,郑振铎并非对民间文学的口头样式毫无了解。在顾颉刚《孟姜女》故事的研究发表之前(顾颉刚《孟姜女故事的转变》发表于 1924 年 11 月 23 日《歌谣》周刊),郑振铎的《孟姜女》一文就已经发表于 1924 年 9 月的《文学周报》。1927 年 6 月,郑振铎还在《小说月报》发表了《中山狼故事之研究》和《螺壳中之女郎》。这几篇文章都注意到了民间故事的类型及其演变。在《中山狼故事之研究》中他还开创性地用图解方法把所知各地流传的故事概要,列了一张大表。郑振铎认为这一研究方法有着重要的意义。他说:"把中国各地传说依同样的方法去研究其根源与变异,那不是一件很伟大很有趣的工作么?"①

1927 年"四·一二"反革命政变后,郑振铎流亡欧洲,在英法两国研读了大量的中国旧小说、戏曲、变文,同时也认真研读了西方民俗学的相关理论。他翻译了《民俗学概论》(毁于战火),英国民俗学家柯克士的《民俗学浅说》(于 1934 年由上海商务印

① 郑振铎:《中山狼故事之变异》,《小说月报》第 17 卷"中国文学研究"号外,1927 年 6 月。

书馆出版）。西方民俗学理论的学习与中国俗文学文本的发现，两相作用之下，郑振铎的俗文学研究兴趣开始从民间文学的口头样式转向了中国特有的旧小说、戏曲、变文、弹词等书面文本。其间，郑振铎有关俗文学的研究心得陆续寄回国内发表。回国后，郑振铎继续致力于旧小说、词曲、戏曲以及游戏文章等研究。1928 年底到 1930 年间，相继发表了《〈水浒传〉的深化》《〈三国志演义〉的演化》《中国小说的分类及其演化的趋势》《杂剧的转变》《佛曲叙录》《传奇的繁兴》等文，并在 1930 年 9 月，随着《中国文学史（中世卷第三篇第一册）》的出版，将俗文学的研究纳入了中国文学史的系统研究之中。1932 年《中国文学史》出版后，郑振铎仍觉意犹未尽，又特为他在《中国文学史》着重评述的变文、宝卷、弹词等俗文学做一专史。于是，乃有 1938 年《中国俗文学史》的出版。

郑振铎关注俗文学的书面文本，不单出自个人趣味与学术专长的考虑，更是在学习借鉴西方民俗学、人类学理论之后，对中国本土民间文学对象的自觉选择。考之上述郑氏以文学演进来解决民间价值悖论的学术理路，可以发现，郑振铎认为“俗文学”正是从民间到文人学士手中之时，尚不失其生气，又避免了过于粗鄙，这样一个较为理想的文学形态。

与“五四”时期其他学者重视口头样式，重视歌谣、民间传说与故事的搜集不同，郑振铎在变文、宝卷、唱本里发现了一个经过文人学士之手整理的，经过文学的精心组织，又尚保有民间生机的俗文学世界。在 1934 年 6 月《文学》月刊第 2 卷第 6 号发表的《三十年来中国文学新资料的发现史略》一文中，郑振铎不无欣喜地总结了足以改变中国文学面貌的新资料，分为十一类：宋元词集、敦煌变文、宝卷、弹词、鼓词、民歌俗曲、诸宫调、戏曲、散曲、小说、诗文及其他要集。这些新资料正是此后写作《中国俗文学史》的主要材料。由于郑振铎重在寻找民间的文学价值，俗文学就成了最理想的研究对象。因为，歌谣也好、民间传说与故事也好，民间文学的口头样式不但残留着前述保守、陈腐等重大的缺陷，而且文学形式也毕竟粗糙鄙俗，学术价值大于文学价值。只有俗文学才是可以承载源自民间的文学价值，又独具本土特色的文体。

在《中国俗文学史》中，郑振铎以这一标准择取了从民间到文人学士之手的特殊文本。他夸赞变文、金元诸宫调“布局的宏伟、抒写的豪放”，又说“唐五代的诸变文，是绝代的创作，宋金之间的各诸宫调，也是足以一雪我们不会写伟大的‘史诗’或‘叙事诗’之耻的”①。对变文、宝卷以及其他俗文学书面文本的赞赏，是在分析了整个中国民间文学书面记录之后的一个思考。

受郑振铎影响，从民间文学的口头样式起家，转向俗文学书面文本研究的，还有赵景深、杨荫深等人。赵景深早期深受英国人类学派民俗学的影响（翻译过英国民俗学学者葛劳德、麦苟劳克等人的理论著作），运用人类学派的理论研究童话与民间故事。但从30年代中期起，赵景深转向俗文学研究，先后出版了《读曲随笔》（北新书局1936）、《大鼓研究》（商务印书馆1937）、《弹词考证》（商务印书馆1938）。后两种都是该俗文学品种的开拓性研究。杨荫深早在1930年就出版了《中国民间概说》，在充分考虑中国民间文学本土特色的基础上，将民间文学分为三大类，即故事（神话、传说、趣话、寓言）、歌谣（童谣、山歌、时调、谜语）、唱本（唱词、唱曲）。包括宝卷、弹词、鼓曲在内的“唱本”，作

---

①　郑振铎：《中国俗文学史（插图本）》，上海人民出版社2006年版，第291页。

为三大类中一类，占据了民间文学研究的显要位置。1946 年，杨荫深又出版了《中国俗文学概论》，全书建立了更为详备的俗文学体系，并把郑振铎因为专门研究太多而弃置的小说、戏曲再次列入，使俗文学研究进一步呈现出书面化的特征。

郑振铎的学术思考极大地影响了“俗文学派”其后的学科分化。从俗文学书面文本与民间文学口头性、集体性特征之间的内在矛盾出发，终于造成了“民间”向“革命民间”与“通俗民间”的分裂。

第三节　学科分化中的“民间”裂变

《中国俗文学史》出版之后，俗文学研究的思路极大地影响了民间文学的学术走向。胡愈之、徐蔚南等提出的民间文学，概念的性质大于文本研究，理论与中国民间文学的实际颇有不符之处。郑振铎不但发现了俗文学这一具有中国本土特色的民间文学文体，而且将它置放在整个文学史发展演进的链条中，通过对俗文学文本的详细解读，发现了俗文学与正统文学相异的，因而也是独具的文学价值。这就将“五四”以来提倡的“白话文学”“平民文学”以及“民间文学”的文学价值落到了实处。郑著中民间文学口头性与俗文学书面文本之间的矛盾，从这个意义上来讲，就实在是白璧微瑕了。相反，郑振铎对俗文学价值的发现，开启了一条对说唱文学的艺术价值进行综合、立体研究的康庄大道。可以说，口头性、集体性民间文学特征的指认，是郑振铎对俗文学民间价值方向的理论设定。他又通过对俗文学书面文本的细读，发现并认定了俗文学的综合性艺术价值。

在郑振铎的启发与引领下，俗文学研究于 20 世纪 40 年代进入繁荣兴盛期。1940年，上海成立了中国俗文学研究会，在自己的章程、计划指导下建立了一支俗文学研究的学术队伍。在郑振铎影响下走上俗文学研究道路的赵景深、杨荫深等人各有俗文学研究的系统性专著出版。上海、北平、香港三地分别有阿英、赵景深、傅芸子、傅惜华和戴望舒主持的六大俗文学周刊，都是俗文学研究的重要阵地。有关俗文学作家生平、作品考订、题材本事考述等相关论文大量发表，形成了一个研究戏曲、小说和说唱文学的高潮。郑振铎确立下来的以书面文本为主的俗文学研究对象，可以相当顺便地沿用考证、辑佚等传统学术研究方法，因而使40年代的俗文学派迅速走上学科化、专业化的道路[①]。至此，俗文学已经形成了系统的研究对象与研究方法。但是，严谨的学院化研究虽在实证与文学分析上均取得相当的进展，去意识形态化的学术自足却反而失去了思想启蒙那种激动人心的力量。

对于民间文学的口头样式，郑振铎其实另有看法。1929年，郑振铎在《研究民歌的两条大路》一文中，提出应该从民俗、研究民间的原始心理与风尚的角度来研究民歌。在书面与口头两种样式中，应当把目光"专注于后者，而前者却要以并非原始的真实的民间产品而见摈弃了。近代的学者，最看重的是从人民口头上记载下来的东西，而已见于书本上的经过改削的东西却是研究的第二种资料或不大可靠的资料"[②]。显然，在郑振铎眼中，书面文本的俗文学体现了他心目中的民间文学理想，而口头流传的民间产品，则是民俗的原始记录，具有民俗学向度的学术价值。

---

① 周忠元:《1940年代中国俗文学研究的学术品格》,《齐鲁学刊》2009年第4期。

② 郑振铎:《研究民歌的两条大路》,《郑振铎全集》第6册,花山文艺出版社1998年版,第773—775页。

他在二三十年代发表的《蝴蝶文学》《老虎婆婆》《孟姜女》等文，都使用西方类型学的研究方法，分析、比较故事类型的演变及其根源，并由此渐渐导向民俗学的研究。他还开创性地使用古史材料研究民俗。发表于《东方杂志》30卷1号的《汤祷篇》(1933)、载《公论丛书》第二辑的《释讳篇》(1938)、发表于《文艺复兴》1卷3期的《黄鸟篇》(1946)、载《理论与现实》的《伐檀篇》(1946)代表了郑振铎在民俗学、人类学领域的新探寻。尽管他利用的仍然是书面材料，但研究思路却已别开局面。在最早写作的《汤祷篇》中，郑振铎不无开创性地要求研究者跳出古书，终结“古史辨”派的思路，利用人类学、人种志和民俗学来重新研究神话和传说，发现古代社会的重要史实[①]。

民俗学价值的发现，开启了民间文学研究的另一个学科方向。抗战以来，受到战时客观条件的影响，关注民间文学口头样式的研究者在西南地区开始广泛开展田野调查工作。与北京大学歌谣研究会主要依靠征集的间接搜集方式不同，深入乡土的田野调查也转变了研究者的思考方向，他们大多放弃了文学性的考察，而将研究重心转向民俗、民风。研究者的学科背景也出现相应的变化，民族学、考古学、人类学、社会学、历史学、语言学、民俗学成为介入民间文学研究的主要学科，并由此形成了民间文学研究的“民俗学派”。

抗战后期，民间文学的延安学派崛起。它从民间文学的口头性出发，越来越强调其革命性，并偏重对民间口头形式的改造新编。俗文学派内部，郑振铎、赵景深等人也都受到了时代思潮

① 郑振铎：《汤祷篇》，马昌仪编，《中国神话学文论选萃》上册，中国广播电视出版社1994年版，第191—192页。

的影响。一向反对“旧瓶装新酒”的郑振铎也开始支持俗文学的改造。1946 年 5 月 16 日，他在《联合晚报·文学周刊》上发表《民间文艺的再认识问题》，并在该文中列举了具体的工作步骤：

> 第一步，把各地方的唱本，小剧本，以及其他凡有文字写下来，印出来的东西，全部收集起来，成立一个民间文艺的图书馆，作为一个应用的和研究的基础。
>
> 第二步，应该有若干人在人民大众的口头上搜集若干流行的歌曲而把他们写了下来。
>
> 第三步，把搜集到的材料，加以研究，加以拟作，把新的精神和内容放了进去。[①]

即使是改造为一个革命化的民间，郑振铎也还是主张先从资料整理与学术研究入手，再另行拟作。赵景深在 50 年代出版的《民间文艺概论》，也特别用好几章来讲述民间文艺的写作技巧，并自认为这几章是全书的重点，可以指导青年写作民间文艺。

但是，俗文学这种向革命化民间的努力显然远远不够。在郑振铎、赵景深等俗文学派的观照视野中，还仅仅只到古代文学领域的俗文学文体为止。他们还未曾思考俗文学现代转型之后，会发生什么样的巨大变化。随着新时代的到来，他们努力尝试改造民间旧形式。从学术的严谨性出发，他们对民间旧形式的改造依然是先整理、后改造的渐进式变革。

激进的“革命民间”的脚步已经抵挡不住了。当代民间割裂了与极具生活现场感的俗文学的联系，只剩下最具革命性的劳

① 郑振铎：《民间文艺的再认识问题》，《联合晚报·文学周刊》1946 年 5 月 16 日。

动人民的口头文学。北京师范大学中文系55级学生集体编写的《中国民间文学史》(初稿)一书，认为"'民间文学'就是指劳动人民在生产斗争和阶级斗争过程中所创造的口头文学。民间文学是劳动人民自己的创作，它直接表现劳动人民的思想感情、要求和愿望"。从这一理论出发，郑振铎的俗文学观被视为"资产阶级观点"[①]，"俗文学"就这样被贴上了受统治阶级影响的庸俗的市民文学的标签。民间文学演进的线路就从郑振铎的俗文学转到了一个更具意识形态特色的、更为窄化的"人民口头创作"上[②]。

从"五四"发现的民间价值悖论出发，所呈现的"民间文学""俗文学""民俗学"的多种学术路向，现在被一个高度提纯的，与主流意识形态保持高度一致的，"反映我国劳动人民生活斗争"的民间文学史体系遮蔽了。但，这是否是民间的真实面目呢？民间文学的阶级化、纯化，导致了当代对民间文学"改旧编新"的种种争论。"文革"结束后，高度革命化的民间又急于摆脱意识形态的影响，意欲恢复一个民俗、世俗的民间。然而，这个恢复"本然"状态的民间，究竟有没有找到"本然"呢？或者，这个"本然"是否又遮蔽了另一个当下的、鲜活的民间呢？考量从民间文学到俗文学，又到民俗学的学科演变，这个问题似乎依然存在。今天的俗文学研究大多严守学科界限，局限于古代俗文学的文本研究。民间文学则在去除了革命语义的影响之后，向民俗学偏移。然而，对民间文学无论是书面还是口头样式的研究，都逐渐陷入了博物馆化、遗产化的危机。当代民间又该向何处去？

---

① 北京师范大学中文系55级学生集体编写：《中国民间文学史》(初稿)上册，人民文学出版社1958年版，第9—17页。

② 钟敬文：《〈苏联口头文学概论〉序》，杨哲编，《钟敬文生平、思想及著作》，河北教育出版社1991年版，第351—354页。

第四章　学科论争中的“改旧编新”

1978 至 1979 年，《社会科学战线》先后刊发了张弘的《民间文学工作者在群众的“改旧编新”面前》、木宗的《“改旧编新”论质疑》，两文对于“改旧编新”问题针锋相对的态度在民间文学界引发了一场关于“改旧编新”的论争。

张弘此文首先对民间文学的现状做了如下判断：“当前，民间文学在民间正在形成着大量的各种形式的与社会主义时代的要求相符合的新作品，但是，大多数还是半成品，还处于萌芽状态，在民间文学作品中占绝对优势的还是传统作品。这些传统作品的面貌怎样呢？据我们在黄泥岗的调查表明：在民间故事中有反映过去阶级斗争的作品；有反抗邪恶，赞美劳动，反映过去人民的理想和愿望，对今天的群众有益的作品；有精华和糟粕掺杂的作品；有宣扬迷信、诲淫诲盗的糟粕。这四种作品比较起来，后两种竟占多数。”①“当历史进入一个新的时代、特别是进入一个新社会形态的时候，新时代里的新群众怀着在新的斗争里产生的新认识、新理想、新愿望、新要求来检查旧作品。这些往

① 张弘：《民间文学改旧编新论》，时代文艺出版社 1991 年版，第 3 页。

昔的作品从艺术上看,即从一方面看,它‘满足了这些要求’,但是从思想上看,即‘从另一方面来看,这些书却根本不能使我们满意’而呈现一定矛盾。”这样一种“理想”与“现实”的矛盾就必然带来民间文学自发的“改旧编新”过程。“由于民间文学作品始终存在于群众活的头脑之中,始终流传在群众口头之上,这就给这种改造提供了充分的可能。这种改造既能使这些作品永远能在某种程度上适应新的需要而得以长存,又能使它在不断的被改造中成为珍品。……他们就必然根据新的一定的社会生活进行新的创造,把自己在新的斗争中产生的英雄事迹化为各种形式的民间文学作品,以‘弥补上这个缺陷’。这些作品都是特定时代、特定斗争的直接产物,是各该时代民间文学中最具有时代特点的组成部分。所以,民间文学每日每时都有新的作品在逐渐产生着,这是民间文学的‘活’的第四种表现。”①

对民间文学“活态”的认识,使张弘并不满意于这种自发状态的“改旧编新”,因而进一步提出,民间文学工作者应当积极地介入,将“改旧编新”的自发状态改变为自觉状态。这种自觉状态的“改旧编新”的基本形式被张弘概括为“以党为领导,以流传为基础,以思想进步有创作能力的民间故事家、民间歌手、民间艺人为骨干的能编者编,能改者改,能讲者讲,能听者听,在流传中改旧编新,在改旧编新中流传的渐进的群众集体口头创作。这里贯穿着先进与落后、正确与谬误、真与假、善与恶、美与丑的斗争。这种斗争贯穿于改旧编新的每一个地方,贯穿于改旧编新的每一种形式,是普遍存在的。共产党的正确领导是改旧编

---

① 张弘:《民间文学改旧编新论》,时代文艺出版社 1991 年版,第 5—6 页。

新的社会主义方向的保证”[①]。

木宗的《“改旧编新”论质疑》则针对张弘的观点提出异议，认为“产生在过去时代的一切传统民间文学……必然伴随着一定的社会形态，一定的经济生活而产生、发展或者消失。一旦产生这些神话、传说和故事的社会条件不复存在，新的社会经济生活开始建立，那么，要再想创作类似过去时代的那种神话、传说和故事，就只能是一种想入非非”。“如果按照‘改旧编新’的规律去做，那么，希腊的神话，印度的史诗，中国过去时代民间文学作品，乃至民主革命阶段的工农革命歌谣、苏区民歌，社会主义阶段的大跃进时民歌，都得按照今天的‘新认识、新理想、新愿望、新要求’一一加以改造，使之成为‘满足新的时代要求’的民间文学作品。这样一来，经过不断的‘改旧编新’，我们今天再也看不到过去时代的任何民间文学作品本来的面貌，看不到各个时代劳动人民的斗争、理想和愿望”，由此断言“‘改旧编新’论，并不是客观存在的规律，而是主观臆造，将会篡改民间文学的本然状态，是一种必须警惕的危险态度”。并指出，民间文学工作的当务之急，应是“立即组织力量进行抢救，尽快地将丰富的民间文学遗产搜集起，然后进行整理，加强研究，大力推广”[②]。其后，贾芝又撰文指出改旧编新这种观点是“文化大革命”延续下来的极左思潮的一种反映[③]。“张弘同志认为糟粕占多数的悲观估计，同姚文元否定旧故事的调子有何区别?”[④]史宗龙《民间文

① 张弘:《民间文学改旧编新论》，时代文艺出版社 1991 年版，第 11 页。

② 木宗:《“改旧编新”论质疑》，《社会科学战线》1979 年第 3 期。

③ 贾芝:《关于中国民间文学研究的现状和方向》，《民间文学》1981 年第 3 期。

④ 贾芝:《关于社会主义时期民间文学工作的方针问题——兼评张弘同志的“改旧编新”论》，《民间文学》1981 年第 7 期。

学整理中两个观点的质疑》、于学深《“整旧添新”促进民间文学的发展》、陶阳《民间文学理论研究的曲折道路》等文大都站在“改旧编新”的对立面,批评“改旧编新”。“改旧编新”正是传统民间故事到新故事之间的过渡环节,这一场关于“改旧编新”的争论,发生于“文革”结束后、民间文学工作再出发的关键时节,在理论与实践的两个层面,不但影响了民间文学学科的走向,也影响了民间文学实际工作开展的方向。细析这场论争的逻辑理路,反省其学术得失,就尤为重要。

第一节　新中国民间文艺工作的内在矛盾

贾芝代表的“抢救论”与张弘代表的“改旧编新”之争,实则由来已久。早在20世纪五六十年代,新中国民间文艺的初始阶段,就拉开了它的帷幕。

新中国成立后,周扬指示今后的工作“任务是编审全国说唱演义一类的模范性的文艺作品以及各种形式的民间文艺,同时拟专设一民间文艺研究会,专门从事后者底搜集整理”[①]。基于这一指示,1950年3月,中国民间文艺研究会(简称民研会)成立,这是全国文联成立后的第一个协会。研究会推选郭沫若为理事长,老舍、钟敬文为副理事长,下设民间文学组、民间美术组、民间音乐组、民间戏剧组、编辑出版组,贾芝任秘书组组长,负责民研会日常工作。该会的宗旨是对于民间文艺“吸取和发扬它的优秀的部分,批判和抛弃它的落后的部分,使有助于新民

① 参见毛巧晖,《涵化与归化:论延安时期解放区的“民间文学”》,上海辞书出版社2006年版,第190页。

主主义文化的建设”[①]。在实际的工作中，美术、音乐、戏剧等方面的工作由美协、音协及剧协兼为负责，民研会工作的中心就落到了民间文学上，并以民间文学的采集为重点，当时的工作原则是：“(1)应记明资料来源、地点、流传时期及流传情况等；(2)如系口头传授的唱词或故事等，应记明唱者的姓名、籍贯、经历、讲唱的环境等；(3)某一作品应尽量搜集完整，仅有片断者，应加以声明；(4)切勿删改，要保持原样；(5)资料中的方言土语及地方性的风俗习惯等，须加以注释”[②]。这一强调科学性的原样采录原则显然与民研会宣称的宗旨有所错位。随后，《民间文学》于1955年创刊，对来稿的要求是：(1)我国各族人民的民间文学作品。(2)关于民间文学作品的研究和评论，关于搜集、整理和改编工作的经验介绍及讨论，各地民间文学状况的报道，民间文学书刊评论，关于民间文学的教学问题讨论，苏联及其他兄弟国家民间文学的理论译文。(3)以民间文学形式写的优秀创作，对各省市文艺刊物的通俗创作的评论。《民间文学·发刊词》中指出：“人民口头创作不但具有教育作用，同时也具有认识作用”。民间文学的创作，“对于文艺工作者”、“对于一般文艺的理论家和批评家”都起着指导、借鉴的重要作用[③]。《民间文学》自身的办刊宗旨也游移不定。尽管提出了较为科学的搜集整理方法，强调完整记录，保持原样，然而，采集的目的究竟是用于科学意义的研究，还是作为民间文学乃至通俗文学创作的借鉴，民研会内部

① 《中国民间文艺研究会章程》，《民间文艺集刊》(第一册)，新华书店1950年发行，第104页。

② 《征集民间文艺资料办法》，《民间文艺集刊》(第一册)，新华书店1950年发行，第106页。

③ 钟敬文：《〈民间文学〉发刊词》，《钟敬文民间文学论集(上)》，上海文艺出版社1982年版，第448—449页。

并未达成一致,始终存在着矛盾的裂隙。甚至连民间文艺研究会的命名,也与美协、音协不同,多冠了“研究”一词,正说明了其在“研究”与“创作”之间的摇摆不定。这一矛盾,也成为冯雪峰等人认为民研会与文联的设置叠床架屋,主张取消民研会的理由之一。

在这一矛盾中摇摆的民间文学工作者多次讨论过搜集整理的相关问题。如郭沫若的《我们研究民间文学的目的》、钟敬文的《谈口头文学的搜集》、何其芳的《从搜集到写定》、刘魁立的《谈民间文学的搜集工作》、张士杰的《我对搜集整理的看法》、李束为的《民间故事和整理》、柯蓝的《杂谈搜集研究民间文学》等文。李束为、柯蓝、张士杰等拥有较多民间文学采录整理经验的民间文学工作者,与偏于民俗学、民族学的钟敬文、刘魁立等民间文学研究者,对“忠实”的理解并不一致。因此,1958 年 7 月第一次全国民间文学工作者代表大会上提出的“全面搜集、重点整理、大力推广、加强研究”的 16 字方针,与“忠实记录、适当加工”的方法,在实际的运用中因人因地有着不同的理解和表现。“从具体内容看,搜集的规范只是宏观上的导向,在民间文学领域,更多地把资料搜集当做获取民间文学研究文本的一种方式,并且成为中国民间文艺学界学人工作的重要的一部分,他们努力将口头资料转为文献文本,在这个过程中,出现了资料搜集与理论研究的分离。”①而整个新中国民间文艺的苏联化倾向,也使“这十六字方针暗含政治倾向性,就民间故事而言,‘重点’和‘大力’都应该集中于符合当时政治要求的作品”②。

---

① 毛巧晖:《国家话语与少数民族民间文学资料搜集整理——以 1949 年至 1966 年为例》,《广西民族师范学院学报》2012 年第 2 期。

② 万建中:《20 世纪中国民间故事研究史》,北京师范大学出版社 2011 年版,第 199—200 页。

即使是主张“抢救论”的贾芝，当时也曾这样说：“醉心于从民间文学中寻求‘文化残留物’的，他们喜欢把它们看作历史材料；他们虽然有时也站在人民群众或所谓‘未开化的民族’的头上夸奖几句这些作品，而并没有真正尊重民间文学。我们还认为，民间文学是在群众中活着的文艺作品，我们有责任把它们及时发掘出来，加以整理和传播，使它们的内容和形式更加完善，恢复它们的本来面目，目的是要让它们更好地流传下去。……可是资产阶级学者，因为把民间文学仅仅看作‘科学研究’材料的原故，坚持‘一字不动论’。他们把生动活泼、复杂多彩的民间文学现象看作一种僵硬静止的现象；对民间文学的向前发展也漠不关心，而硬要把它们弄成一堆死材料。”①对民俗学是资产阶级学说的认定，与民间文学阶级性的凸显，以及与1961年发表的《谈各民族民间文学搜集整理问题》中对资产阶级民俗学的殖民主义立场和趣味主义的眼光的批评是一致的，提出“只有站在无产阶级的立场，即站在与劳动人民的利益一致的立场，对待人民的创作有正确的态度和观点，然后才能贯彻运用科学的方法，使科学技术更好地发挥作用，才能谈到真正准确地记录人民的创作，并且加以科学的整理”②。

从同样的阶级立场出发，贾芝在否定了“一字不动”与“自由发挥”两派之后，表示自己的立场是“忠实记录、慎重整理”。具体而言，首先要求“有闻必录”，“‘全面搜集的’的‘面’，包括：一个民族的、一个地区的作品搜集要全面；同一母题有各种异文的作品搜集要全面；同一作品而散失不全的搜集要全面；口头的

① 贾芝：《必须坚持为人民服务的方向——论民间文学工作的两条道路》，《民间文学》1957年10月号。

② 贾芝：《谈各民族民间文学搜集整理问题》，《文学评论》1961年第4期。

要；书面的也要；正面的要，反面的也要；新的要，旧的也要：总之，上下古今，精华、糟粕，一概搜集，全部保存”[①]。几近偏执的“全面”，反映了他们对传统的民间文学在进入新时代后即将发生剧变的隐忧。“以前的民间文艺，因为社会性质没有大变，是慢慢地随着时代而消亡的；现在则因社会在急剧地转变，如果没有很好地处理，就会在短时期里迅速地大量毁灭。”[②]“今天在社会大变革的时代，由于许多民族从过去落后的社会制度和经济生活一跃而进入社会主义社会，移风易俗，破旧立新，变化是巨大的，迅速的，人们的思想意识、艺术趣味也在跟着改变，年轻的一代人，从生活到思想变化尤其显著；虽然群众对民间的东西一般地说总是喜爱的，愿意传也愿意听的，但在新事物面前，旧的一切在消失，那些与旧风俗、旧习惯结合在一起的古老作品或因失去了存在的基础而中断演唱了，或者因后继无人，渐渐被人遗忘了，或者被人们误以为过去的作品都是封建迷信的东西，那也是有的。因此，我们既然要保存民间文学这宗民族文化财富，就必须赶快动手抢救。”[③]在“大跃进”、新民歌运动的大潮下，“抢救论”不得不以一种曲折的方式求得理论支持：“全面开展调查，记录和整理民间作品，也是一种大跃进。民间文学的整理工作也必须跃进，但不是跃进到谁都来创作民间文学，而应当是深入群众调查研究，不厌其烦地从各种人记录民间的东西，反复比较，认真地花功夫整理民间的优秀作品。把整理工作推向另一个方向——创作，这就只能是鼓励伪造了。”[④]

① 贾芝：《谈各民族民间文学搜集整理问题》，《文学评论》1961 年第 4 期。
② 顾颉刚：《旧日民间文艺必须抢救》，《民间文学》1957 年 6 月号。
③ 贾芝：《谈各民族民间文学搜集整理问题》，《文学评论》1961 年第 4 期。
④ 贾芝：《谈各民族民间文学搜集整理问题》，《文学评论》1961 年第 4 期。

如果说“忠实记录”、“全面搜集”只与“突出重点”有所矛盾，相去未远的话，那么“慎重整理”的“整理”，就见仁见智，各持己见了。贾芝主张两种整理，一是“选取一种比较完整的记录或版本，加以整理”；二是“同一母题的作品，选取比较完善的一种为蓝本，进行综合整理”。他对伪造的凉山彝族史诗《阿龙寻父》、只捞一点民间的影子自由发挥的苗族故事《蔓萝花》当然是否定的，即使是对《阿诗玛》、义和团故事《洪大海》、捻军故事《鲁王和他的小黄马》这些较好的民间文学整理作品中不同程度的添改，也要求最好注解清楚创作加工，新添改了哪些部分。对于“改旧编新”，他显然是不赞成的，认为“一经用知识分子的腔调加工，复杂固然复杂了，但往往丧失民间作品的味道”[①]。“篡改、伪造民间文学，即使一时对群众性的教育能起些作用，它所造成的困难和损失，却也是难以弥补的。”[②]“任意乱改仍然是整理工作方面的主要的危险倾向。”[③]“整理工作中的改，必须采取慎重的态度，也必须有根据，要经过调查研究，不能想当然。什么是精华，什么是糟粕，糟粕和时代的局限性的区别和联系在哪里，这些都应研究和区别，然后才能决定应当改或不应当改。如果方便的话，比较重要的增删改动，最好由整理者加以注释说明。总之，不能凭整理人自己的意图想怎么改就怎么改。至于‘加’，改编者是有加的自由的，虽然他不能不按照作品本身的需要来考虑；创作是完全有自由任凭作者添加的，当然不在话下；至于整理，‘加’的自由就少了，除了接受同一母题的其他作品的部分而外，

① 贾芝：《谈各民族民间文学搜集整理问题》，《文学评论》1961 年第 4 期。

② 贾芝：《谈各民族民间文学搜集整理问题》，《文学评论》1961 年第 4 期。

③ 贾芝：《谈各民族民间文学搜集整理问题》，《文学评论》1961 年第 4 期。

一般不可以加，总之，一句话，不能加上个人的创作。”[①]

他不能否定民间自发的“改旧编新”，“劳动人民自己当然是可以整理民间创作的，他们有更好的条件；他们推陈出新，将民间流传的作品加以发展，也是一件好事情；然而他们进行整理和进行创作加工同样也应当是有区别的。他们对古代作品的创作加工，新添加了哪些部分，最好用注解说清楚。不注意两者的区别，同样使我们混淆古今，弄不清到底是什么时代的作品”[②]。面对“改”还是“不改”的矛盾，提出“我们提倡两种版本：作为科学研究资料出版，如实记录，不动内容，语言忠实。作为文学读物，也要求科学地整理，主要是选编和写定的工作。在挑选和写定的时候，要分清精华和糟粕。有必要加以改动或由几种异文整理成一个较完整的作品时，修改整理后应署名负责，并说明原文保存在什么地方，以便日后研究。以民间文学创作为基础加以改编、或者采用民间的题材写新作品，这些工作是很有意义的，可以产生很好的作品，我们欢迎诗人、作家们从事这种工作；但应当说明，这是属于创作的范围，不能把它与整理工作混同起来”[③]。也就是说，他把“慎重整理”的标准定得较高，甚至如翻译家一般严苛，必须忠于民间文学的本来面目，除此而外的添改，只能算是“改编”甚或“创作”了。

“抢救论”同样承认民间文学有两种价值：“研究文学的人可以着眼其文学价值方面；研究科学的人可以着眼其科学价值方面。”“忠实的原始记录是工作的基础”，“从文学观点上来说，加

① 贾芝：《谈各民族民间文学搜集整理问题》，《文学评论》1961年第4期。

② 贾芝：《谈各民族民间文学搜集整理问题》，《文学评论》1961年第4期。

③ 贾芝：《拓荒半壁江山——贾芝民族文学论集》，文化艺术出版社2012年版，第15页。

工也很重要”，“两者可以并行不悖”[①]。在“科学研究资料”与“文学读物”两个系列之间，不但预设了一种高低层次，而且即使是“文学读物”也要求加以注明。以此标准来要求新中国成立后各种民间文学的整理改编本，恐怕很少有令人满意的“文学读物”。即使有，其受欢迎的程度也值得怀疑。

20世纪五六十年代的民间文艺研究会成员，大多认同“忠实记录、慎重整理”的原则。“抢救论”的逻辑出发点，实与“改旧编新”论相同，同样从阶级性的角度肯定民间文学较之作家文学的先进意义，以“革命”的名义赋予“民间”以天然正义，但为科学研究，要求“全面”，要求“忠实”，反对“改旧编新”。而“改旧编新”的主张者，则从民间文学工作的实践出发，将“改旧编新”推到了前台。1957年，陈玮君在《必须勇敢跃进一步》一文中指出，当时一些公开发表的民间故事“差不多只要看几行，便知下文了；甚至有见了题目，就可猜到内容的。有些故事情节干瘪瘪的，有的则粗糙可怜。明明是一些活泼、新颖、趣味盎然、有泼辣的讽刺、充满战斗气息的一种文学，弄到如此，怎不令人叹息”[②]。1959年秋，张弘等人在吉林省长白山区靖宇县那尔轰，进行了为期一个多月的抗联故事调查工作。发现当地的抗联故事“流传不够广泛”，“不敢自觉的加工创作，因此，抗联故事虽然有明显的故事成分，但就其多数而言基本上还是革命史实、记录稿，基本上是群众的革命回忆录”。“亲历者、目击者、耳闻者、不知者”四种讲述人的讲述中，“有头有尾者的真事”61篇，占66%，“真事的大轮廓”32篇，占34%，“道听途说、缺头少尾、零零碎碎的材料”

---

① 郭沫若：《关于大规模收集民歌问题答本刊编辑部问》，《民间文学》1958年5月号。

② 陈玮君：《必须勇敢跃进一步》，《民间文学》1957年6月号。

50条[①]。1963年春，张弘等在吉林省辉南县金川公社黄泥岗生产大队调研，搜集140个故事，整理了70个。其中精华38个，54%，无害者4个，占6%；精华和糟粕并存者18个，占26%；糟粕10个，占14%。在这四种作品中，前两种即不经整理尚可流传的作品占60%，后两种即不经整理就不应流传的作品占40%。没记录的70个故事，基本上都属于后两种作品。这样不经整理尚可流传的作品在140个故事中只能占30%左右[②]。这恐怕是当时民间文学的真实状况，这样的真实与站在新的人民的立场，对新中国民间文学的期许相去甚远："当前的新的民间文艺，更是鼓舞群众进行社会主义建设的有力的宣传鼓动武器，它对于我国文学艺术的进一步群众化、民族化，必将产生巨大的深刻的影响。我们的文艺作家必须认真地向他们学习，借此更加深刻地了解民族的心理、民族的习惯，感染到广大劳动群众的共产主义思想感情和风格，来进一步提高他们的创作。只有在丰富深厚的群众文艺创作的基础上，我们的社会主义文学艺术才能得到更光辉的发展。"[③]而在糟粕以及精华和糟粕并存占大多数，零碎的、片断的材料较多的情况下，仅仅是全面搜集、忠实记录又能提供多少"社会主义文艺"的借鉴呢？

张弘从民间文学的实际调查研究出发，在1960年春明确提出"改旧编新"观点，并通过吉林省民间文学研究室向贾芝征求意见，贾芝回信说，"改旧编新"是实际工作中的问题，不值得进

---

① 张弘：《民间文学改旧编新论》，时代文艺出版社1991年版，第24—25页。

② 张弘：《民间文学改旧编新论》，时代文艺出版社1991年版，第39—40页。

③ 《人民日报》社论：《加强民间文艺工作》，《人民日报》1958年8月2日。

一步研究[①]。张弘针对贾芝《谈各民族民间文学搜集整理问题》观点的批驳文章多次向外投稿，却屡遭退稿。文章原题为《在群众自发状态的改旧编新面前》，在《吉林民间文学丛刊(内部刊物)》1956年第1期发表时，接受他人建议，改为《在群众自发状态的“推陈出新”面前——反对民间文学研究中的文物主义观点的材料之一》。将“改旧编新”改为“推陈出新”，以与党的文艺政策直接呼应，核心观点还是“改旧编新”。张弘“改旧编新”的实践与研究，一直未被民间文艺研究会认可，直至“文革”结束后，此文以《民间文学工作者在群众的“改旧编新”面前》为题，发表于《社会科学战线》，收入作者的《民间文学改旧编新论》一书时，又改回原题。由此文引发的“改旧编新”讨论，实为五六十年代针对民间文学搜集整理问题讨论的继续。双方的主要分歧，仍然是科学研究与文艺实践立场的差异。只是经由“文革”的停滞，“抢救”的必要性愈加显著，而“改旧编新”容易被误解为“左”倾观点。其实，张弘同样承认“民间文学除了它的文学价值之外还有它独特的科学价值，它还是有关学科的研究资料”，认为“在实际工作中，‘搜集—整理—推广’，这是为民间文学工作服务的工作方法。‘搜集—整理—归档’，这是为资料工作服务的工作方法。搜集要忠实记录。民间文学工作中的‘整理’，是‘推陈出新’；资料工作的‘整理’是‘保存原貌’”[②]。只不过，他把工作的重点放在民间文学工作上，目的是民间文学的“推陈出新”。两者观点对立的地方在于，如何认识民间文学的“活态”性。张弘认为，持“抢救论”者，“虽然口头上也承认民间文学具有两种价

---

① 张弘:《对民间文学研究中的两个片面性问题的思考》,《社会科学战线》1988年第4期。

② 张弘:《民间文学改旧编新论》,时代文艺出版社1991年版,第15—16页。

值，民间文学是活生生的文学，但是，由于他们脱离实际，用孤立的、静止的、形而上学观点来观察民间文学，他们就看不见群众中存在的基本上还处于自发状态的改旧编新活动，或者看见了也不理解它就是当代活的民间文学的具体表现。这就使他们在口头上所一再声称的活生生的文学不见，剩下的就只有‘丰富的矿藏’、‘宝贵的资料’、‘古物’、‘宝石’、‘残碑断迹’、‘博物馆里的文物’等一堆死材料，只有科学价值了。这样他们在实际上就把马列主义民间文学观点片面化，而使自己陷于单纯的资料观点，也就是我们所指的文物主义观点”①。

那么，张弘主张的改旧编新，究竟有没有违背民间文学的客观规律，是否存在拔苗助长，或任意发挥的情况呢？1960 年前后，是张弘“改旧编新”观点正式形成的时候，他先后在郭县、吉安县、农安县进行“改旧编新”的实践，三地情形各有不同，有的是民间文学的先进地区，著名的“诗歌之乡”，有的则是群众文艺活动的落后地区，但都“程度不同地存在着自发状态的改旧编新活动，经过民间文学工作者的工作，基本上都可以提高为自觉的改旧编新活动”。在近 30 年后的反思中，张弘认为当时的做法有激进的地方，特别是最后一次实验，“在改旧编新中砍掉改旧，只搞编新；在编新中砍掉其他样式，只搞新民间故事；在搞新民间故事中砍掉其他题材，只搞直接配合政治、直接配合中心的题材”②。但其时，由于整个工作未能得到民间文学界的认可，再加上“文革”的冲击，他所设想的搞两个县、四个点进行对照实验，每三到五年全面搜集，加以研究的实验计划，被完全放弃。他认

---

① 张弘：《民间文学改旧编新论》，时代文艺出版社 1991 年版，第 15—16 页。

② 张弘：《民间文学改旧编新论》，时代文艺出版社 1991 年版，第 222—224 页。

为，“当代群众自发状态的改旧编新的混乱状态，基本上表现为一种以忽‘左’忽右，忽而‘禁止’，忽而‘泛滥’为特点的盲目性”[①]。改旧编新是“民间文学工作者对民间文艺家的辅导”，“不是包办代替。民间文学是人民自主的文学。民间文学绝不可能先审查批准后进入口头流传。因此，谁也不能操纵人民的爱憎，谁也包办不了民间文学”。“引导群众改旧编新，不是强制人民在自己的创作中表现我们的意志，而是帮助人民在自己的创作中更自觉地表现自己的意志，以创造社会主义时代的民间文学。”[②]

他在《论整理》一文中总结了与“搜集—整理—归档”民间文学资料工作相异的“搜集—整理—推广”的民间文学工作的规律，提出整理的原则是“取其精华，去其糟粕”[③]，必须持“积极慎重的态度”[④]，将“改旧编新”概括为加强、增添、削弱、删除、修改、调整、提炼、综合、润色九种方法[⑤]。“改旧编新”要以慎重的态度，严格分四个步骤走：“宣传：向群众宣讲民间文学基本知识，讲‘推陈出新’的道理，端正认识，打消顾虑。群众中顾虑颇多，比较普遍的有三个：一，‘怕人家说迷信’，‘怕人家说落后死脑筋’，‘怕套出来挨辩论’，‘怕采完风再整风’；二，‘农活忙，谁有工夫闲扯淡’；三，‘省里来的人有学问，咱不知书，不识字，能编个啥’，‘编出来的是假的’”[⑥]。“在宣传工作过程中还要摸底，掌

① 张弘：《民间文学改旧编新论》，时代文艺出版社1991年版，第115页。
② 张弘：《民间文学改旧编新论》，时代文艺出版社1991年版，第227—228页。
③ 张弘：《民间文学改旧编新论》，时代文艺出版社1991年版，第148页。
④ 张弘：《民间文学改旧编新论》，时代文艺出版社1991年版，第157页。
⑤ 张弘：《民间文学改旧编新论》，时代文艺出版社1991年版，第162—166页。
⑥ 张弘：《民间文学改旧编新论》，时代文艺出版社1991年版，第213页。

握当地民间文艺家名单，为搜旧做准备。”①“搜旧：一是采风，搜集各种传统作品。二是引导群众正确认识传统作品。结合他们讲的实例，讲解‘百花齐放，推陈出新，古为今用’的方针，讲解‘取其精华，去其糟粕’的道理，慢慢弄清哪些有益，哪些有害，提高认识，正确对待民间文学，为改旧做准备。”②“改旧：引导群众在已讲述的传统作品中鉴别好坏，启发他们今后要多讲好的，少讲或不讲坏的，改造半好半坏的。”“编新：在上述工作的基础上，引导群众，根据当地过去和现在的好人好事、坏人坏事和在群众中开始流传的新故事苗子（即半成品），来编新民间故事。”③在宣传—搜旧—改旧—编新的整个过程中，必须符合民间文学自身的发展规律，不能包办，不能跃进，他特别提醒注意：“以新民间故事引新民间故事也有效。最好只在老区用，别在新区单独用，它会加重群众中轻视传统作品的倾向。在新区还是走四步为好。这四步更深的追求是以‘推陈出新，古为今用’的方针武装民间文艺家，这是个基础工程，是在农村进行民间文学工作的基本建设，万不可等闲视之”④。

改旧编新通过“集体讨论，专开编新民间故事的讨论会很少，多数是在各种轻缓的集体劳动中编成的。……集体讨论的成败，在于是否能把民间文学工作者的辅导作用、故事家的主导作用、群众的基础作用比较充分地发挥出来、比较完美地结合起来。搞好集体讨论的关键在于主持人的正确主持和引导。先由故事家把在个别辅导中形成的故事梗概讲给大家听，再引导大

① 张弘：《民间文学改旧编新论》，时代文艺出版社1991年版，第213页。
② 张弘：《民间文学改旧编新论》，时代文艺出版社1991年版，第213页。
③ 张弘：《民间文学改旧编新论》，时代文艺出版社1991年版，第214页。
④ 张弘：《民间文学改旧编新论》，时代文艺出版社1991年版，第214页。

家鉴定优缺点，在此基础上开始增、删、改。讨论中要把大家的注意力始终都聚集在一个焦点上，始终保持一个逐步前进的注意中心：使大家时时刻刻都明确现在卡在哪，现在解决什么问题，现在需要什么样的材料。大家在七嘴八舌、说说笑之中，常常提出想象不到的好点子。要引导大家在出点子、凑材料、争论、对比、选择之中逐步编成新民间故事”①。这种组织形式虽是集体创作，却仍以故事家为主导，突出群众的主体作用。

民间文学工作者的宣传和辅导，除了思想上的引导之外，还要破除群众讲故事的一些误区。如“抗联故事”普遍存在重回忆录，求历史真实，故事性不强的特点。为了启发群众“改旧编新”，采风的同志带来一些民间故事书。在得到可以虚构的肯定后，一位爱看《三国》《水浒》的老人就讲出了一篇带有神话色彩的抗联故事《杨司令突围》，发表在 1960 年 9 月号的《文艺红旗》上，还要求把杨靖宇的故事编一部《水浒》。这种虚构在民间文学中是否成立呢？老人强调，“编是编，可也得有个‘模儿’”。这个故事就是根据他被抓去给鬼子背给养时所目睹的一次战斗这个“模儿”编成的②。被真实史实限制，是近现代故事故事化过程中的一个难点。实际上，如果以发展的眼光去看，历史上“许多传说原本就是从真人真事的基础上发展起来的，经过一段时间的口耳相传，人民群众对其进行集体加工修改，历史因素逐渐削弱，民间文学因素逐渐增强，才演化成传说”③。无论是老人所说真实的“模儿”，还是老人念念不忘的《水浒》典范，都是故事化的必经之途。“改旧编新”始终未能得到民间文学研究界的认可，

---

① 张弘：《民间文学改旧编新论》，时代文艺出版社 1991 年版，第 220 页。

② 张弘：《民间文学改旧编新论》，时代文艺出版社 1991 年版，第 32—33 页。

③ 顾希佳：《中国古代民间故事类型》，浙江大学出版社 2014 年版，第 296 页。

未能形成系统的理论与施行办法，使得这样的民间集体加工过程变成个人的努力，受限于当时当地的政策导向，当地政府、民间文学工作者的认知与能力，“因各人的认识能力不同，理解、看法也不同”[①]，在实际工作中发生或“左”或“右”的倾向，都是完全可能的。

正是因为这种不可控的个人因素，“抢救论”者便强调不能“根据各人的鉴别能力决定取舍”，而要在“搜集中必须坚持忠实、准确、详尽记录的原则”[②]。但他们无法回避整理问题，因为就民间文学的原生状态而言，的确离理想民间的要求差距过大。“抗联故事就是史实成分和故事成分的统一。史实是基础，故事只是生长在史实上的一种色彩、一种成分、一种具有强大生命力的发展趋向。所以我们说抗联故事是在群众自发状态的创新的初期所形成的具有故事成分、向故事转化的革命史实，或者说是以真人真事为特点的故事苗子。”[③]如何才能使“故事苗子”“在流传中故事化、传奇化、民间文学化，形成大量的各种样式的民间文学作品，在民间一代一代地传下去”[④]？如何改变“故事化的过程异常缓慢”，“既落后于遗忘速度，也落后于人的死亡速度”的濒危状态[⑤]？“改旧编新”的努力，究竟是严谨的整理，还是“把三言两语的道听途说，编成洋洋大观；把记录稿一改再改，面目全非”，是“抢救论”者认为的篡改和伪造呢[⑥]？

---

① 王殿：《也说民间文学的记录整理》，《民间文学》1959 年 11 月号。

② 王殿：《也说民间文学的记录整理》，《民间文学》1959 年 11 月号。

③ 张弘：《民间文学改旧编新论》，时代文艺出版社 1991 年版，第 26—27 页。

④ 张弘：《民间文学改旧编新论》，时代文艺出版社 1991 年版，第 38 页。

⑤ 张弘：《民间文学改旧编新论》，时代文艺出版社 1991 年版，第 27 页。

⑥ 嘉禾：《历史虚无主义和当代怀疑倾向》，中国民间文艺研究会上海分会编，《民间文艺集刊》第二集，上海文艺出版社 1982 年版，第 231 页。

同样都声称自己源自“解放区的革命文艺传统，一直是以毛泽东同志的《在延安文艺座谈会上的讲话》这一无产阶级文艺经典为指导思想”，“抢救论”并不敢否定民间文学工作者“为工农兵服务”的方向，“把作品看成是‘团结人民、教育人民、打击敌人、消灭敌人’的工具和武器。这些当然都是对的。但我们的工作从一开始就确立了是研究工作的性质，所以我们的会称为‘中国民间文艺研究会’而没有叫‘协会’。我们的方针是从搜集到研究，边搜集边研究”①。

“改旧编新”论则认为“民间文学工作者队伍作为党对民间文艺的领导的具体执行者，必须走在群众自发状态的改旧编新活动的前面，把它提高为自觉的改旧编新活动并引导它健康发展。这样才能领先民间文学内在的力量，在改造旧民间文学的过程中建设社会主义时代的新民间文学”②。因而认为“抢救论”“在理论上以单纯资料的观点代替了民间文艺观点，就必然过分抬高民间文艺资料的地位而完全取缔民间文艺的地位；在实践上必然过分抬高以‘保存原貌’为核心的资料工作，而完全取缔以‘推陈出新’为核心的民间文艺工作”③。“这是一种停滞的观点，倒退的观点，甚至是一种还不了原的‘还原论’。贾芝同志的民间文学工作观，正是用静止的观点来对待民间文学在社会主义时代的发展的。”④“只注重于一堆死的研究资料而不注重活的民间文学，甚至为了保住研究资料的所谓‘原貌’，宁可放弃引导

① 贾芝：《新园集》，中国民间文艺出版社 1981 年版，第 187 页。
② 张弘：《民间文学改旧编新论》，时代文艺出版社 1991 年版，第 71 页。
③ 张弘：《民间文学改旧编新论》，时代文艺出版社 1991 年版，第 63 页。
④ 张弘：《民间文学改旧编新论》，时代文艺出版社 1991 年版，第 95 页。

活的民间文学向前发展的责任。”①

两派差异的实质,一在于重民间文学研究,一在于重民间文学实践。论争当然也反映了民间文学研究开始逐渐与当时的民间文学实践脱节。但是,在“文革”后反思“左”倾的大氛围里,“改旧编新”无疑被笼罩上了“左”的色彩而被轻易地否定了。“‘改旧’并非只是纸上谈兵,不少民间文艺工作者已付诸于实践,尤其是借助‘大跃进’的时代余风,致使这一实践也带有了‘跃进’的味道。”②颇有意味的是,这种否定并未真正考察如何“改”、如何“编”,而是基于两派共享的革命文艺传统基础之上,以学术研究的科学名义,简单地以“忠实记录,慎重整理”遮蔽了“改旧编新”的实践活动。这就使其后的民间文学研究很难面对方兴未艾的“新故事”实践,失去了解释话语的能力,同样的反作用也使“新故事”将与“民间故事”越行越远,身份变得模糊不清起来。在这一简单的遮蔽中,未经学术梳理与厘清,就以不敢否定、却实际放弃的方式婉转拒绝了“革命”改造民间的延安传统。

第二节 革命民间文艺的延安传统

新中国民间文艺的内在矛盾,可以回溯到延安时期对民间文艺的改造。“抢救论”与“改旧编新”都声称自己是延安革命文艺的传人,但在具体的整理改编问题上,却又见仁见智,各说各理。与贾芝对董均伦、张士杰等不同程度的批评不同,张弘高度赞扬他们对民间故事的“改旧编新”。“第一类全是精华的作品

① 张弘:《民间文学改旧编新论》,时代文艺出版社1991年版,第119页。

② 万建中:《20世纪中国民间故事研究史》,北京师范大学出版社2011年版,第201页。

中，确实有些不用整理即可推广流传的作品。……张士杰整理的《一把菜刀吓跑了一辆火车》、《董大帅兵败廊房镇》、《展大旗吓死了常举人》等也是未经增、删、改（一般都需要或多或少的润色）就定稿发表的。这种情况在短谣体的作品更多些。硬去整理这些本来不用整理的作品，就属画蛇添足了。但在第一类作品中也确实有些还有提高余地的作品，《渔童》原讲述就是精华，本可不改，但经张士杰同志别具匠心地整理之后，确有显著提高，促进了这个故事的发展成熟。”[①]但在贾芝眼中，这样的添加，“一经用知识分子的腔调加工，复杂固然复杂了，但往往丧失民间作品的味道”[②]。而事实上，董均伦、张士杰对民间故事的搜集与整理，正是延安时期民间文艺实践的典型代表，这一传统不仅仅是知识分子立场的转变，也不仅仅是民间文艺的革命转向，而是两者的共同合力，在共同的理想型式召唤下，实现民间文艺资源的转型与新生。

与“五四”歌谣运动悬设的文学理想不同，革命对民间文艺资源的利用更落地于实践。早在 1925 年，毛泽东在韶山创办农民夜校时，就曾利用当地民谣编写识字课本，如“农民头上三把刀，税多租重利息高。农民眼前三条路，逃荒讨米坐监牢”[③]；1926 年，他在主持第六届广州农民运动讲习所时，专门组织学生考察农民运动情况，其中一项调查就是搜集民间歌谣；1929 年，毛泽东起草的《红军第四军司令部布告》采用四言歌谣形式，1931 年的《苏维埃政府布告》，同样使用了民间六言歌体，宣传党

① 张弘：《民间文学改旧编新论》，时代文艺出版社 1991 年版，第 144 页。

② 贾芝：《谈各民族民间文学搜集整理问题》，《文学评论》1961 年第 4 期。

③ 陈晋：《文人毛泽东》，上海人民出版社 1997 年版，第 57 页。

的各项政策，起到很好的宣传效果[①]。在知识界还在讨论民间文学的文学性还是民俗性时，党的领袖已经毫不犹豫地将利用旧形式与宣传革命结合了起来。对旧形式的讨论在抗战期间达到了高峰，其时，毛泽东对旧形式的思考也日趋成熟："对于过去时代的文艺形式，我们也并不拒绝利用，但这些旧形式到了我们手里，给了改造，加进了新内容，也就变成革命的为人民服务的东西了"[②]。1938年，文艺界抗敌协会成立，开始"以集体的力量，推动和加强这个现实所造就的形式，改变作家的生活，采纳流行于大众间的旧的形式的长处，并且结合起旧的为大众所爱好的通俗作家，充实他们的意识，增加通俗作品的创造，印出千千万万的文艺小册子，输送到前线和后方的各地各方面的大众中去，使每个人都沐浴于文艺的光芒，加强抗敌的情绪"[③]。可资利用的旧形式包括戏曲、曲艺、歌谣和故事，"用旧瓶新酒的办法——要真有把握，装龙像龙装虎像虎，而后才能读用双全——所谓'用'就是戏能上台，歌能上板，故事能上口。说到文字，更须俗而不土(特用土语写的另是回事)，好而易解，以期收效广大"[④]。

周文在《唱本·地方文学的革新》中进一步总结了旧形式利用的相关问题，指出："单单提出'旧形式的利用'是不够的。因为这有过分看重形式的一面，而忽略内容一面的危险；也就是过分看重'利用'，既然是'利用'，就有被误解为应时的俯就的，因而也就只单纯的把它看作'宣传'工具，以致无选择地什么都用，

---

① 中共中央文献研究室：《毛泽东年谱》上卷，中央文献出版社1993年版，第362页。

② 毛泽东：《毛泽东选集》第三卷，人民出版社1991年版，第855页。

③ 《全国文艺界抗敌协会成立大会》，《新华日报》1938年3月27日。

④ 《会务报告》，《抗战日报》第1卷第5期。

而又偏颇地甚至庸俗地单单加些政治观念或口号进去就以为尽了它的任务，而忽略了最根本的思想斗争和艺术创造。……我认为要形式内容都兼顾，应该提出‘地方文学的革新’这个口号来代替……第二，我们的文学要真正的深入大众，必然是方言文学的确立。方言文学可以创造新形式，而且非创造新形式不可；但既成的旧形式我们也不能放弃，而且应该把握它。那么今天的‘旧形式的利用’问题，实际就是‘地方文学革新’的问题。第三，文学大众化……地方文学旧有的东西固然是粗陋、恶俗，但它压根儿就是和民众密切结合着的东西，从它的流布，影响，是那么的普遍，一直至今不衰这点上，就可以证明。这是明明给我们指出大众化的道路。要真正彻底实现大众化，文学工作者非和民众一起去彻底的了解他们不可，这样在进行地方文学的革新运动才有可能。很显然，这和‘利用’是有了大大差别的”①。超越了单纯的“利用”，周文提出了文学工作者与民众共同努力的方向，即要求两者真正结合并共同改造的文艺大众化之路。

对延安知识分子而言，首先要改造世界观，转变立场，“和工农兵大众的思想感情打成一片”②。许多作家都经历了这一转变。1938 年 4 月 26 日，艾青在《七月》杂志召开的座谈会上公开表示：“我从不曾看任何杂志上所刊登的‘鼓词’、‘京戏’之类的作品。”延安文艺座谈会之后，艾青开始接触民间文艺，并迅速转变了对民间文艺的态度：“1943 年，我在延安看见了鲁迅文艺学院在广场中演出《兄妹开荒》和《花鼓》，成千成万的观众狂热地欢迎他们，我是深深地感动了，我改变了过去对民间文艺所抱的

① 周文：《唱本·地方文学的革新》，《文艺阵地》（广州）第 1 卷第 6 号。

② 毛泽东：《毛泽东文艺论集》，中央文献出版社 2002 年版，第 52 页。

那种错误态度,我开始接触民间文艺,看了一些民间文艺作品,搜集了一些民歌和剪纸,在创作的时候,努力使自己的作品接近民间风格"[①]。他盛赞秧歌剧,认为它"是今天最好的宣传工具之一,真正为老百姓喜闻乐见、新鲜活泼的文艺形式","体现了毛主席的文艺方向——和群众相结合,内容表现群众的生活和斗争,形式为群众所熟悉,所欢迎;在新的政治环境和新的经济条件下,群众要求有自己的文化艺术;能很快的反映现实;比话剧和旧剧不受物质条件的限制,容易演出。这就是说,秧歌剧是群众的歌舞剧,从剧本的内容到形式,从秧歌队的组织到演出,都是最富有群众性的东西"[②]。"它利用、改造了旧有的形式,同时吸收了话剧的许多东西。它已一天天地复杂,一天天地富有创造性。所以今天的秧歌剧,应该说是一种新的歌舞剧,群众的歌舞剧"[③]。指出秧歌剧的喜剧性是"一种群众的喜剧。在我们的每一个剧里,贯穿着人民的觉醒、抬头、斗争以及胜利"[④],秧歌剧实现了革命价值与传统价值的顺利对接,"观众对新的社会的政治力量的认识,已完全和自己的思想、情感、伦理观念相一致"[⑤]。他热情洋溢地介绍不识字的歌手汪庭有,怎样将男女调情的《绣荷包》,改编成歌唱政府、部队和领袖的《十绣金匾》,并满怀信心

① 艾青:《诗论》,人民文学出版社 1980 年版,第 73—76 页。

② 艾青:《秧歌剧的形式》,贾芝编,《延安文艺丛书·民间文艺卷》,湖南文艺出版社 1988 年版,第 470 页。

③ 艾青:《秧歌剧的形式》,贾芝编,《延安文艺丛书·民间文艺卷》,湖南文艺出版社 1988 年版,第 471 页。

④ 艾青:《秧歌剧的形式》,贾芝编,《延安文艺丛书·民间文艺卷》,湖南文艺出版社 1988 年版,第 480 页。

⑤ 艾青:《秧歌剧的形式》,贾芝编,《延安文艺丛书·民间文艺卷》,湖南文艺出版社 1988 年版,第 481 页。

地表示:“在边区,象汪庭有这样的人,已一天天地被发现,一天天地在增加起来”[①]。

何其芳在1939年对旧形式的利用还持保留意见:“比较可以多利用一些的恐怕还是民间文学的形式。可惜对于民间文学的形式我没有好好研究过,也没有利用过。它到底有哪些可以被利用的优点以及如何被利用到文学的各个部门等问题,都只能留给在这方面下过工夫的人回答。我仅有的意见是消极方面的”[②]。延安文艺座谈会后,他不仅对民间文学高度赞扬,还表达了更高的希冀:“在中国今天的新文学,则为了解大众化的问题,民族形式问题,更非研究并吸取民间形式的长处不可。”“真能使文艺与人民结合,尤其是与农民结合,中国的新文艺就是空前的迈进。而这个巨大迈进,却非经过似乎细小的搜集、研究与学习民间文学不可”[③]。延安的民间文艺实践促成他对“五四”歌谣运动的反思:“(北大歌谣研究会)搜集的歌谣在数量上的确不少。但凭我的印象来说,还是民谣儿歌居多。真正艺术性高的民歌还是较少。……是否直接从老百姓去搜集。北京大学当时主要是从它的学生和其他地方的知识分子去搜集,因此儿歌民谣最多。鲁艺音乐系却是直接去从脚夫、农民、农家妇女去搜集。深入到陕北各地,和老百姓的关系弄好,和他们一起玩,往往自己先唱起歌来,然后那些农夫农妇自然也就唱出他们喜欢唱的歌曲来了。所以,搜集民歌的人最好会唱歌,搜集民间故事的人最

---

① 艾青:《汪庭有和他的歌》,贾芝编,《延安文艺丛书·民间文艺卷》,湖南文艺出版社1988年版,496—497页。

② 何其芳:《论文学上的民族形式》,《文艺战线》第1卷第5期。

③ 何其芳:《谈民间文学》,贾芝编,《延安文艺丛书·民间文艺卷》,湖南文艺出版社1988年版,第453—454页。

好自己会讲故事”[①]。周扬盛赞“不识字的劳动诗人”孙万福，“讲出来都纯然是自然的节奏，没有一点矫揉造作的痕迹”，“你看他每一句都歌唱得多么正确，他的诗是道道地地的人民的观点”[②]。萧三、安波也表扬练子嘴英雄拓老汉是“一个很好的民众宣传者”，并感叹：“旧社会不知埋没多少民间艺术天才呵！新民主主义的社会里每个人都要丰衣足食，都能发挥自己的才能。民间这样的才能是无数的、无尽，要紧的是要去发现，去发展他们”[③]。李季描述他跟在人们身后，听他们在未曾觉察的情况下放声歌唱，是怎样在边听边记中“被这单纯而又深刻的诗句惊呆了”，感慨“人民，劳动人民是有无可限量的艺术创造才能的。这一真理，只有在这时候我才是不仅在理论上，而且在感情上认识了它；也是在这时候，我才真正发觉了自己的浅薄无知”[④]。“如同相信劳动人民创造世界一样，相信劳动人的艺术才能。只有基于这种认识，才能对人民的艺术，对民歌发生爱情。也只有在这种时候，你才会象走进了童话中所说的宝山一样，惊叹民歌这个艺术宝藏的丰富无比了。”[⑤]

这种情感上的转变是真诚的，它源自转换视角，重新认识民间文艺的特质，重新看待知识者与劳动者之间的关系，虽然这种

---

① 何其芳：《何其芳文集》第4卷，人民文学出版社1983年版，第147页。

② 周扬：《一位不识字的劳动诗人——孙万福》，贾芝编，《延安文艺丛书·民间文艺卷》，湖南文艺出版社1988年版，第488—490页。

③ 萧三、安波：《练子嘴英雄拓老汉》，贾芝编，《延安文艺丛书·民间文艺卷》，湖南文艺出版社1988年版，第508—509页。

④ 李季：《我是怎样学习民歌的》，贾芝编，《延安文艺丛书·民间文艺卷》，湖南文艺出版社1988年版，第436页。

⑤ 李季：《我是怎样学习民歌的》，贾芝编，《延安文艺丛书·民间文艺卷》，湖南文艺出版社1988年版，第436页。

转换带上了相当程度的功利色彩，即“用思想上的进步与落后、是否能为政治服务、艺术上是否典型、情节结构是否合理、语言是否提炼等等来作为衡量民间文学的标准”[①]。但恰由此功利性保证了“人民文艺”的地位不可动摇，“今天是人民的世纪，我们所需要的文艺也当然是人民的文艺。文艺从它滥觞的一天起本来就是人民的，无论哪一个民族的古代文艺，不管是史诗、传说、神话，都是人民大众的东西。它们是被集体创作、集体享受、集体保有……所有为少数人享受的歌功颂德的所谓文艺，应该封进土瓶里把它埋进地窖里去。人民的文艺是以人民为本位的文艺，是人民所喜闻乐见的文艺，因而它必须是大众化的，现实主义的，民族的，同时又是国际主义的文艺”[②]。

然而，延安知识分子与民间艺人的结合，并非一边倒的知识分子改造自身，完全向人民学习的过程。民间艺人同样也是被改造的对象。郿鄠戏班主李卜，虽然觉得民众剧团的秦腔演出唱功较弱，却敏锐地感觉到那是一个新时代的新戏剧：“戏是好戏嘛，这是新戏旧演。劝人打日本，做好人嘛，唱工把式差次点，没啥。要是改唱郿鄠就更好，郿鄠吐音清楚，更听得真嘛”[③]。新戏剧的思想意识感染了他，使他与柯仲平的遇合成为知识分子与民间艺人结合的典范：即知识分子用新思想改造了旧艺人，旧艺人成就了新思想的艺术传达。这是一个双向的改造过程。李卜从发了安家费才肯跟着剧团走，到主动留下，甚至戒了鸦片，

① 刘锡诚：《新中国民间文学理论研究和学科建设：1949—1966》，《广西民族学院学报》哲学社会科学版2003年第1期。

② 郭沫若：《人民的文艺》，《抗战文艺》“文协成立七周年并庆祝第一届文艺界纪念特刊”。

③ 丁玲：《民间艺人李卜》，《解放日报》1944年10月30日。

改去了许多旧戏子的毛病,倾心传授他的技艺。他说:"旧戏子对于技术,是保守的,可是我就只怕教不会人。我教会了别人,别人可以借它教育老百姓,我的陈货在他们口里,变成了新的,我看见了只有喜欢。我是一个老人了,我要改造自己,也还要改造别人呢。"[①]他在边区文教大会上自己总结道:"旧戏子的确很多嗜好,有一些坏毛病,但并非不能改。这些人在旧社会里是受压迫的,只要一解开革命道理,头脑弄通了,改起来也很容易。"[②]

说书艺人韩起祥原本是"一个走江湖的旧书匠,过去所演唱的,大多数都是落后的封建迷信的旧书。又兼算命,'包锁'、'过关'那些哄人的鬼把戏"[③]。刚到边区的时候,"他仍旧过着说旧书兼算命的旧书匠的生活。因为他的职业和迷信分不开,1944年反巫神运动时,他的三弦跟巫神的三山刀一起被区政府没收了(这当然是过火的做法)。他无法生活,就不管长短,自己跑到县政府去,要求允许他说书。政府要他说新书,他答应了。就这样开始说起新书来"[④]。韩起祥编新说书,本无高尚的动机,而是生存所迫,"唯一动机,是认为一般农民会喜欢这个书,需要这个书,自己吃得开"[⑤]。陕甘宁边区文协说书组把韩起祥"作为一个典型,经常和他联系,派人跟他下乡,给他念通俗书报,讲故事,讲解革命道理,提高他的思想。帮助他编新书、记录、整理、发表和出版他的作品。他的影响扩大了,社会地位提高了,收入增加了,生活上升了,才把编说新书看成一条出路,自觉地来从事这

---

① 丁玲:《民间艺人李卜》,《解放日报》1944年10月30日。

② 丁玲:《民间艺人李卜》,《解放日报》1944年10月30日。

③ 林山:《盲艺人韩起祥——介绍一个民间诗人》,《华北文艺》1949年第6期。

④ 林山:《盲艺人韩起祥——介绍一个民间诗人》,《华北文艺》1949年第6期。

⑤ 胡孟祥:《韩起祥评传》,中国民间文艺出版社1989年版,第230页。

个工作”[①]。

知识分子认识到说书的经济、简便、易行，与章回小说、戏曲本子一样，是陕北农民中最流行的三种通俗文艺读物之一[②]。对于贫困的农民而言，“简单的说书形式，在某种程度上说，是比秧歌更为适宜农民需要的”[③]。“边区有几百个说书人，他们经常窜乡，走遍了大小村庄，真是又普通又深入——‘深入到炕上’。只要我们把宣传时事的新书，如《时事传》、《刘善本飞延安》、《李敷仁走延安》等篇，教给各地的说书人，他们也可以像韩起祥那样，在说书前后作为‘书帽’或‘稍书’，经常在群众中演唱了。这不是等于派了一大批宣传员到农村中去吗？这不是最深入农村的宣传吗?”[④]出于运用说书动员群众的需要，知识分子也会抱怨韩起祥“旧社会对他的影响太深了，直到现在，他的思想里遗存着很多落后的东西”，但另一方面也不得不承认承认他“有惊人的记忆力”，“熟悉旧说书和民间文艺”，不得不倚仗他的文艺天才[⑤]。知识分子与民间艺人的结合，同样有赖于知识分子发挥更多的主导性。根据韩起祥的回忆，知识者对他思想的提升格外重视：“我每一回说书，发现好句子他们就记下来；有错误，他们就告诉我哪些说错了，为什么是错误。在路上走得时候，同志们就给我读文件，给我讲解政策精神和革命道理。我是个农民，好些事情听也没听过，见也没见过，对于党的政策，有的一时还解

---

① 林山：《盲艺人韩起祥——介绍一个民间诗人》，《华北文艺》1949 年第 6 期。

② 林山：《改造说书》，《解放日报》1945 年 8 月 5 日。

③ 周而复：《〈刘巧团圆〉后记》，韩起祥，《刘巧团圆》，海洋书屋 1947 年版，第 140 页。

④ 林山：《一个宣传时事的好方法——读〈时事传〉后几点意见》，《解放日报》1946 年 9 月 9 日。

⑤ 林山：《盲艺人韩起祥——介绍一个民间诗人》，《华北文艺》1949 年第 6 期。

不开,想不通,……同志们帮我学了一些革命道理,提高了我的政治思想觉悟,我的思想才一天天开阔起来,才知道人活在世,……要为众人着想,树立起为人们服务的思想"[①]。知识分子与民间艺人的结合是深入的,当时的知识分子与民间艺人一起深入民众,"柯蓝为研究陕北的说书和民歌,肩挑小担,手持小锣,打扮成一个卖年画、卖小人书的文化货郎,替我(韩起祥)牵棍引路,走乡串户"[②]。韩起祥能够"由一个旧书匠变成一个大家公认的名说书人,一个人民艺术家,一个民间诗人"[③],这样的转变,有赖于知识者对民间艺人才华的发现与认可,以及对民间艺人思想与观念的改造,他们之间的信赖是相互的。

韩起祥"从十三岁就学会了不少古书,现在共会 80 多部。说书的时间长了,逐渐懂得了要将书编好,就要做到组织好故事,人物是随故事而来的。编书行当有一句话说得好,白是骨头词是肉,内容和故事好比是人身上的血脉,哪些地方应该用唱词,哪些地方应该用道白,都有一定规律的。……而这些故事的结构和构思,又是来源于对传统书目的继承和借鉴。光有了继承,还不能创作出好的作品,还需要在继承的基础上去改革,去创新……为反映新内容和塑造新的人物,就必须打破常规,大胆创新。……当然,最大的改革,还是从内容上由原来的旧说书,改变成现在的新说书"[④]。

从旧说书到新说书的改造,并非一帆风顺。当知识者的宣传要求与说书的艺术规律发生矛盾时,就得依靠韩起祥从旧书

① 韩起祥口述,黄桂华整理:《没有共产党就没有我韩起祥》,《延河》1959 年 10 期。
② 胡孟祥:《今日韩起祥》,《群众文化》1987 年 7 月。
③ 林山:《盲艺人韩起祥——介绍一个民间诗人》,《华北文艺》1949 年 7 月第 6 期。
④ 胡孟祥:《韩起祥评传》,中国民间文艺出版社 1989 年版,第 229 页。

中获得的创作才能加以创造性转换。“到了边区文协以后，天正旱，柯仲平同志给我说你能不能编一个‘防旱备荒’的故事？我说这‘防旱备荒’是咋个故事，我编不了嘛……那时候柯老就让我下乡，结果我就下乡，到安塞一带转了一回，哎，就是能编了……我就编了个张家庄求雨。”[①]他用旧说书的骨架编成了新说书，“我当时也不懂得文艺的思想性、艺术性，只懂得把好的高尚的词句来歌颂共产党，把丑的坏的词句，骂国民党。象天空、太阳。金灿灿、银闪闪等，歌颂党，表彰正气；蚊子、苍蝇等，用来形容地主、老财”[②]。就是像《时事传》这样政治性极强的书，也能获得民众的认可，“好解下，容易记，说的老百姓话，前前后后有根据，时事说的完全”[③]。为宣传禁烟，韩起祥在延安县委书记的启发下，“你可以根据旧书的架子编成新书”[④]，于是用旧书里二流子抽洋烟的故事搭成框架，删除了阎王放二流子还阳的荒诞情节，改成二流子在政府的感化教育下戒烟，参加劳动、改造成新人的《吃洋烟二流子转变》。《刘巧团圆》“将抽象的阶级观念转化为农民所认同的传统道德伦理，在不失民间文化趣味的情况下，生动地反映了阶级斗争观念对农村日常生活、婚姻伦理的深刻影响”[⑤]。

韩起祥的新说书“之所以受人欢迎，除了内容是新的之外，在艺术上来说，主要是故事性强。而这些故事的结构和构思，又

① 曹振乾：《韩起祥文集》，中国文化出版社 2009 年版，第 448 页。

② 胡孟祥：《韩起祥评传》，中国民间文艺出版社 1989 年版，第 230 页。

③ 王志：《〈李有才板话〉和〈时事传〉在邓家沟》，《解放日报》1946 年 9 月 24 日。

④ 韩起祥口述，黄桂华整理：《没有共产党就没有我韩起祥》，《延河》1959 年 10 期。

⑤ 张霖：《从旧说书到新文艺——论解放区文学通俗化运动中民间艺人与知识分子的关系》，《中国现代文学论丛》2007 年第 1 期。

是来源于对传统书目的继承和借鉴”[①]。1945 年 7 月至 1946 年 9 月，是韩起祥新说书的高峰期，《解放日报》21 次刊载了韩起祥的作品和活动，仅 1946 年 9 月间就多达 7 次，几乎每四天就会报道一次。他后来自己总结：“如果从 1944 年的说新唱新开始算的话，大小曲目一共编了五百四十多篇，约二百五十万字，走的路程是两个二万五千里，演出过的自然村庄是一万个以上”[②]。

在新说书的形成过程中，知识者对民间艺人艺术才能充分信任，放手启发。“同一本书，同一种调子，每个说书人演唱出来时，或多或少总有些变化、出入。同一个说书，每次演唱也不完全一样。这一方面固然是由于口头文学本身的限制，一方面也由于实际的需要——适应各种听众，说书人有意这样做的。一个说书人，假如没有增加或节删书词和音乐的本领，不能根据一定的时间、场合把书词和音乐拉长或缩短，就很难满足听众的要求。”[③]“最近我又听韩说唱两次，在个别情节、字句方面，每次均有出入，有时增删的更见精彩，有时反不如记录的原文，这与他说唱时的个人心境、情绪、周围的环境、人物，全有不可分离的微妙因果与关系，不是三言两语可以概述的。”[④]“在说书中插进一些民歌小调，本来从陕北的旧说书也常常可以听到的，但用得特别多的，却只有韩起祥的新说书，成为他的特点之一。”[⑤]这就已经认识到民间文艺的口头性传统和即时性特色了。他们对韩起祥的定位是准确的，“有了基本的政治认识，有一定程度的文化

① 胡孟祥：《韩起祥评传》，中国民间文艺出版社 1989 年版，第 122 页。

② 林山：《盲艺人韩起祥——介绍一个民间诗人》，《华北文艺》1949 年第 6 期。

③ 林山：《盲艺人韩起祥——介绍一个民间诗人》，《华北文艺》1949 年第 6 期。

④ 胡孟祥：《韩起祥评传》，中国民间文艺出版社 1989 年版，第 94 页。

⑤ 林山：《盲艺人韩起祥——介绍一个民间诗人》，《华北文艺》1949 年第 6 期。

修养，有多年（他说书已经将近二十年）的创作锻炼，熟悉农村生活，熟悉农民的思想感情，语言非常丰富，再加个人的天才，照老百姓的说法，就是‘心灵’，‘有肚才’，韩起祥具备了这些基本的，才能够编出思想性和艺术性比较高的新说书的”[①]。陕甘宁边区文协说书组成立后，“主要从事三方面的工作：1. 记录、整理、选择书匠的口头创作；2. 发动知识分子与艺人合作；3. 帮助改编旧说书”[②]。他们对韩起祥的帮助深入到整个创作过程，程士荣回忆他为韩起祥记录《张玉兰参加选举会》的过程：“通常由他指韩起祥构思先说出押韵的说段作为初稿，他说时我记录，说毕后我整理修改为定稿，然后我念他听，记熟了演出。”程士荣强调：“‘记’不单是记录，还包括加工修改”[③]。与林山合作的《张家庄祈雨》，与王宗元合作的《时事传》，包括与高敏夫合作的《刘巧团圆》，都是由知识分子与韩起祥共同创作完成的。

站在政治立场，知识分子确信自己的责任，是发掘、培养更多像韩起祥这样的民间文艺天才。“用他来带头，帮助我们在延安试办一次小小的说书训练班广现身说法”，效果就很好。因为第一，他本身就是一个民间艺人，他的话，民间艺人很相信。第二，他的新书和质量都相当高，民间艺人很佩服。第三，他教授新书的方法适合民间艺人的习惯[④]。在 1945 年 10 月的说书训练班上，韩起祥也对自己改造后的地位充满自豪之情：“旧社会有钱人骂咱是穷瞎汉；三教九流咱属最底层”，“多亏有了共产党，过去的穷瞎汉成了先生。……文协、鲁艺把咱请，‘下里巴

---

① 林山：《盲艺人韩起祥——介绍一个民间诗人》，《华北文艺》1949 年第 6 期。

② 林山：《改造说书》，《解放日报》1945 年 8 月 5 日。

③ 龙东仁：《从延安到陇东——程士荣访问记》，《延安文艺研究》1986 年第 3 期。

④ 林山：《略谈陕北的改造说书》，《文艺报》第 1 卷第 8 期。

人'今胜昔,大雅之堂咱逞能!……俺要饭的盲娃当了典型"[①]。对于这个典型,延安知识分子有更大的期待:"民间蕴藏着无数的天才,韩起祥只是其中的一个。只要我们去发掘、去培植,我相信全国各地都会有象韩起祥,比韩起祥更优秀的民间诗人、民间艺术家出现的,目前各地出现的已经不少。这是我们文艺工作者的任务"[②]。由此可见,"新说书运动,是知识分子与民间艺人共同完成的,成为知识分子与民众完美结合的一个典范。在这个活动中,知识分子与民间艺人分别充当着不同的角色,民间艺人是活动的主角,知识分子起着辅助作用,并且民间艺人在知识分子的帮助下,开始个人创作"[③]。

通过知识分子与民间艺人的双向改造,将自发状态的民间文艺提升为革命文艺,成为知识分子与民间艺人的共同课题。正如柯仲平在《论中国民歌》中所论:"以往的民歌,还是在自生自灭的状态中。为教育大众,新的音乐家、诗歌作者,到大众中去,把民歌提高一步是必要的。提高大众的文化教育,是我们底一个主要任务,为使大众更能自己作歌,从大众中培养大批的民间歌手也是很必要的"[④]。如果后来没有出现跃进式"全民皆诗"的新民歌运动,而是扎扎实实从实际出发,发现一个,培养一个,民间艺人与知识分子的结合与改造,恐怕还会有更丰硕的成果。

---

① 胡孟祥:《韩起祥评传》,中国民间文艺出版社1989年版,第118页。

② 林山:《盲艺人韩起祥——介绍一个民间诗人》,《华北文艺》1949年第6期。

③ 毛巧晖:《涵化与归化——论延安时期解放区的"民间文学"》,华东师范大学2005年博士学位论文。

④ 柯仲平:《论中国民歌》,贾芝编,《延安文艺丛书·民间文艺卷》,湖南文艺出版社1988年版,第424页。

第三节　民间故事的“改旧编新”实践及其论争

民间故事相较民歌、说书、戏曲而言，所需的特殊技艺和才能少，民众在传讲、新创民间故事时带有更多的自发色彩，故事的原始状态可能更为杂芜。延安知识分子在搜集整理民间故事时，很难找到像李卜、韩起祥这样具有传统民间文艺技能的典型，就得更加依靠知识分子的慧眼识珠，主动对传统民间故事进行搜集、整理与改编。对于民间故事的“改旧编新”，延安知识分子并无明确的总结，却从未有过犹豫。与新时期以后民间文学、民俗学界对民间故事家个体的挖掘与研究不同，延安的民间故事书，都由知识分子个人署名，那些讲述者的遗迹已无从觅寻，留下的是整理改编者的个人印记。但不得不承认，这一时期的故事整理改编者，大多自身就精通故事讲述，他们对民间话语的熟稔，相当程度地保留了民间的原汁原味；他们的革命立场与宣传高度，使他们有意识地挑选出具有反抗性革命因素的民间故事，也有助于发掘萌芽状态的革命故事，传统民间故事的面貌为之一新。

在整理加工的传统故事中，更多突出阶级性与反抗主题，如1946 年 10 月太岳新华书店出版张友编的《水推长城》，收入李束为的《水推长城》(1948 年 10 月晋绥出版社再版)；1947 年 5、8、10 月分别由冀南书店、华北新华书店、晋绥边区吕梁文化教育出版社出版《地主和长工》，收入马烽搜集的《金马驹和火龙衣》；1948 年 3 月 5 日《解放日报》柯蓝写定的民间故事《鸟王做寿》；1948 年 7 大连新华书店出版董均伦的《半湾镰刀》；1949 年 1 月东北书店出版合江鲁艺文工团编的《民间故事》；1949 年 4 月太岳新华书店出版《民间故事集》丛书四种：之一《刨元宝》、之二《鸟王做寿》、之三（不详），之四董均伦《觅汉和少掌柜》；1949 年 7 月苏北新华书店盐城分店编辑出版的《民间故事》等。

新编革命故事则包括革命领袖的故事和战斗故事，主要有：1945 年董均伦在延安《解放日报》上发表《刘志丹的故事》十二篇；1946 年的《毛泽东的故事》（分别由吕梁教育文化出版社〔3 月〕、华北地区新华书店〔7 月〕、晋冀鲁豫军区政治部〔8 月〕出版）、秦兆阳 1946 年整理创作了《“俺们毛主席有办法”——老乡们关于毛主席的故事》；韦君宜编创了《龙——晋西北的民间传说》；1947 年 9 月山东新华书店出版《红军长征故事》；1948 年大众书店出版董均伦《小小故事》，包括“镆铘岛上”“算帐”“渔夫的故事”“老百姓大摆地雷”等解放区人民对敌斗争的故事。这些新编故事较之传统故事，在故事性上要稍欠缺些，从形态上看，应是老百姓耳闻目睹革命领袖、革命斗争的相关事迹之后，口头流传的故事片断，再经由搜集整理者加工而成。有些作品，也介于小说与故事之间，如韦君宜的《龙——晋西北的民间传说》就收入《延安文艺丛书》的小说卷，被归为延安时期兴起的“通俗故事”。这些故事大多起源于真实的历史事件，内容表现上受限于口头流传者的创作能力，搜集整理者的加工能力。张弘后来提出的认识问题，即能否对真实的革命历史进行充分的虚构，就格外重要。这种虚构，究竟是张弘所认为的“改旧编新”中的“编新”，还是贾芝认为的“篡改”“伪造”呢？

革命“通俗故事”或偏于小说，或偏于故事，其属性较难界定。偏小说的如《龙——晋西北的民间传说》，知识分子加工的痕迹较浓，叙事语言也偏书面化。求雨的老百姓没有求到天上的龙，却遇见了贺龙和他的革命队伍。贺龙就这样被神话化了：

“我在镇子里看见的。他穿着灰军服，含着烟斗，戴着军帽。那个军帽里藏着一对龙角。”“他是活龙”，龙的神话传说，与现实的革命巧妙结合在一起[①]。这个神话化的过程是由叙事者讲述老百姓对贺龙的赞美，文本的叙事者与传统民间故事中全知全能的叙事者相异，也不等同于老百姓自身，而是刻意保持了知识分子的立场。偏故事的情况也各不相同。“毛泽东的故事”系列中《浏阳遇险》《老太太对得很》比较有故事色彩，但加工虚构仍不足，应是受限于真实历史事件的缘故。叙事一定程度上受小说影响，语言则介于书面语与口语之间，既保留了书面语的精炼，又具有口语的生动性。“毛泽东的故事”系列中《一个伤兵的愿望》《三湾改编》等篇则尚未找到故事核心，仅仅是革命历史的文学化叙述。“刘志丹的故事”系列中《刘志丹卖碗》《刘志丹用巧计》《打李家塔寨》等篇目较有传奇性，情节比较吸引人，其余如《“不要管我，坚决打垮敌人！”》《蓝田的失败》等也仅是片断，依靠文学性描写支撑全文。因而也有人把“刘志丹的故事”视为短篇小说。

延安时期民间故事“改旧编新”的实践，为新中国成立后的民间文学工作者所继承。李束为在第一次文代会上总结了晋绥边区的民间故事搜集整理工作。首先从政治高度和民众接受角度肯定了民间故事不可替代的地位：“在中国广大农村里，流传着很多民间故事。这些故事有它的积极的传播者和广大的听众。在这些故事里，充分的显露了那些泥手泥脚的劳动群众的惊人创造。他们以自己创造的文学形式，来传达他们的心声。

① 韦君宜：《龙——晋西北的民间传说》，延安文艺丛书编委会，《延安文艺丛书》第二卷小说卷（上），湖南人民出版社 1984 年版，第 302 页。

这种故事最适合他们的口味:内容讲的是他们的事情或他们想知道的事情,形式是他们所喜爱的有头有尾,线索分明,有文有诗(有的没诗)的故事体。因此它流传的最广阔深入。对于这种为广大群众所喜闻乐道的民间文学,采集起来,加以整理推广,不但能够配合工作发挥它的积极作用;而且对于文学工作者学习为广大劳动群众所喜爱的文学形式,也许是有益的"[①]。根据李束为的介绍,《在延安文艺座谈会上的讲话》发表以后,民间文艺工作者深入晋绥边区,搜集整理的民间故事在实际工作发挥了很好的宣传动员功能:"在当地采的故事全部在《晋绥大众报》上发表过,从在报纸上发表到后来出版集子,一直受广大读者(或听众)的喜爱,特别在群众变工互助组里,土改时的诉苦会上被朗读与讨论,它成了区村干部工作的有力助手,由此帮助提高了群众的生产热忱和阶级觉悟。在晋绥,凡是具有初步阅读能力的区村干部,小学教员,中学生几乎是人手一册,民间故事成了干部和群众的好朋友"[②]。并强调经由民间文艺工作者的采集整理,改变了民间故事原有的自发流传状态,"那些未经整理的故事是在一种自然状态中流传,想起甚么故事就讲甚么故事,并不一定根据当前工作与群众的目前思想情况加以选择,同是所讲的故事也不一定都是有教育意义的,由于大家觉悟不高,封建迷信的有毒素的故事也常常讲给大家听,所以它起的作用有时是好的,有时却是不好的。整理出来的故事,是根据工作需要,针对群众思想情况有计划的有目的的发表的。比方说在生产运

---

① 李束为:《民间故事的采集与整理》,中华全国文学艺术工作者代表大会宣传处编辑,《中华全国文学艺术工作者代表大会纪念文集》,新华书店1950年版,第500页。

② 李束为:《民间故事的采集与整理》,中华全国文学艺术工作者代表大会宣传处编辑,《中华全国文学艺术工作者代表大会纪念文集》,新华书店1950年版,第501页。

动当中，就选择有关生产的故事，如：锄头上有水等，在土改时期，就选择地主压迫农民及农民与地主斗争的故事，如：地主与长工等，它紧密的配合了当前工作，所以群众特别喜爱，起的作用也大”①。

李束为总结采集整理民间故事的经验，一是要“文艺工作者采集整理民间故事，当然要具有深入群众，熟悉群众语言的条件，这是不必多说的。他还必须作一个忠实的记录员，讲故事的人怎样讲，就要怎样记。忠实的记录，就是为要保持民间故事的形象的，生动活泼的，精练的语言”②。“如果舍弃这种有生命的语言，而用知识分子的语言写出来的民间故事，已失去了民间故事的光彩，只剩了一个干巴巴的故事了，即使这个故事是有益的，是值得推广的，那也不大为群众所欢迎。”③二是要由“文艺工作者带头并发动广大区村干部采集民间故事”；三是“应以正确的观点加以分析，作为取舍或修改的根据”。采集时，“一个故事可以找几个人讲，都忠实的记录，作为整理研究时的参考”④。整理时，“慎重的对采集来的民间故事加以分析、批判、修改，这一工作是不可无视的。文字上也须加以整理，把几个主题结构相同的故事参照比较，在语言上，选择表现明确，形象有力，念起来

---

① 李束为：《民间故事的采集与整理》，中华全国文学艺术工作者代表大会宣传处编辑，《中华全国文学艺术工作者代表大会纪念文集》，新华书店1950年版，第501页。

② 李束为：《民间故事的采集与整理》，中华全国文学艺术工作者代表大会宣传处编辑，《中华全国文学艺术工作者代表大会纪念文集》，新华书店1950年版，第501—502页。

③ 李束为：《民间故事的采集与整理》，中华全国文学艺术工作者代表大会宣传处编辑，《中华全国文学艺术工作者代表大会纪念文集》，新华书店1950年版，第501—502页。

④ 李束为：《民间故事的采集与整理》，中华全国文学艺术工作者代表大会宣传处编辑，《中华全国文学艺术工作者代表大会纪念文集》，新华书店1950年版，第502页。

响亮的部分保留下来，删除含意不清的句子和在很小范围内使用的土语，保存在较大范围内通用的语言等等”[①]。李束为还指出了采集工作中的弱点与盲点，“没有主动的采集流传在群众当中的新的革命故事，如抗日战争中流传的许多故事等，这些故事已由劳动群众把它保存下来，并且在流传中锤炼成比较完整的东西了，只要注意采集，一定可以采集很多，把它整理发表，也一定可以得到广大群众的喜爱和收到极大的教育效果的”[②]。

从延安步入新中国的民间文艺工作者，如董均伦、江源继续在民间故事领域耕耘，而受到延安精神鼓舞，在 20 世纪五六十年代万象更新、从头迈越的青春氛围中成长起来的新一代民间文艺工作者如陈玮君、张士杰等也登上了民间文艺的舞台。由此形成了新中国民间故事搜集整理运动的第一个高峰。这一时期大量涌现的优秀民间故事集有董均伦、江源《单辫郎》(1950 年)、《传麦种》(1952 年)、《金瓜配银瓜》(1954 年)、《龙眼》(1954 年)、《玉石鹿》(1955 年)、《金须牙牙葫芦》(1955 年)，陈玮君《长寿草》(1955 年)、《龙王公主》(1956 年)、《神郎与彩姑》(1957 年)、《金鱼郎》(1958 年)，萧甘牛《椰姑娘》(1955 年)，费林《三潭记》(1955 年)，萧甘牛、萧丁三《刘三姐》(1956 年)，刘金《九斤姑娘》(1957 年)，蒋亚雄《丹珍和塔尔基》(1957 年)，陈贵培《画神多兰嘎》(1958 年)，赵世杰《阿凡提的故事》(1958 年)，王尧《文成公主的故事》(1958 年)，曹格《九隆王》(1958 年)，郑邦宁、黄长源《窑山取宝》(1959 年)，单超《仙桃园》(1959 年)，苏芳桂《苹

① 李束为：《民间故事的采集与整理》，中华全国文学艺术工作者代表大会宣传处编辑，《中华全国文学艺术工作者代表大会纪念文集》，新华书店 1950 年版，第 503 页。

② 李束为：《民间故事的采集与整理》，中华全国文学艺术工作者代表大会宣传处编辑，《中华全国文学艺术工作者代表大会纪念文集》，新华书店 1950 年版，第 503 页。

果姑娘》(1959 年),孙星光《修禹庙》(1959 年),赵景深《龙灯》(1960 年),赵燕翼《金瓜和银豆》(1961 年)等等。还有一些集体整理的如《革命传说故事》第一集(1958 年)、中共云南省丽江地委宣传部编《阿一旦的故事》(1960 年)、吉林大学中文系编《金凤》(1961 年)、中国科学院内蒙分院语言文学研究所编《蒙古族民间故事集》(1964 年)、《中国动物故事集》(1962 年)等等。

尤为值得注意的是,这一时期还采集了许多近现代农民起义的故事,如袁震《太平天国的歌谣和传说》(1959 年),安徽阜阳专区文联编《捻军故事集》(1962 年),康新民、赵慈风编“鸦片战争传说”,上海民歌、民间故事编委会编“小刀会起义”、“上海工人斗争”的故事等。其中影响最大,成就最高的是张士杰整理改编的“义和团故事”。近现代农民起义故事,是基于真实的历史而来的民间故事,原来的官方历史多将之贬为“祸乱”。由于中国共产党“农村包围城市”的特殊道路,新意识形态充分肯定了农民起义的正当性与革命性。这就给从民间视角重述近现代农民革命一个新的语境。王先明指出,直到 20 世纪五六十年代,“作为历史事件参与者的义和团团民及其后人才有机会发出另一种声音,使得义和团从‘拳匪’走向‘英雄’的历史进程有了更现实的机遇”[①]。

1953 年至 1958 年间,张士杰从家乡河北安次县、武清县等地采录了大量义和团民间传说,既有偏于史实性的《义和团战落垡》《宗老路》等真实故事,也有偏向神话的《托塔李天王》《渔童》等传奇故事。1958 年至 1959 年,《民间文学》刊载了 28 篇义和团故事,所载故事皆以歌颂义和团反帝反侵略为主旨。特别值

① 王先明:《义和团的历史记忆与文化认同》,《人文杂志》2011 年第 4 期。

得注意的是,1959年《人民文学》分两期转载了张士杰整理的义和团故事6篇,分别是《洪大海》《蚌螺号》《王三发横财》《托塔李天王》《刘黑塔》《义和团战落垡》。所选篇目并不一定是民间特色最鲜明,但却一定是反抗性最强,特别是突出群众集体的反抗力量,如故事中的洪大海、托塔李天王一旦失去群众的依靠,就会走向悲剧性的失败。这正说明义和团故事为《人民文学》所看重的价值所在。《人民文学》高规格的转载,使义和团故事超越了民间故事的影响,也显示了民间文艺对整个文学的辐射。以义和团故事为代表的近现代农民革命故事,不仅在时间上填补了从传统民间故事到新革命故事的空白,而且在艺术形式上,为后来新革命故事的采集与整理积累了有效的经验。

张士杰采录义和团故事有极强的地方性。他本人就出生在河北省安次县(今廊坊市)董常甫村,义和团红灯照曾在廊坊车站大败英国海军司令西摩尔率领的联军。张士杰幼时,村中曾经参加过义和团的董耀、董万海、张绍桓、张义桓等老人还健在,他的外祖母也是个故事能手。张士杰的舅舅白宝山,吹拉弹唱样样精通,是当地出名的民间艺人,曾为张士杰吹奏过当年义和团乐队的乐曲①。最早整理出来的义和团故事《红缨大刀》《张头和李头》《宗老路》就来自董耀的讲述,《义和团战落垡》是董万海讲述,《龙河》《安次县为什么是土城》等由外祖母讲述。1952年,张士杰从廊坊简易师范毕业后成为一名正式的人民教师。他最初搜集义和团故事的动机本是作为课堂教学的补充,没想到特别受学生欢迎,教学效果很好,受到了学校领导的鼓励和表扬。

① 史同文、飞雁:《民间文艺家张士杰传略》,中国人民政治协商会议廊坊市委员会编,《廊坊市文史资料第4辑》1987年版,第68—70页。

张士杰进一步深入民间，采集整理义和团史料、歌谣和故事，日积月累，从业余到专业，竟由此造就了一位成功的民间故事工作者。

张士杰采录义和团故事大多在较为随意的劳动生产场合，无法随听随记，只能依靠口传心记，记录梗概大纲。张士杰多次遇到这样的情形，当他以民间故事采录者的正式身份下去时，会讲故事的老人往往充满怀疑，立刻有“你是位‘先生’”，“跟我们是两路人，说不到一块”的戒备心。他并不气馁，几次坚持，在主动帮助老人劳动，甚至溅一身泥水之后，他们就把张士杰当成了自己人，“说起话来无拘无束，称呼又改了”，“思想感情上真正打成了一片”，才自然而然地讲述起民间故事来[①]。正如张士杰自己总结的，收集故事一定要在这样的自然状态下，“到田地里跟人们去干活，访问学生家长，到民校去教歌，给人们读报；特别是在假期，参加田间劳动，搞宣传、修堤、防汛、扑虫灾，参加中心工作，参加群众大会，向人们学习生产知识，等等。在这当中，很自然的就能听到许多故事”[②]。这与董均伦提出的要“安营扎寨”是一致的。在实际的工作中，“心急敲不出好当当，不要叫别人服从自己的时间，最好自己去凑合别人的闲空。这样做，俺觉得比较妥当。既不耽误别人的营生，也能做了自己的工作，只要留心，不管农村里怎么忙，还是能找到听故事的机会的”[③]。“有的故事，同一个人说，在他高兴的时候，他添枝加叶的可以说上半

① 史同文、飞雁：《张士杰生平及其写作生涯》，廊坊市政协学习文史委员会编，《廊坊文史资料第 11 辑》2003 年版，第 6—11 页。

② 张士杰：《我的体会和认识》，《民间文学》1958 年 11 月号。

③ 董均伦、江源：《搜集整理民间故事的一些体会》，中国民间文艺研究会研究部编，《民间文学参考资料第二辑》，1980 年，157—159 页。

天，而在他兴趣不大的时候，那他一点钟就可以说完，当然在这样的时候，他说的是无声无色。”这就要求故事搜集者真正下到民间，“熟悉当地的生活，熟悉当地的语言”[①]，甚至像张士杰这样，本人就是当地人，是劳动者中的一员，才能听到原汁原味的生动讲述。

张士杰也承认“随听随记是有困难的，特别是故事——较长的故事。但是，随听随记是比听了再记好”[②]。这种情形下确实无法做到研究者期望的“随听随记”“一字不改”。退而求其次，张士杰只能记录大纲。根据张士杰公布的几十份原始故事记录总结，他的记录“是一个提纲式的记录，而且也不是每份记录都很全面；在他的几十份原始记录中，有的偏重记录故事梗概，有的偏重记要点，有的偏重记富有特色的地方，也有的偏重于记讲述人的神情及生活经历……等，是根据他自己的条件和需要而随机应变式地记录的。这些记录只能帮助他记忆，作整理故事时的参考”[③]。这显然与科学要求的“一字不改”相差甚大。从这些记录大纲整理成故事文本，经过了张士杰个人的全面加工。好在张士杰是本地人，他的有利条件是“人熟、地熟、风俗习惯熟、语言熟”[④]，经他整理的义和团故事相当于再由他转述了一遍，并化为书面文本，完全没有丧失民间语言的鲜活性，包括当地的民俗细节他也烂熟于心。如《托塔李天王》中李天王败走时，伏身快滚过爬豆地，哈腰提气脚尖点地快过永定河滩，从而甩开了不了解地形的洋人；宗老路在河中心将坐满洋兵的船只

① 董均伦、江源：《关于刘魁立先生的批评》，《民间文学》1957 年 8 月号。

② 张士杰：《我的体会和认识》，《民间文学》1958 年 11 月号。

③ 蔚钢：《义和团故事的搜集与整理》，《民间文学》1962 年 4 月号。

④ 蔚钢：《义和团故事的搜集与整理》，《民间文学》1962 年 4 月号。

掀翻，并用船篙将水面上露头的洋兵一一打落，没有相当的当地生产生活经验则很难凭空想象。

张士杰自己总结记录与整理民间故事的经验：“记录和整理的时候首先要做到忠实。不应大杀大砍，胡诌瞎编，任意捏造。我觉得，要做到忠实，必须：不能改变原故事的主题思想；不能改变故事的基本情节；不能失去原故事的风格和地方色彩；要保持原故事的语言特点；应以个人的爱好和兴趣任意取舍，要以原故事的特点慎重地进行整理工作——不需要整理的就不必整理。我所记录和整理的故事，总的说就是这样做的”[①]。他所做的整理工作主要如下：(1)“按原故事的特点和主题思想，在语句上稍加添充，使人物性格和思想动态明显突出起来。”(2)“(情节)调动——这也得根据原始故事的特点和主题思想来做。”(3)把漏洞填补上，加开头、加结尾交代故事背景。(4)删除糟粕，如《安次县为什么是土城》中洋毛子玩弄被抓中国妇女的细节，传统故事《石义和付义》的开头和结尾玉皇和观音来宣扬因果报应，《刘黑塔》中凶狠的地主玩鹰，刘黑塔认干娘时凄凉悲哀的气氛，这些都一一做了削弱或删除。(5)语言上修整、提炼、加上适当的注释。(6)归纳故事的多个版本，综合整理[②]。这个加工程度所理解要求的“忠实”就与民间文艺研究者的要求差距较大，因而被刘魁立等批评是“改编”，甚或是“创作”。

面对当时关于民间文学搜集整理的争论，张士杰不但公布了一部分自己的原始记录供学术讨论，还以自身的经验加入这次讨论。他先后发表了《我的体会和认识》(《民间文学》1958 年

① 张士杰：《我的体会和认识》，《民间文学》1958 年 11 月号。

② 张士杰：《我的体会和认识》，《民间文学》1958 年 11 月号。

1月号)、《我对搜集整理的看法》(《民间文学》1959年12月号)、《搜集整理民间故事也必须学习毛泽东思想》(《民间文学》1960年3月号)、《深入群众》(《民间文学》1962年2月号)、《漫谈义和团故事的搜集整理与创作》(《民间文学》1963年1—2月号)等。他也将民间文学作品与民间文学研究资料做了相应的区分:"如果站在科学的角度来说,那只有忠实的记录就够了;如果站在文学的角度来说,民间文学是存在整理的必要,特别是长诗和故事"[①]。"若是故事内容好,讲得也生动,那就按着原讲述的去写;若是故事内容好,讲得差,那就要进行加工;若是故事内容好,听到的却不全,那就再深入搜集,并不急于写它,直到我认为'可以了',再去写它;若是故事内容还好,只是其中有糟粕,或者精华不突出,那就要进行删除或削弱与突出描写;若是故事内容不好,讲得却很生动,这我也听一听,却不去写它,只留做参考研究。"[②]

他把自己整理民间故事的情形分为几类,"有的加工不多,有的加工较多,有的则属于再创作范围的;有的是根据一种讲述整理的,有的是根据几种讲述加工的,有的则是根据几种讲述进行创作的。无论整理还是创作,我都是根据所搜集到的资料,结合具体情况,通过在生活当中向群众学习和其他方面的学习,以及我对民间文学的认识和理解去做的"[③]。对整理的意义,他坚持认为"把需要整理的故事加以整理,加强或突出其中的精华,削弱或删除其中的糟粕,使它更加意义突出和完美,从群众中来的再回到群众中去,为劳动人民所享受,为社会主义建设事业服

① 张士杰:《我对搜集整理的看法》,《民间文学》1959年12月号。

② 张士杰:《漫谈义和团故事的搜集整理与创作》,《民间文学》1963年1—2月号。

③ 张士杰:《漫谈义和团故事的搜集整理与创作》,《民间文学》1963年1—2月号。

务，这难道是不应该的吗？我并不轻视科学研究工作，可是我也不同意只要科学研究，就不要为人民提供民间文学作品了”[①]。事实上，公开发表的义和团故事与张士杰搜集的材料相比，只是极小一部分。“文革”中，他记录的十二本厚厚的原始材料被四清工作队查抄，造成了极大的损失，也打乱了他想据此原始材料创作长篇历史小说《义和团演义》的计划。可见，他对民间文学整理与创作的界限自有区分。

在张士杰搜集义和团故事的起步阶段，河北人民出版社负责审阅民间故事的文艺编辑室副主任宋孟寅对张士杰进行了一对一的辅导，“让他学习民间文学的理论，并和他一起研究了阿·托尔斯泰的《俄罗斯民间故事集》的序言，经过学习，张士杰提高了对民间文学的认识，然后才动手修改《龙河故事集》”[②]。被民间文艺工作者视为学习典范的阿·托尔斯泰的方法是这样叙述的：“我的任务是另外一种：我要在编辑故事的时候，把民间故事的一切清新和自然保存下来。为了达到这个目的，我是这样做的：我从无数主题相同而讲法不相同的故事中，先挑选出最有趣和基本的一种，再用别的语言和情节都生动的故事来丰富它。自然，当我从各部分这样拼成一个故事，或者说‘恢复’这个故事的本来面目的时候，某些地方我不得不增添，某些地方我不得不改变，某些不够的地方我不得不实践，可是我做这一种工作，是根据原来的风格的——我充满信心，要贡献给各位读者一本真正民间的故事，有一切语言富藏和故事特点的人民创作”[③]。

---

① 张士杰：《我对搜集整理的看法》，《民间文学》1959 年 12 月号。

② 史同文、飞雁：《民间文艺家张士杰传略》，中国人民政治协商会议廊坊市委员会编，《廊坊市文史资料第四辑》1987 年版，第 73 页。

③ [俄]阿·托尔斯泰：《〈俄罗斯民间故事〉序》，《民间文学》1957 年第 1 期。

《民间文学》编辑部在发表阿·托尔斯泰的《〈俄罗斯民间故事〉序》一文时对他的方法高度赞扬，认为"是民间文学整理方法方面公认的重要遗产"①。

刘魁立则从民俗学科学搜集民间故事的视角对当时民间文学界广泛采用的阿·托尔斯泰的故事搜集整理方法提出了批评。他认为，阿·托尔斯泰的《俄罗斯民间故事》的主要读者对象是儿童，而苏联的民间故事出版物"除掉为孩子们出的集子之外，普通版本都是以忠实的记录为准，词句(更不消说内容了)一般是不加改动的"。刘魁立对五六十年代经由整理加工的民间文学出版物的大量涌现表示不可理解，认为更加急需的是"以一般读者为对象的不经改动的民间作品集"②。事实上，刘魁立当时心目中的"不加改动"的民间故事，恐怕很难以一般读者为对象，而应当是民间文学、民俗学研究者需要的研究材料。

董均伦针对刘魁立的观点发难："为什么，在今天根据民间故事改写的，或加工创作的，在刘先生眼里，是那样下品，只配作为普及文化的工具，只配作为孩子的读物呢？"③刘董之争，事实上是新中国民间文艺研究会三个不同的组成部分"来自解放区的文艺工作者、来自国统区的'左倾'或没有右倾的文艺家、来自学院的研究工作者"之间无法调和的观点的必然表现④。在研究者眼里，研究与普及的高下层次，在延安传统中正好是被颠倒过来的。董均伦、张士杰的民间故事整理与搜集是"使故事从群众

---

① 《民间文学》编辑部：《〈俄罗斯民间故事〉序》的"编者按"，《民间文学》1957年第1期。

② 刘魁立：《谈民间文学搜集工作》，《民间文学》1957年6月号。

③ 董均伦、江源：《关于刘魁立先生的批评》，《民间文学》1957年8月号。

④ 施爱东：《中国现代民俗学检讨》，社会科学文献出版社2010年版，第82页。

中来，再送到群众中去”[①]，继承了“艺术地从群众中来，更艺术地到群众中去”的延安文艺精神[②]。

更有意思的是，双方虽在是否可以一字不动的“忠实性”问题上有所争执，在“革命性”问题上却又有较为相似的认识。“有不少的故事，迷信、淫秽，没有什么意义。整理民间故事，应该细心的选择。俺觉得肯定一个故事的好坏，是否可以把它整理出来，让它和群众见面，首先应该从内容着眼。”“你得跟他说明你愿意听什么样的，或是自己先说给他听。要不的话，他会尽对你说那号中状元，考举人，清官断案，那一类封建迷信的故事。”[③]张士杰也对民间故事的阶级性特别强调，他认为“破产的地主啦，老秀才啦，旧知识分子啦，小康之家的子弟啦，所谓自命不凡的‘土圣人’”、“这类东西与劳动人民的口头创作是对立的”。“淫秽的、下流的小调和笑话；宣传封建、迷信和宿命论的故事；污辱‘庄稼佬’——实质是指劳动人民——的笑话和故事；文人的戏墨；讽刺生理上有缺陷的人；奇案的故事；武侠小说等书的片断等等”都有待通过整理改编来激浊扬清。须得强调民间故事的阶级性，将科学研究与民间文学实践区分开来。民间故事“有的讲得很简练、精彩、动人；有的讲得很细腻、曲折；有的还有时、有地、有人名；有的则是缺头少尾；有的则是中间有残缺；有的其中掺有封建、迷信等不健康的成份等等。但是，它是好的，是有强烈生命力的。如果作为科学研究资料，应该一字不动的照录下

① 董均伦、江源：《搜集整理民间故事的一些体会》，中国民间文艺研究会研究部编，《民间文学参考资料第二辑》，1980 年，第 161 页。

② 柯仲平：《把我们的文艺工作提高一步》，王琳、刘锦满编，《柯仲平诗文集》第四卷，文化艺术出版社 1984 年版，第 162 页。

③ 董均伦、江源：《搜集整理民间故事的一些体会》，中国民间文艺研究会研究部编，《民间文学参考资料第二辑》，1980 年，第 159 页。

来；如果作为文艺作品，就有整理的必要。但是，民间文学是劳动人民的文学创作，首先应该为劳动人民服务，为社会主义建设服务”[①]。

刘魁立主张“民间文学除掉具有巨大的社会意义、艺术价值和教育作用之外，无疑的还能够给科学（特别是历史科学）提供不可缺少的材料。民间文学是人民所创造的文化财富中极重要的一部分。搜集、出版这一宝贵的遗产必须有珍惜的态度、科学的方法。这种态度和方法是建立在对民间文学正确而全面的认识上的。任何对民间文学片面的歪曲的理解都会反映在搜集、出版工作中，给科学、给后代带来或大或小的损害”[②]，因而，“民间文学搜集者应该对一切民间作品都感兴趣，应该给自己立下宏愿——记下人民所讲所唱的一切”[③]。他反对“在搜集工作中事先就为自己画定了一个框框，只限定某些题材的作品”[④]，批评董均伦等人“他们所理解的思想性则是非常狭隘的。似乎只有反对地主、反对皇帝、反对迷信、贫富斗争一类的作品才配记录，其他作品则尽被抛弃”，提出“即使一篇民间文学作品有着落后的因素，我们也不能弃之不顾”，“民间文学中得到反映的不只是他们的长处，而且也有他们的弱点。许多民间文学作品本身就是这样的混合体”[⑤]。且不说“记下人民所讲所唱的一切”是否有实现的可能性，事实上刘魁立在当时也无法避免用阶级性来框定这个“一切”，“至于显然不是人民创作，而属于统治阶级或社

① 张士杰：《我的体会和认识》，《民间文学》1958 年 11 月号。
② 刘魁立：《谈民间文学搜集工作》，《民间文学》1957 年 6 月号。
③ 刘魁立：《谈民间文学搜集工作》，《民间文学》1957 年 6 月号。
④ 刘魁立：《谈民间文学搜集工作》，《民间文学》1957 年 6 月号。
⑤ 刘魁立：《谈民间文学搜集工作》，《民间文学》1957 年 6 月号。

会渣滓的‘作品’，不仅可以不记，而且我们有责任通过各种可以接受的方式对之加以批评，使群众也能识别它们”[①]。对于民间文学阶级性的理解，刘魁立与董均伦、张士杰等人的观点仅仅是范围、程度、大小的区别。

当时双方争执中，无法随听随记的矛盾，在录音、录像已经变得相当便捷的当下某种程度上已经不成为问题（当然，也还存在面对镜头的紧张感）。刘魁立“反对依靠记忆而不记录的做法。一切作品都应该从讲述者或演唱者口中直接记录下来”，应当“以珍惜尊重的态度对待每一篇作品、每一句话和每一个词。准确忠实、一字不移——这是对科学的记录的第一个要求”[②]。他对“作品之后从来也没见过有介绍讲述者或演唱者的文字，搜集者和出版者通常连他们的名字都不提的”的情况提出批评。刘魁立主张“整理的范围包括，规整颠倒拗口的句子，抽掉无意义的重复的词句，剔除不宜印出的句子乃至段落，修正含混不清的地方，必要时改换十分生僻而且不为作品增色的方言词汇和方言语法形式，除此之外，编写注释，提供与作品有关的材料……等等”[③]。民间文学研究者主张的“忠实记录，慎重整理”，落实到实际工作中，只能随每个人对“忠实”的理解不同，来把握“慎重”的程度。根本就没有可能做到“一字不移”。董均伦主张“可以适当的加工，却不能乱加工，加工的时候，不能有一点马虎，绝不能使故事失去原来的面貌，原来的风格”[④]，反而更符合

① 刘魁立：《谈民间文学搜集工作》，《民间文学》1957年6月号。

② 刘魁立：《谈民间文学搜集工作》，《民间文学》1957年6月号。

③ 刘魁立：《谈民间文学搜集工作》，《民间文学》1957年6月号。

④ 董均伦、江源：《搜集整理民间故事的一些体会》，中国民间文艺研究会研究部编，《民间文学参考资料第二辑》，1980年，第161页。

民间文学工作的实际。

退一步说,按照研究者要求的"忠实"程度搜集的原始资料,大概在每位民间文学工作者手中都积累了不少。是否能"不加改动"地出版呢?民间文学工作者自己都存有怀疑。"我搜集这类文学各种形式的材料,有好几十万言。光故事一方面,我整理和发表的有一二十万言,其中有些是我用民间文学的形式自己创作的。对余下的材料望望,不禁废然叹息,总的来说,都太陈旧,一般化。整理出吧,不仅人家见了摇头,就连自己也会感到索然无味的。"[①]原始资料的杂芜状态,是民间文学工作者情不自禁要加工整理,乃至再创作的原因所在。这个矛盾在周作人搜集《绍兴儿歌集》时就存在。新中国的民间文学同样徘徊在"文学的"和"学术的"双重要求下。

在延安奠定的"改造、利用旧形式"的基调下,民间文艺的搜集整理并非单纯的学术问题,而是工作实际的要求。"凡是在群众中有基础的旧文艺,都应当重视它的改造。""旧文艺会不会消灭呢?我说这个问题应该这样回答:它是会消灭的,它又是有前途的。旧文艺里的一切坏的部分,一切不适合人民利益人民要求的部分一定就会消灭,比如宣传封建思想和其他反革命思想的东西,就应该加以消灭;另外有一些合理的、可以发展的东西就会慢慢的提高、进步,逐渐变成新文艺的组成部分,这一部分就是有前途的,而不是被消灭了。"[②]"对过去时代的文艺形式,我们也并不拒绝利用,但这些旧形式到了我们手里,给了改造,加

① 陈玮君:《必须勇敢跃进一步》,《民间文学》1957年6月号。

② 周恩来:《在中华全国文学艺术工作者代表大会上的政治报告》(1949年7月6日),中共中央文献研究室、中央档案馆编:《建国以来周恩来文稿》第一册(一九四九年六月——一九四九年十二月),中央文献出版社2008年版,第82页。

进了新内容，也就变成革命的为人民服务的东西了。”[①]这就必然要求对民间文艺的“改旧编新”。“因为我们搜集的目的，在文艺工作者说来，是为了接受文学遗产，去其糟粕，取其精华，是要经过一番深重的研究和扬弃的。研究与扬弃的过程，本来就是整理与写定的过程，二者是合而为一的。”[②]1945 年发表的《陕甘宁边区文教大会关于发展群众艺术的决议》要求，“今天发展边区新艺术的任务，必须从两方面同时进行，即一面在新基础上发展，一面在旧基础上改造”，并展望了理想的新文艺，“无论是新基础上发展，或在旧基础上改造的，其内容都是新的和丰富的，其形式也都是新的和丰富的。艺术能与人民的生活和斗争相协调，而艺术的内容与形式也自相协调，这种新时代的艺术，那时将在群众艺术生活中获得完全的统治”[③]。在这一理想新文艺的召唤下，20 世纪五六十年代关于民间故事搜集整理的争论，很快就被“新民歌运动”“大讲革命故事”等激进的实践所淹没。

第四节　民俗学的学科分野

如果说 20 世纪五六十年代有关民间文学搜集整理的论争被“大跃进”至“文革”的激进实践打断的话，那么，“文革”结束之后的“改旧编新”论争，“在理论上并无突破，只能说是一次拨乱

---

① 天鹰：《高原上的曙光——为〈在延安文艺座谈会上的讲话〉发表二十周年而作》，中国民间文艺研究会上海分会、上海文艺出版社编，《中国民间文学论文选(1949—1979)》，上海文艺出版社 1980 年版，第 235 页。

② 陕西省文学艺术工作者联合会：《关于民间文艺》(内部参考资料)1954 年，第 98—103 页。

③ 《关于发展群众艺术的决议》，《解放日报》1945 年 1 月 12 日。

反正的纠左论争”[①]。出于对“左”的警惕与拒绝,主张“忠实记录、慎重整理”的一派获得了学术话语权。而“文革”对整个民间文艺造成的停滞、损害,使抢救工作较之五六十年代更为迫切。1982 年,中国民间文艺研究会常务理事扩大会提出了编纂《中国民间故事集成》《中国民歌、民谣集成》《中国谚语大观》的动议。1984 年,由文化部、国家民委和中国民研会联合签发了《关于编辑出版〈中国民间故事集成〉、〈中国歌谣集成〉、〈中国谚语集成〉的通知》(文民字〔84〕808 号)文件,开始启动为期多年的全国性民间文学普查。至 2009 年 10 月,由周扬同志任总主编,由钟敬文、马学良及贾芝分别担任《中国民间故事集成》《中国谚语集成》《中国歌谣集成》主编的“中国民间文学三套集成工程”全部出齐,共采录民间故事 137 万余篇,歌谣 192 万余首,谚语 348 万余条,分 298 卷,440 册,计 4.5 亿余字,加上县级卷、地区级卷本,总字数达 40 亿字。

“中国民间文学三套集成工程”要求不使用现成的书面资料,所有作品直接从田野调查中采录。“成立三套集成的总编委会,由周扬同志任总主编,以下分别成立中国民间故事编委会、中国歌谣集成编委会、中国谚语编委会。总编委会下设一个办公室,处理三套集成的日常事务。各省、市、自治区分别成立各套集成的分编委会,负责本省、市、自治区分卷的编辑工作;各分卷的主编、副主编、编委会由各省、市、自治区确定后报总编委会批准。省、市、自治区成立三套集成办公室,负责日常工作。”[②]三套集成的普查与编纂工作由地方各级文化管理部门主持,发动

---

① 施爱东:《中国现代民俗学检讨》,社会科学文献出版社 2010 年版,第 85 页。

② 向云驹:《中国民间文艺六十年的“三大战役”》,《中国艺术报》2009 年 9 月 29 日第 43 版。

200万人参加采录，以行政方式有效地组织开展。为保障普查工作在科学的指导下进行，在最初的几年里，连续召开了三次集成工作会议，先后讨论集成编纂工作的组织机构、编辑方案，又召开了多次全国民间文学集成工作座谈会，举办培训班，讨论与讲解“普查、采录、翻译等工作中如何贯彻‘三性’（科学性、全面性、代表性）问题”①。1986年，民间文学三套集成与其他七套艺术集成志书并列成为十套文艺集成志书，统归全国艺术科学规划办领导。1987年，总编委会办公室根据前期的普查工作经验，编印了《中国民间文学集成工作手册》，以规范正在进行的全面普查工作。《手册》指出集成工作的目的是“汇集和编纂全国各地区、各民族民间文学搜集整理的成果，保存各族人民的口头文学财富”②。“中国民间文学三套集成是在全国范围内进行普查，广泛搜集的基础上，按照科学性、全面性、代表性的原则编选出来的，是具有高度文学价值和科学价值的中国各地区、各民族民间故事、歌谣、谚语优秀作品的总集。”③“科学性、全面性、代表性三者是互相联系不可分割的，科学性是三性的核心。”④

在科学性的要求下，《手册》对采录的方法加以详尽的指导：应当在“讲述的同时”“当场记录”；“讲什么、记什么，怎样讲就怎样记”；“逐字逐句地记，全面地记”；题材相同或大同小异的作品

① 张文：《对民间文学集成工作的回顾》，《民间文化论坛》2009年第5期。

② 《中国民间文学集成工作手册》，中国民间文学集成总编委会办公室1987年3月编印，第1页。

③ 《中国民间文学集成工作手册》，中国民间文学集成总编委会办公室1987年3月编印，第15页。

④ 《中国民间文学集成工作手册》，中国民间文学集成总编委会办公室1987年3月编印，第17页。

应“遇到一次搜集一次，同样认真记录”[①]；应记录讲述者、搜集者的个人背景以及资料搜集的情形；相关资料和照片也要做附录；对少数民族民间文学作品要求用本民族语言做记录，然后译成汉语[②]；对民间故事的转录，应该从口头形式转化到与之相对应的书面文本形式，尽可能保持原貌。作品的题目，母题，与情节相关的人物、语言和风格均不可改变，不能附加整理者的主观评论和意见。编者应首先遴选需要转录的民间叙事作品，然后逐句记录下来。全篇作品要分段，按开头、正文、结尾结构顺序排列。对需要说明的文字应做注。对不同异文要详细地记录下来，做综合归纳，尽可能形成一种“完美”的全本[③]。这不仅规范了民间文学采录工作的细节，更改变了原来“搜集整理”的工作模式。1990 年 3 月 6 日印发的关于故事集成吉林卷审稿纪要的《简报》中，“过去发表的民间文学作品署名常常标明‘搜集整理’字样。鉴于过去整理的做法缺乏统一的规范，差别很大；同时集成工作对作品的记录、整理又有自己特定的要求，与一般作品的作法不同，因此会议规定故事集成作品执笔人署名标明为‘采录者’，以示区别”[④]。从“搜集整理”到“采录”的模式转变，意味着民间文艺工作的科学化、规范化。

采录要求之严格规范，采录规模之宏大，采录成果之丰硕，使“三套集成”的系统出版，无疑成为民间文学学术上的一大推

① 《中国民间文学集成工作手册》，中国民间文学集成总编委会办公室 1987 年 3 月编印，第 56 页。

② 《中国民间文学集成工作手册》，中国民间文学集成总编委会办公室 1987 年 3 月编印，第 2—6 页。

③ 《中国民间文学集成工作手册》，中国民间文学集成总编委会办公室 1987 年 3 月编印，第 60—64 页。

④ 参见刘守华：《中国民间故事史》，商务印书馆 2012 年版，第 687 页。

进。在自上而下布置了采录民间文学的任务之后，先出地区卷、县市卷，再从县市卷选择出版各省卷，各省卷有统一的总序。“《中国民间故事集成》作为全面反映中国民间故事状况的权威版本，所选印的作品，总体上说是各地区、各民族口头流传的优秀故事的忠实记录，这些作品既具有鲜明的民族性和突出的艺术特色，是欣赏和借鉴的艺术珍品；又具有很高的科学价值，是民间文艺学和其他有关学科（包括文化史）的宝贵的研究资料。”①每卷撰有《前言》，“以探讨本地区民间故事的民族和地域特色为重点，它也是本地区民间文艺家深入体察当地历史文化和民间口头文学特质精心研究撰写的学术成果”②。每卷还有本地区故事家的小传，姓名和简况，故事类型分布图，重点传说索引和常见民间故事类型索引等。

但如此大规模的民间文学普查，即使有《手册》的规范，统一的标准仍然十分困难。《手册》所载的科学的、规范的采录方法，在实际运用中可能会出现不同的情况。傅玛瑞记录了她随一位民间文学研究者在吉林采录挖人参故事的经过。她通过现场的录音资料和其后收入当地“三套集成”县卷本的转录文本的比较，发现民间文学研究者在转录这个故事时，“用了一个小小的技巧将故事与现实的距离拉开：他把应验了的梦境当作故事中的故事来讲述”③，并通过其他口头传承叙事的补充综合，改变、丰富了故事中类似人参精灵的形象，从而巧妙地规避了挖参故

① 中国民间文学集成全国编辑委员会：《中国民间故事集成总序》，《中国民间故事集成》各省卷卷首。

② 刘守华：《〈中国民间故事集成〉的特色与价值》，《北京师范大学学报》2010年第2期。

③ ［德］傅玛瑞：《中国民间文学及其记录整理的若干问题》，《北京师范大学学报》2005年第5期。

事的迷信色彩，把简单的回忆变成一段民间文学。但这位民间文学研究者坚持认为，自己是严格遵循了《手册》所要求的规范的。

以严格的田野作业标准考察“三套集成”，会发现明显的不足，也有学者已对其本真性提出了质疑。由政府行政主导的自上而下搜集，尽管动员了大量的老干部、老教师等地方文化人，凸显了民间文学采录的“在地性”，但基于各人的理解差异，水平高低，集成办所要求的“科学性”并不能完美地实现，反而在“科学性”的强调下，遮蔽了应有的“文学性”。“三套集成”特别是民间故事集成“书面改造的痕迹过于明显”，“似乎来自同一口头传统”[①]。这是口头传统被格式化的过程，“某一口头文学传统事象在被文本化的过程中，经过搜集、整理、移译、出版的一系列工作流程，出现以参与者主观价值评判和解析观照为主导倾向的文本制作格式，因而在从演说到文字的转换过程中，民间真实的、鲜活的口头文学传统在非本土化或去本土化的过程中发生了种种游离本土口头传统的偏颇，被固定为一个既不符合其历史文化语境与口头艺术本真，又不符合学科所要求的‘忠实记录’原则的书面化文本。而这样的格式化文本，由于接受了民间叙事传统之外并违背了口承传统法则的一系列‘指令’，所以掺杂了参与者大量的移植、改编、删减、拼接、错置等并不妥当的操作手段，致使后来的学术阐释，发生了更深程度的误读”[②]。当然，也可以这样理解，“民间文学三套集成生产的过程就是认识民间文

---

① 万建中：《〈中国民间文学三套集成〉学术价值的认定与把握》，《广西民族大学学报》哲学社会科学版 2010 年第 1 期。

② 巴莫曲布嫫：《“民间叙事传统格式化”之批评》，《中国俗文学学会通讯》第 30 期，第 12 页。

学和将口头表演转化为纯文学文本的过程”,“尽管远离了现实生活和口头语言系统,却更加容易地进入了学术话语系统之中,自在地展开学术历程”[①]。细考之下,“三套集成”的书面性恰恰回应了20世纪初同样停留在书面性上的歌谣运动,“它没有把这种以人民创作为对象的科学工作,跟当时的社会运动——尤其是革命运动联系起来,自然也没有跟这种文学的作者的工农大众结合起来。它主要只是在知识阶层中活动”[②]。采录过程中的官方色彩,基于不同理解导致采录方式的差别,使“三套集成”从田野出发,又重新回归了“五四”歌谣运动的书面学术传统。

卷秩浩大的“三套集成”应该是实现了刘魁立曾经倡导的“以一般读者为对象的不经改动的民间作品集”[③]。但事实上,按学术的要求,“三套集成”的本真性颇引质疑;按普通读者的阅读要求,“三套集成”的文学性欠缺,许多内容有重复枯燥之嫌。加上“三套集成”的体量太大,发行量又小,至今鲜有与之相应的学术成果出现。还有些未经正式出版的资料本沉睡在各地文化部门的资料室中,甚至因为政府文化机构的几经调整,工作人员的新老交替,已散失无从查找。普查规模的宏大,与所应产出的文学价值、学术成果不相对等,是极为遗憾而可惜的。“集成时代”以科学性的名义,否定了20世纪五六十年代搜集整理的优秀成果以及“改旧编新”最初实践,切断了延安民间文艺与民众生活之间的血肉联系。2003年联合国教科文组织正式通过《保护非

---

① 万建中:《〈中国民间文学三套集成〉学术价值的认定与把握》,《广西民族大学学报》哲学社会科学版2010年第1期。

② 钟敬文:《“五四”前后的歌谣学运动》,《新的驿程》,中国民间文艺出版社1987年版,第117页。

③ 刘魁立:《谈民间文学搜集工作》,《民间文学》1957年6月号。

物质文化遗产公约》，我国则在 2004 年成为《公约》的参与国之一。在“三套集成”的工作基础上，又开启了“非物质文化遗产”的申报与保护工作。“在‘集成时代’，大部分县级以上政府都按要求成立了‘三套集成’办公室，这些细密的组织机构后来也相应转换成了‘非遗’的管理机构。”[①]全面普查培养了一大批民间文化工作方面的干部，新发现了一些民间歌手、故事家，故事村、谜语村，这些日后又成为了“非遗”保护的主要对象。从科学普查，到非遗保护，将民间文学文物化、遗产化，而延安民间文艺运动、“改旧编新”以及新故事便成为左的、非科学的，是应该挥手告别的激进革命的传统。《民间文学》发刊词中曾经倡导的原则，“不管过去流传的，还是现在新生的，优秀的人民口头创作都有它的重要的意义和作用”，现在已经被所谓“科学的”原则压倒，一去不复返[②]。

几乎与“三套集成”工作开展的同时，1987 年 5 月，中国民间文艺研究会更名为中国民间文艺家协会，协会的成员虽仍包括理论研究的学者，但大部分已经是民间文艺家了。研究民间文学的主力，则早在 1983 年 5 月另行成立了中国民俗学会。作为“群众性的和非赢利性的民俗学专业学术团体”，民俗学会现有在册会员 2654 人[③]。中国民俗学会的现任会长为叶涛，副会长为安德明、敖其、巴莫曲布嫫、陈泳超、黄永林、江帆等。很明显，这支队伍是由高校及各研究院所的专业研究者组成。成立中国

① 廖元新：《非遗语境下民间文学“三套集成”的承启意义》，《文化遗产》2016 年第 4 期。

② 钟敬文：《钟敬文民间文学论集（上）》，上海文艺出版社 1982 年版，第 444 页。

③ 中国民俗学会：《学会简介》，中国民俗学网，http://www.chinesefolklore.org.cn/web/index.php? ChannelID=11，2020 年 11 月 14 日。

民俗学会的动议，是钟敬文教授在 1978 年起草的。他在联合顾颉刚、白寿彝、容肇祖等人致函中国社会科学院之后，发表了《建立民俗学及有关研究机构的倡议书》。首届中国民俗学会推选周扬为名誉理事长，钟敬文为理事长，刘魁立为秘书长。从 20 世纪五六十年代否定民俗学，将民俗学视为资产阶级学说，到民俗学取得独立的地位，成立专门学会，当然是迈进了很大一步。然而，民俗学学科地位的上升，却伴随着民间文学学科的弱化、取消。民间文学的研究者或寄居于中国语言文学学科，或栖身于民俗学学科，下降为三级学科，影响力大不如前。

颇有意味的是，从民间文艺研究会到民俗学会，从搜集整理的讨论到三套集成的编纂，观点和主张随时代变迁而有所变化，研究人员构成却大致稳定。三套集成总主编周扬在 1961 年中国民间文艺研究会研究部与《民间文学》杂志联合召开的两次“社会主义时期民间文学范围界限问题讨论会”上支持“合流论”，“总的趋势是要合流的，但合流的时间有多长？当然是要随着整个社会的发展。民间文学、民间文艺是一个历史的范畴。……发展中的民间文艺就在群众创作里头，包含了许多新的不定性的民间文艺，因此民间文艺研究会应当去重视它，推动它，但不能把推动群众创作作为全部任务，因为它还要去搜集、研究过去的……它是从研究新旧时代的民间文艺，用研究的成果去推动”[①]。新中国成立初期，钟敬文曾强调民间文学的阶级性，提请大家注意“真正劳动人民（大多数是农民）的创作跟小资产阶级的或流氓的知识分子的创作（都市间流行的某些小调、说书、

① 周扬：《在中国民间文艺研究会扩大理事会上的讲话》，中国民间文学研究会打印稿 1960 年 8 月 4 日。

曲本和通俗小说等）在性质和意义上的差别”[1]，并在1950年发表的《口头文学：一宗重大的民族文化遗产》中用“人民口头创作”取代了“民间文学”。到了新时期，钟敬文从民间文学转到了民俗学。“过去我们在对待学术问题上，轻率地抄袭了‘老大哥’苏联（包括俄国）的学科结构，而忽视了世界大多数国家的情况和本国这方面学术的历史传统。其实，苏联虽然把‘民俗学’（folklore）这个世界性术语，在使用上，一般限于‘人民创作’（或‘人民创作学’）的范围中，但是，他们学界并不是没有关于民俗现象的搜集、探究活动，不过大都把它归属到‘民族志学’（或译‘民族学’）的范围里去罢了。解放后，我们既把‘民间创作’代替了全面的民俗现象，又没有更好地发展‘民族志学’这类学问，结果就断然把应该发展的民俗学科学抹煞了。”[2]其间学科与话语方式的转换恐怕充分说明了“纯粹的、本真的民间并不存在，或者说，它本身就是大众意识形态的源泉，等待强势话语的招安”[3]。

刘锡诚这样评价20世纪五六十年代的学术轨迹：“把民俗学批评视为资产阶级的科学，把民俗学的学者斥为资产阶级学者，在研究民间文学作品时完全不顾其与民俗的关系，更无视人类思维、语言、巫术等对民间文学的影响，而把它作为一种纯粹的文学现象来对等，……把民间文学等同于一般文学创作，把它当成‘为政治服务’的工具的思想泛滥，也是一个重要原因”[4]。民间文学附着的意识形态性使其不得不“适应当时的历史语境

① 钟敬文：《请多多地注意民间文艺》，《文艺报》第13期。

② 钟敬文：《〈民俗学译文集〉序》，《民俗研究》1985年创刊号。

③ 张凤渝：《大跃进民歌运动中的权力话语和民间文化》，南京师范大学2005年硕士学位论文。

④ 刘锡诚：《20世纪中国民间文学学术史》，河南大学出版社2006年版，第624页。

形成了新的依附于马克思主义思想体系，依照一般文艺学模式展开的民间文艺学话语体系”[①]。而新时期以来的民间文学民俗学化则“更深层次地反映了民间文学研究乃至民俗学研究的社会科学化倾向。而这一倾向反过来又伴随着学科对象、研究范围从文化（文学、文本）层面扩大到（田野、语境）层面而更加复杂化了”[②]。

要求“为政治服务”的延安传统与中国固有的诗教传统，曾经将民间文学提升到并不恰当的“主流”“中心”位置。毛巧辉认为延安民间文艺运动“建构了一个与中国其他区域以及历史上完全不同的、‘全新’的‘民间文学’，在这里‘民间’从以前以模糊的下层民众为主体转为构想的、清晰的‘工农兵’社会空间，他们的‘文学’也要作为一种‘被发明的传统’（invented traditon）重新缔造，这个缔造过程中民间文学受到中共政治体制的影响发生涵化，同时民间文学自身的规律性又对这一变化起着一种牵制和支配作用，使得它向自己固有的本位靠拢、偏移，即归化，因此这一时期的民间文学就在涵化与归化中建构着”[③]。基于当下立场反观延安，认为政治因素构造、发明了“民间”，当然是显而易见的。问题在于，是否存在着理想的、中立的、自足的所谓“民间文学自身的规律性”？还是这一“自身的规律性”，本身就涵盖了政治、文化、经济等话语场对民间文学无所不在的影响呢？

而今天，“伴随着民间文学纯文本研究向民俗学文化、生活

---

① 毛巧晖：《〈民间文学〉与新中国民间文艺学——基于1955年至1966年〈民间文学〉的考察》，《民族文学研究》2013年第4期。

② 吕微：《中国民间文学的西西弗斯——刘锡诚〈20世纪中国民间文学学术史〉读后》，《民俗研究》2008年第4期。

③ 毛巧晖：《涵化与归化——论延安时期解放区的“民间文学”》，华东师范大学2005年博士学位论文。

研究的认识论整体和彻底对象化转向，以及民间文学—民俗学学科的社会科学化转向，民间文学自然被‘含’进民俗学、社会学。与此同时，民间文学研究的经验论、实证论倾向也被进一步加强，从而遮蔽了其本然的、可以还原为纯粹描述的人文学术，即作为交互主体（集体）的精神（意义）现象学的民间文学，而不是仅仅作为呈现文化与生活的对象‘事实’的实证性、经验性的社会科学的可能性”[①]。刘锡诚就明确反对“抹杀民间文学作为文学之反映社会生活的特性，即用形象反映民众的现实生活、民众‘发表意见’的意识形态性，以及民众审美理想和审美趣味的功能，把民间文学及其研究归到民俗学之下。这种将具有意识形态特性的民间文学等同于民俗，至少在中国，是一种学术的倒退”[②]。

将民间文学等同于“生活世界”的民间文学研究范式的转换，事实上放弃了从延安民间文艺运动到搜集整理、“改旧编新”的历史性成果，同时也失去了主流意识形态的支撑。我们不禁要像丁晓辉那样追问：“这种转换是从民俗到语境中的民俗？还是从民俗到民俗的语境？具体到民间文学研究，这种转换是从文本到语境中的文本？还是从文本到文本的语境？按照目前的转换趋势，民间文学研究的中心是否实际上已经在走向语境？而文本研究是否已经被视作过时遭遇彻底的边缘化”[③]？与此同时，以社会科学的形态取消了民间文学意识形态性的民俗学，在当下借非物质文化遗产保护获得了学科的强势地位。2003 年联

① 吕微：《中国民间文学的西西弗斯——刘锡诚〈20 世纪中国民间文学学术史〉读后》，《民俗研究》2008 年第 4 期。

② 刘锡诚：《21 世纪：民间文学研究的当代使命——关于中国特色的民间文艺学》，《民间文化论坛》2013 年第 1 期。

③ 丁晓辉：《“语境”和“非遗”主导下的民间文学研究——以 2009 年民间文学理论研究为例》，《广西师范学院学报》2014 年第 1 期。

合国教科文组织通过《保护非物质文化遗产公约》，“对于包括‘民间文学’类在内的非物质文化遗产的作者的社会身份忽略不计，只承认其特点是口传心授、世代相传、在一定社区里被创造和再创造，并被在社区所认同和持续发展。这一定义，基本上等同于‘创作的人乃是民族全体’，也可以说，回到了或同意了西方人类学派 19 世纪末 20 世纪初所提出的观点，显然与我们新中国成立以来民间文学领域里的传统的观点大异其趣。我们的传统观点认为，民间文学是下层劳动者的创作，包括农民、手工业者，而联合国者教科文组织的这个定义恰恰是我国学界五六十年代批判的资产阶级的理论。……由于《公约》只关注‘非遗’在一定的社区里被创造和被认同，而对其创造者、持有者、传承者的社会地位，亦即是否劳动者采取忽略不计的立场，所以在我国的非物质文化遗产保护(项目申报、认定、保护)上，大量宫廷的、宗教的文化遗产，如天坛祭天、地坛祭地、宗教音乐、宫廷音乐等，给予了足够的注意，而对由普通劳动者创造的而又没有利益可图的民间文学类则相对关注不够”①。

另一方面，由于非遗保护的政府色彩与政绩功能，随着越来越多的民间信俗纳入保护目录，民俗学所要求的科学性还是与主流意识形态发生了摩擦。“名录的确定使得民间文学的民间性淡化，民间文学博物馆化、学者化、官方化，不再是民众生活的活态文化。而传媒的加入，使得民间文学的丰富性变得单质化、同一化。……属于民众生活的文化形态被官方化、政绩化、商品化。”②因为民间“藏污纳垢”的本然状态，在是否应当“对非物质

① 刘锡诚:《中国特色的民间文艺学》,《民族艺术》2013 年第 4 期。

② 田兆元:《民间文学概论》,华东师范大学出版社 2009 年版,第 16 页。

文化遗产及其所产生日常生活与文化场域，加以'他者'的价值判断"，是否应当"对民间信仰（包括迷信）做'去信仰化'、'纯艺术化'处理"等一系列相关问题上变得游移矛盾①。这样的一种学科化与科学化，其实是对民俗以及民间文学的当代性与生长性的逃避。

户晓辉在考察《格林童话》的生产时指出："实际上，格林兄弟为现代民间文学或民俗学的知识生产树立了一个典型的'科学的'或客观主义的方法论范式——研究者们相信：我们学科的知识（无论是童话、故事、歌谣、神话还是史诗等等），总是客观地存在'民间'或民众中间了。现代学者所做的就是尽可能地、科学地利用好的和正确的方法去民间或民众中间收集它们，研究或再现它们……但是，恰恰在这里，作为研究者的学者和作为讲述人或资料提供人的民众的主体性同时遭到了遮蔽甚至压制……在格林兄弟之后的一百多年里，现代民间文学或民俗学在面对自己的知识生产场域时大多沿用了格林兄弟的这样一个客观主义的和方法论主义的前提。"②也就是说，在搜集整理乃至阐释民间文学时，无论多么标榜客观、科学，主观性与当代性已经天然地嵌进了学科的内在结构。从这个角度去理解延安民间文艺运动、"改旧编新"以及新故事，恐怕才能重新调整民间文学的话语体系，使之具有包容与生长的可能，也才能重新激活民间文学的学科活力，对当下乃至将来的民间文学实践获得阐释的权利。

---

① 吕微：《我们的学术观念是如何转变的？——刘锡诚：从一位民间文学—民俗学学者看学科的范式转换》，施爱东、巴莫曲布嫫编，《走向新范式的中国民俗学》，中国社会科学出版社2015年版，第73页。

② 户晓辉：《童话的生产：对格林兄弟的一个知识社会学研究》，吕微、安德明编，《民间叙事的多样性》，学苑出版社2006年版，第160页。

中　编

《故事会》期刊史与新故事演进历程

第五章 “革命”与“民间”的双重烙印:《故事会》前史

通过百年民间文学学术史的回顾,我们可以厘清,新故事的民间属性是本然的,固有的,因为“民间”从其源头处,便与通俗文学、大众文化构成了亲缘关系,在与纯文学的对峙、交流中显现出变动不居、不断更新的特点。从“五四”一代学人对“民间”理想与现实落差的观察与思考,到延安时期的革命群众文艺运动与新中国成立后有关“改旧编新”的实践与论争,加诸“民间”之上的革命意识形态烙印,不过是时代投射在民间文学身上的本来面目。更何况,在革命话语之下,还涌动着日常的民间鲜活生命力。以“科学性”要求民间文学的“一字不动”,不过是缘木求鱼的痴想。真正的科学性在于:直面每个时代对民间文学的“改旧编新”,从民间文学的变迁中发掘、体认时代精神变迁的痕迹。《故事会》从其创刊起,就在社会主义教育运动的革命意识笼罩之下,在“大讲革命故事”的大潮中,整个被建构起来的革命民间文艺生态是新故事孕育、发生与蓬勃开展的文化土壤,文学创作的主力军从专业作家转移到被组织起来的群众,以“口头性”为特点的新故事不但为主流文坛注意,还成为专业作家的模仿对象。然而,未曾认识到新故事真正的民间属性,仅取其革命语义,作家们的尝试是失败的。就其根本而言,《故事会》"革命故事"的成功,不光是依靠革命性取胜,而是形成了一种新的民间文学生产方式。

第一节 社会主义教育运动与文学创作主力军的转移

刘守华总结延安文艺座谈会之后民间文艺活动的特点如下:"1.以历史唯物主义观点来观察民间文艺,把劳动人民作为创造世界物质文明与精神文化的主人来尊重,从而给予他们创造的民间口头文学以高度的、科学的评价。2.采集民间文学,如同从事其他群众工作一样,实行'从群众中来,到群众中去'的路线,没有把采集上来的东西束之高阁,单纯作为一种学术研究材料来利用。首先是给予适当的加工制作,再推广到群众中去,使它们继续在群众的日常生活与实际斗争中发生积极作用,保持其生动活泼的本质。并且这个工作不是由少数文人关门来作,而是由文艺专门家和喜爱民间文艺活动的劳动群众结合起来完成的。3.文艺工作者生活在群众之中,也生活在群众的文艺生活之中。他们在与工农大众结合的过程中,深刻体验了群众的生活与思想情感,因而对反映这种生活与思想情感的民间文艺也就有了深切的认识。不仅仅了解它的本质与特征,而且能熟练掌握,参与创造"①。肯定了延安民间文艺工作者与群众的结合,对民间文艺的加工与制作,以及民间文艺的革命立场。与刘

① 刘守华:《民间文艺与新文艺的建设》,《华中师院学报》1985年第4期。

守华的观点相反,陶阳在《民间文学的“现代化”思潮》中将“十七年”民间文艺的“取消论”和“改旧编新”论不加甄别,一律视为民间文学领域的“现代化”思潮予以完全否定。他认为“取消论”者“搞工农兵创作,把民研会改为一个全国性的大群众文化馆,搞群众创作”;“改旧编新”论者“把‘自发性’改为‘自觉性’,积极组织群众自觉的创作”,都是要改造民间文学,使之为社会、为政治服务。陶阳进一步认为,正是在“取消论”与“改旧编新”论的影响下,当前的“民间文学杂志都办成通俗文学杂志了,这样的倾向对学科建设的危害性,是值得忧虑和深思的”①。其实,如果以审慎精微的学理考察取代简单急切的批判否定,“十七年”的革命化民间与 20 世纪 90 年代以来的民间文学通俗化,有着更为复杂的情况。

新中国成立后党对民间文艺的改造最早是从戏曲入手的。1951 年 5 月 5 日,政务院发布《关于戏曲改革工作的指示》,指出“进行改革主要地应当依靠广大艺人的通力合作,依靠他们共同审定、修改与编写剧本,并依靠报纸刊物适当地展开戏曲批评,一般地不应当依靠行政命令与禁演的办法。对人民有重要毒害的戏曲必须禁演者,应由中央文化部统一处理,各地不得擅自禁演”②。要求“各地文教机关应认真地举办艺人教育并注意从艺人中培养戏曲改革工作的干部。农村中流动的职业旧戏班社,不能集中训练者,可派戏曲改革工作干部至各班社轮流进行教育,并按照可能与需要帮助其排演新剧目。新文艺工作者应积极参加戏曲改革的工作,与戏曲艺人互相学习、密切合作,共同

① 陶阳:《民间文学的“现代化”思潮》,《民间文化论坛》2005 年第 5 期。

② 周恩来:《中央人民政府政务院关于戏曲改革工作的指示》,《山西政报》1951 年第 6 期。

修改与编写剧本、改进戏曲音乐与舞台艺术”[①]。比之延安时期,戏改工作有着更为明确的要求,更严格的组织方式,使国家意识形态更为有效地、顺畅地传达。

几乎与戏改同时,20世纪五六十年代,各地群艺馆、文化馆先后建立,在党和政府的领导下,成为专业从事民间文艺工作的行政性机构。如北京市群众艺术馆成立于1955年5月,是全国最早成立的群众艺术馆。上海市、河北省、安徽省等省级群众艺术馆都于1956年建馆,一些地区及市、县级的群众艺术馆则陆续在50年代至60年代之间成立。群艺馆的功能随历史变迁而与时俱进,始终与政府主导工作保持同步。50年代开展扫盲教育,60年代培训和组织群众性文艺活动,“文革”期间,有的被改为“毛泽东思想宣传站”。省、市、县乃至乡镇的群众艺术馆系统,逐渐成为与专业作协相抗衡的一支文艺队伍。随后的社会主义教育运动,则赋予群众艺术馆及其领导的群众性文艺运动以更大的意义。

1962年9月,八届十中全会召开,在中苏关系破裂、“大跃进”造成的严重经济困难等国际国内形势下,毛泽东发表讲话指出:“在社会主义这个历史阶段中,还存在着阶级、阶级矛盾和阶级斗争,存在着社会主义同资本主义两条道路的斗争,存在着资本主义复辟的危险性。要认识这种斗争的长期性和复杂性。要提高警惕。要进行社会主义教育。要正确理解和处理阶级矛盾和阶级斗争问题,正确区别和处理敌我矛盾和人民内部矛盾。不然的话,我们这样的社会主义国家,就会走向反面,就会变质,

---

① 周恩来:《中央人民政府政务院关于戏曲改革工作的指示》,《山西政报》1951年第6期。

就会出现复辟。我们从现在起,必须年年讲,月月讲,天天讲,使我们对这个问题,有比较清醒的认识,有一条马克思列宁主义的路线。”[①]讲话提出要进行社会主义教育。1963年5月,毛泽东在杭州召开部分政治局委员和大区书记参加的会议,讨论农村社会主义教育问题,制定了《关于目前农村工作中若干问题的决定(草案)》(即“前十条”),规定了“四清”运动的任务、政策、方法。9月,中央工作会议又制定了《关于农村社会主义教育运动中一些具体政策的规定(修订草案)》(即“后十条”),强调“以阶级斗争为纲”,从中央到地方,派出大批工作队,大规模开展“社教”运动。1964年底至1965年1月,中央政治局全国工作会议讨论制定了《农村社会主义教育运动中目前提出的一些问题》(即“二十三条”),将城市“五反”和农村“四清”统一为“清政治、清经济、清组织、清思想”,强调这次运动的性质是解决“社会主义和资本主义的矛盾”,运动的重点是整“党内那些走资本主义道路的当权派”,侧重“反修防修”“反复辟”,防止“和平演变”[②]。“到1966年春,全国约有三分之一的县、社进行了‘社教’运动”,“在城市,据1965年7月统计,国营工业交通系统开展运动的约占总数的3.9%”[③]。“城乡社会主义教育运动尽管从开始起,其实际重点就是解决整顿党的干部队伍和党的组织的问题,但对于全国人民来说,‘社教’又是以阶级斗争为中心的普遍的社会

① 毛泽东:《在党的八届十中全会上的讲话》,《红旗》1976年第10期。

② 中共中央文献研究室编:《建国以来重要文献选编》第20册,中央文献出版社1998年版,第21页。

③ 张静如、傅颐、李林:《开始全面建设社会主义:1956—1966》,北京古籍出版社2011年版,第244页。

主义、共产主义思想政治教育的运动。”[①]

正是在这场社会主义教育运动中，群众文艺运动发挥了重要的作用，以“革命”的名义，重新改造了“民间”。就在中共八届十中全会召开不久，柯庆施在上海提出了“大写十三年”的口号。1963年1月4日，在上海市文艺界元旦联欢会上，柯庆施称赞话剧《第二个春天》《霓虹灯下的哨兵》、电影《李双双》写的都是新中国成立后十年的现代生活，“解放十三年来的巨大变化是自古以来从未有过的。在这样伟大的时代、丰富的生活里，文艺工作者应该创作更多更好的反映伟大时代的文学、戏剧、电影、音乐、绘画和其他各种形式的文艺作品”，“文艺工作要为社会主义革命和建设事业服务的。帮助人民树立社会主义思想是一个非常艰巨的任务，因为旧社会只能培养人们自己为自己的自私自利思想。社会主义、集体主义思想只有在社会主义革命成功以后才能开始建立”。“今后在创作上，作为领导思想，一定要提倡和坚持‘厚今薄古’，要着重提倡写解放十三年，要写活人，不要写古人、死人。我们要大力提倡写十三年——大写十三年！”[②]在同年2月的春节团拜会上，柯庆施再次强调，因为没有人提倡写十三年，所以我来提倡，“只要是写十三年的戏，我就带老婆孩子买票来看，不是写十三年的，请我看我也不看”[③]。巴金曾经讲述过关于柯庆施一个真实的故事，“我还记得还有一位主张‘写十三年’的‘长官’，有人请他看话剧，他问，‘是不是写十三年的？写

① 朱育和、张勇、高敦复主编：《当代中国意识形态情态录》，清华大学出版社1997年版，第50页。

② 柯庆施：《厚今薄古，繁荣社会主义文艺创作》，《文汇报》1963年1月6日。

③ 中共上海市委党史研究室编：《上海社会主义建设50年》，上海人民出版社1999年版，第298页。

十三年的,我就去看。’不幸那出戏偏偏比十三年多两三个月,他一本正经地说:‘不是写十三年的,我不看。’”[①]。对“大写十三年”偏执至此。

1963年3月16日,文化部党组向中宣部及中央提交了《关于停演“鬼戏”的请示报告》,29日,中共中央向全国批转了这份报告,要求全国各地,不论城乡,一律停止演出“鬼戏”。要求“在停演‘鬼戏’和‘迷信戏’后,中央和省、市、自治区文化部门,还应大抓戏曲改革工作,这样,才能在戏曲中认真实行‘文艺为社会主义服务、为工农兵服务’和百花齐放,推陈出新的方针”[②]。4月初,中宣部在北京召开文艺工作会议,张春桥、姚文元对柯庆施“大写十三年”的主张进一步发挥,慷慨激昂地讲了“大写十三年的十大好处”。邵荃麟、周扬、林默涵等则坚持“社会主义文学,不等于只要反映社会主义的生活”。“十三年要写,一百零八年也要写”,只写十三年太片面,不符合“百花齐放,百家争鸣”的文艺方针。片面的“题材决定论”,“大写十三年”并没有得到作协以及广大文艺工作者的支持,但会议的火药味已经很浓,争辩之激烈甚至使一位上海作家犯了心脏病。稍后,因文联第三届全国委员会第二次扩大会议(这是“文革”前最后一次全委会)定于4月21日召开,19日,周恩来对参加文艺工作会议与文联全委会的同志做了题为《做一个革命的文艺工作者》的讲话,讲话中提到:“强调写现代为主,却不能忽视一百多年革命斗争历史”,“创作的天地是很广阔的,我们不要只局限在写十三年,还

① 巴金:《“长官意志”》,《随想录》,作家出版社2005年版,第34页。

② 《中央批转文化部党组“关于停演鬼戏的请示报告”》,见中国艺术研究院戏曲研究所《戏曲研究》编辑部、吉林省戏剧创作评论辅导部编,《戏剧工作文献资料汇编》,中国艺术研究院戏曲研究所,1981年版,第150页。

要把近百年斗争、世界革命斗争都在自己的作品里刻画出来，再加上新人新事多了，这样就丰富了”，“一定要批判地接受古代遗产，中国古代作品中有许多正义的、人民性的作品”①。显然对柯庆施的“大写十三年”提出了委婉的批评。

1963年12月25日，在华东话剧观摩演出的开幕式上，柯庆施声色俱厉地指责戏剧工作，“不写现实生活，不写工农兵，认为这里没有戏，没有人情味，感情不丰富，实际上就是认为：只有写古代的帝王将相、才子佳人，写资产阶级、小资产阶级才有戏，才有人情味，才有丰富的感情”②。对既有文艺状况的不满，使柯庆施转向扶持群众文艺运动。1963年12月12日，中宣部《文艺情况汇报》第116号登载了《柯庆施同志抓曲艺工作》一文，报道了柯庆施在上海领导的群众性文艺运动：一是抓评弹的长篇新书目建设，用反映现代生活的新评弹占领社会主义文艺阵地；二是培养和组织农村故事员，配合社会主义教育运动，大讲革命故事，故事员成为红色宣传员，深受农村群众的欢迎。讲故事活动，从一开始，便和评弹的改造并举，为群众性文艺活动的共同组成部分。

“讲故事”并非柯庆施的创举，而首先来自群众自发的活动。早在1952年，银行工作人员徐礼本在澳门路工人俱乐部讲述了《革命母亲夏娘娘》的故事，进行革命传统教育，效果很好。上海市工人文化宫曲艺队评话组开始讲故事，成立了故事团，团长陆凤英、副团长徐礼本。故事员有毛学镛、张士德等，这是上海地区最早成立的业余故事团体。他们先后讲述《包身工的故事》

---

① 黎之：《文坛风云录》，人民文学出版社2015年版，第300—302页。

② 《贯彻毛主席文艺方向 大力提倡现代剧——柯庆施同志在华东区话剧观摩演出开幕式上讲话》，《上海戏剧》1964年第1期。

《黄继光》《张积慧》《王崇伦》《杨富珍》等新故事,影响较大。1954 年 12 月起,上海总工会宣传部、共青团上海市委宣传部联合举行“故事讲演辅导会”,吸收职工 450 人参加,其中团委宣传干部 60 名,由上海人民评弹团进行辅导。这是上海最早举行的故事辅导活动。1958 年,新民歌运动中,上海市群艺馆也曾组织过郊区各县的故事会串和比赛活动。据老故事员钱昌萍回忆,1960 年 5 月,青浦县文化馆就举办过“上海农村故事会”,由 50 位干部、故事员口述亲历或亲闻、亲见的故事[①]。其他地方也有自发的故事活动,如辽宁“抚顺市群众性的大讲革命故事活动,早在一九五四年冬就开始了”[②]。1958 年,天津市棉纺系统举办“厂史展览”,“很多老工人找解说员,补充了很多生动的事实和故事,并且提出要求,要求把厂史写成书,编成戏,拍成电影”[③]。

而在上海,由柯庆施领导和主抓,配合“大写十三年”的口号,将群众自发的“讲故事”活动改造为有组织的“大讲革命故事”运动,使上海地区的讲故事活动为中央所认可,“上海经验”被推广到全国,成为最有影响力的“新故事”基地。在柯庆施、姚文元等人有效的引导、组织下,配合农村的社会主义教育运动,1963 年,上海市群众艺术馆和市青年宫联合举办了三期故事员训练班。之后,各区、县先后办班,培训故事员和故事作者。至当年年底,全市已有故事员 2000 余人。同年 5 月,中共上海市委指示共青团上海市委举办农村故事员学习班,配合当时正在

① 钱昌萍:《青浦区故事工作大事记》,未刊手稿。

② 胡苏光(中共辽宁省抚顺市委员会宣传部部长):《提高认识,加强领导,更广泛而深入地开展大讲革命故事活动》(在抚顺市业余故事讲演员代表会议上的讲话摘要),《故事会》1964 年 12 月第 11 辑。

③ 《介绍天津“工厂史”写作情况》,《作家通讯》1958 年 3 期。

开展的社会主义教育运动。学习班由上海市青年宫和上海市群众艺术馆承办,传授故事《血泪斑斑的罪证》等,为每一公社培训1—3名故事员。7月创刊的《故事会》,正是为“大讲革命故事”中的故事员提供讲故事脚本的。10月,上海市群众艺术馆举办“上海市农村故事会串”,这是上海市第一次举行故事会串。至“文革”前,上海每年都组织故事创作,培训故事员,举办全市故事会串。11月28日,中共上海市委宣传部批转市文化局《关于上海市郊农村讲故事的情况报告》,向全市发出《通知》,要求“今后不但要在上海农村大力提倡故事活动,而且还要在工厂、企业、里弄、学校等基层单位中推广”①。12月,中共上海市委将上海开展革命故事活动的情况上报中共中央并被肯定。姚文元评价:“这是1958年声势浩大的新民歌运动之后又一次巨大的群众业余创作运动。”②

据上海原市委书记陈丕显回忆,“柯庆施提出‘大写十三年’的口号和‘十五年来成绩寥寥’的估价,以及从1963年5月开始的对文艺界的批判运动,严重地挫伤了上海广大文艺工作者的积极性,干扰和阻碍了文艺工作的正常开展。许多革命历史题材作品被排斥,一大批传统题材的戏曲曲目受到压制。……文艺界的同志整日处在忧心忡忡、提心吊胆之中,大家谁也不知道该写什么,谁也不知道该演什么,整个文艺界处在一片万马齐喑的忧郁气氛之中”③。与作协领导下的专业作家们面对新形势、

---

① 上海地方志办公室:《上海文化艺术志》,2005年4月22日,http://www.shtong.gov.cn/Newsite/node2/node2245/node72149/node72159/node72218/node72232/userobject1ai78441.html,2020年11月14日。

② 姚文元:《向革命故事活动学习》,《文汇报》1965年第9期。

③ 陈丕显:《文革波澜中的陈丕显自述》,孙小金编,《高层人物自述》第2卷,中国古籍出版社2009年版,第773页。

新要求的无所适从不同,以“大讲革命故事”为主体的群众性文艺运动却以上海为中心,轰轰烈烈地开展起来,影响力扩展到全国。作协系统当然也并不甘心被抛在时代之外,根据李丹的研究,1958—1960 年,由中国作协领导的“群众史”写作运动、“新民歌”运动,试图“在政治失序中极力紧跟形势、弥合裂痕、追求和解的迫切。这一运动中客观上缓和了最高领导者对文学工作者的不满,却未能令中国作协达成其所愿。‘新民歌’运动在‘大跃进’之后很快就偃旗息鼓,最高领袖亦意兴阑珊,而‘群众史’却显示出了旺盛的生命力与适应性”[①]。作协试图调整文艺创作,重新夺回创作主体的地位并未成功,但其时提出的以“村史、家史、社史、厂史”为主的“群众史”创作,却为“大讲革命故事”所继承,只是创作主体由专业作家,改换成为群众本身。群众写群众史,才更符合毛泽东心目的“文化革命”理想。

1963 年 5 月 10 日,毛泽东对宋任穷提交的《关于农村社会主义教育的两个问题的报告》做了批示:“宋任穷同志所讲的用村史、家史、社史、厂史的方法教育青年群众这件事,是普遍可行的”[②]。12 月 12 日,毛泽东又对中宣部文艺处《文艺情况汇报》登载的《柯庆施同志谈抓曲艺工作》一文,做如下批示:“各种艺术形式——戏剧、曲艺、音乐、美术、舞蹈、电影、诗和文学等等,问题不少,人数很多,社会主义改造在许多部门中,至今收效甚微。许多部门至今还是‘死人’统治着。不能低估电影、新诗、民歌、美术、小说的成绩,但其中的问题也不少。至于戏剧等部门,

① 李丹:《论“大跃进”时期“群众史”写作运动——兼及文学工作者心态》,《文学评论》2015 年第 6 期。

② 毛泽东:《中央关于抓紧进行农村社会主义教育的批示》,中共中央文献研究室编,《建国以来毛泽东文稿》第十册,中央文献出版社 1996 年版,第 297 页。

问题就更大了。社会经济基础已经改变了,为这个基础服务的上层建筑之一的艺术部门至今还是大问题。这需要从调查研究着手,认真抓起来。”这段批示的后面,毛泽东又紧跟着批了一句话:“许多共产党人热心提倡封建主义和资本主义的艺术,却不热心提倡社会主义的艺术,岂非咄咄怪事”①。毛泽东将此材料批转给了北京市领导彭真、刘仁,暗含了他对北京和作协系统文艺工作的不满,要求北京学习上海的经验。这是毛泽东关于文艺工作的第一个批示,后以《关于文学艺术的批示》为题发表。从这两个批示可以看到,毛泽东在作协专业作家与群众性文艺运动之间,最终选择了后者。尽管1963年初柯庆施提出“大写十三年”口号时,被文艺界视为激进之举,但在毛泽东的积极肯定和大力支持下,文艺创作的主体已经从作协系统的专业作家,转移到群众自身,“大讲革命故事”也体现了毛泽东希望的文艺方向:对最广大群众的最深入动员,由群众讲述自己的故事,在社会主义教育运动中“以阶级斗争为纲”、“兴无灭资”、“反修防修”。“大讲革命故事”的组织领导部门,是各级党和人民政府下属的群众艺术馆系统,这也意味着文艺领导权从作协专业体系向群众文艺系统的转移。

这样,以“大讲革命故事”为龙头,“从国家意识形态机器的提倡,到广大知识分子和‘准知识分子’的创作与改编,直到各阶层民众的接受,‘红色大众文艺’因为其牵涉面之广、持续时间之长、影响之复杂深远,已经成为当代中国重要的社会文化现

---

① 毛泽东:《关于文艺工作的批语》(1963年12月12日),中共中央文献研究室编,《建国以来毛泽东文稿》第十册,中央文献出版社1996年版,第436—437页。

象”[①]。被称为“工农兵文艺”“群众文艺”“大众文艺”的,诗歌方面以《红旗歌谣》《小靳庄诗歌选》为代表,戏剧方面是“毛泽东思想文艺宣传队”的文艺实践,小说、散文则多以“村史”、“工厂史”、“军队史”、革命回忆录为主。据刘起林的研究,“粗略地扫描一下《中国新文学大系》1949—1976 年卷的索引分册我们即可发现,其中的 900 余种文艺刊物中,除《人民文学》这样众所周知的纯文学刊物和某些文艺研究刊物外,更大量的是各种地市级刊物、厂矿行业文艺乃至儿童文艺,明确以‘大众’、‘工农兵’、‘群众’命名的刊物就比比皆是;而图书编目‘文集·综合’类的 141 种书目中,以‘工人文艺创作’、‘职工作品选’、‘战士作品选’、‘群英大会’、‘工农兵青年创作选’命名或定位为‘工人文艺’、‘前线文艺’、‘革命文艺’、‘煤矿文化辅助读物’系列丛书的,竟达 50 种以上”[②]。《故事会》的创刊与“新故事”讲演活动正是在 20 世纪五六十年代群众文艺活动蓬勃开展的背景下发生的。

第二节 民间文艺生态中的“革命故事”

1963 年初,为配合社会主义教育运动的深入开展,以及上海地区“大讲革命故事”的活动,上海新闻出版局召开了上海出版系统的联席会议,商量出版“工农兵通俗文库”,为各地区县的故事员提供故事脚本。最后任务分配给了上海文艺出版社。1963

① 刘起林:《“革命通俗文艺”文学史论断的批判——兼论当代“红色大众文艺”的特殊形态》,《理论与创作》2006 年第 5 期。

② 刘起林:《“革命通俗文艺”文学史论断的批判——兼论当代“红色大众文艺”的特殊形态》,《理论与创作》2006 年第 5 期。

年7月，上海文艺出版社出版了《故事会》第1辑，《故事会》由此创刊。

《故事会》第1辑的开头是《编者的话》："《故事会》是不定期的丛刊，将根据需要陆续分辑出版。它专门刊载基本上可以直接供给故事员口头讲述的故事脚本，以促进群众故事活动的发展，扩大社会主义宣传阵地，丰富群众文化生活。这些故事文字浅显，通俗易懂，比较适合群众的欣赏习惯，因而也可以供给群众阅读的通俗读物。"[①]刊物预设的读者，首先是社会主义教育运动中讲述革命故事的故事员，其次才是普通读者。这就使得《故事会》刊载的故事与其他刊物有着明显的不同。最初的《故事会》不需要考虑作品的原创性，从戏曲、小说、报告文学、新闻报道中改编而来的故事占较大比例。第1辑中《夺印》根据同名扬剧改编，《红灯记》根据电影文学剧本《自有后来人》改编，《亲人》根据王愿坚短篇小说《亲人》改编，《血迹斑斑的罪证》根据《中国青年报》的同名报道改编，《一个包身工的故事》参照夏衍的报告文学《包身工》改编；第2辑中《红色宣传员》根据同名朝鲜话剧改编，《老金送粮》改编自王愿坚的短篇小说《粮食的故事》，《一把镰刀》根据同名原作上海文书改编，《金翠宝血泪史》以《解放日报》的回忆对比材料为基础，《"小铁口"改行》带有创作成分，是根据《解放日报》刊登的拆穿算命骗局等材料，并请做过算命先生的聋哑人现身说法提供材料，进行加工创作的；第3辑中《将军当农民》根据《中国青年》的通讯报道改编，《忠心垱的故事》根据《中国青年》的文章改编，《卖牛》根据沪剧《春耕曲》改编，《小林捉贼》根据浩然小说改编。

① "编者的话"，《故事会》1963年7月第1辑。

《故事会》第1辑“编者的话”中的致谢也说明了故事的非原创性:“在编辑过程中,我们得到了上海青年宫、上海市工人文化宫、各区工人俱乐部,文化馆、图书馆以及许多故事员的支持,得到许多小说和戏剧、电影剧本原作者的支持,在这里我们向他们表示最深挚的谢意”[①]。此时《故事会》刊载的故事无一是原创作品,都是改编而来,从戏曲、曲艺等传统民间艺术样式中改编而来的占大多数。这也在一定程度上显示了新故事与传统民间艺术之间的有机联系。这一时期的《故事会》尚未定期出版,只是不定期的丛刊,也没有成立专门的编辑部,其编辑工作主要由上海文艺出版社戏曲电影编辑室的编辑顾伦负责。从情节性、戏剧性较强的戏曲、电影中改编新故事也就顺理成章了。日本学者井口淳子早就注意到故事与戏曲、曲艺之间的天然联系:“尤其在说唱艺人在自编故事文本的同时一边演唱的场合,他们幼时听来的讲故事的叙述方法就成了‘说’的基础。因此,可以说讲故事实际上是维系说唱曲艺传承的基础体裁。”[②]“围绕同一个故事,不同的文学体裁之间可以互相转化。这种转化可以在具体操作中完成,然而在更多情况下,是在自然状态中不知不觉地完成的。这段话实际上已触及互文性的问题。互文性一词指的是一个(或多个)信号系统被移至另一系统中,就文本而言,就是每一篇文本都联系着若干篇文本,并且对这些文本起着复读、强调、浓缩、转移和深化的作用。在文学文本相互转移的过程

---

① “编者的话”,《故事会》1963年7月第1辑。

② [日]井口淳子:《中国北方农村的口传文化——说唱的书、文本、表演》,林琦译,厦门大学出版社2003年版,第57页。

中，故事一直处于中心地位。"[①]在各类艺术样式的相互转化过程中，故事成为整个民间文艺生态中的关键节点。

老编辑钱舜娟的回忆也说明《故事会》新故事与戏曲、电影、小说的亲缘联系。"一九六二年十二月，上海文艺出版社戏曲编辑室副主任顾伦和老编辑李中法到江苏常熟去征求对《戏曲故事》的意见，发现当地的故事活动相当活跃，讲的大都是根据现代戏曲、电影、小说、报道等改编的新故事。农民讲，农民听，很受欢迎。感到要使《戏曲故事》受到读者欢迎，应该走口头说讲的路。回到上海一了解，原来上海的故事活动也已经开展多年，故事员们已经深感故事材料不足，迫切要求出版故事脚本。为了适应故事活动的需要，决定创办《故事会》丛刊。"[②]

为配合社会主义教育运动的宣传，忆苦思甜或揭批旧社会问题的故事，主要改编自报纸、刊物的通讯报道、报告文学等。故事性较强的，反映新社会、新生活的主要来自小说改编。不同来源的素材，在改为故事讲述时，都必须进行有效的转化。转化的关键点在于如何将原素材改编成适应口头讲述的故事体裁。李云认为，这种改编"一是改写已有的各种文本，包括文人创作、时事材料、民间故事、新旧戏曲等，改编者根据中心任务和宣传对象增删情节和更新语言，一方面侧重主题提炼和思想升华，另一方面增强口语化和追求通俗化"[③]。

《故事会》第 1 辑"编者的话"指出了"讲故事"活动的特点：

---

① 万建中：《20 世纪中国民间故事研究史》，北京师范大学出版社 2011 年版，第 246 页。

② 钱舜娟：《〈故事会〉创刊的前前后后》，《编辑学刊》1987 年第 1 期。

③ 李云：《〈故事会〉前史（1963—1966）与社会主义教育运动》，《上海文化》2009 年第 2 期。

“我国的劳动人民历来就喜欢听故事,喜欢讲故事。近年来,农村、工厂涌现了许多群众故事员。他们把富有思想性和战斗性的小说、报道、戏剧、电影改编成故事,或者把当地先进人物的事迹改编成故事,用自己的口头语言讲给群众听,受到了群众的热烈欢迎。他们在田头讲,在车间讲;在小会讲,在大会讲;在青年工人、青年农民中间讲;在老年工人、老年农民中间讲,在妇女中间讲,在少年儿童中间讲。这种活动比较适合群众的欣赏水平和欣赏习惯,不要化妆、道具,不要搭档、伴奏,不受场地和时间的限制,表演上不需要艰难复杂的基本功,又便于在讲述故事的过程中结合当地当时的群众思想情况,因此,它很轻便,很灵活,很经济,能够迅速配合中心任务,深入群众,是文艺宣传中最为灵便的轻武器之一。《故事会》的对象,以农村故事员为主,兼顾工厂和其他方面。它所刊载的故事,尽量做到口语化,讲起来顺口,群众听得清楚”①。

《故事会》的征稿对象主要是各地的故事员、评话艺人等,以及主管群众性文艺运动的政府群文部门。第 1 辑的《稿约》说明了“大讲革命故事”的领导组织机构:“欢迎各地文化宫、俱乐部、文化馆以及其他有关的宣传部门,帮助故事员把比较好的故事整理出来,寄给我们。”《稿约》还揭示了故事与传统评书、评话等民间曲艺之间的亲缘关系:“欢迎各地专业评话艺人把适合故事员讲述的节目整理出来,寄给我们。”②这一时期《故事会》作品的署名,也体现了改编与讲述之间的互动关系。故事的署名大部分为“××口述,××整理”的形式,在每篇故事的后面附有整理

① “编者的话”,《故事会》1963 年 7 月第 1 辑。

② 《稿约》,《故事会》1963 年 7 月第 1 辑。

者撰写的《附记》。《附记》交代了故事的来源,讲述的大致时间,对故事中的人物形象、主题进行简要的概括,并结合这一概括提示讲述中应该注意的感情倾向,动作细节等。如《亲人》的《附记》分析将军的被动、尴尬,“并不是他的缺点,而是出于他的无产阶级感情,想使革命老人过得更幸福。因此,在讲述将军迟疑甚至受窘等带有喜剧性情节的时候,要掌握分寸,使它们成为歌颂将军的手段;不要描绘过甚,歪曲了将军的形象”。最后老人的笑声如能演好,很能感动人,《附记》对此详加指导:“这笑声也就不是一般的笑声,而是带哭的笑声。不过,它仍应以笑声为主,只在喉音中略带抖动的声音就行,不要哭出声音。”①《附记》虽由整理者撰写,但并非仅就文本谈文本,而是从文本出发谈故事讲述的注意点和细节。如《金翠宝血泪史》的《附记》要求“在讲这个故事的时候,必须具有强烈、鲜明的阶级感情。适当注意技巧是必要的,但不要单纯地追求技巧。在讲述金翠宝受折磨的每一个情节时,切忌‘油滑’,以免冲淡了主题。讲最后一段的时候,必须用饱满的感情去表达金翠宝对共产党、毛主席的感激和她对新社会的热爱。最后四句韵白要念得清楚有力,使它起总结全篇、画龙点睛的作用”②。《卖牛》对脱离群众的队长的“批判要有分寸,对他采取诚恳的教育、帮助和挽救的态度,讲的时候切忌把他丑化,否则容易混淆敌我界线,使这个人物最后转变缺乏基础”③。《“忠心挡”的故事》要求故事员一定要讲好后半部分,指出“爷爷毕竟还是旧时代的英雄,刘春贵却是在党的教育之下成长起来的新时代的英雄,是共产主义的战士。这就使刘

---

① 顾诗:《亲人·附记》,《故事会》1963年7月第1辑。

② 闵建文:《金翠宝血泪史·附记》,《故事会》1963年12月第2辑。

③ 朝阳:《卖牛·附记》,《故事会》1964年1月第3辑。

春贵的形象大大高出于他的爷爷,也是我们在讲故事的时候应该注意掌握的”[①]。《附记》中对讲述该故事的提示,尤其突出了思想性与战斗性,要求故事员正确理解故事技巧与主题之间的辩证关系,传达出鲜明的无产阶级革命态度,在感情与分寸的把握上符合社会主义教育运动的宣传目的。这也体现了“革命”对于作为民间讲述的故事的一种改造,故事对于“革命”的妥协与迎合。适当的技巧是必须的,但不能流于油滑;旧社会的悲苦是感人的,但不能过于消沉;故事中的曲折离奇是吸引人的,但不能喧宾夺主,使人忘记了故事宣传的主旨。“民间”与“革命”相辅相生,必须达成动态的平衡,才能既吸引群众,又很好地起到宣传教育作用。李云认为,“附记是沟通生产和讲述环节的重要中介,通常内容包括归纳故事大意,从中提炼出明确的时代主题和阐明编讲所要达到的政治效果,进而如何以鲜明的阶级情感和语气的轻重缓急去表现进步、落后的不同人物形象,有时还会对需要着重强调的地方进行特别提示和对讲述时间的把握提出建议”,“‘附记’集中体现了鲜明的‘社会主义教育’色彩”[②]。

第1辑《编者的话》还指出:“欢迎各地评话艺人把适合故事员讲述的评话寄给我们;欢迎大家来改编或创作可供口头讲述的好故事”[③]。从这一时期《故事会》中署名的口述者来看,有些故事员本是评弹、评话艺人。如讲述《血迹斑斑的罪证》的唐耿良就是上海市人民评弹团的专业评话艺人,《幸福桥》的创作与整理者来自上海市星火评弹团。“大讲革命故事”与评弹现代新

① 区成亮:《“忠心坮”的故事·附记》,《故事会》1964年1月第3辑。

② 李云:《〈故事会〉前史(1963—1966)与社会主义教育运动》,《上海文化》2009年第2期。

③ “编者的话”,《故事会》1963年7月第1辑。

剧目的创作本来就是社会主义教育运动中对群众文艺动员的两块彼此有联系的工作任务。专业艺人担任故事员，可以利用评话、评弹的专业表演手段去丰富故事的讲述，增强感染力。故事的革命性，又促成了评弹新剧目的诞生。新故事与评话、评弹之间的互动，至今仍可见其影响。2016 年 7 月，我们在苏州评弹团调研时还发现，目前演出的评弹现代剧目主要有革命领袖的故事、“文革”中流传的故事等。这些内容正与《故事会》曾经大量刊载过的类似故事相近。

从素材的改编，到口头的讲述，再到书面整理，到《故事会》上发表，实则经历了书面——口头——书面的双重转换过程。对于原生态的故事讲述来说，首选的语言必定是与当地群众联系最为密切的方言。作为提供给故事员脚本的《故事会》刊载这些故事，一方面固然改变了传统民间故事“口耳相传”的小范围传播方式，扩大了优秀故事的流传面与影响面；另一方面，从口头到书面的二次转换也不可避免地损失了口头语言，特别是方言的生动性。第 1 辑《编者的话》就触及了这一难题：“讲这些故事的故事员，大都使用的是方言，我们为了照顾各方面的需要，故事采用了普通话夹以方言的方法。方言以故事员所属地区为转移，故事尽管在四川，如果故事员使用的是上海话，故事也夹用上海话来叙述，而尽量避免过于冷僻难懂的语汇，使各地读者都能看懂”[①]。其后《故事会》发表的作品，一方面仍然注意保留口语的生动性，另一方面也尽量避免过于生僻的方言。如《母女会》的作者吕燕华，发现编辑“把她讲的细节和语言都记下来”，才意识到口语在故事中的重要性，“从此，她就尽量发挥她运用

① “编者的话”，《故事会》1963 年 7 月第 1 辑。

群众语言和比喻、夸张、衬托等手法的长处”[①]。

第三节 “革命故事”文体的独立

随着社会主义教育运动与“大讲革命故事”的深入开展,新编的“革命故事”逐渐产生了全国性的影响。1964 年,《人民文学》在第 1 期和第 3 期连续登载了赵树理模仿“新故事”的一篇尝试之作《卖烟叶》。在《卖烟叶》的“前言”中,赵树理这样介绍创作的源起,以及他本人对故事写作的理解:“现在我国南方的农村,在文化娱乐活动方面,增加了‘说故事’一个项目。那种场面我还没有亲自参加过,据说那种‘说法’类似说评书,却比评书说得简单一点,内容则多取材于现在流行的新小说。我觉得‘故事’、‘评书’、‘小说’三者之简没有严格的界限。例如用评书形式写成的《水浒传》,一向被称为‘小说’;读了《水浒传》的人向没有读过的人叙述起这书的内容来,就又变成了‘说故事’。我写的东西,一向虽被列在小说里,但在我写的时候却有个想叫农村读者当作故事说的意图,现在既然出现了‘说故事’这种文娱活动形式,就应该更向这方面努力了。闲话少说,让我先写一个卖烟叶的故事试试灵不灵。”[②]然而,根据《故事会》老编辑钱舜娟的回忆,在实际的故事讲述中,《卖烟叶》并不成功。[③]

虽然赵树理自认为是“地摊文学家”,一向被认为是代表了民间通俗性的传统。他对于民间艺术的形式与内涵之熟悉,要远胜于其他知识分子作家。1942 年 1 月 16 日至 19 日,赵树理

---

① 钱舜娟:《〈故事会〉创刊的前前后后》,《编辑学刊》1987 年第 1 期。

② 赵树理:《卖烟叶·前言》,《人民文学》1964 年第 1 期。

③ 钱舜娟:《〈故事会〉创刊的前前后后》,《编辑学刊》1987 年第 1 期。

参加了在河北省涉县曲园村召开了文化人座谈会。在这个总计四百多人的座谈会上，赵树理将一本黄连纸封面的小册子《太阳经》誉为真正的华北文化，从怀中掏出后，“先朝大家晃了晃，接着翻开书本，高声念起来：‘观音老母坐莲台，一朵祥云降下来，杨柳枝儿撒甘露，搭救世人免祸灾……’”，并且提到了《老母家书》《麻衣神相》《洞房归山》等。他意识到这些民间文艺作品的影响，“这种小册子数量很多，像敌人的‘挺身队’一样沿着太行山爬上来，毒害着我们的人民，我们应当起而应战，打垮它，消灭它，夺取它的阵地”，“我们今后的文艺创作，形式上应当向这些书学习，因为老百姓对它们是熟悉的。关键是我们要有新鲜的进步的内容，这种形式最适合工农的要求。我建议，我们应当成立一个‘通俗文艺社’更多地写一些给老百姓看的东西”[①]。以“旧瓶装新酒”形式，改造民间文艺，正符合延安时期党的文艺工作方向。赵树理同时为自己寻找到了实现这一文艺理想的合适载体，即通俗故事。他吸取群众口语，行文通俗易懂，结构上借鉴评书评话的叙事艺术，有头有尾，情节曲折。赵树理将自己的《小二黑结婚》标为“通俗故事”，在他的影响下，延安时期很多报纸都发表一些标明为“通俗故事”的作品。侯姝慧把赵树理的“通俗故事”与“讲演文学”，新英雄传奇故事和对民间故事进行改编再创作后的通俗故事作品都划为同一个大类型，认为它们“都是民主革命时期由知识分子作为群众的代言人，在群众口头讲述传统的基础上创制的新型群众性故事文学样式”，并将之视为“新故事”文体的萌芽阶段[②]。

---

① 杨品：《赵树理传——颠沛人生》，北岳文艺出版社 2000 年版，第 78 页。

② 侯姝慧：《20 世纪上半叶通俗故事的文体特征及其现代性研究》，《民俗研究》2014 年第 5 期。

王瑶指出:“文艺大众化是贯串在新文学发展史中的一个重要问题,……抗战以后,由于宣传上的必要和文章必须争取广大的读者,利用旧形式的通俗文艺作品便大量产生了。”[①]延安时期对民间文艺的改造,涉及了各种艺术样式,“通俗小说有章回体、演义体和新小说体;通俗诗歌……有街头诗、枪杆诗、墙报体,有仿民歌体;通俗戏剧……出现了广场剧、农村小话剧、秧歌剧等”[②]。钱理群在回顾“四十年代以延安为中心的根据地与解放区所发动的大规模的大众教育运动与群众文化活动”时,认为“这样的群众文化活动,无论是演出,还是创作,都是在党和政府有目的、有计划、有组织的引导下进行的,并非纯粹的民间活动。本质上是党根据自己的意识形态需要,对民间艺术的利用和改造,是革命话语向民间话语的成功渗透”[③]。延安时期的民间文艺改造,涉及的样式多,范围广,故事的成绩倒并不突出。搜集整理刚刚起步,新编革命故事也才开始尝试。特别是,这种尝试在故事与小说之间徘徊不定,还未获得文体的独立。当时的故事体裁与小说不易区分,小说只是在“考虑到民众喜欢听故事”,“呈现上有意识地采用了民众容易接受的方式”。其后,因故事易为人接受,能“迅速及时、大量地制作”,“何必还挂着一个小说的名目来掣肘呢?因此人们更索性干干脆脆地写故事了——即自由灵活又十分容易制作的故事”[④]。

然而,这类被标明为“通俗故事”的文学制作,主要还是为阅

① 王瑶:《中国新文学史稿》,上海文艺出版社1982年版,第369页。

② 钱理群、温儒敏、吴福辉:《中国现代文学三十年》,北京大学出版社1998年版,第552页。

③ 钱理群:《构建无产阶级文学的两种想像与实践》,《兰州大学学报》2005年第6期。

④ 杨中:《大后方的通俗文艺》,四川教育出版社1990年版,第196页。

读的目的而写作的,真正进入口头讲述流传的并不多见。作家们深入群众,采访调查后,写作的“通俗故事”只能说是急就章,是“小说”的方便版本。以作家为主体的“通俗故事”创作,本质上还是小说,“故事”尚未取得它的独立地位。直到20世纪五六十年代,在群众性的故事讲述活动兴起之后,创作的主体从专业作家变为群众自身,故事的生产方式从根本上发生变革,将口头讲述与书面写作结合起来,才迎来“新故事”文体的真正独立。

1964年,赵树理受到“大讲革命故事”形势的鼓舞,试作的《卖烟叶》之所以在故事讲述中未能成功,其原因就在于,赵树理还是停留在延安时期“通俗故事”的框架范围内,未能认识到故事的口头讲述性。他认为“‘故事’、‘评书’、‘小说’三者之间没有严格的界限”,从以“故事”为核心,在整个民间文艺生态下进行样式转换的角度来看是对的;但从各自的文体特征而言,却是错误的。赵树理还是从写小说,写通俗故事出发,来写作《卖烟叶》的。在这篇小说中,思想主题是正确的:“他着重写的是王兰、贾鸿年两个农村知识青年截然不同的生活道路和根本对立的人生哲学,其中又着力刻划了贾鸿年这个几乎滑向投机倒把分子边沿,具有投机危险的青年的形象。”但是,为人所称道的“融小说、戏剧、评书于一炉的独创性。最突出的是在故事的整体结构上,采用了人物、地点、时间高度集中的戏剧手法”恰恰是他的失败之处。就小说创作而言,这是一种崭新的创制,但这种倒叙的手法,锁闭式的结构,对于故事的口头讲述而言,却是致命的伤害,容易造成听众的误解与困惑。人物性格的复杂性,不断插入的议论与分析,心理描写、侧面描写、过渡性的交代说明等都在不断地破坏故事的口头性,给故事的讲述带来相当的困难。《卖烟叶》“是赵树理小说创作的新成果、新高峰、新阶段的开始”[①],却是“故事”创作不成功的例子。

然而,《人民文学》紧接着在第 4 期推出了“故事会”专栏,从刊物的首页起,连续登载了 5 篇故事。刊物为推出“故事会”专栏,做了如下介绍:“这里发表的五篇故事,都是我们现代中国社会生活中的真实故事,没有什么虚构。我们的生活本身就是这样的。在毛泽东思想指导下,在社会主义革命和社会主义建设中,我们各条战线各个岗位上都不断锻炼出了许多史无前例的新人物——真正体现了时代精神的共产主义的人。这是过去任何历史时代都办不到的。像这几篇故事所写的人和事,在我们的生活里何止千千万万。这里写到的不过是几个。而这样的人物的精神品质,思想感情,怎样对待世界,怎样从事革命斗争——总之他的全部性格——会在他各方面生活中各样各式地表现出来。这里每篇不过是一人一事,而且这在他全部性格中不一定是最主要的一事。这不过是一斑,但这一斑在生活本身中却不是什么偶然现象。这倒是表现我们社会生活的主流的一个侧面。读了使人感奋,可资学习,可资借鉴。我们固然需要表现我们社会主义生活的大幅图画,写出我们的英雄人物全部性格来的作品,同时也需要及时反映生活中的好人好事,新人新事,例如这几篇故事所写的。我们这期试办了一下,想提倡提倡。这是一种轻捷灵便的文学样式,几乎可以说是人人可写或可讲。自不消说,这人人,是指确在生活中的,或至少是不脱离生活的人人;而且是在全活斗争中确有所感,有所爱憎,确能辨出事物之为新旧或好坏的人人。或亲身经历,或耳闻目睹,用不着像写小说戏剧那样费时,只要把憋不住想讲的事情讲出

---

① 王中青:《重新认识〈卖烟叶〉》,《光明日报》1982 年 2 月 25 日。

来——当然也要稍加选择，去其枝蔓，集中其主要的一点——这就成了。各战线各岗位上的同志们，是不是想试一试？我们以后还要搞这样的‘故事会’”[①]。

比照《故事会》创刊号中的《编者的话》，《人民文学》栏目的介绍语更突出了“故事”的革命意义，要求“故事”写“许多史无前例的新人物——真正体现了时代精神的共产主义的人”。对于“故事”的特点，却没有强调它与传统民间文艺的联系，而只是强调它“轻捷灵便”，人人可写，人人可讲。《人民文学》没有意识到“故事”的口头性特点，将“故事”写作看得比较容易：“只要把憋不住想讲的事情讲出来——当然也要稍加选择，去其枝蔓，集中其主要的一点——这就成了。”这说明，《人民文学》的“故事会”专栏，虽是第一次将“故事”这一来自民间的样式刊载在主流文学的最高级别刊物上，而且是首页重点推出，但刊物并没有意识到“故事”文体的特殊性，反而仍从文学的雅俗级别上，认为“故事”创作较小说、戏剧为易。《人民文学》对“故事”的重视，是为了表现社会主义生活与共产主义新人。从 20 世纪 50 年代自发的群众性讲故事文艺活动，到柯庆施推动下的“大讲革命故事”，《故事会》的创刊，新故事的影响越来越大。1964 年第 4 期起，《人民文学》推出“故事会”的专栏，表明新故事文体的独立、成熟已然完成，其影响更是从群众性文艺活动，进一步波及主流文学领域。赵树理试作“故事”，《人民文学》“故事会”专栏的推出，说明了作协、专业作家们向新故事的学习与靠拢。但由于他们仍是从文学创作出发来写新故事，仍然属于作家的个人创作，与故事的群众讲述活动是脱节的，《人民文学》“故事会”专栏中的故

① 《“故事会”栏目的介绍》，《人民文学》1964 年第 4 期。

事,大多还是类似于赵树理式的“通俗故事”,而非真正意义上的“新故事”。其后,《人民文学》于1964年第8期、第12期继续推出“故事会”专栏,1965年第1期起发起“大写社会主义新英雄”征文,办“大写社会主义新英雄”专栏,1965年第7期起改为“工农兵故事会”,对故事的革命化改造越来越浓烈,对它的口头流传性却始终未能正确理解并运用到创作中。

《人民文学》1964年第4期“故事会”专栏中发表的5篇故事,陈立德《刹那间》,王慧芹《三请周文增》,鲁光、王鼎《冠军和亚军》,申跃增《新“画中人”》,崔道怡《过客》都属于个人创作,无一篇改编自戏曲、曲艺或话剧、电影。1964年第8期“故事会”发表6篇故事,分别是李钧龙《桥》,徐联《二送藏袍》,连如恩、萧驰《考新娘》,赵皆乐、倪克非《洪生娘》(有讲述性),尚全昌《路》(文学描写太多),杨善元《大老包与何老好》(有讲述性,用谚语、俗词),小说的意趣仍很浓,如《考新娘》用“我”的叙事视角将故事分成两个片断,留下中间发展的空白,通过叙事视角制造出来的悬念不同于故事本身的悬念。口头故事的听众与书面故事的读者理解的速度与层次是不同的,《考新娘》会给故事的讲述与理解造成困难。再如《洪生娘》《大老包与何老好》等篇虽然突出了讲述性,运用谚语、俗词使之生动,但还是偏文学语言,需要读者或听众有较高的知识层次。1964年第12期“故事会”篇数最多,李生义《三声笛》、钟政《锦江红旗》、宫克一《青年马龙》、董道圣《相亲记》、于世河《凌雪梅》、夏文斌《紧要关头》、樊俊智《少莲寻针》、韩文敏《石头叔》、杨干华《管水员的故事》、袁野《三卖余粮》,虽然大都采用故事的形式,多为一人一事,人物语言口语化,但叙事语言仍书面化,视角、布局等都更像小说。《人民文学》“故事会”专栏推出的这批小说,更多继承的是延安“通俗故事”的传统。这个传统从抗战开始产生，为宣传的目的使小说通俗化。以“通俗故事”来改造小说的方法，赵树理的小说为其顶峰。“通俗故事”虽也强调讲述，胡考自陈：“《陈二石头》是为讲而写的一篇故事脚本——或‘讲的小说’。”①从实际效果而言，不论是赵树理的《卖烟叶》，还是《人民文学》“故事会”专栏发表的故事，与《故事会》的新故事相比，还是更偏小说，更偏文学性。与其说《人民文学》高调推出“故事会”专栏，是将新故事引入纯文学殿堂的尝试，不如说是受到“大讲革命故事”形势的刺激，纯文学界的一次学习与跟进，而且是一次并不成功的学习与跟进。因为在作家文学与“大讲革命故事”运动中产生的新故事之间，生产模式、叙事方式有着截然不同的差异。

第四节 “革命故事”的生产体制

《故事会》伴随着“大讲革命故事”活动蓬勃发展。1963 年 12 月 28 日，《人民日报》发表《上海农村广泛开展讲革命故事活动》一文，介绍了上海的革命故事活动从 1958 年开始，60 年代进入高峰，上海南汇县“一九六三年以来，我们在党和上级团委的领导下，紧密结合社会主义教育运动和党在各个时期的中心工作，狠抓了业余故事员队伍的培养和训练，广泛地开展了讲革命故事的活动”②。“大讲革命故事”活动在全国范围内展开，辽宁“抚顺市群众性的大讲革命故事活动，早在一九五四年冬就开始了。几年来，在各级党组织的领导之下，革命故事讲演员以革命

① 胡考：《写在〈陈二石头〉前面》，《文艺战线》1939 年第 1 卷第 2 号。

② 顾根祥、乔琦（共青团上海市南汇县委员会）：《大力开展讲革命故事活动，占领社会主义思想阵地》，《故事会》1964 年 8 月第 8 辑。

的、战斗的姿态,跟各种资产阶级思想进行了顽强的斗争,取得了很大的成绩;特别是在党的八届十中全会公报发表以后,讲革命故事更在全市范围内形成了一个群众性的活动”①。“仅以山东省淄博市罗村公社为例,全社共有故事员一百五十人,截至1965年3月,已向社员讲革命故事一千一百个(其中自己编的表扬本队好人好事的二百零三个),受教育的人数达三万次,同时培养故事员150人。”②从“文革”前总计24辑《故事会》发表故事的稿件来源看,首先是从上海市郊农村的故事活动开始,拓展到全国范围,农村、厂矿、部队皆有“大讲革命故事”活动,《故事会》刊载了相当数量的故事稿件,并有专门的文章对该地区该单位的“大讲革命故事”活动进行报道和介绍。

与作家们学习写书面化的故事不同,伴随着“大讲革命故事”活动而生的《故事会》,非常明确故事的口头讲述性。第1辑的《稿约》提到:“凡是宣传社会主义思想和革命传统的故事,不论是根据小说、报道、戏剧、曲艺、电影等文艺形式改编的还是创作的,只可以供口头讲述,适合群众的欣赏习惯,我们都很欢迎。”“文字一定要口语化,必要的时候,可以用方言;难懂的方言,请加注解。”最初的故事以改编的大型故事为主,第1辑到第4辑每辑刊载4到5个故事,每个故事的讲述大约需一小时。第1辑的《稿约》是这样要求来稿的篇幅与讲述时长的,“短篇故事,一般以可供讲述一小时左右最为适宜,字数在一万字左右;四五

① 胡苏光(中共辽宁省抚顺市委员会宣传部部长):《提高认识,加强领导,更广泛而深入地开展大讲革命故事活动》(在抚顺市业余故事讲演员代表会议上的讲话摘要),《故事会》1964年12月第11辑。

② 中共山东省淄博市罗村公社委员会:《开展大讲革命故事的初步经验》,《故事会》1965年3月第13辑。

千字的小故事也可以。中篇和长篇故事，字数不限，但请采取分回办法”[①]。但是，随着“大讲革命故事”的深入开展，“由于改编受到的限制比较多，经过前几期的试验之后逐渐转向由各级群众艺术馆、文化馆、俱乐部等在群众中搜集整理各种口头故事或培养工农兵作者进行创作”[②]。这就使得《故事会》的稿件样式和来源都逐渐发生变化。

从1964年5月第5辑起开始，讲述时间在一小时左右的大型故事虽仍是刊物的重头内容，却开始出现短小精悍的小故事，每个故事的讲述时长仅几分钟。如第5辑中的《神仙槽》《三十块钱》《一张电影票》《赵巫婆出丑》；第6辑中的《一块钱》《婆媳捉特务》《鞋的故事》等都是在“大讲革命故事”活动中涌现的业余作者个人创作的小故事，这些业余作者往往就是本地或本单位的故事员。《故事会》发表的“新故事”从改编戏曲、曲艺、小说、电影等开始，转向故事员、业余作者创作，与此相适应，“新故事”的体量与讲述时长也随之逐渐减少，短小精悍的小故事逐渐登上《故事会》的舞台。从篇幅与讲述时长来看，“文革”前的《故事会》以一万字篇幅、一小时讲述时长的大型故事为主，小型故事占较少比例。大型故事适合在群众性的故事讲演活动中讲述，能够起到较好的宣传鼓舞作用。而1980年代以来的新故事以小型故事为主，正因为缺少了“大讲革命故事”的社会文化背景。由此可见，新故事的发展、阶段性的特点都与其产生当时的社会文化土壤有着密切的关联。

“文革”前《故事会》发表的故事，其生产方式就取决于“大讲

① 《稿约》，《故事会》1963年7月第1辑。

② 金向红(姚文元化名)：《创作更多优秀的革命故事》，《故事会》1964年9月第9辑。

革命故事”的组织动员方式。首先,是由各级政府、团委,以及群众艺术馆、文化馆等群众文化领导部门自上而下地发动,建设各级各类故事员的队伍体系。上海市南汇县“故事员到处受到群众的欢迎。一年多来,全县已培养了青年业余故事员一千九百五十多名,每个大队都有故事员,书院、泥城两个公社还做到了队队有故事员。……受教育的群众已达七十余人次”①。1964年1月到5月,上海青浦县城厢镇在35个单位中组织了73个业余故事员。“五个月中,先后讲过885场,听众有110864人次。”②辽宁省抚顺市“从一九五五年开始,我市工会、团市委、市文化馆、市图书馆等有关部门,曾先后举办了十三期业余革命故事员培训班,为全市各单位培养了一千四百余人次的业余革命故事员;举办了二十余次示范讲演会和比赛会;印发了十一万多册的故事材料;还分别成立了市级职工业余革命故事讲演团和少年儿童业余革命故事讲演团,经常深入厂矿、企业、学校作示范讲演和交流经验”。各级领导充分认识到建设故事员队伍的重要性,胡苏光说:“大讲革命故事,必须有一支坚强的、群众性的、战斗性的队伍。所谓群众性,就是说不是只有少数几个人在讲,而是有许多人在讲;所谓战斗性,就是说讲的不是旧的、一般的故事,而是讲的革命故事,是有一定的宣传教育目的的;故事员就是党的红色宣传员。”③

从1964年7月第7辑开始,《故事会》增辟了“故事员园地”这一专栏,用于报道各地的故事活动,如《故事会串促进了故事

---

① 顾根祥、乔琦(共青团上海市南汇县委员会):《大力开展讲革命故事活动,占领社会主义思想阵地》,《故事会》1964年8月第8辑。

② 《简讯:青浦县城厢镇的故事活动》,《故事会》1964年7月第7辑。

③ 胡苏光(中共辽宁省抚顺市委员会宣传部部长):《提高认识,加强领导,更广泛而深入地开展大讲革命故事活动》(在抚顺市业余故事讲演员代表会议上的讲话摘要),《故事会》1964年12月第11辑。

活动》对上海1964年农村业余故事会串的报道、辽宁省抚顺市露天区中心小学发来的《针对少年儿童特点，开展革命故事活动》等；故事员交流故事创作与讲演的经验，如《我爱讲革命故事》《讲故事不误生产》《讲故事五字经》《怎样讲故事》；还有的文章已经从理论上开始总结“革命故事”的性质与特点，如《书根·书筋·书理》等。从“故事员园地”的相关文章可以看出，故事员来自各行各业，有土生土长的农民，有具备一定学历与教育层次的知识青年、中小学教师，也有工人、解放军战士等。来源虽然广泛，但选拔故事员首要的要求看政治觉悟：“一、政治历史清楚，听党的话，有集体主义精神；二、有社会主义觉悟，在群众中有威信；三、热爱集体劳动，热心宣传工作；四、有一定的文化水平和讲演能力”①。共青团上海南汇县委员会挑选故事员的对象是“政治可行，立场坚定，成分好，觉悟高，作风正派，能密切联系群众和有一定讲演水平的团员和青年活动分子”②。培训故事员的重点在于两个方面：“一是政治教育，即用毛泽东思想武装他们的头脑，使他们懂得革命的道理，了解党的方针、政策，领会讲革命故事的目的、意义和方针、任务。二是业务教育，即如何根据形势的需要选择题材，如何把握故事的主题思想，如何刻划人物，以及如何掌握故事技巧，等等；要教育故事员，衡量一个故事好还是不好，政治标准是占第一位的，艺术标准是占第二位的；内容是占第一位的，技巧是占第二位的。技巧不能忽视，但必须为内容服务，反对一味去追求技巧和笑料，以免损害故事的主题

① 中共山东省淄博市罗村公社委员会：《开展大讲革命故事的初步经验》，《故事会》1965年3月第13辑。

② 顾根祥、乔琦（共青团上海市南汇县委员会）：《大力开展讲革命故事活动，占领社会主义思想阵地》，《故事会》1964年8月第8辑。

和人物形象。这两个方面经常是结合着进行的,使故事员能够通过培训得到全面的提高。”[①]在这里,政治性是第一位的,讲故事的技巧是第二位的。上海南汇县采取县、社双管齐下,分期分批地进行培训的办法,“训练过程中,始终坚持思想发动、强调教育者必须首先受教育、自己思想先要提高的精神”[②]。故事员的选拔也兼顾业务能力。辽宁抚顺市在选拔故事员时还提出了对故事员的要求不能太高,以免影响队伍的群众性。过去的说书艺人,只要作风正派,有进步要求,各地单位也热情地欢迎他们参加。[③]

上海南汇县的故事员组织形式是“由团县委、文化馆、图书馆和兵役局等单位建立领导小组,下面把二十四个公社和四大镇划分成五个片进行示范辅导。公社团委与有关部门配合也成立领导小组。公社辅导小组一般由市、县训练出来的故事员具体负责”[④]。南京部队政治文化部把讲革命故事与其他各项文艺宣传工作结合起来,把讲故事列为演唱组的工作内容,一个连队有 3 至 5 名故事员,或一个排有 1 名,统一归演唱组来领导。这样既简化了组织层次,又便于统一安排活动[⑤]。这种高度组织

---

① 胡苏光(中共辽宁省抚顺市委员会宣传部部长):《提高认识,加强领导,更广泛而深入地开展大讲革命故事活动》(在抚顺市业余故事讲演员代表会议上的讲话摘要),《故事会》1964 年 12 月第 11 辑。

② 顾根祥、乔琦(共青团上海市南汇县委员会):《大力开展讲革命故事活动,占领社会主义思想阵地》,《故事会》1964 年 8 月第 8 辑。

③ 胡苏光(中共辽宁省抚顺市委员会宣传部部长):《提高认识,加强领导,更广泛而深入地开展大讲革命故事活动》(在抚顺市业余故事讲演员代表会议上的讲话摘要),《故事会》1964 年 12 月第 11 辑。

④ 顾根祥、乔琦(共青团上海市南汇县委员会):《大力开展讲革命故事活动,占领社会主义思想阵地》,《故事会》1964 年 8 月第 8 辑。

⑤ 南京部队政治文化部:《大讲革命故事——开展讲革命故事活动的几点经验》,《故事会》1965 年 1 月第 12 辑。

化、分层分级建设起来的故事员队伍，是容易管理与监督的，无论是政治思想方面的教育，还是业务能力的提升。他们还特别指出要“抓故事员的思想”“抓检查、督促、汇报”“抓先进和落后两头”[①]。

如此强调故事员的政治觉悟，是因为“革命故事”兴起的背景就是社会主义教育运动，是阶级斗争、路线斗争的结果。“革命故事是无产阶级文艺革命的一朵新花。它是在两个阶级、两条道路、两条路线的激烈搏斗中诞生”，“讲故事作为一种普遍性的群众文艺活动却是在社会主义历史阶段中随着阶级斗争、路线斗争的深入发展而兴起的”。“大讲革命故事”活动是“在毛主席文艺路线指引下，在党和政府的坚强领导和积极扶植下展开的”，“一种有组织、有领导、有计划进行的群众文艺活动”[②]。柯庆施发动“大讲革命故事”活动，其目标就在于“遵循毛主席的革命文艺路线，狠抓意识形态领域的阶级斗争，把革命故事作为占领农村文化阵地的有力武器”[③]。而作为面向组织、动员起来的故事员，给故事员提供革命故事脚本的《故事会》，其创办的目的，正是“为了替广大的故事员提供精神上的枪支和弹药，使他们有比较精良的武器去进行文化、思想战线上的冲锋陷阵的斗争，及时总结编故事的经验”[④]。“思想战线上的阶级斗争是长期的，复杂的”，“要在思想上取得‘兴无灭资’的彻底胜利，必须经常地，不断地用毛泽东思想去武装人民，必须善于运用各种形式

① 顾根祥、乔琦（共青团上海市南汇县委员会）：《大力开展讲革命故事活动，占领社会主义思想阵地》，《故事会》1964 年 8 月第 8 辑。

② 刘守华：《谈革命故事的写作》，湖北人民出版社 1974 年版，第 1—5 页。

③ 曹树钧：《支持革命故事是假 贩卖修正主义黑货是真——批判姚文元对革命故事创作所散布的谬论》，《革命故事会》1977 年第 2 期。

④ 金向红（姚文元化名）：《创作更多优秀的革命故事》，《故事会》1964 年 9 月第 9 辑。

和各种方法去教育人民。由于故事人人能讲,个个爱听,能深入到每个角落,因而大讲革命故事有着极其广泛的群众基础,是思想战线上的一种‘全民皆兵’的活动形式”①。

姚文元对“革命故事”与旧故事的区分,也正是从思想政治内容的角度来判断的。“新的故事对于旧的故事,是一个大革命。旧的故事,就是那些为封建阶级、资产阶级的政治服务的故事,是腐蚀劳动人民心灵、麻痹他们革命觉悟的毒药。这些故事,讲的是帝王将相,和神仙鬼怪、才子佳人、少爷小姐,宣传的是反动、迷信、恐怖、色情、荒诞、享乐、听天由命、自私自利等极端腐朽的思想。旧故事中即使有一些揭发旧社会黑暗和反映劳动人民痛苦生活的比较好的故事,也不能用阶级观念来刻画艺术形象。这类故事许多是从小私有者的观点出发的,不能提高人们的社会主义觉悟,不能正确指出革命斗争的方向……新的故事,用鲜明的阶级观点,歌颂了有社会主义觉悟的劳动人民在社会主义革命和社会主义建设中的革命精神,歌颂了劳动人民的高尚品质和无穷的智慧,歌颂了社会主义生活中新的道德风尚和风俗习惯,歌颂了民主革命斗争中无产阶级英雄人物大无畏的革命精神,和劳动人民敢于反抗阶级敌人的压迫和剥削的硬骨头精神。同时,用深刻的阶级仇恨,动人心魄地揭露了旧社会中反动派的残酷剥削和血腥面貌,劳动人民所受的深重的‘血泪斑斑’的苦难,尖锐地鞭挞了现实生活中阶级敌人的种种阴谋破坏活动,刻出他们的险恶和丑态,唤起人们的革命警惕。”姚文元甚至断言新故事“正在日益广阔地占领那些过去为形形色色

① 胡苏光:《提高认识,加强领导,更广泛而深入地开展大讲革命故事活动》(在抚顺市业余故事讲演员代表会议上的讲话摘要),《故事会》1964 年 12 月第 11 辑。

剥削阶级旧故事和旧趣味占领的阵地，把无产阶级的革命精神形象化地传播到千万人心里”[①]，“新故事同新民歌一样，将对中国社会主义文学的发展，产生深刻的影响，提供有益的经验”[②]。

对故事革命性的突出，也影响了讲故事训练的方向。讲故事最重要的是“如何讲得正确”，因为“讲得不正确，不仅不能起到教育作用，还会引起反作用，贻害听众”。所谓“讲得正确”必须要遵守以下条件：“1. 对故事的内容要有正确的理解。讲故事一定要选择主题好、内容正确、有教育作用的故事。选定了故事，在讲故事之前，要很好地研究、分析故事的主题思想、教育意义、人物性格，以及各种事物的关系等等。只有把这些都弄清楚了，才能正确表达出来”；“2. 要用革命的感情来讲故事。对党、对人民、对英雄人物要充满热爱；对旧社会、对敌人、对一切坏人坏事要强烈憎恨。只有自己爱憎分明，态度正确，才能形之于色、赋之以声，把故事中的革命精神正确地传达出来，感染听众。使人听了以后，知道应该爱谁、恨谁；什么事情需要学习发扬，什么事情必须坚决反对。当然，要用革命感情来讲故事，要正确地理解故事内容，最根本的办法，还是在于故事员思想的革命化，在于提高自己的政治水平”；“3. 要恰如其分地把故事中的人物、事件反映出来，不要夸大、缩小、走样。比如讲敌我斗争的故事时，讲敌人的力量就不能夸大，这容易使人产生错觉，也不能缩小为‘没什么’，这又容易使人麻痹轻敌，看不到斗争的艰巨性、复杂性；因此，既要讲敌人愚蠢的一面，又要讲他的狡猾、阴险、恶毒的一面。‘魔高一尺，道高一丈’，敌人终究是注定要失败

① 金向红（姚文元化名）：《创作更多优秀的革命故事》，《故事会》1964 年 9 月第 9 辑。

② 姚文元：《向革命故事学习》，《文艺报》1965 年第 9 期。

的”。只有在“讲得正确”的基础上,才能来谈“如何讲得生动”的问题,而“讲得生动”的目的也还得围绕着革命故事的政治宣传功能,因此,“我们应该认识到,讲故事是一种战斗,是用社会主义思想去教育群众,战胜敌人,应该严肃对待。特别是自己应该首先从故事中得到教育,并且言行一致,从行动中表现出来。做到了这一点,讲故事就能成为我们故事员思想革命化的有力武器之一,同时讲出来的故事也就更感人,更有力,进而促使群众思想的革命化”[①]。为了讲好故事,毛学镛还特别强调,故事的有些部分必须记熟,“有几个地方要特别花功夫,记得一点不漏不错,不能临时编凑发挥。1. 重要对话,如《红岩》中许云峰对特务头子徐鹏飞、毛人凤唇枪舌剑的斗争。2. 突出的引语、名言、警句,如《把一切献给党》中所引用的毛主席在《纪念白求恩》中的一段话,或雷锋的一段日记,《红岩》中成岗的‘自白书’,等等”。这些地方记熟了,讲述时才能一气呵成,达到深刻感人的目的。要把这些关键的地方记熟,毛学镛还介绍相关的经验,“如果心记没把握,可以用个小卡片,记下来带在身边,到讲的时候,能记牢就不看,记不牢,就公开拿出来读一读”[②]。

在故事的讲演活动中,尤其不能让故事的“生动性”压倒了“正确性”的要求。上海戏剧学院朱铭仙认为,“我们的‘说’不是为了让听众欣赏我们的表演,而是为了达到宣传教育的目的”,“讲故事主要是语言的艺术,动作和表情只能作为一种辅助手段,如果花费很多时间去研究动作、表情,很可能就把‘言之有物’和‘言必由衷’忽略了。我们千万不要脱离了思想感情而凭

① 毛学镛:《怎样讲故事》,《故事会》1964 年 9 月第 9 辑。

② 毛学镛:《怎样讲革命故事》,上海文化出版社 1965 年版,第 21—22 页。

空研究表情"[①]。也因为故事的"正确性"要求还应该根据当时的中心任务进行不断地调整,所以,从《故事会》的故事脚本,到故事员的现场讲述,还需要依靠故事员随时随地进行修改。朝阳在《讲故事五字经》中回答为什么故事脚本需要经过故事员的修改这一问题时,提出了三点原因:"因为许多故事脚本虽然是根据口头的特点整理或编写的,但它们与口头讲述毕竟还或多或少有些距离,这是其一;讲故事是紧密配合当时当地的政治、生产运动的,一个现成的故事脚本要完全适用于当时当地的政治、生产运动和时间条件,有时候就需要加以适当的改动,或突出其中的一段,或压缩和删节某些部分,这是其二;故事的语言,最好使用当地劳动人民最为熟悉的语言,使听众感到亲切易懂。有些不是专为一地提供的故事脚本,其语言也就需要作必要的修改,化成本地群众的语言,如此等等。这种口头修改或加工的过程,有时可以起丰富故事的作用。有些故事员每讲一个故事,每讲一遍故事,都是要口头加工一番的"[②]。

在革命宣传的目标下,故事活动有组织、有计划地开展。各地进行的"大讲革命故事"活动逐渐形成了与"革命故事"较为相似的生产模式。那就是"业余作者、专业辅导人员和工人群众三结合的方法"[③]。长春市南关区文化馆详细介绍了革命故事这一生产模式的流程:首先是发动群众,让群众从自己的身边找材料,"要想做到'工人讲工人的事,鼓自己的劲儿',就必须在各工厂就地取材,发现创作力量,根据生产新高潮中的活人、活事、活

① 朱铭仙:《说·表·演》,《故事会》1964 年 8 月第 8 辑。

② 朝阳:《讲故事五字经》,《故事会》1964 年 8 月第 8 辑。

③ 《方向明确,方法才能对头——〈吉林日报〉短评》,《故事会》1965 年 4 月第 14 辑。

思想,组织工人自己动手创编革命故事,然后再把说讲活动落实到本单位的工人群众中去”。其次是专业工作人员辅导帮助群众,“文化馆的同志便帮助他们从工厂里涌现出来的许许多多动人事迹中,选择适合创编故事的素材,让他们先动手写出初稿。……由他们写出了一批草稿以后,就考虑办一个训练班,给这些作者以必要的辅导,使这些故事经过加工锤炼,得到进一步的提高”。“革命故事”这一锤炼加工过程是“由市文联领导亲自主持,由市文联、市群众艺术馆、工人文化宫,省民间文艺研究会等有关部门的专业人员组成一个辅导小组。训练班开始后,新故事的作者按原定的顺序拿着自己的草稿来找辅导小组,大家坐在一起,读稿、讨论。从主题到结构,从人物到语言,逐段、逐句、逐字地推敲,提出具体的修改意见”。最后,是要把从群众中来的“革命故事”回到群众中去,进行检验,“辅导小组又组织作者带着自己的原稿回到工厂去,向工人进行试讲。这是辅导训练中的最后一个程序”①。

《故事会》从1964年4月第4辑起,出现了《幸福桥》《两双鞋子》两篇创作故事,创作与改编开始并重。随着“大讲革命故事”的深入,创作的故事越来越多,改编的内容越来越少。群众自己创作的,讲述自己身边故事的比例越来越大。其后,几乎每期《故事会》都会集中选辑某地或某特定主题的故事专辑,并在“故事员园地”专栏中介绍当地的“革命故事”活动与经验。如第7辑“青浦县故事创作专辑”、第8辑“上海市1964年农村业余创作故事会串节目专辑”、第11辑“辽宁省抚顺市群众业余革命故

① 《长春市南关区文化馆是怎样组织革命故事创编工作的?》,《故事会》1965年4月第14辑。

事创作专辑”、第12辑“解放军和民兵故事专辑”、第14辑“吉林省群众业余革命故事创作选辑”、第15辑“大寨人的故事”和“半工半读半农半读故事”、第16辑“越南人民抗美救国斗争故事”和“上海市松江县故事创作”、第17辑“雷锋的故事”“学习雷锋的故事”和“越南人民抗美救国斗争故事”、第19辑“南京市革命故事创作交流演出专辑”、第20辑“学习毛主席著作的故事”、第21辑“王杰故事专辑”、第24辑“焦裕禄故事专辑”等。这些特定的专辑,在地域范围上,涵盖了全国;在行业品类上,以工农兵为主体。专辑辅导加工的过程也同样是文联等领导、专业干部深入基层,辅导业余作者的模式。第19辑《编后记》提到,“南京市文联和南京市群众艺术馆根据领导上的指示,将革命故事创作作为开展革命故事活动的中心环节,作为政治思想工作的重要工具。他们组织了一些干部深入基层,采用多种方式,辅导群众业余作者创作,和群众作者一起摆素材,立主题,搭架子,具体帮助群众业余作者深化作品主题,提炼情节,安排结构,逐字逐句推敲语言,创作出许多故事”①。

这个专业辅导的过程,是十分具体细致的。如第一本以县为单位出专辑的第7辑“青浦县故事创作专辑”,《编后记》中就这样介绍:“这一辑故事从创作、整理到编辑、发稿,前后花了两个多月时间。这期间,青浦县文化馆和出版社编辑紧密合作,进行了多种方式的辅导工作。一种方式是召开故事创作会议,发动各方面的创作力量摆题材、抓苗头,运用集体智慧,帮助作者取舍情节、安排结构、丰富细节,初步搭成一个‘故事架子’,再由作者具体进行创作。这种方式对初学故事创作的同志是很有帮

---

① 《编后记》,《故事会》1965年10月第19辑。

助的。因为农民群众有丰富的生活,但如何将众多的素材组织成一个故事,还有一定困难;同时,故事创作还是个新事物,大家对故事的创作特点和要求还很不熟悉,加上一个人的生活经历总有局限性,通过故事创作会议,可以起相互启发、相互补充、相互帮助的作用。另一种方式是有重点地、深入地进行个别辅导。‘故事架子’搭好以后,在具体创作过程中还会碰到很多困难,深入细致的个别辅导,可以帮助作者解决人物刻划、细节安排、语言提炼等方面的具体问题,进一步提高作品的质量。”

《编后记》还强调,“故事创作的辅导过程也是辅导者向群众学习的过程”。要求辅导者“尽可能在原有基础上帮助作者丰富和发展。进行文字加工整理的时候,要尽量保留群众的生动语言”①。在这样一种关系中,辅导者发动群众,依靠群众,帮助群众,但绝不是高高在上的,而是应贴近地面,尽量保留民间的鲜活生动。这是一种真正的深入民间的过程。也即是,“必须按照毛主席的教导,到工农兵群众中去,到火热的斗争中去,向工农兵群众学习,向工农兵群众的业余艺术家学习,老老实实地当他们的小学生,走革命化、劳动化的道路,真正与工农兵群众结合在一起”②。

在创编革命故事的活动中,《故事会》的编辑也从被动等稿上门,转变为主动深入群众的道路。刊物初创时,大家在思想观念上还没有更新,发现“工农故事员和业余作者扎根在生活之中,熟悉工农群众的思想、感情、愿望,熟悉群众的欣赏习惯和语言习惯,但是他们大都是青年,生活经历、思想文化水平、艺术构

① 《编后记》,《故事会》1964年7月第7辑。

② 罗扬:《学习解放军讲革命故事活动的先进经验》,《故事会》1965年7月第17辑。

思能力和语言表达能力都有一定限制，故事节目又常常随着中心宣传任务而变换，缺少锤炼的机会；特别是当他们把口头说讲的故事写成文字的时候，常常失去了口头语言的生动性，或者变成干巴巴的书面语言，或者完全照录方言口语，读起来疙里疙瘩，显得拖沓。因此，开始的时候达到出版水平的故事不多。如果按照一般编辑工作就稿论稿的常规，这些稿子大都只能一退了之；如果让它自然地在口头流传中经过千锤百炼，然后再搜集起来形成文字，那还得等上若干年”①。

编辑部通过“重新学习了《在延安文艺座谈会上的讲话》等著作，毛主席所指出的文艺普及工作的迫切任务，使我们下了决心：只要党和人民群众需要，我们便认真去办，尽力办好，从而决定冲破旧框框，改变等稿上门、收稿编稿的工作方法，走出大门，到工农兵群众中去，投身到故事活动中去，向群众学习”。“故事员们把故事活动比作占领思想文化阵地的战斗，但苦于‘弹药’（故事脚本）不足，‘希望出版社多供应一些！’”“工农故事员战斗在‘前沿阵地’上，我们得赶紧把‘弹药’送上去才行！”②

“在田头、农舍、车间、里弄、文化宫、馆、站，以至书场、茶馆，和工农群众坐在一起听故事，亲眼看到故事员们讲得有声有色、兴高采烈，农民、工人、妇女、老人、孩子一个个陶醉在故事的情节、意境之中，人们的思想、社会的风尚，便在这种喜闻乐见的艺术陶醉之中潜移默化。”③编辑们在目睹“大讲革命故事”的热烈场面之后，真正走上了与工农兵结合的道路。钱舜娟将《故事会》编辑深入群众的过程分为三个阶段：

① 钱舜娟：《〈故事会〉创刊的前前后后》，《编辑学刊》1987年第1期。

② 钱舜娟：《〈故事会〉创刊的前前后后》，《编辑学刊》1987年第1期。

③ 钱舜娟：《〈故事会〉创刊的前前后后》，《编辑学刊》1987年第1期。

第一阶段,走出大门,采录故事。那时,我们经常拎着、扛着三十多斤重的老式录音机,到文化宫、俱乐部、青年宫、工厂、里弄和郊县文化馆去参加故事活动。……这个阶段,主要是根据现代戏剧、电影、小说、报道等改编的故事。我们热情地帮助故事员领会原作的精神,确定主线,安排情节;和他们一起去熟悉、补充故事中特定的有关生活;组织他们增加口头提炼的机会;选出在群众中影响较大、讲得较好的故事,录了音。因为当时编辑人手实在太少,只能请速记誊印社将录音原原本本记录下来,然后亲自动手,担负起比较繁重的整理加工工作,把口头讲述的故事变成文字。为了使这些故事出版后能更好为故事活动服务,整理成文字后再拿到群众中去反复试讲,或者召开座谈会,听取群众意见,反复修改。这个阶段的故事以改编为主,大部分是阶级斗争、革命斗争的题材,作者以工人故事员居多,语言以上海方言为基础。

第二阶段,深入农村,辅导创作。一九六三年下半年开始,上海郊区和江苏、浙江的一些县,讲故事活动发展为群众故事创作活动。因为故事脚本少,总是跟不上故事活动发展的需要,农村故事员说:不能光吃“进口粮”(原文注:指城市或其他地区创作的故事,不一定符合当地群众的口味),要吃“自备粮”(原文注:指自己本地区创作的故事,往往更切合当地群众的要求)。他们便又自觉地投入了故事创作活动。一九六四年春天,上海几个郊县和上海市群众艺术馆都举办故事创作训练班和创作故事会串。《故事会》的编辑都积极地投入这些活动,还先后到松江、青浦、宝山、南汇、嘉善等县,和文化馆、站干部一起深入到公社、大队和生产队，采取编辑、基层文化干部和农民业余作者紧密协作的办法创作新故事。从此开始，《故事会》刊载的故事，逐步以创作故事为主，题材以反映农村现实生活为主，作者以农民故事员居多。为了适应故事活动和故事创作活动广泛开展的新局面，《故事会》从第七辑开始增辟《故事员园地》，刊载故事活动经验介绍和创作辅导文章。

第三阶段，扩大工作面，适应全国需要。为了使《故事会》迅速反映各条战线的新气象，适应全国各地农村、工矿、学校、里弄和部队故事活动广泛开展的新局面，从一九六四年下半年起，进一步扩大组稿面，注意抓重大题材的故事创作。我们当时主要根据党和国家的文件、指示和报刊所反映的动向，以及自己深入实际、深入群众所掌握的实际情况，引导业余作者创作出密切配合宣传任务又适合群众需要的故事。编了好几个故事专辑，如：青浦故事专辑、抚顺工业故事专辑、半工（农）半读故事专辑、大寨人的故事、焦裕禄的故事等等。那时，我们的组稿面扩大到东北、河北、山东、河南、江西、福建、广东等地和陆、海、空三军各部队，题材也比以前更加广泛，语言尽可能以普通话为基础，避免地区局限，适应全国需要。①

从改编故事到创作故事，从上海郊县到全国范围，《故事会》革命故事终于在编辑的悉心扶持下成长为独立的文学品种。在编辑辅导的过程中，往往要“花很大力气做创作辅导和加工整理工作，把这株刚出土的幼苗扶植起来。有时，往往从出题目、做文章、反复修改到文字定稿，整个创作过程，编辑都要参加，实际

① 钱舜娟：《〈故事会〉创刊的前前后后》，《编辑学刊》1987年第1期。

上等于‘半个作者’”[①]。这个过程中,编辑既是群众的小学生,又是群众的辅导员。作为学生,是学习现实生活中感人的先进事迹,学习群众生动自然的口语;作为辅导员,重点在于帮助业余作者跳出真人真事的局限,将鲜活的素材,构思成精巧的故事。“编辑便和基层文化干部一起帮助他们出主意,包括立主题、定人物、选素材、排路子、搭架子和进行艺术虚构。我们发现了故事‘苗子’,一般都不轻易否定,总是顺着作者的创作意图,引导他们挖掘生活中所熟悉的素材,有时要帮助他们组织少数人的创作座谈会,帮助作者一起凑题材,以弥补工农业余作者生活面较狭的不足,这种方式后来发展为一个县、一个文化宫、馆,以至跨县、跨馆、跨省、市的故事创作座谈会,大家集思广益,取长补短,相互启发,往往收到极好的效果。”[②]如发表在《故事会》第7辑“青浦县故事创作专辑”上的《种田状元》,是由莲盛公社一位农村知识青年陈文彩创作的,原作“受真人真事局限,比较散”,“经过县故事创作座谈会的讨论,大家帮助他出主意,想办法,跳出真人真事的局限,增加了符合农村实际又出人意料的细节”,“修改后故事情节更紧凑,人物形象更突出,语言也更丰富了”[③]。“有时要帮助作者把有些情节串在一起,有时要帮助作者把两个或三个相近的素材拼起来成为一个故事,使故事情节更丰富曲折;有时又要帮助作者剪去枝蔓,使故事更集中。”[④]

故事修改的过程必须与口头讲述结合在一起。“故事在口头创作过程中讲得比较成熟时,编辑就用录音机录下来,或者帮

① 钱舜娟:《〈故事会〉创刊的前前后后》,《编辑学刊》1987年第1期。
② 钱舜娟:《〈故事会〉创刊的前前后后》,《编辑学刊》1987年第1期。
③ 钱舜娟:《〈故事会〉创刊的前前后后》,《编辑学刊》1987年第1期。
④ 钱舜娟:《〈故事会〉创刊的前前后后》,《编辑学刊》1987年第1期。

助粗识字或不识字的农民作口述记录，然后整理加工，再回到口头试讲。编辑自己也常常去试讲，经常进行口头实践，在整理故事时，才能注意口语化的特点。”①反复试讲，进行口头的提炼加工。“一则故事起码要试讲三四遍，编辑都要认真地听，记下讲述中的进步和不足之处，每听一次，都尽可能帮助作者把作品提高一步。”②“陈文彩的《两个稻穗头》和蒋桂福的《一只鸡》写好后，都有其他故事员在县和市的故事会串大会上讲，编辑在听讲时，记下故事员口头讲的时候，在原故事基础上发展丰富的部分，帮助作者充实到故事中去。”③

加工辅导的过程，编辑要牢记“‘要大众化，不要化大众’的原则，努力按照劳动群众的欣赏习惯，用劳动群众生动的口头语言动笔改稿，使新故事达到‘听得进，记得牢，讲得出，用得上’的要求，保持劳动群众喜闻乐见的特点，力戒按知识分子的艺术趣味、欣赏习惯和文绉绉的书面语言去信笔删改”，还要“善于发现作者在构思和语言等方面的优点。开始的时候，业余作者往往并不知道自己有哪些创作长处，略加指点，他们就会发挥了。如吕燕华看见我把她讲的细节和语言都记下来，奇怪地说：‘你把这些都当宝贝啊！那多得很。’从此，她就尽量发挥她运用群众语言和比喻、夸张、衬托等手法的长处”④。既是小学生，又是辅导员的双重身份，使得编辑们能够注意保留群众自创故事口头语言的生动性、鲜活性，又根据故事创作的规律，源于生活，高于生活，集中提炼故事的矛盾冲突，搭好故事的“架子”，去枝蔓，提

---

① 钱舜娟：《〈故事会〉创刊的前前后后》，《编辑学刊》1987年第1期。

② 钱舜娟：《〈故事会〉创刊的前前后后》，《编辑学刊》1987年第1期。

③ 钱舜娟：《〈故事会〉创刊的前前后后》，《编辑学刊》1987年第1期。

④ 钱舜娟：《〈故事会〉创刊的前前后后》，《编辑学刊》1987年第1期。

炼思想。这个从口头到文字,再从文字到口头的反复修改过程,“就是不断进行口头实践和群众检验,不断提高故事的思想性和艺术性,逐步完成群众化、口语化的过程,也可以说是‘从群众中来,到群众中去’的过程”①。这样创作出来的革命故事,可以说是编辑与业余群众作者共同心血的结晶。而编辑也在这个过程中和农民作者同吃、同住、同劳动,思想感情上融合在一起,有的编辑与业余作者处成了亲密的朋友,“帮助作者打水、烧饭、照顾孩子;为他们有病的家属请医、买药、煎汤;有时甚至还帮助他们调解家庭纠纷”②。“大讲革命故事”中《故事会》的创办,进一步推动了干部、知识分子与群众的结合,使新编的革命故事真正源自群众的生活,而创编革命故事的过程,更是创造社会主义新人的过程,“这一场斗争是重新教育人的斗争,是重新组织革命的阶级队伍,向着正在对我们猖狂进攻的资本主义势力和封建势力作尖锐的针锋相对的斗争,把他们的反革命气焰压下去,把这些势力中间的绝大多数人改造成为新人的伟大运动”③。

《文艺报》1965 年第 10 期发表《与工农兵结合是编辑工作革命化的根本途径》一文,在“编者按”中对《故事会》结合群众的做法加以表扬:“上海文化出版社编辑出版的《故事会》丛刊,在面向农村、普及社会主义文学方面取得了很大成绩,为编辑工作提供了宝贵的经验。根本的一条是:编辑人员不断地与工农兵群众相结合,全心全意地使文学为社会主义服务,为工农兵服务,特别是为占我国人口百分之八十以上的农民群众服务,就使得

---

① 钱舜娟:《〈故事会〉创刊的前前后后》,《编辑学刊》1987 年第 1 期。

② 钱舜娟:《〈故事会〉创刊的前前后后》,《编辑学刊》1987 年第 1 期。

③ 《中共中央关于目前农村工作中若干问题的决定(草案)》,北京师范大学中共党史史系编:《中共党史教学参考资料》第 8 分册,人民出版社 1975 年版,第 3 页。

他们所编辑出版的书刊,受到了广大人民群众和革命故事员的热烈欢迎,同时也为编辑出版工作和编辑人员革命化开辟了一条广阔的道路"[①]。

革命故事取代了旧故事,成为群众口头流传的重要作品。"这种作品,在讲的时候,是口头文学,用文字记录以后,就成了很好的书面文学。它具有鲜明的风格特色;语言生动活泼,故事情节紧凑,有头有尾,主题思想明确;而且读起来爽口,听起来顺耳。这种革命故事,应该说是社会主义的一种崭新的'轻捷灵便的文学样式',因而它为广大人民所喜闻乐见。"[②]"编新的革命故事是双重的革命。既是对于资本主义、封建主义思想意识进行革命,又是对于旧故事、旧趣味进行革命。"[③]在"大讲革命故事"的过程中,有些地方有些群众中"一些宣扬封建迷信的坏故事、旧评书还在暗地流传",随着新故事逐渐占领群众的舞台,大家表示"听革命故事,就是上革命教育课"[④]。上海青浦县城厢镇"有一时期,书场里讲《杨乃武与小白菜》和《三国》等传统旧书,故事员们就在开书前插上一档革命故事。他们讲了《好当家》、《丁长华》、《一把镰刀》等故事,使评弹艺人深有感触,觉得新故事确比旧书有意义得多,表示要向业余故事员学习,保证下次进书场也要带了新书来"[⑤]。顾名俊也介绍了上海闸北区故事员用

---

① 《〈与工农兵结合是编辑工作革命化的根本途径〉编者按》,《文艺报》1965年第10期。

② 沈新炎:《革命故事意义深远》,《故事会》1964年11月第10辑。

③ 金向红(姚文元化名):《创作更多优秀的革命故事》,《故事会》1964年9月第9辑。

④ 南京市文联、南京市群众艺术馆:《我们是怎样辅导群众业余故事创作的》,《故事会》1965年10月第19辑。

⑤ 《简讯:青浦县城厢镇的故事活动》,《故事会》1964年7月第7辑。

新故事与宣传因果报应的旧戏曲唱对台戏的有趣过程:“随着故事情节的进展,从《慈云太子》那边引来更多的听众。……‘再来一个。’‘再讲一个。’在二百五十多位居民的热烈掌声中,另一个故事员也讲了一个对敌斗争故事《智擒邓九婆》。这时,原在对面角子上演唱越剧《慈云太子》的那些人,早就没趣地、悄悄地溜走了”①。《故事会》发表的新的革命故事广泛触及了时代的新生活:“《将军当农民》、《老队长迎亲》等为树立新的社会风气、破除铺张浪费等旧的婚姻习俗起了良好的作用;一类是破除迷信的故事,《‘小铁口’改行》、《说嘴媒人》等,使人们认识到算命、迷信等是骗人的勾当,讲得‘算命先生’挑上担子改了行。‘说嘴媒人’也面红耳赤溜走了。还有一类解放军、民兵故事,《李科长巧难炊事班》、《三比零》、《兄弟民兵》等,对加强人们的国防观念起了积极作用。”“许多人听了《故事会》上刊载的故事,说:‘故事讲的都是我们工农兵自己切身的事。’‘句句话说到我们心里。’”“旧故事总是讲私订终身后花园,落难公子中状元,同农民生活勿搭界,对农民没用处,所以我既不喜欢听,也不喜欢讲。”“有些黄色旧故事,青年人听了思想要中毒。如今讲的新故事,都是我们自己的事,有根有据,有头有尾,听了能鼓我们的劲,能照着做,所以男女老少全爱听。”②

新的革命故事的确成为社会主义教育运动中的有力武器。由于“革命故事”是专业干部、业余作者与工人群众共同生产的,“革命故事”的修改、提高要在群众中经历反复口头讲述考验,因而新故事的“革命”主题,深深地扎根于群众的现实生活。“《故

---

① 顾名俊:《乘凉阵地上的一场“对台戏”》,《故事会》1964年8月第8辑。
② 钱舜娟:《〈故事会〉创刊的前前后后》,《编辑学刊》1987年第1期。

事会》出版后,社会效果是显著的,特别受到广大农民的欢迎。中国的辽阔农村,是新故事纵横驰骋的广阔天地;中国的五亿农民(如今已是八亿!),更有讲故事、听故事的深厚传统。讲故事,一不讲排场,二不要舞台,三不要化妆,四不要布景道具,五不要卖票收钱,故事员把故事送上门、带下田,宅旁、田间、农舍、会场、学校、街头,见缝插针到处讲。故事员们正愁缺少新鲜的故事脚本。所以一九六三年七月《故事会》第一辑出版,故事员们便称它是'雪中送炭'、'及时雨'、'弹药箱'、'武器库'。《故事会》第二、第三辑于一九六三年十二月、一九六四年一月出版,自一九六四年四月开始,基本上每月出一辑,两年多共出二十四辑,发行六百十二万册;一九六四年四月开始又增编一套六十四开本的《故事会小丛书》,便于故事员携带,两年共出六十七种,五百三十万册,一九六五年八月至十二月,为适应一般读者的阅读需要,又编了一套'一九六四年《故事会》分类合编本',有《新人新事故事集》、《革命历史斗争故事集》、《阶级斗争和科学实验故事集》、《解放军和民兵故事集》等,计六种,印一百零四万五千册。三套书共印一千二百四十六万余册,发行面遍及全国。"[①]《故事会》创刊号的印数就达到六万册左右[②]。

如果说前期《故事会》能够深入群众,将革命的要求与民众的要求做有效的平衡的话,那么从 1965 年下半年到 1966 年,《故事会》的革命故事,"革命"的意味越来越浓,"民间"的色彩越来越不那么纯粹了。在此之前,《故事会》已经开始经常刊载主题性的专辑,如学大寨、学工学农、增产节约运动、朝鲜战争、越

① 钱舜娟:《〈故事会〉创刊的前前后后》,《编辑学刊》1987 年第 1 期。

② 贾娅莉:《〈故事会〉杂志(1963—2005)研究》,首都师范大学 2008 年硕士学位论文。

南战争等,以配合当前运动与宣传形势。山东淄博市罗村公社要求故事员“始终紧紧地围绕着各个时期的中心任务;党的中心任务是什么,就说什么,编什么,研究什么”[①]。这些应时而生的故事,有的如《万吨水压机的故事》《小兽医》等还毕竟源自工农群众的真实日常生活,但如《血迹斑斑的罪证》《大寨人的故事》等,就与当时历史事件的复杂评价纠结在了一起。它们被当时的人们信服,而今天揭开的更为复杂的历史真相则为这些故事带来了更驳杂的色彩。从故事性来讲,越演越烈的“左”倾之风,使革命故事更重思想传达,而忽略了故事艺术。特别是 1966 年 1 月第 21 辑《故事会》刊出的“王杰故事专辑”,都没有来得及从现实生活出发,进行集中与提炼。整个专辑分成“王杰的故事”和“学习王杰的故事”,其中“王杰的故事”被分成了 8 组 71 则小故事,“学习王杰的故事”也有 8 个小故事。完全是支离破碎的状态,距离加工成熟的故事还很远,但为着形势的需要,就这么推出了。1966 年 4 月第 23 辑《故事会》中的“哲学故事会”收录哲学小故事 14 则,不但生硬地为宣传所谓的哲学思想编造故事,很多故事与哲学思想之间并无有机联系,同时,也对想要宣传的哲学思想进行了简单粗暴、僵化脱节的图解。“文革”前的最后一期《故事会》,1966 年 5 月第 24 辑的“焦裕禄故事专辑”中,闻华编写的中篇分回故事《焦裕禄》,写得较为丰富生动,比之碎片化的“王杰的故事”,焦裕禄故事做了文学上的提炼与加工,没有违背故事的创编规律。可见,为宣传而生的革命故事还必须探索一条与民间话语有机结合的道路,必须遵循故事创作

① 中共山东省淄博市罗村公社委员会:《开展大讲革命故事的初步经验》,《故事会》1965 年 3 月第 13 辑。

的客观规律,才能取得成功。

焦裕禄故事,继承了《故事会》特有的中篇故事体式,成为“文革”前中篇故事的最后遗响。这种中篇故事体式,在《故事会》改编《红岩》时出现。因为原小说篇幅长,人物多,《故事会》就按人物立传,首先尝试改编了《许云峰》,第8辑刊出第一回《沙坪书店》,第13辑第二回《茶园被捕》,第15辑第三回《秘密审讯》。其后,《许云峰》不再在《故事会》上连载,而改由上海文化出版社1965年创办的《新说书》刊载。从《新说书》的目录上看,形式上包括了大鼓、弹词、评书、说唱等,内容上有反过来改编《故事会》优秀“新故事”的如《种子迷》(短篇弹词)、《老队长迎亲》(沪书)等,还包括了原来在《故事会》上连载的中篇革命故事《许云峰》。某种程度上,《新说书》再次体现了新故事与传统民间文艺之间的互相转化关系,共同构成了民间文艺场域。由《许云峰》开创的中篇故事连载的样式,在“文革”结束后复刊的《故事会》上还将大量涌现,大放光彩。应该说,《故事会》创办的《新说书》等,是原刊物的一个补充,在“左”倾风越来越严重的情况下,它将“革命”无法容纳的“民间”元素转移到新的阵地。而也正是这一转移,使《故事会》的“革命故事”逐渐演变成过于抽象僵化的“革命”,失去了生命力。

从1963年7月创刊至1966年5月,“文革”前的《故事会》3年一共出版了24辑,共刊出各类故事200多个。隋倩认为:“民间文学自五四运动以来在整个文学发展以及文化构建中的作用及其在社会文化语境中的浮沉与变迁,同时亦可以见出民间的因素在官方意识形态建构中的作用,以及它和官方意识形态间存在的种种勾连。”其中,“革命”与“民间”之间,“互相迎合又互相抵制的过程”[1]决定了“大讲革命故事”运动中诞生的《故事会》的命运。《故事会》不断经历调整与变化,直至“文革”开始,本来在寻求“革命”话语与“民间”话语间调适的平衡点,现在已经完全为“革命”压倒。这一点从第 19 辑开始,就越来越明显。但是,如果将这段“文革”前的《故事会》前史,与“文革”中出版的 39 期《革命故事会》、1979 年 1 月复刊后的《故事会》联系起来观照的话,可以看出,尽管断裂和差异是明显的,其中仍然隐含着诸多关联与共同性,可能具有更为丰富的言说价值。

① 隋倩:《革命的民间化和民间的革命化——关于 1963 年 7 月至 1966 年 3 月〈故事会〉的思考》,《上海文学》2001 年第 4 期。

第六章 “革命”与“日常”的消长：《革命故事会》

尽管在后来的期刊史追溯中，往往将《革命故事会》时期剔除在“新故事”的民间传统之外，并将《故事会》在新时期之初的“井喷”视作它敢于截断“革命”传统，“还故事于民”结出的硕果①。但是，通过对《革命故事会》的仔细审读，可以发现，在激进的“革命”叙事之下，仍然生长着日常性与生活性。并且，这一时期的革命故事，通过对样板戏“三突出”手法的学习与运用，将革命话语与日常话语进行了有效的嫁接。随着革命故事活动的日渐深入，形成了创讲故事的成熟的故事员队伍。与前一时期相比，革命故事的创作日益成熟，篇幅变得短小精悍，在矛盾冲突的提炼、人物形象的塑造、语言、结构等方面都有了较大的进步。小故事、笑话、中篇故事等“新故事”独有的样式开始形成。因而可以认为《革命故事会》时期正是《故事会》“新故事”发展中重要的过渡时期。

---

① 沈国凡：《解读〈故事会〉——一本期刊的神话》，上海社会科学院出版社 2003 年版，第 11—54 页。

第一节　激进的“革命”叙事

1966年5月,出版了24辑的《故事会》停刊[①]。1967年8月至10月间,编辑发行《故事会》的上海文化出版社出版了三辑《革命故事会》。第1辑转载了《文汇报》1965年5月23日为纪念《在延安文艺座谈会上的讲话》二十五周年而发表的社论《大讲革命故事会好得很》,以此为序,序中指出:“目前农村中两个阶级、两条道路、两条路线的斗争十分尖锐……我们必须大力去占领农村的一切思想阵地。任何一个思想阵地,无产阶级不去占领,资产阶级便去占领。无产阶级去占领了,资产阶级还会和我们争夺。我们要刮它一股十一级、十二级的台风,来摧垮他们。出动大批革命故事员,大讲革命故事,占领集镇、茶馆、田头等阵地,将是对党内最大的一小撮走资本主义道路的当权派及地、富、反、坏分子的有力打击。”从《故事会》到《革命故事会》的刊名变化,也显示着“革命”话语的激进化。在这一辑《革命故事会》上,编辑部表示:“《革命故事会》丛刊今后将不定期地陆续出版,专门刊载革命故事。希望广大革命故事员、革命文化工作者和无产阶级革命派战士踊跃来稿,给予大力支持。特别欢迎宣传毛泽东思想、密切配合当前文化大革命运动和革命大批判运动的小故事。”[②]《革命故事会》第2辑为“中国人民解放军海军业余创作故事专辑”,第3辑是“上海市金山县枫围公社红星大队革命大批判故事专辑”。第3辑还发表了上海市金山县枫围公

---

① 1963年7月,《故事会》创刊,由上海文艺出版社编辑出版,从1964年4月起,改由上海文化出版社编辑出版,直到1966年5月停刊。

② “编后记”,《革命故事会》1967年8月第1辑。

社红星大队的《大讲革命故事，推动革命的大批判》，表示要“进一步紧跟毛主席的伟大战略部署，响应林彪同志的号召：‘高举毛泽思想伟大红旗，在无产阶级文化大革命中立新功’，在最短时期内，继续编写一批革命故事，在革命大批判的新高潮中，迎接文化大革命的新高涨，继续发挥革命故事的战斗作用”[①]。

然而，本拟连续出版的《革命故事》在出了3辑之后却偃旗息鼓。个中原因主要是由于“文革”导致出版业陷入了全面的混乱。当时文化部出版事业管理局所属单位除了毛泽东著作、毛泽东像的出版、印刷、发行工作外，其他出版业务基本停顿[②]。以《故事会》的所在地上海为例，“文革”前上海有出版社10家，职工21540人，其中编辑783人。“文革”中，全部并入上海人民出版社，到1970年10月，上海出版业仅余172人继续工作，其中编辑107人[③]。也是从1970年开始，周恩来开始过问出版工作，情况才逐步好转。1972年，《在延安文艺座谈会上的讲话》发表30周年，文艺界也开始逐步解禁。到1973年夏，各省市文联、作协的机关刊物都已经复刊。在此大环境下，1974年3月，《故事会》以《革命故事会》的刊名正式复刊，恢复了定期出版，到1978年12月一共出版了39期。

《故事会》停刊到《革命故事会》复刊之前，整个革命故事活动并未停止。《人民日报》1970年12月19日发表《大讲故事，巩固农村文化阵地》和《开展讲革命故事的活动》，《红旗》杂志1973

---

① 上海市金山县枫围公社红星大队：《大讲革命故事，推动革命的大批判》，《革命故事会》1967年10月第3辑。

② 刘杲、石峰编：《新中国出版五十年纪事》，新华出版社1999年版，第101页。

③ 宋应离、袁喜生、刘小敏：《中国当代出版史料》第2卷，大象出版社1999年版，第69页。

年第12期发表《开展群众性的革命故事活动》,认为大讲革命故事是群众进行阶级斗争的重要武器,讲故事“应该牢牢掌握在无产阶级和贫下中农手里”,“革命故事创作要及时而鲜明地反映三大革命运动,密切配合党的中心工作和政治任务,发挥闻风而动的战斗精神,它的题材主要应当是来自当地群众的斗争生活”①。《故事会》虽然停刊,各地的革命故事活动依然活跃。停刊期间全国各地还编选了不少革命故事集,如黑龙江人民出版社的《烈火炼红心:革命故事选》(1971);上海人民出版社的《上海革命故事选》第一辑(1972);天门县革编委会政治工作组、革委会农业办公社合编,湖北人民出版社的《罗河山治虫记》(1972);武汉铁路分局写作小组编写,湖北人民出版社的《列车飞驰》(1972);天津市和平区业余文学创作组编,天津人民出版社的《柜台前的斗争》(1972);吴文昶等编著,浙江人民出版社的《不平静的山村:革命故事》(1972);上海警备区业余创作组编,上海人民出版社的《新的战斗:纪念“南京路上好八连”命名十周年》(1973);湖南人民出版社的《渔乡的故事》(1973);束鹿县海河工地创作组集体创作,天津人民出版社的《旗开得胜》(1973)以及淮南市革委会政治部编,安徽人民出版社的《天轮飞转:革命故事集》(1973)等。湖北宜都县向阳公社长丰大队自“1970年以来,有组织、有领导地开展这一工作,利用田边、屋场、会前、饭后、冬天烤火、夏天乘凉等机会,大讲革命故事。除讲了许多革命样板戏故事和外地创作的故事外,还自己创作改编了故事二十多篇”,“现有业余故事员四十多人,开展革命故事活动,使人

① 上海市金山县文化馆:《开展群众性的革命故事活动》,《革命故事会》1974年第1期。

们受到深刻的教育，有力地促进了革命和生产的发展”①。上海市金山县的革命故事活动一直没有间断，“目前已逐步形成了一支以贫下中农为主体的革命故事员队伍。一百六十个生产队都有一至二名故事员，公社还建立了业余中心创作组。一九七三年，除了大队、生产队就地培训故事员、创作人员外，公社还举办了五次故事员学习班，六次创作学习班，五场故事会，对宣传马列主义、毛泽东思想，占领农村思想文化阵地，巩固无产阶级专政，发挥了积极的战斗作用”②。

因而，当出版恢复后，《故事会》更名为《革命故事会》继续发行，对全国各地未曾停歇的革命故事活动加以跟踪报道，并配合了其后的斗争形势，显现出鲜明的政治色彩。1974 年第 1 期《革命故事会》的《致读者》中提到，“为适应工厂、农村、部队、学校、街道正在蓬勃开展革命故事活动的需要，进一步繁荣和推动革命故事创作”，决定继续“不定期地出版《革命故事会》（丛刊）”，并明确宣布，“《革命故事会》坚决贯彻执行毛主席的革命文艺路线，坚持为工农兵、为社会主义、为无产阶级政治服务的方向，贯彻党的‘十大’精神，配合形势宣传，发表反映伟大时代风貌，歌颂毛主席革命路线，歌颂工农兵英雄人物和青少年的斗争生活的革命故事；开展革命故事的经验交流；以及创作、讲演、评论革命故事的文章。欢迎广大工农兵作者和故事员给以大力支持，踊跃来稿”③。与其他出版物一样，“文革”时期的《革命故事会》，故事中涉及党中央的重要决议和毛主席语录的部分都会特别采

① 刘守华：《谈革命故事的写作》，湖北人民出版社 1974 年版，第 4 页。

② 金山县山阳公社：《开展革命故事活动的几点体会》，《革命故事会》1974 年第 1 期。

③ 《致读者》，《革命故事会》1974 年第 1 期。

用黑体字,有些故事前面还会登上黑体加粗的毛主席语录,整个刊物的激进程度是明显的。

《革命故事会》恢复出版的 1974 年,正值“批林批孔”运动兴起。1973 年 7 月,毛泽东在对王洪文、张春桥的谈话中指出,林彪同国民党一样,都是“尊孔反法”的。毛泽东在谈话中把“批林”和“批孔”联系在一起,目的是防止倒退,防止否定“文化大革命”。1974 年 1 月 18 日,经毛泽东批准,由党中央转发江青主持选编的《林彪与孔孟之道》,“批林批孔”运动在全国范围内开展起来。1974 年 2 月 1 日《红旗》发表短评《广泛深入开展批林批孔的斗争》,文中指出,“为什么要把批林和批孔结合起来”,“因为林彪同历史上的反动派和历次机会主义路线的头子一样,是地地道道的孔老二的信徒”,“要深入批林,就必须批孔,批孔正是为了深入批林。只有通过对孔孟之道的批判,才能进一步认清林彪反党集团搞复辟搞倒退的反革命罪行及其修正主义路线的极右实质,才能挖出林彪反动思想的老根,清除林彪和孔子的反动思想影响,也才能进一步认识无产阶级文化大革命的必要性,以巩固和发展无产阶级文化大革命的伟大成果”①。紧接着,2 日,《人民日报》发表社论《把批林批孔的斗争进行到底》继续强调:“批林批孔是我国当前的一场严重的阶级斗争,是意识形态领域里的一场彻底革命,是对封、资、修的宣战,是对帝、修、反的沉重打击,是全党、全军、全国人民的头等大事”②。

“批林批孔”运动从 1974 年年初至同年 6 月,历时半年左右。运动中,上海南市区各街道大讲“批林批孔”故事,活动“在

---

① 《红旗》杂志短评:《广泛深入开展批林批孔的斗争》,《红旗》1974 年第 2 期。

② 《人民日报》社论:《把批林批孔的斗争进行到底》,《人民日报》1974 年 2 月 2 日。

党委统一领导下组织了传授，并在街道召开的批判大会上以及里弄生产组进行宣讲”。“在伟大领袖毛主席亲自发动和领导下，一场群众性的深入批林批孔的政治斗争，正以雷霆万钧之势在各个方面展开，出现了一派热气腾腾的战斗景象。”[①]金山县在批林批孔活动中认为“党委忽视对革命故事的领导，实质就是放弃抓意识形态领域里的阶级斗争”，因而要“把抓革命故事列入党委工作的议事日程，从书记到委员，不论是分管抓生产还是抓武装的，人人关心革命故事。大家除了抓好革命故事队伍的思想和政治路线教育之外，还帮助他们解决一些实际困难……发现矛盾、及时解决矛盾，使群众性的革命故事活动不断地迅速发展”[②]。

配合“批林批孔”运动，《革命故事会》1974 年 9 月第 3 期发表了一批“《问孔》小故事”。值得注意的是，这一期的三篇“《问孔》小故事”都是由沪东造船厂动力车间机修工段青年评论组编写的，同期还发表了署名为沪东造船厂动力车间机修工段青年评论组的《编讲〈问孔〉小故事　深入批林批孔》，来介绍沪东造船厂以讲故事为武器，发动青年工人“批林批孔”运动的工作经验。由于青年工人的文化水平有限，文中介绍，他们拿一本字典作为“老师”，到图书馆查阅资料，集体边读边议，评论组的四个女青年花了四个晚上的时间，终于把原六七千字的王充《问孔》翻译成一万多字的白话。这种有着明显政治目的的解读当然有图解的成分，如将“已王致太平，太平则凤鸟至，河出图矣”翻译

① 上海市南市区文化馆：《努力编讲革命故事投入批林批孔斗争》，《革命故事会》1974 年第 1 期。

② 金山县山阳公社：《开展革命故事活动的几点体会》，《革命故事会》1974 年第 1 期，第 74 页。

成“孔老二自以为做了王,就能使天下太平了”,“这样的解释就充分暴露了孔老二成王复礼的狼子野心”。沪东造船厂这种缺乏专业性,甚至反历史主义的做法,却以通俗化、现代化的手段在普通工人中扩大了运动的政治影响力与传播面。对于编写《问孔》小故事之前的“批林批孔”宣传文章,老师傅表示:“文章太长,我们没有那么多的时间看,而且不够通俗,看了以后,印象不深。”而“分工负责、集体讨论的方法”,将“十六问”编成 16 个小故事,“加上评注,每篇千把字,并把这些故事配上插图在黑板报上连续登载。我们通过讲评小故事,痛斥孔老二虚伪的仁义道德,揭露孔老二开历史倒车的反动政治立场和他的丑恶面目”。作为政治运动的“批林批孔”故事活动,“参加编写、讲评小故事的成员一定要坚持从群众中来、到群众中去的群众路线,才能从斗争实践中不断增长才干,锻炼成长”。“每次编写、宣讲、评注之前,我们都请老工人一起参加座谈,请他们当参谋,出主意,一起修改、补充。我们还向老师傅调查旧社会血泪斑斑的家史,从群众中吸取政治营养。”①通过群众性政治运动,把批孔与批林联系起来,把解释历史与影射当代联系起来。《孔老二求官》《从“凤凰”到“天马”》《孔老二搬家》3 篇《问孔》小故事,结尾都要以批判林彪收尾,实现其与当代政治的联结。南市区文化馆总结道:“把孔老二的反动言行形象地同林彪的反动谬论和反革命罪行对照,短小精悍,夹叙夹议,起到了及时为批林批孔斗争服务的战斗作用”②。

---

① 沪东造船厂动力车间机修工段青年评论组:《编讲〈问孔〉小故事 深入批林批孔》,《革命故事会》1974 年第 3 期。

② 上海市南市区文化馆:《努力编讲革命故事投入批林批孔运动》,《革命故事会》1974 年第 1 期。

同一期《革命故事会》中开辟的"故事新编"专栏也直接服务于"批林批孔"运动。用带有强烈"古为今用"色彩的历史小故事,以古人古事影射当时的政治人物。"故事新编"的栏目名称,取自鲁迅的同名历史小说集。鲁迅在当时被塑造成"文化大革命"的旗帜。林贤治认为:"从50年代中期开始,毛泽东特别强调阶级斗争;尤其在60年代以后,阶级斗争理论有着恶性的发展,直到文化大革命的降临。这时,鲁迅的注重战斗的思想,恰好被纳入流行的理论之中;而鲁迅本人,也被姚文元打扮成了一个动辄'打杀'别人的棍子。"[①]署名石一歌的文章表示:"'鲁迅是中国文化革命的主将'。他在我国新民主主义革命时期,始终遵奉'革命的前驱者的命令',紧跟历史的步伐,发扬韧性的战斗精神,坚持批孔,坚持反尊孔的斗争。他紧密地围绕当时的政治斗争,深刻地揭露了孔孟之道的反动阶级本质,及时地粉碎了中外反动派的尊孔复古的反革命阴谋,同阶级敌人进行了英勇的战斗,为中国反帝反封建的革命斗争立下了丰功伟绩,为我们树立了伟大的榜样。重温鲁迅反尊孔斗争的历史,学习他批判'孔家店'的彻底革命精神和宝贵经验,对今天广泛深入地开展批林批孔的斗争,有着十分重要的现实意义。"[②]鲁迅也被纳入批林批孔的话语体系中。第一期"故事新编"发表的3篇小故事《批孔英雄柳下跖》《秦始皇"焚书坑儒"》《曹操杀孔融》,无一例外,在结尾都要点出政治含义。《曹操杀孔融》为曹操翻案,也是打着鲁迅的旗号,行批林批孔之实。故事的结尾写道:"曹操,这个封建

---

① 林贤治:《鲁迅如何被利用》,陈漱渝主编,《谁挑战鲁迅——新时期关于鲁迅的论争》,四川文艺出版社2002年版,第320页。

② 石一歌:《鲁迅批判"孔家店"的光辉战斗历程》,《风涛集》,上海人民出版社1974年版,第165页。

地主阶级的代表,镇压了搞分裂、搞倒退的儒家代表孔融,在当时是具有进步意义的。但曹操毕竟是地主阶级的代表,他镇压过农民起义。在当时,由于曹操坚持了法家的用人路线,打击了儒家的世袭制,在组织路线方面保证了中央集权统治的巩固,为统一中国打下了基础。所以鲁迅先生曾说过:‘曹操是一个很有本事的人,至少是一个英雄’。”①这些新编故事为柳下跖、秦始皇、曹操等翻案,把这些长期有着历史污名的人物划入法家,与要求复辟倒退的儒家相比,是积极进步的。“谈论复辟是运动的一个主题。那时一直强调在推动历史车轮向前和使历史车轮后退的人之间存在长期斗争。另一主题则是儒家与为秦始皇服务的法家的对比。”②

《革命故事会》第 4 期、第 5 期、第 7 期的“故事新编”栏目先后发表了《风雷激荡大泽乡》《怒捣大成殿》《桑弘羊舌战群儒》《商鞅的故事》《西门豹破“河神”》《武则天平叛》等故事,讴歌农民起义的英雄,并对历史人物以儒法两家路线进行区分,达到批林批孔的政治目的。几乎每篇故事的结尾都要点题,回到批儒扬法的立场来。第 7 期还发表了评论《秦始皇的法家路线岂容污蔑——批判旧故事〈孟姜女〉》。这些故事创作者有文化馆干部、中小学教师等基层知识分子,更多地仍是工农群众,如上海工程机械厂工人理论学习小组、机电一局革命故事员学习班、上海市仪表电讯工业局故事组,有的则是群众与文化馆同志的合作,如卢湾区嵩山街道理论小组与南市区文化馆革命故事组共

① 郑选佐:《曹操杀孔融》,《革命故事会》1974 年第 3 期。

② [美]罗德里克·麦克法夸尔:《毛泽东的继承问题和毛主义的终结》,[美]罗德里克·麦克法夸尔、[美]费正清主编,金光耀等译,《剑桥中华人民共和国史(1966—1982)上》,上海人民出版社 1992 年版,第 392 页。

同编写的《武则天平叛》。《革命故事会》第6期的《主力军》讲述了"批林批孔"运动中发生的现实故事。故事中的厂党总支副书记布置批林批孔交流会时,只想到了厂里的几个"秀才",对伙房炊事员沈秀芬的主动请战不以为然,勉强答应秀芬参加交流会后,又千万个不放心,安排人手为其代写发言稿,不料秀芬抛开了教师代写的稿子,从自己的家史、工厂史回忆入手,发言引起极大的反响。借故事中人物之口,《主力军》提出应当"紧紧依靠全厂的工人同志,把'批林批孔'运动普及、深入、持久地开展下去"①。这则故事再生动不过地显示了,"批林批孔"运动中对历史人物、事件的评价与历史无关,而与当前的革命形势有关,专家学者不是批林批孔的主力军,只有工农群众才是真正的主力军。

1975年8月13日,毛泽东在与北京大学教师卢荻谈话时对《水浒》发表了自己的看法:"《水浒》这部书,好就好在投降,做反面教材,使人民都知道投降派。《水浒》只反贪官,不反皇帝。摒晁盖于一百零八人之外。宋江投降,搞修正主义,把晁的聚义厅改为忠义堂,让人招安了。宋江同高俅的斗争,是地主阶级内部这一派反对那一派的斗争。宋江投降了,就去打方腊。这支农民起义队伍的领袖不好,投降。李逵、吴用、阮小五、阮小七是好的,不愿意投降。鲁迅评《水浒》评得好,他说:'一部《水浒》,说得很明白:因为不反对天子,所以大军一到,便受招安,替国家打别的强盗——不替天行道的强盗去了。'终于是奴才,金圣叹把《水浒》砍掉了二十多回。砍掉了,不真实。鲁迅非常不满意金

① 华东电管局革命故事创作学习班李苗善:《主力军》,《革命故事会》1975年第6期。

圣叹,专写了一篇评论金圣叹的文章《谈金圣叹》。《水浒》一百回本、一百二十回本和七十一回本,三种都要出。把鲁迅那段评语印在前面。”8 月 28 日,《红旗》发表短评《重视〈水浒〉的评论》,9 月 4 日,毛泽东评《水浒》的言论公开发表。《人民日报》在同一天发表《开展对〈水浒〉的评论》,社论指出:“学习和领会毛主席的指示,开展对《水浒》的评论和讨论,不但对于古典文学研究,而且对于文学、哲学、历史、教育各个领域,对于我们党和我国人民,在现在和将来,在本世纪和下世纪坚持马克思主义,反对修正主义,把毛主席的革命路线坚持下去,都有重大、深刻的意义。”①

《革命故事会》在 1975 年第 10 期和第 11 期连续发表《上山篡权的伎俩》《乞求招安的丑剧》《镇压农民起义的刽子手》《死心塌地的奴才》《投降派的眼泪》《奴才的梦呓》六篇评《水浒》的故事,再次配合了“当前政治思想战线上的一次重大斗争”②。第 10 期“评论《水浒》故事”的篇首是用黑体大字印了一整页的毛主席语录,将整理后的毛泽东关于《水浒》的谈话登载了大部分。接着又用一整页印了毛泽东引用过的鲁迅在《三闲集・流氓的变迁》一文中对《水浒》的评论。但完全出于配合形势宣传需要评《水浒》的故事显然缺乏生命活力,故事的成分弱,从头到尾都充满了阶级色彩的批评基调,标语口号式的评论,有的甚至以加粗黑体字直接引用毛主席语录。两期故事都是由上海市南市区文化馆革命故事创作组选评,故事的政治性过于突出,导致只能勉强在讲述形式上做一些革新,如《死心塌地的奴才》使用对口

① 朱育和、张勇、高敦复主编:《当代中国意识形态情态录》,清华大学出版社 1997 年版,第 457—459 页。

② 《人民日报》社论:《开展对〈水浒〉的评论》,《人民日报》1975 年 9 月 4 日。

故事。第11期《革命故事会》发表了两篇更为激进的水浒故事后,这一专栏就随"批林批孔"运动的消歇而停止了。

这一时期的革命性还体现在改编革命样板戏故事上。"革命样板戏是无产阶级文艺革命的胜利成果,也是无产阶级文化大革命的新生事物。随着批林批孔运动的深入开展,进一步普及革命样板戏,大力提倡各种文艺形式移植革命样板戏,这是充分发挥革命样板戏对于巩固和发展社会主义经济基础,巩固和加强无产阶级专政巨大作用的一项重要措施。"①

与之前的《故事会》相同,《革命故事会》也有许多故事从已定型的样板戏、电影,以及当时公开发表的革命题材的其他作品改编而来。如根据1973年9月北京京剧团演出本改编的《杜鹃山》,根据革命现代京剧《奇袭白虎团》第六、七、九场改编的《奇袭白虎团》,根据张永枚同名诗报告改编的《西沙之战》,电影《闪闪的红星》也被改编为两则小故事。被改编成革命故事的还有电影《渡江侦察记》《决裂》等。除《革命故事会》刊登的样板戏故事之外,还有《革命样板戏故事选段》出版。"自从大力普及革命样板戏以来,上海地区的广大革命故事员以革命故事为战斗武器,积极、认真地移植改编革命样板戏,投入了宣传、普及、捍卫革命样板戏的斗争。几年来移植改编革命样板戏的有《智取威虎山》、《红灯记》、《沙家浜》、《红色娘子军》、《白毛女》、《奇袭白虎团》、《海港》、《龙江颂》、《平原作战》和《杜鹃山》等。"②由此可见,当时在口头讲述的革命样板戏故事数量上远远大于《革命故

① 赵翔:《大讲革命样板戏故事　大力普及革命样板戏》,《革命故事会》1974年第2期。

② 赵翔:《大讲革命样板戏故事　大力普及革命样板戏》,《革命故事会》1974年第2期。

事会》上刊载的,样板戏故事的讲述与流传较为活跃。自1966年12月26日,《人民日报》社论《贯彻毛主席文艺路线的光辉样板》,首次将现代京剧《沙家浜》《红灯记》《智取威虎山》《海港》《奇袭白虎团》和现代芭蕾舞剧《红色娘子军》《白毛女》以及交响音乐《沙家浜》并称为八个“革命艺术样板”“革命现代样板作品”以来,经集体打造、多方打磨过的样板戏,从情节、人物上都是站得住脚的。《红旗》1967年第6期发表社论《欢呼京剧革命的伟大胜利》,宣称:“《智取威虎山》、《海港》、《红灯记》、《沙家浜》、《奇袭白虎团》等京剧样板戏的出现,就是最可宝贵的收获。它们不仅是京剧的优秀样板,而且是无产阶级文艺的优秀样板,也是无产阶级文化大革命各个阵地上的斗、批、改的优秀样板。”①其后,京剧《龙江颂》《红色娘子军》《磐石湾》《红云岗》《平原作战》和《杜鹃山》,也陆续进入样板戏的行列。②

从样板戏改编而来的革命故事,将样板戏中的故事性较好的部分挖掘提炼出来,因而比“批林批孔”故事、评论《水浒》故事更有生命力。“移植改编革命样板戏,可以直接学习革命样板戏塑造无产阶级英雄典型的经验和其他重要经验,逐步理解和掌握‘三突出’、‘三对头’的创作原则。同时,实践证明,革命故事移植改编革命样板戏,就要以革命样板戏的创作原则为指导,运用革命故事所有的艺术手段,满腔热情,千方百计地塑造好无产阶级英雄形象,要在忠实于原作的前提下,根据革命故事的艺术

① 《欢呼京剧革命的伟大胜利》,《红旗》1967年第6期。

② 余岱宗:《样板戏》,见南帆主编,《二十世纪中国文学批评99个词》,浙江文艺出版社2003年版,第329页。

特长和语言方面的特点进行移植创作。”[①]对样板戏以及“文革”后期一些革命电影的改编，也符合前一时期，革命故事与戏曲、电影、小说、各类先进报道等多种艺术形态之间的互生关系。需要特别指出的是，“文革”期间，民间文艺的生态本身就发生很大的变化，激进的革命，已经成为那一时期民间文艺生态的主流面貌。认识到这一点，我们对样板戏改编而来的革命故事才能有更多同情与理解。

刘守华在他早期的研究中已经指出了样板戏对革命故事的重要影响：“无产阶级文化大革命以来，在革命样板戏的带动下，这一新生事物又在更广阔的范围内和更深刻的意义上得到了发展”[②]。革命样板戏“有利于革命故事这一艺术形式的发展，有利于肃清‘无冲突论’、‘中间人物论’、‘反题材决定论’等文艺黑线的影响，摈弃‘卖不完的关子，摆不完的噱头’，单纯追求情节曲折离奇、惊险恐怖等旧曲艺、旧故事的流毒，从而使革命故事在反映工农兵的火热斗争生活，塑造工农兵的英雄形象方面，出现了一个新的面貌”[③]。“移植、讲演革命样板戏故事，对于学习和运用革命样板戏的创作经验，提高故事的创作、讲演水平，对于锻炼和培养故事队伍，也都是大有好处的。因此，移植、讲演革命样板戏故事，值得大力提倡，应该予以推广。”[④]

于会泳在纪念“样板戏”诞生一周年撰写的《让文艺舞台永

① 赵翔：《大讲革命样板戏故事　大力普及革命样板戏》，《革命故事会》1974年第2期。

② 刘守华：《谈革命故事的写作》，湖北人民出版社1974年版，第1页。

③ 赵翔：《大讲革命样板戏故事　大力普及革命样板戏》，《革命故事会》1974年第2期。

④ 朱扬：《革命样板戏故事好——读〈革命样板戏故事选段〉第一集》，《革命故事会》1975年第8期。

远成为宣传毛泽东思想的阵地》一文中,总结提出了“三突出”原则,即“在所有人物中突出正面人物,在正面人物中突出英雄人物,在主要英雄人物中突出最重要的即中心人物”[①]。1969 年,姚文元将之概括为:“在所有人物中突出正面人物;在所有正面人物中突出英雄人物;在所有英雄人物中突出主要英雄人物。”1972 年,“三突出”被规定为“无产阶级文艺创作的根本原则”,也被这一时期的革命故事学习继承。《认真学习 勇于实践——创作〈发光的年代〉的体会》一文指出:“革命样板戏很重要的一条创作经验就是‘三突出’的原则。故事反映阶级斗争,同样必须让主要英雄人物叱咤风云、主宰斗争,让他站在主导地位”[②]。而学习“写人,写人物性格,写人与人之间的关系,通过生产斗争来反映阶级斗争和路线斗争”的方法[③],将样板戏改编为革命故事时,同样也贯彻了“三突出”的创作原则。

在《努力贯彻“三突出”的创作原则——移植〈智取威虎山〉片断〈打进匪窝〉的体会》一文中,陈永绩总结道:“一、改编革命样板戏故事必须坚持‘三突出’的创作原则”;“二、讲革命样板戏故事同样必须坚持‘三突出’的创作原则”。[④] 在《努力塑造无产阶级英雄形象——谈讲好革命故事必须正确处理四个关系》一文中,沈正艳、顾炎培提出:“我们认为革命故事员在讲演革命故

① 于会泳:《让文艺舞台永远成为宣传毛泽东思想的阵地》,《文汇报》1968 年 5 月 23 日。

② 郁俊英、沈金祥:《认真学习 勇于实践——创作〈发光的年代〉的体会》,《革命故事会》1974 年第 2 期。

③ 郁俊英、沈金祥:《认真学习 勇于实践——创作〈发光的年代〉的体会》,《革命故事会》1974 年第 2 期。

④ 陈永绩:《努力贯彻“三突出”的创作原则——移植〈智取威虎山〉片断〈打进匪窝〉的体会》,《革命故事会》1974 年第 2 期。

事的时候，也要按照创作革命样板戏的‘三突出’原则，即在所有人物中突出正面人物；在正面人物中突出英雄人物；在英雄人物中突出主要英雄人物的经验，集中精力讲演好主要英雄人物。”[①]这就将革命样板戏的创作原则与创作方法，延续、移植到革命故事身上。在改编革命样板戏时，革命故事也对样板戏做了符合口头讲述规律的改编。“对剧本中的一些对话、唱词和舞台上的表演动作改成叙述或描绘，并力求口语化、通俗化，讲起来上口，听起来入耳。”[②]改编《智取炮楼》时，“把剧本中人物的服饰表情动作用形象化的描述呈现出来。此外，对剧本的语言进行一些‘改造’，尤其是把剧本中的对话和唱词转化为叙述、内心独白等多种形式”。对于样板戏等改编而来的故事，应当“一、在尊重原著的基础上，应该根据故事的特点，对某些情节进行必要的调整和补叙……二、根据故事的特点，正确领会和发挥剧本的运作提示，更好地塑造英雄人物……三、根据故事的特点，对剧本的语言进行一些适当的‘改造’”[③]。在讲述层面则“必须充满激情，要有爱憎分明的无产阶级立场、感情”，“满腔热情地讴歌无产阶级的英雄人物”[④]。

由移植、改编革命样板戏而来的“三突出”创作原则也影响了革命故事的其他题材。侯姝慧认为：“这一时期‘革命故事’还被要求按照在京剧改革中形成的以‘纪要’思想为主体，以现代

---

① 沈正艳、顾炎培：《努力塑造无产阶级英雄形象——谈讲好革命故事必须正确处理四个关系》，《革命故事会》1974年第4期。

② 朱扬：《革命样板戏故事好——读〈革命样板戏故事选段〉第一集》，《革命故事会》1975年第8期。

③ 南汇县革命故事业余讲演队周进祥、周文华、马小毛：《我们是怎样改编〈智取炮楼〉的？》，《革命故事会》1974年第1期。

④ 陈永绩：《努力贯彻“三突出”的创作原则——移植〈智取威虎山〉片断〈打进匪窝〉的体会》，《革命故事会》1974年第2期。

革命样板戏创作实践为依据的文艺思想进行题材的组织和创作。”[①]《发光的年代》创作组表示:“表现社会主义建设和社会主义革命的重大题材,是无产阶级文艺创作的政治原则,是塑造无产阶级英雄人物这个根本任务所决定的。在文艺创作要不要表现重大题材,要不要反映重大政治斗争的这个问题……其实质就是要不要坚持社会主义文艺的政治方向。这个问题在故事创作中同样存在。小故事要不要和能不能反映大题材,我们有个认识和实践的过程”[②]。1974 年 11 月第 4 期《革命故事会》发表上海市物资局业余文艺创作组创作的《闯滩》,就是其典型的代表。《闯滩》故事前后历时将近 3 年,先后易稿 16 次,写了大约 11 万字,经历了“真人真事——与自然斗争——到写阶级斗争、路线斗争”三次大的改动。《闯滩》在提炼阶级矛盾与冲突的过程中,通过领会“有关领导对当前文艺创作的指示”,“认识到当前有一部分作品,受‘无冲突论’的影响较深,这实质上是‘阶级斗争熄灭论’在文艺创作中的反映”,其后,“进一步学习毛主席关于文艺创作典型化的论述,学习革命样板戏的创作经验,使我们明确了在文艺作品中塑造不塑造工农兵英雄形象,写不写矛盾冲突,不单纯是个创作方法问题,而是一个要不要以党的基本路线指导创作的大是大非问题。在激烈的矛盾冲突中塑造工农兵英雄形象,这是无产阶级文艺创作的根本任务”。针对“写的阶级斗争不可信,好像贴上去的”的问题,创作组“进一步分析本子,认识到主要是没有写好阶级斗争的典型环境,主人公还没有

---

① 侯姝慧:《20 世纪新故事文体的衍变及其特征研究》,中国社会科学出版社 2014 年版,第 149 页。

② 革命故事集《发光的年代》创作组:《为发光的年代唱赞歌》,《革命故事会》1974 年第 4 期。

真正推到风口浪尖上”，决定“把主人公推到文化大革命夺权与反夺权斗争的特定环境中，从而加强了阶级斗争的合理性，通过激烈的斗争，使英雄人物形象和作品主题较原来有所突破”①。在《闯滩》的修改过程中，一方面学习革命文艺理论，运用革命样板戏“三突出”的原则；另一方面，这些理论与原则是通过该故事的讲述者庄良勤从上海到北京，四百多场的口头讲述活动中不断进行完善的，它同样符合口头叙事的规律。甚至当《故事会》的编辑顾伦、钱舜娟找到庄良勤，想要发表这个故事时，庄良勤这个物资局木材公司的普通职工手里只有一个乱七八糟的草稿，还是由编辑们亲自上阵，才把天书一般的草稿排印成铅字②。运用“三突出”的创作原则创编革命故事，《闯滩》是成功的实践。

同样的，在《革命故事会》1975 年第 5 期发布的“知识青年上山下乡故事”征文启事，也要求“作者可选择知识青年上山下乡运动的某一个侧面，运用革命现实主义和革命浪漫主义相结合的创作方法，‘三突出’的创作原则，进行集中概括，加以典型化”，启事提出“通过塑造在三大革命运动中经风雨、见世面所涌现的知识青年先进典型，热情讴歌这一社会主义新生事物，反映这一新生事物在尖锐、复杂的阶级斗争和路线斗争中不断成长壮大，批判‘劳心者治人，劳力者治于人’等孔孟之道，驳斥林彪一伙对上山下乡运动的污蔑，歌颂知识青年上山下乡‘大有作为’，‘很有必要’的伟大真理”③。在《革命故事会》发表的“知识

---

① 上海市物资局业余文艺创作组：《谈谈故事〈闯滩〉创作体会》，《革命故事会》1975 年第 5 期。

② 沈国凡：《解读〈故事会〉——一本期刊的神话》，上海社会科学院出版社 2003 年版，第 151—152 页。

③ 《为社会主义的新生事物高唱赞歌“知识青年上山下乡故事”征文启事》，《革命故事会》1975 年第 5 期。

青年上山下乡”故事,如《两个饲养员》《函授大学生》《养鸭治虫》《银茧闪闪》等,在饲养生猪、拖拉机春耕、稻田治虫、养蚕等生产实践中无一不贯穿了两条方法、两条路线的矛盾,在矛盾斗争中塑造了扎根农村、站稳立场,与农民血肉相连的知识青年、工农兵大学生的光辉形象。歌颂的一边倒,与“文革”结束后“伤痕文学”“反思文学”中的知青形象形成了颇有意味的对比。对知识青年缺点的遮蔽,正是运用“三突出”创作原则理想化、典型化的结果。

第二节　小故事的“日常性”与“生活性”

在革命故事以“三突出”的创作原则凸显革命的激进的同时,故事的“生活性”与“日常性”实则潜滋暗长。特别是从前一时期开始的小故事,已经成为改编样板戏、电影故事之外的主要体裁。而且即使是改编样板戏、电影的故事,也很少从头至尾、原封不动地改,往往截取一场或几场,形成相对独立的小故事,在篇幅和讲述时间上更适合小故事的特点。除了配合“批林批孔”、评《水浒》等时事运动的故事,绝大部分小故事广泛地涉及了当时社会生活的方方面面,尤以农村、工厂、军队为主。虽然仍秉持“三突出”原则,充满革命斗争与矛盾,但因其与现实的结合,充满了日常的趣味、机智,显得饶有生活情趣。比较《故事会》与《革命故事会》,反而倒是在《革命故事会》时期,短小精悍的短篇故事开始占据故事的主体,篇幅约固定在几千字,讲述时长缩减到十余分钟,人物形象的塑造、情节矛盾的提炼等故事艺术手法日益成熟,新故事的基本体式逐渐形成。

与“问孔”小故事、“故事新编”、评《水浒》故事的缺乏生命不同,《革命故事会》中的大部分故事虽仍冠以革命故事之名,题材却广泛地涉及了当时工农兵群众日常生产生活的方方面面,尤其是开始于《革命故事会》第 7 期的“田头小故事”专栏,刊登的故事篇幅更为短小,情节更为精炼,具有浓郁的乡土气息。由金山县枫围公社创作组编写的《一担泥》,是“田头小故事”专栏的开山之作。故事围绕着农村生活中常见的一担泥展开了矛盾冲突。老贫农姚土泉与富裕中农史旺发各自挑了一担泥要上村口的小石桥,因为桥面狭窄,必须有人相让。姚土泉严厉地喝叫,让史旺发退回。谁知,姚土泉先过了桥还不算数,更要求史旺发把这担泥,从哪里挑来再挑回什么地方去。争吵惊动了社员们,大家聚拢来一看,才发现,同是一担泥,姚土泉铲的是自己屋里的脚头泥,史旺发挑的却是社员们共同开荒积肥出来的塍沟泥。姚土泉更通过回忆社员们改造盐碱地火热的历史,回忆合作化前分到自家的盐碱地是怎么因为贫富分化落入史旺发之手的家史,深刻地揭示出:一担泥,不是桥头谁先谁后的谦让问题,而是关系到是走共同富裕的社会主义道路,还是走个人单干、阶级分化的资本主义道路的大问题。一个不识字的老贫农,反而比受过教育的队长更有阶级觉悟,更领悟到路线斗争的是非原则。这样一则取材日常,开掘又深的田头小故事,深受广大农民的好评和欢迎。“故事虽小,但听起来亲切感人,这样的小故事我们听得进、记得牢。”[①]

《革命故事会》第 11 期发表了金山县枫围公社红星大队故事评论组的评论《题材新颖 小中见大——评田头小故事〈一担泥〉》。文章认为,《一担泥》是篇短小精悍,生动活泼的田头小故

① 金山县枫围公社红星大队故事评论组:《题材新颖 小中见大——评田头小故事〈一担泥〉》,《革命故事会》1975 年第 11 期。

事。它不仅取材新颖,富有乡土气息,而且寓意深刻,小中见大。《一担泥》的取材是“日常生活中被人认为‘无所谓’、见怪不怪的小事”,但故事的作者经过“深入开掘,通过小故事讲出了大道理:‘一担泥里面有方向、道路的斗争’”[①]。通过对《一担泥》的总结,触及了小故事的创作规律,如应当“结构紧凑,层层深化主题”,“语言朴实,富有乡土气息”等。沈栖的《以“小”见大 以“深”取胜——读一组“田头小故事”有感》认为,田头小故事并非仅停留在生活琐事的层面,而是“对大量丰富的生活素材进行了一番‘去粗取精’,‘去伪存真’的制作,将小题材提到两个阶级、两条道路、两路路线斗争高度,加以开掘,深化了主题”。沈栖进一步指出,小故事由于篇幅短小,安排情节和结构就须格外精心,“情节要简洁而生动,结构要紧凑而完整”[②]。

从《一担泥》开始,《革命故事会》先后刊登了《步步高》(《革命故事会》1975 年第 7 期),《顶真姑娘》《海滨新风》(《革命故事会》1975 年第 8 期),《金沙滩上的铁姑娘》(《革命故事会》1975 年第 9 期),《旺根大伯》《洪大妈卖鸡》《红医丹心》(《革命故事会》1975 年第 11 期)等一系列“田头小故事”。从 1976 年第 1 期起,“田头小故事”直接改为“小故事”专栏,发表了张道余的《参谋与“保姆”》《实事求是》,陆健德的《质量》,陆国凡的《参观》,郁俊英、沈金祥的《老郭看病》,胡志娟、薛德薇执笔的《小玲的疑问》,汤炳全的《最后十秒钟》,俞德芬的《扁担的秘密》等,涉及农村接班人、农民迁新居、农村自留地、饲养牲畜、看病、抗旱、篮球

① 金山县枫围公社红星大队故事评论组:《题材新颖 小中见大——评田头小故事〈一担泥〉》,《革命故事会》1975 年第 11 期。

② 沈栖:《以小见大 以深取胜——读一组“田头小故事有感”》,《革命故事会》1976 年第 7 期。

比赛、知青参加劳动等生活的方方面面。1977 年第 6 期还发表了一组“学雷锋小故事”,这说明,即使是配合形势的宣传,也需要采取受群众欢迎的艺术形式。这也进一步说明,小故事已经成长为这一时期革命故事的主流样式。而除了小故事专栏以外,《革命故事会》发表的其他故事,也在篇幅上大为缩减,以适应讲述的新需要。

在习见的文学评论偏见中,故事强调情节,而只有小说才以刻画、塑造人物为主。但在小故事中,故事的主人公作为主题思想的体现者,却是小故事在本就短小的篇幅中用力刻画的对象。因为田头小故事能否以“深”取胜,主要取决于作品中的主要人物是否有思想深度。“为主要人物浓重落墨,增色添彩,雕塑了一个个英雄形象。”[①]吴士余在《要触及时事,要塑造无产阶级英雄人物——也谈提高革命故事的质量问题》一文中,认为应当“在典型的矛盾冲突中再现典型人物的性格”,故事创作在处理情节与人物的关系问题上,应该“力求情节的生动性只是一种手段,情节应为塑造英雄典型服务”[②]。这关系到革命故事的质量问题。因此“要反对见物不见人,单纯追求情节的曲折生动的倾向;也要反对见人不见物,不讲究运用生动曲折的情节来刻划英雄的倾向。英雄人物的性格是要在丰富、生动的情节里展现出来的,而不是靠高亢的语言、激昂的对话来表现的。离开了具有深刻社会阶级斗争内容的情节,英雄人物的性格、行为就必然显

---

① 沈栖:《以“小”见大 以“深”取胜——读一组“田头小故事”有感》,《革命故事会》1976 年第 7 期。

② 吴士余:《要触及时事,要塑造无产阶级英雄人物——也谈提高革命故事的质量问题》,《革命故事会》1976 年第 3 期。

得苍白无力”①。刘守华也对革命故事受到小说影响,注重刻画人物作了相关的研究,他指出:“故事主要是在叙述故事情节的过程中展示人物性格,用的是粗线条的勾勒。而小说则将粗线条的勾勒和细致的描绘结合起来,既注意叙述故事,又着力于人物语言、动作、心理、神态以及周围景物的精细刻画,使人物形象鲜明突出。革命故事受小说的影响,在这方面就有所加强。不过小说是写给人看的,而故事则是讲给人听的,为了便于口头表达,故事里对人物、环境的描写又具有简洁、通俗、明快的特色,有别于一般的小说。”②

考察这一时期的小故事,会发现以主人公为故事标题的,占了很大的比例。如《金沙滩上的铁姑娘》(《革命故事会》1975 年第 9 期)、《顶真姑娘》(《革命故事会》1975 年第 8 期)、《冲姑娘》(《革命故事会》1975 年第 7 期)、《阿闯》(《革命故事会》1975 年 5 月第 7 期)等,不一而足。这说明,革命故事也同样把人物塑造当成首要的任务。而主人公的“冲”劲、“闯”劲,“铁”的意志,“顶真”的性格,正是社会主义新人的典型性格。颇为有趣的是,故事在塑造无产阶级革命英雄人物的时候,尤其塑造了大批女英雄的形象,她们往往比男性主人公有更鲜明的立场、更坚定的意志和更能付诸实际的行动力。黄宣林在“创作体会”《采矿·冶炼——写作〈冲姑娘〉的点滴体会》中提到,从生活原型到故事的加工,需要“把矿石炼成钢材”,虽然还是套语地引用语录,须“学习马克思列宁主义和学习社会”,表示要“在广大群众斗争生活

① 吴士余:《要触及时事,要塑造无产阶级英雄人物——也谈提高革命故事的质量问题》,《革命故事会》1976 年第 3 期。

② 刘守华:《谈革命故事的写作》,湖北人民出版社 1974 年版,第 20 页。

的熔炉里不断冶炼”[①]。如果剥去这一创作体会的革命外壳，这样一种对生活素材的加工、对主题的提炼，恰恰正是文学创作所要求的“典型化”过程。

蒋成瑀的《略谈小故事》认为，小故事“通常只有一二千字，讲讲只要五分到十分钟，是一种短小精悍的艺术形式”。他把小故事的特点概括为：“其一、小中见大，发人深省……从一桩小事中，反映出两条路线斗争，从普通人物的一言一行中，显示出一代英雄的光彩”；“其二、平中见奇，曲折多姿”，与长篇故事相比，小故事的体量要求单线发展，但又不能一览无余，须埋伏笔、造悬念，环环相扣，提炼具有较高立意的主题；“其三、有实有虚，虚实结合”，繁简、详略有着用心的剪裁与安排。“小故事轻便、灵活，能够密切配合当前的斗争，及时、迅速地把社会主义革命和建设中随处涌现出来的新人新事、新风尚、新道德反映出来。可以因人因时因地制宜，有针对性的讲；并且最不受人数、时间、场地的限制。”[②]嘉禾的《为“千字文”故事叫好》认为小故事“好就好在它短小精悍，内容丰富，能及时反映火热的斗争生活”，“好就好在它易讲易传。一人（一个主要人物）、一事、一个斗争回合、说明一个道理，主题明确，观点鲜明”[③]。更因为小故事的短小，便于业余作者业余写、业余讲。

小故事的出现，故事篇幅的缩减，是与革命故事的深化与推广密切相关的。“文革”期间的故事活动，不但没有停摆，反而离群众更近，更深入群众。上海市金山县文化馆总结，“在党的‘十

① 黄宣林：《采矿·冶炼——写作〈冲姑娘〉的点滴体会》，《革命故事会》1975年第8期。

② 蒋成瑀：《略谈小故事》，《革命故事会》1975年第9期。

③ 嘉禾：《为“千字文”故事叫好》，《革命故事会》1976年第1期。

大’精神的鼓舞下,群众性的革命故事活动更加活跃起来”[①],他们“从贫下中农和表现好的下乡知识青年中选拔和培养故事员,造成一支有相当规模的队伍”[②]。“编出更多更好的革命故事,进一步把这一群众喜闻乐见的文艺形式推广,巩固地占领城镇和农村的思想文化阵地,这是故事创作者的一项战斗任务。”[③]金山县文化馆“每年召开几次故事创作交流会,总结交流创作经验,还经常地举办创作学习班,集体讨论、修改稿子,推动全县革命故事活动的开展”;“鼓励业余作者扎根基层,学习先进,并组织他们扩大眼界,丰富生活”;“组织业余作者学习业务,提高写作水平”;“除了在会讲前后,通过三级评议培训业余作者外,在平时采用多种形式进行辅导。如印发故事创作学习材料,介绍、剖析好故事,举办故事创作讲座,召开小型创作经验交流会,登门拜访当面处理故事来稿,举办故事短期创作训练班”[④]。据笔者2014—2015年在上海的实地调研,上海金山的故事活动从20世纪60年代起就没有中断过,一直延续到今天。这恐怕也与该地区自60年代以来,经由“文革”长期积累的工作经验、组织方式、创作队伍有密不可分的联系。江苏江阴县“全县有二百多个业余故事作者”,“1974年和1975年,全县共创作了六百多篇革命故事。这些故事在舞台上演,在田头、车间讲,在广播里放,有力地配合了党的各项中心工作,推动了三大革命运动,受到了广大

---

① 上海市金山县文化馆:《海滨新一代》,上海人民出版社1975年版,第121页。

② 上海市金山县文化馆:《开展群众性的革命故事活动》,《革命故事会》1974年第1期。

③ 上海市金山县文化馆:《海滨新一代》,上海人民出版社1975年版,第121页。

④ 上海市金山县文化馆:《海滨新一代》,上海人民出版社1975年版,第121—126页。

干部群众的欢迎"[①]。高陵县"在县委的领导下","成立了革命故事办公室,把开展革命故事编讲活动作为我们的一项重要工作去抓",并总结出一套"狠抓创作,普及讲出,县辅社办,全面开花"的行之有效的办法[②]。

当然,组织讲故事,必须格外突出阶级立场。上海市金山县文化馆认为:"革命故事是'团结人民、教育人民、打击敌人、消灭敌人'的锐利武器。选择什么样的人组成故事员队伍,这对占领农村文化阵地有着重要的意义。但是,我们有些同志对此认识不足,认为讲故事要'吸引人',就得靠所谓有'技巧'的人来讲。那么,究竟是什么样的'技巧','吸引'什么样的人呢?对不起,一概都不问了。这样做,就会导致在剥削阶级的反动思想面前解除武装。"因此,"故事员队伍的建立和巩固,是一个充满斗争的过程,决不会一帆风顺……农村思想文化战线的斗争,也一定会反映到故事员队伍内部来。我们一定要在党的一元化领导下,坚持对广大故事员进行思想和政治路线教育,组织他们认真学习马列和毛主席著作,调查和分析阶级斗争的动向,使他们不断提高阶级斗争和路线斗争的觉悟,不脱离劳动,不脱离群众,成为思想文化战线上一支朝气蓬勃的战斗队伍"[③]。业余故事员很重要的学习内容就是政治学习。江阴县文化馆"组织业余作者学习革命理论,端正思想路线","用县里开座谈会、同公社党委一起办学习班、个别谈心等方法,同业余作者一起学习毛主席

① 江苏省江阴县文化馆:《努力抓好革命故事创作》,《革命故事会》1976年第2期。

② 高陵县革命故事办公室:《我们是怎样辅导革命故事编讲活动的》,《革命故事会》1977年第7期。

③ 上海市金山县文化馆:《开展群众性的革命故事活动》,《革命故事会》1974年第1期。

《在延安文艺座谈会上的讲话》,学习无产阶级专政下继续革命的理论,学习革命样板戏创作经验,批判‘三名三高’等修正主义文艺黑线的流毒,帮助他们端正创作态度,树立为占领思想文化阵地、巩固无产阶级专政而创作的正确思想”[①]。陆金昌提到:“我是一个农村业余作者,这次组织上推荐我参加这期三结合创作学习班,收获很大。……我深深体会到:加强政治学习是搞好创作的关键。为了配合普及大寨县的群众运动,这次,学习班领导要我执笔写一篇反映党委是关键的故事。”故事反复修改,都不能令人满意的原因,“是没有站在阶级斗争、路线斗争的高度去提炼生活素材和开掘主题,要治好这个‘毛病’,关键在于加强政治学习”[②]。通过学习毛主席《在延安文艺座谈会上的讲话》,终于把《新书记》这个故事中的矛盾上升到要不要深入实践,坚持党的群众路线的问题,故事创作取得了成功。潘与庆在总结创作《爷爷学手艺》的经验时谈到,在故事的初稿中,“小生产者”的中间人物形象比与他相对立的主要英雄人物更为生动。为了解决这个问题,他学习了毛主席《在延安文艺座谈会上的讲话》,“明确到要搞好社会主义文艺创作,关键不在于艺术构思,而在于作者政治思想水平的高低,在于作者能否从路线斗争的高度抓住生活的本质”[③]。革命故事的革命性是应有之义,革命故事是“思想文化领域内阶级斗争的武器”,“是用马列主义、毛泽东思想武装头脑的革命群众的创作,闪耀着共产主义思想的光芒,

① 江苏省江阴县文化馆:《努力抓好革命故事创作》,《革命故事会》1976 年第 2 期。

② 陆金昌:《加强政治学习是搞好创作的关键——〈新书记〉创作中的一点体会》,《革命故事会》1976 年第 3 期。

③ 潘与庆:《用无产阶级专政理论指导创作——写作〈爷爷学手艺〉的体会》,《革命故事会》1975 年第 10 期。

是无产阶级占领思想文化阵地的锐利武器之一”①。通过对革命文艺原理的学习，革命故事的创作者成功地通过激烈的阶级斗争、路线斗争塑造了社会主义新人的形象。比之“十七年”时期，主流文学领域关于“中间人物”的论争，革命故事反而通过革命性与民间性的有机结合，解决了这个问题。

在强调故事的革命性、政治性的同时，《革命故事会》并没有忽略故事艺术性的提升。从《故事会》创刊以来，对故事创作、讲述经验的总结，一直是刊物关注的重要内容。前一时期附在故事后面，提醒故事员讲述该故事注意点的《附记》，变成了“经验交流”“创作体会”“评论”“小评论”等专栏，有的是评论家来评论故事，有的是请创作者或创作团队自己来谈创作感受，还有的则由文化馆等部门介绍交流组织创作革命故事活动的经验。这些专栏文章，不再局限于给故事员看，而是发挥了三方面的功能：一是给各地组织故事活动的政府部门学习经验；二是给故事创作人员学习创作规律；三是给故事读者提点故事的主题与闪光点。这些文章大部分是对已发表故事的评论、创作谈，但后来评论的跟进越来越及时，有的就在作品发表的同一期，同时刊出评论或创作谈。这说明，随着故事活动的逐渐深入，对能跟踪创作、有利于提高创作的评论的需求，也越来越迫切。《革命故事会》1974 年第 3 期在发表《烈火新兵》时，以“评注”的格式，对全文加以评论与解说。正文以正常宋体字刊印在页面的左半部，中间划一竖线，隔开正文与评注部分。评注文字以小一号的楷体字，随正文刊印在竖线的右边。评注的内容主要是针对故事的结构、叙事、对话、行动、心理描写、人物塑造等艺术特点的点

① 刘守华：《谈革命故事的写作》，湖北人民出版社 1974 年版，第 5 页。

评,点评中还按需要随时插入黑体字、加大一号的语录,以突出故事的阶级性、政治性与革命性,也即指向故事的主题理解。评注也如实指出故事写作的不足之处,好处说好,坏处说坏,实则是一篇详尽的作品修改意见。1977 年第 9 期,《采购员改行》也同样发表在“评注”专栏,运用评注的方法,来详尽地解读该故事。与前一时期重在指出故事讲述特点的“附记”不同,“评注”更关注故事的创作。因为随文评点,评注评得更细致,也比一般的“评论”“创作谈”更有利于其他业余作者对故事创作技巧的学习与掌握。而对创作技巧的高度重视,也为“文革”结束后的“新故事”理论探讨做了前期的积累与准备。

无论是故事创作者、评论者、讲述者,还是故事活动的组织者,都一致认为革命故事的生命力来自群众,来自民间。“我们的革命故事员,大部分来自工农兵斗争生活的第一线,革命故事的听众又大都是广大的工农兵群众。”[①]1975 年,上海金山县总结他们已经坚持了十几年的群众故事活动时表示,“这些革命故事的内容来自群众斗争生活的土壤,根子扎得深,群众喜欢听”[②]。在七八百则革命故事中,“百分之九十以上都是取材于本地的‘土特产’,很受群众欢迎”。有时也“适当地把小说、报告文学、电影等好的文学作品改编成革命故事”。故事活动一定要以群众为主体,依靠群众,发动群众。“故事是在口头创作的基础上再写成文字的,书面的故事多数是口头故事的记录。我县有一个五十多岁没有文化的老贫农,怀着积极宣传马列主义、毛泽

① 赵翔:《大讲革命样板戏故事,大力普及革命样板戏》,《革命故事会》1974 年第 2 期。

② 上海市金山县文化馆:《开展群众性的革命故事活动》,《革命故事会》1974 年第 1 期。

东思想的政治热情，不仅会讲故事，而且编出了好几只革命故事。这说明讲故事的，完全能够编故事，而且还可以编得很好。提倡故事员编故事，故事创作队伍就能扩大，故事创作就能繁荣。”①在故事的创编活动中，一定要“把故事交给群众检验、依靠群众的斗争，在讲的过程中不断修改和提高。这样，开展革命故事活动的路子就越走越广，有了取之不尽、用之不竭的源泉”②。从群众生活中来的故事，经过加工提高，就“比普通的实际生活更高，更强烈，更有集中性，更典型，更理想，因此就更带有普遍性”③。《革命故事会》1976 年第 3 期刊登了一组上海县革命创作学习班的作品，同期，又发表了上海县革命故事创作学习班的经验交流文章《三结合创作就是好》。文章介绍了学习班按照三结合的原则，吸取农村基层干部、贫下中农理论骨干、故事员、县文化干部、大学工农兵学员和专业、业余的编辑组成了学习队伍，彼此取长补短，“专业的同志结合作品讲文艺理论，大学工农兵学员根据评论作品的需要摘选学习材料，农村业余作者结合基层斗争实际分析故事，故事员根据自己讲故事的切身经验和贫下中农的反应谈体会”④。通过三结合，从来没有搞过创作、评论的贫下中农也能依据自己的生活经验与体会，在上海人民出版社出版的《文艺理论丛刊》第二辑上发表了一组革命故事评论，还创作出 16 篇革命故事在基层试讲、流传，其中 5 篇发表在

---

① 上海市金山县文化馆：《海滨新一代》，上海人民出版社 1975 年版，第 122—125 页。

② 上海市金山县文化馆：《开展群众性的革命故事活动》，《革命故事会》1974 年第 1 期。

③ 上海市金山县文化馆：《海滨新一代》，上海人民出版社 1975 年版，第 123 页。

④ 上海县革命故事创作学习班：《三结合创作就是好》，《革命故事会》1976 年第 3 期。

《革命故事会》上。

以群众为创作主体的革命故事,内容也来源于群众的日常生活。因此,“没有富有生活气息的鲜明生动、口语化、形象化的语言,就不能把故事内容有声有色地表达出来。许多流传较广的革命故事,都是在讲演和交流中,吸收了劳动人民朴实的、生动活泼的语言,使故事泥土味很足,讲起来很上口”[①]。刘守华认为:“虽然现在的故事不像旧时代的民间故事那样,完全在口头流传,常常书面发表和出版,但它首先要讲得上口,否则,就不成其为故事了。”[②]因而,还是得强调“革命故事是口头文学”这一根本性的特征,“如鲁迅所说,是‘将活人的唇舌作为源泉’的”,“说现代的,自己的话,用活着的白话,将自己的思想,感情直白地说出来”,“有节奏、上得口;有音韵,说得响;通俗化,听得懂;形象化,记得牢;水净沙明,简短扼要,具体生动,易传易记,具有很强的生命力”[③]。蒋成瑀还细析了故事中使用的独白、插话和对话等三种特殊语言,认为“人物语言,因人物的思想、感情、个性的不同,千姿百态,变化无穷;比起叙述语言,更需要作者花费艺术匠心。人物语言不外乎独白、插话和对话这三种形式。他们的共同要求是:显示人物性格,上口而不佶屈聱牙,精练而不繁琐冗长,含蓄而不平淡乏味”[④]。

1976 年第 1 期的《革命故事会》开辟了“革命故事创作漫谈”专栏,发表了一系列研究革命故事艺术规律的文章。专栏发表

---

① 上海市金山县文化馆:《海滨新一代》,上海人民出版社 1975 年版,第 124 页。

② 刘守华:《谈革命故事的写作》,湖北人民出版社 1974 年版,第 52 页。

③ 蒋成瑀:《谈革命故事的口语化艺术》,《革命故事会》1976 年第 1 期。

④ 蒋成瑀:《独白、插话和对话——谈革命故事的人物语言》,《革命故事会》1976 年第 8 期。

的《谈革命故事的口语化艺术》《小议"开头"》《略谈"结尾诗"》《独白、插话和对话——谈革命故事的人物语言》《谈革命故事的结构》等文,比之其他的评论、创作谈,已经在自觉讨论革命故事的艺术特征,逐渐形成革命故事创作理论体系。如蒋成瑀对革命故事结构的探讨,认为故事"在长期的艺术创作和讲演实践中,大胆突破了传统结构的组织方法,创造了跌宕多姿、引人入胜的组织方法,使故事结构具有生动性和丰富性,充分展示了故事的革命政治倾向,对塑造无产阶级的英雄人物起到了一定的作用。这些组织方法值得我们加以总结,以期进一步提高故事结构的艺术水平。其一是出乎意外,异军突起的组织方法","其二是一张一弛,波浪擒纵的组织方式","其三是拨开迷雾,豁然开朗的组织方法","其四是串串相连,环环紧扣的组织方法",这些方法"是为了更好地表达作品的主题思想,调动一切艺术手段,为塑造无产阶级英雄人物服务,达到'政治和艺术的统一,内容和形式的统一,革命的政治内容和尽可能完美的艺术形式的统一"[①]。刘守华指出革命故事对民间故事的继承关系,认为"特别是那些由工农群众直接编写或以群众口头创作为基础加以整理改编的故事,在艺术形式上的继承关系更为明显"[②]。他将革命故事的总体特点概括为,"取材于历史和现实斗争,而又在此基础上进行高度的艺术概括,赋予浪漫主义色彩;人物和事比较集中,情节生动紧凑而线索单一;开门见山,有头有尾;叙述朴实生动、口语化"[③]。

从革命故事篇幅体式的固化形成、社会主义新人的形象塑

---

① 蒋成瑀:《谈革命故事的结构》,《革命故事会》1976 年第 4 期。

② 刘守华:《谈革命故事的写作》,湖北人民出版社 1974 年版,第 5 页。

③ 刘守华:《谈革命故事的写作》,湖北人民出版社 1974 年版,第 15 页。

造、矛盾冲突的提炼与加工、到语言、结构等,《革命故事会》时期的“革命故事”在延续前一时期的群众文艺生产、组织方式的基础上,开始有意识地总结、提升故事艺术的创作规律与表现手法,并在革命性与日常性、生活性的结合上,有了进一步的推进。

第三节 革命历史故事、笑话、中篇故事的涌现

1976年10月25日,《人民日报》《红旗》《解放军报》发表社论《伟大的历史性胜利》,宣布粉碎“四人帮”伟大胜利:“万里河山红旗展,八亿神州尽开颜。全国各地亿万人民连日举行盛大游行,首都北京百万军民昨天隆重集会,热烈庆祝华国锋同志任中国共产党中央委员会主席、中国共产党中央军事委员会主席,热烈庆祝粉碎王洪文、张春桥、江青、姚文元反党集团篡党夺权阴谋的伟大胜利,愤怒声讨‘四人帮’的滔天罪行。”《革命故事会》1976年第10期全文转载了该文。同时被转载的还有《关于建立伟大领袖和导师毛泽东主席纪念堂的决定》《中共中央关于出版〈毛泽东选集〉和筹备出版〈毛泽东全集〉的决定》《亿万人民共同的心愿》等一系列重要文章。“四人帮”被定性为“一条反革命的修正主义路线,一条极右的路线”,粉碎“四人帮”是“无产阶级文化大革命的伟大胜利,是毛泽东思想的伟大胜利”①。《中共中央政治局委员、中共北京市委第一书记、北京市革命委员会主任吴德同志在首都庆祝大会上的讲话》中指出:“一定要最紧密地团结在以华国锋主席为首的党中央周围,继承毛主席的遗志,

① 《人民日报》、《红旗》、《解放军报》社论:《伟大的历史性胜利》,《革命故事会》1976年第10期。

高举马克思主义、列宁主义、毛泽东思想伟大红旗，坚持党的基本路线，坚持无产阶级专政下的继续革命，掀起学习马列著作和毛主席著作的新高潮，彻底揭发批判王洪文、张春桥、江青、姚文元反党集团，继续批邓、反击右倾翻案风，巩固和发展无产阶级文化大革命的胜利成果，巩固和发展工人阶级领导的工农联盟为基础的各族人民的大团结，以阶级斗争为纲，抓革命、促生产、促工作、促战备，进一步发展大好形势。"①

在转载了这批重要文章之后，《革命故事会》组织了革命故事的主要创作力量，如文化馆、文化宫的故事员、工农兵业余文艺作者等，发表了《欢呼伟大胜利 投入新的战斗》《为忠实执行毛主席的革命文艺路线而奋斗》《坚持"三要三不要"原则 坚持无产阶级文艺革命》《拿起文艺武器 同"四人帮"斗争到底》《欢呼毛泽东思想的伟大胜利》等文，表达对粉碎"四人帮"欢呼，以及将以更饱满的姿态投入到新的战斗中去的决心。翻开这期《革命故事会》，在两页目录的正上方，以醒目的方框，分别印制了两幅标语，第一页是"继承毛主席遗志，高举马克思主义、列宁主义、毛泽东思想伟大红旗 在华国锋主席为首的党中央领导下胜利前进"，第二页是"热烈庆祝华国锋同志任中共中央主席、中央军委主席 热烈庆祝粉碎'四人帮'篡党夺权阴谋的伟大胜利"。

"文革"的结束，并没有带来革命故事的新生。相反，由于仍然在强调"以阶级斗争为纲"和"在无产阶级专政下继续革命"，革命故事继续沿用"文革"话语和大批判方式，表示："当前社会主义和资本主义的矛盾、无产阶级和资产阶级的矛盾、马克思主

① 《中共中央政治局委员、中共北京市委第一书记、北京市革命委员会主任吴德同志在首都庆祝大会上的讲话》，《革命故事会》1976 年第 10 期。

义和修正主义的矛盾,集中表现为我们党和‘四人帮’的矛盾,因此,深入揭批‘四人帮’,这是当前一切工作的纲,也是革命故事必须紧紧抓住的主题。”[①]曹树钧的《支持革命有假 贩卖修正主义黑货是真——批判姚文元对革命故事创作所散布的谬论》,认为姚文元《创作更多优秀的革命故事》(《故事会》1964 年 9 月第 9 辑)、《向革命故事学习》(《文艺报》1965 年第 9 期)等文是“利用革命故事这块舆论阵地,恬不知耻地为自己捞取政治资本,鼓吹反马克思主义谬论的无可逃遁的罪证”,“革命故事是在毛主席革命文艺路线指引下诞生和成长起来的群众文艺的新花。1962 年,在党的八届十中全会上,伟大领袖毛主席亲自制定了党在社会主义阶段的基本路线,发出了‘千万不要忘记阶级斗争’的伟大号召。在毛主席的号召下,一种新型的、革命的群众业余文艺活动——大讲革命故事的活动开始兴起。在上海,柯庆施同志极为关怀、热情支持大讲革命故事的活动。他遵循毛主席的革命文艺路线,狠抓意识形态领域的阶级斗争,把革命故事作为占领农村文化阵地的有力武器。在柯庆施同志的亲自倡导下,上海的大讲革命故事的活动发展得很快,涌现了许多优秀的故事员,创作了不少表现新人新事新思想的好故事。1963 年,上海郊区各县故事员有一千人,1965 年就增加到一万多人。他们活跃在农村的广阔天地,成为农村中一直宣传马列主义、毛泽东思想,批判资本主义、批判资产阶级的文艺轻骑队”[②]。在肯定“大讲革命故事”的同时,曹树钧只敢批姚文元,却不敢否定“文

① 忻才良:《努力写好揭批“四人帮”这个主题》,《革命故事会》1977 年第 3、4 期,总第 27、28 期。

② 曹树钧:《支持革命故事是假 贩卖修正主义黑货是真——批判姚文元对革命故事创作所散布的谬论》,《革命故事会》1977 年第 2 期。

化大革命”。洪子诚认为：“1976年底‘文革’结束后的一段时间，文学并未在较大范围里实现从‘文革文学’的转变。写作者的文学观念、取材和艺术方法，仍是‘文革文学’的沿袭。出现对于‘文革’模式的明显脱离，是从1979年开始。”[①]考察1976年至1978年的《革命故事会》，我们发现，新故事虽仍冠以革命故事之名，却已经较之主流文学更早地出现了一些突破旧框架的新因素。艺术上的突破来自“火热的斗争生活，把生活中工农兵英雄人物逐步认识‘四人帮’并坚决与之斗争的生动素材，作为文艺创作典型化的源泉，作为构成文艺作品中形象与情节的基础。只有这样，才能使我们的故事冲破‘四人帮’设置的所谓‘写同走资派斗争’、‘三突出原则’、‘反对写真人真事’一类思想障碍，抓住揭批‘四人帮’这个主题，突出这个主题，写好这个主题”[②]。

《革命故事会》从1976年第10期起，到1977年第2期，一直使用方框与大字黑体字，连续登出“毛泽东思想的光辉永远照耀着我们前进的道路”“紧跟领袖华主席 彻底打烂‘四人帮’”“在华主席为首的党中央领导下 掀起农业学大寨运动的新高潮”“毛主席无限信任华主席 全国人民热烈拥护华主席”“衷心怀念敬爱的周总理”“毛主席永远活在我们心中”“歌颂英明领袖华主席”“彻底揭发批判王张江姚反党集团”等专栏，不断表达对毛主席、周恩来等老一辈无产阶级革命家的怀念与热爱，对华主席为首的党中央领导的拥护以及揭批“四人帮”的坚决态度。因为主题过于集中、狭窄，专栏中的故事反而比“文革”中的小故事、田头故事更少日常生活的气息。大部分都是毛主席、周总理视察何处，

① 洪子诚：《中国当代文学史》，北京大学出版社1999年版，第240页。

② 忻才良：《努力写好揭批“四人帮”这个主题》，《革命故事会》1977年第3、4期。

接见某人,群众对革命领袖的怀念,最后表达对农业学大寨等路线的拥护,千篇一律。倒是一些叙述“四人帮”倒行逆施的小故事,因不再有政治顾忌,凸显了讽刺的特色。

1977 年第 3、4 期起,这些怀念、表决心的故事不再使用方框体专栏,数量也有所减少。从张道余编讲的《大寨人怀念周总理》开始,怀念故事逐渐脱离了政治口号,而注意采用丰富的细节,运用群众的视角,故事性逐渐增强。如《大寨人怀念周总理》,回忆周总理视察大寨,用一个生动有趣的细节,大家经讨论决定给他准备“四海饭”,暗含了对周总理为革命工作四海为家的赞扬。围绕着这个细节,写周总理到达后如何将“四海饭”一一分给别人,只吃大寨人吃惯的玉米面窝窝头。这个“四海饭”就成为整个故事的故事核,成功塑造了周总理的光辉形象。同期刊出的《临战》《特种列车》《高师傅上“前线”》等故事,则讲在印制《毛泽东选集》《毛泽东全集》的过程中,印刷工人拣螺蛳练排字、运输印刷用特种白胶水、退休老工人坚持上印刷“前线”等小故事。其后发表的《周总理看望“假小子”》(《革命故事会》1977 年第 5 期)、王道君整理的“春风化雨壮新苗”系列(《革命故事会》1977 年第 6 期)、黄宣林编讲的《一个普通党员》(《革命故事会》1977 年第 6 期)等作品讲述革命领袖的故事。从《革命故事会》1977 年第 7 期起,借着怀念老一辈无产阶级革命家的东风,开始追述革命历史,形成了讲述革命历史故事的热潮。

在柯庆施、姚文元等提倡“大讲革命故事”时,他们割断了革命历史的传统,把旧故事视为毒草,要求“大写十七年”,讲述社会主义新生活。因而,“大讲革命故事”是不包括革命历史故事的。从《故事会》到《革命故事会》,几乎所有讲述革命历史故事的,大多是由样板戏、革命电影改编而来,原创的革命故事或配合着“批林批孔”、评《水浒》、学大庆、学大寨等宣传,或展现“文革”期间日常生活中的路线斗争,也就是说,都是彼时的“当代故事”。1975 年第 12 期《革命故事会》曾发表了一组“红军长征故事”,有《砍刀连长》《火瓦寨的歌声》《金色的路标》等,讲述长征途中的小故事。这是除改编《渡江侦察记》《闪闪的红星》等电影之外的原创革命历史故事,接续了曾被中断的延安时期革命历史故事传统,下启“文革”结束后开始的革命历史故事热潮。

1977 年第 7 期《革命故事会》,发表了几组原创的革命历史故事,如《战南昌》《铁流南进》,以及“朱德同志的故事”《夜战七溪岭》《一双草鞋》《运粮》,“陈毅同志的故事”《牵“牛鼻子”》等,分别讲述了南昌起义、朱德、陈毅的小故事。1977 年第 8 期《革命故事会》则发表了“毛主席安源播火种”“井冈山人民想念毛主席”“华主席和人民心连心”“秋收起义的故事”等专栏;第 9 期是 1977 年的最后一期,发表了“毛主席在延安”、《杨开慧烈士的故事》、“抗日战争故事”等。经历将近三十年的积累,这些革命历史故事,比之延安时期的“毛主席故事”“刘志丹故事”,要有更鲜明生动的人物形象和更丰富曲折的情节。延安时期的这类故事,还很难与新闻报道、革命回忆录区别开来,故事情节散漫,缺乏细节,主题不够集中。而 1977 年起大量发表的革命历史故事,首先,是出自广大人民群众对毛泽东、周恩来、朱德等革命领袖深切怀念感情,应和了“拨乱反正”的时代主题;其次,长期在群众中的口耳相传,使这些革命故事比之延安时期的短小枯燥,加入了更多故事性的成分,成为革命历史故事创作的重要素材;再次,20 世纪 60 年代起,一直延续到“文革”的“大讲革命故事”,出现了大批创讲故事的能手,革命故事在艺术体式上已经成熟。丰富的创作经验,为这批革命历史故事的加工创作提供了充分的保障。

革命历史故事既包括毛泽东、周恩来、朱德等革命领袖的故事,也有普通革命战士的故事,南昌起义、瑞金、红军长征、新四军、延安等不同时期都产生了丰富的故事在民间流传。故事特别运用民间的、日常的视角,如《送金匾》《在毛主席身边——一个警卫员讲的故事》《一双草鞋》等以普通老百姓或警卫员的口吻来讲述,展开对革命领袖日常生活的侧面描写,以一人一事,通过生动的细节来塑造他们的光辉形象。战斗故事的着眼点,也更多放在连营级的指战员身上,以一个连、一个小分队为单位,讲述他们的英勇战斗故事。如《铁流南进》就不是直接写南昌起义,而是写几个共产党员身份的普通铁路工人,为保障南昌起义队伍的顺利出发,护路护桥的传奇故事。1978 年第 3 期《革命故事会》出现了正式命名的“革命历史斗争故事”栏目,标志着革命历史故事的正式成熟,其后充分形成了一大故事类型。民间性、日常性、故事化、传奇化,是它的总特点。1978 第 5 期“革命历史斗争故事”发表黄骏的《一幅马克思像的故事》,讲述了一个在红军长征期间,革命老区人民坚持地下斗争的故事。该故事把一幅马克思画像神话化了,画像以神奇的力量支撑着老区人民继续革命。这个倾向在张弘搜集“抗联故事”时,已经关注到,但被“大讲革命故事”的现实主义倾向所截断。“革命历史故事”传奇化、神话化的重拾,有助于这一类型故事体系的形成。这期中的《毛主席懂得老百姓的苦楚》《草鞋船》其实仍是革命领袖故事,却已经完全传说化了,放入了“民间传说选”栏目。文后所记录的出处则是《中国民间故事选》《湖南民间故事》这样典型的民间故事选集。

第二类是揭批“四人帮”故事的成形。《革命故事会》1977 年第 7 期,出现了一组“新传说”,包括两个小故事:《江青看信》《江青照相》;1978 年第 1 期“新传说”有《江青的“炮队”》等。这些故事和“文革”刚结束时,1977 年第 1 期《革命故事会》发表的一组“大寨人勇斗白骨精”的故事,都是以夸张讽刺的笔调,揭露江青、“四人帮”丑恶嘴脸的小故事。陈圣来编写的“大寨人勇斗白骨精”包括《火眼金睛识妖魔》《初斗白骨精》《再战黑风浪》《粉碎黄粱梦》,写江青视察大寨如何摆架子,脱离群众的可笑形象,写大寨人在“文革”中就识破江青的用心,如何坚持斗争,不愿为虎作伥的系列故事。当然,这些故事在“文革”结束,粉碎“四人帮”之后才得以流传。联系到《革命故事会》在“文革”期间对“四人帮”的歌颂,也就不难理解 1976 年第 10 期为什么会出现那么多表决心、摆正立场的口号式文章了。前一段的歌颂,和此时的批判,共享的是同一个“二元对立”的逻辑,也在艺术手法上继承了革命故事的叙事套路。消沉已久的“故事新编”在 1977 年第 1 期《革命故事会》上重新出现,刊登了一篇《吕后篡权》,以西汉吕太后的故事影射江青的野心与阴谋。

“新传说”《江青看信》《江青照相》《江青的“炮队”》抓住“四人帮”自相矛盾,搬起石头砸自己脚的小故事,把民间对“四人帮”的嘲讽传达了出来。如江青一手扶持的交白卷的张铁生,给江青写信,开头就是“敬爱的江老狼”,把“娘”写成了“狼”字,可不正是写白字、说白话、交白卷、吃白馍的“英雄”常做的嘛。《江青照相》写江青到处视察、到处摆姿势照相,还把相片到处送人的丑态。《江青的“炮队”》则写江青纠集“四人帮”集团培植的各方面势力,打算炮轰各级各类政府机关,篡党夺权。结果华国锋主席为首的党中央万炮齐轰,把江青的“炮队”轰成灰烬,“女皇梦”化为乌有。以讽刺为特点,揭批“四人帮”的“新传说”,后来很多成为民间流传的笑话,在《故事会》复刊后,大量出现在“笑话”这个新栏目中。“新传说”栏目则让渡给更为日常的生活故事,有的还是改编自外国的故事。如 1977 年第 8 期《革命故事会》中的“新传说”《警察与小偷》就是根据同名相声改编的一个讽刺性的反苏修故事。

第三类是中篇故事的复现。“文革”后期,从样板戏、革命电影改编而来的故事往往篇幅较长,如 1976 年第 3 期《刀对鞘》改编自革命样板戏《磐石湾》、第 4 期《沂蒙颂》改编自同名革命样板戏、第 6 期《审椅子》改编自同名革命现代京剧。1976 年第 7 期、第 8 期,则出现了“长篇故事选载”的形式,连续刊登了“金山县山阳公社《大海的怒涛》三结合创作组”的长篇故事《大海的怒涛》第二回《初露锋芒》和第十五回《市场斗争》。“编者按”中介绍道:“《大海的怒涛》是一部反映渔民斗争生活的长篇故事。故事正在加工修改中。为了政治上和艺术上修改、提高,为了更好地听取大家的意见,我们特选载了其中的第二回。”[①]为了便于读者理解,“编者按”还概述了第一回的情节。《大海的怒涛》在节选了这两回后,便没有再刊登。但是,这种长篇故事的艺术形式,是对“文革”前由长篇说书改编而来的《许云峰》等作品的继承。当时,这种长篇的故事形式,被剔除出了《故事会》,另外在《新说书》上刊行。金山县山阳公社《大海的怒涛》长篇故事的创编,说明随着新故事的发展:一方面,突出日常性与生活性,向短小精悍的小故事发展;另一方面,满足读者对曲折情节的阅读需求,向评书、评话学习,向长篇、中篇故事发展,这也是适应越来越复杂的当代生活的。1977 年第 2 期开始连载的中篇故事《万

① 金山县山阳公社《大海的怒涛》三结合创作组:《初露锋芒——长篇故事〈大海的怒涛〉第二回·编者按》,《革命故事会》1976 年第 7 期。

水千山》,和之前的《许云峰》一样,以章回体结构全故事,分两期共八回载完,以一支小分队为主体,讲述了红军长征过程中的路线斗争。第 6 期发表了中篇故事《钢铁红旗》,讲述了姚家庄煤矿发生的激烈的阶级斗争,以赵大伦为首的矿工队伍最终战胜敌人,赢取胜利,与同一期的"工业学大庆"故事形成了有力的呼应。中篇故事的表现领域,也从革命历史故事,扩展到当下的日常生活。这为后一时期《故事会》中篇故事成为黄金栏目,提供了艺术上的积累与准备。

革命故事活动也从以上海地区为主,扩展到了大江南北、全国各地。"文革"期间,除了《革命故事会》发表革命故事之外,辽宁、江苏、安徽、山东、浙江、云南、福建、广东等地也相继出版过《讲故事》《新故事》《革命故事》《故事小丛书》等故事丛书。如农村版图书编选小组选编、农村读物出版社《战斗的堡垒》(1974)、光化县革命故事创作学习班编、湖北人民出版社《公社书记》(1975)、重庆市群众艺术馆编、四川人民出版社《谁说打不通》(1975)、阜阳地区文化局编写、安徽人民出版社《犟哥出嫁》(1974)、广西人民出版社《过门之前:革命故事集》(1976)、广西人民出版社《三画榕树坪:革命故事集》(1976)、秦皇岛市文教局创作组编、人民文学出版社《灯光明亮》(1976)、昔阳县革命故事编写组、人民文学出版社《昔阳新故事》(1976)等。

1977 年第 7 期《革命故事会》发表了"高陵县创作故事选刊"。陕西省高陵县本来就有很好的故事活动基础,他们从 1972 年开始,进行革命故事编讲活动。从三五个创作者、一个班不到的故事员队伍,发展到三百多名创作者,故事员队伍达到大队、公社、县分别有"十、百、千"的规模。在粉碎"四人帮"后,"仅半年多时间,全县共创作革命故事三百多篇,相当于过去两年的总和。紧密地配合了深入揭批‘四人帮’的伟大斗争,有力地推动了农业学大寨、普及大寨县运动”。在政治上,“组织业余作者学习毛主席《在延安文艺座谈会上的讲话》和鲁迅先生的《门外文谈》,不断清除对革命故事创作轻视和畏难的情绪,端正业余作者的创作思想,运用革命现实主义和革命浪漫主义相结合的创作方法;明确在构思作品和选择题材时,必须从现实生活出发,进行提炼、概括,而不是从概念出发。只有这样,作品才能具有浓厚的生活气息和时代特色”。在艺术上,“批判地学习和继承我国的优秀文学遗产,学习古典文学和民间文学,从中吸取有益的营养,使革命故事朝着具有‘……新鲜活泼的、为中国老百姓所喜闻乐见的中国作风和中国气派’方面发展”①。

在以往的《革命故事会》上,也集中发表过其他地区、其他单位的故事,但除了故事内容可能会有地方、行业的特点之外,艺术上地方特色并不明显。高陵县的这组故事,大量保留了陕北的方言土语,因此还用了不少的注,来解释较为生僻的方言。尽管这给理解带来了一定的困难,却使这组故事带着陕北的泥土气息,泼辣生动。“为了保持它们口语化的特色,有的方言土语,也试予以保留,并加了注解,请故事员同志在讲演时,改用本地群众语言中相近而传神的语汇。伟大领袖和导师毛主席历来教导我们‘认真学习群众的语言’,让我们和广大故事作者、故事员同志们共同努力,在深入工农兵群众、深入实际斗争的过程中,学习人民群众丰富的、生动活泼的、表现实际生活的口头语言,使革命故事这枝鲜花更具特色。”②与方言所带来的地方特色相

---

① 高陵县革命故事办公室:《我们是怎样辅导革命故事编讲活动的》,《革命故事会》1977 年第 7 期。

② 《高陵县创作故事选刊·附记》,《革命故事会》1977 年第 7 期。

适应的,则是故事的情节、人物都有着浓郁的北方味道。《见面》那种充满巧合的喜剧感、《故事迷》里夫妻矛盾的日常呈现、《吆鸡》带着善意的批评……从这一则则故事里透露出典型的陕北人个性,爽直率真、讲求面子,人情味浓。与之前《故事会》《革命故事会》刊登的地方故事相比,这组高陵县的故事,真正实现了故事的在地化,民间化。如果这种在地化、民间化,没有像高陵县这组故事那样体现在艺术风格与特色上,那就只能是一种标语口号式,为某种形势任务而做的简单宣传。这说明,"大讲革命故事活动"经由多年的推广、流传,终于在上海以外的地方,扎根发芽了,这也说明革命故事的叙事艺术越来越成熟,是到了脱去"革命"帽子的时候了。

对于"文革"中的《革命故事会》,以往论者都强调其激进革命的一面,但其实,"'民间'为政治整合的问题在'文化大革命'时期发展到高潮,'民间'话语与主流意识形态的话语达到了空前的一致……'革命故事'宣传的主流意识形态其实在一定程度上也是当时民间话语体系中的重要内容"[①]。如果客观地去分析《革命故事会》所发表革命故事的承载内容、艺术特色、人物形象,应该说,这一时期的革命故事,已经走向日常生活,并逐渐形成了小故事、革命历史故事、中篇故事、笑话等稳定样式。这是民间故事在当代的自然演进过程。从《故事会》到《革命故事会》,再到 1979 年后的《故事会》,继承的成分远大于断裂。尽管,由于"文革"的爆发与结束,影响了故事所要宣传的政治内容,但从艺术的角度看,不同甚至对立的政治内容,仍然在共享

---

① 侯姝慧:《20 世纪新故事文体的衍变及其特征研究》,中国社会科学出版社 2014 年版,第 202 页。

“当代民间故事”的形式表达。特别是比较1976年的《革命故事会》,就会特别明显地看到,“文革”前与“文革”后,对同一事件、同一人物的评介截然对立,歌颂与揭露,使用的正是同样的故事体式,运用的也是相通的艺术手段。还要特别指出的是,故事创作者、讲述者的队伍,也是基本稳定的,并未过多地受政治的影响。像张道余,从《种子迷》开始故事创作,一直延续到“文革”,到改革开放,至今仍是金山地区故事创作的领军人物,是《故事会》的专家顾问,还经常参加刊物的审稿会。还有一些作者如黄宣林、吴文昶、陈圣来、陈永绩、包朝赞等就在《革命故事会》时期开始步入故事舞台,后来都纷纷成为新故事创作大家,出了多本个人故事创作集。

故事理论家刘守华、蒋成瑀也是在这一时期就开始他们对故事的研究的。他们已经敢于为革命故事确立它的民间来源:“故事要追溯它的发源,也有相当长的历史了,它作为一种群众喜闻乐见的艺术形式,一直在人民中发挥着作用。而且,随着时代的发展,故事这种艺术形式和其他文艺形式一样也在不断发展,不断改造,不断革新,以适应人民群众的需要。它要在继承民间文学的基础上推陈出新,兼收并蓄。……故事要发展,就要批判地吸收过去好的东西,做到古为今用,推陈出新。要在保持故事特点的基础上,广泛吸收各种文艺形式的特长,特别是曲艺各曲种和故事很相近,故事应该兼收并蓄,把它们的长处拿过来,溶化进故事里去。”①强调故事的创作、讲述都应与群众紧密结合,倡导“我们故事作者最好也学学讲故事,因为这样可以在

① 陈圣来:《头脑里要有听众——听革命故事〈鸡毛大事〉后杂感》,《革命故事会》1977年第7期。

讲演中直接和听众交流感情，增加感性认识，知道什么地方该怎样写，怎样写讲起来效果更好，那末，写出来的本子就能更适合演出。革命故事是群众文艺，它有广泛的群众基础，所以我们故事作者心目中要有群众，写故事的时候，头脑里要想到听众，这样我们写出的革命故事就一定能够更广泛地流传在群众嘴上，扎根在群众心里”。艺术上，“不管篇幅的长短，都要力求结构紧凑。特别要力戒那种空洞说教，无谓的拖沓”①。承认故事在长期的流传中，“逐渐形成了自己固有的艺术传统，如爱憎分明的阶级感情，朴素、刚健、清新的风格，重叠、夸张、比兴的表现方法，等等，这些都是人民群众所熟悉和喜爱的”②。

对于革命故事与传统民间故事之间的继承关系，刘守华在《包藏祸心的“彻底革命论”——批判姚文元关于故事创作的谬论》一文中，鲜明地提出了两个关键的问题：1.“对传统故事文学能彻底扫荡吗”；2.“新故事的发展能割断历史吗”③。文中首先引用恩格斯、列宁等的论述，明确肯定传统故事的积极意义；其次，又认为旧故事、旧说书不代表民间故事的本质和主流，且举近代上海地区小刀会传说、武装起义与地下斗争故事等为例，说明民间故事的另一脉。文章最后要求“拨乱反正，大力创作新故事”。在当时的条件下，刘守华的论述仍有许多未能突破的地方。如把传统民间故事分成精华与糟粕，主流与支流，而未能认识到民间恰恰是一个格外杂芜，藏污纳垢的语义场。因此，他对

① 陈圣来：《头脑里要有听众——听革命故事〈鸡毛大事〉后杂感》，《革命故事会》1977 年第 7 期。

② 蒋成瑀：《“引人入迷”——读山西省高陵县的革命故事和新传说有感》，《革命故事会》1977 年第 8 期。

③ 刘守华：《包藏祸心的“彻底革命论”——批判姚文元关于故事创作的谬论》，《革命故事会》1978 年第 4 期。

民间传统的追认是有限的,实际上是拿了一把筛子,将传统民间故事一分为二,造成了过于窄化的理解。

1978 年,《革命故事会》正式以“双月刊”发行,出版走上正轨,改变了“文革”中刊期不稳定的情形。1978 年的 6 期《革命故事会》,呈现出多元并进的面貌:革命历史故事仍占相当重要的位置,故事性、传奇性越来越强;配合路线宣传的,如农业学大寨还存在,但不再是主流;小故事继续活跃;一些新的故事类型、品种出现了:如第 1 期“动物故事”,第 2 期“科学故事”,第 3 期“少数民族智慧人物故事选刊”,第 4 期“笑话”,第 6 期“童话”,第 4、6 期还有“柬埔寨民间故事”和“波斯趣闻”,引入了外国故事,故事从此获得了世界性的视角。1978 年《革命故事会》还发表了一系列谈传统民间故事的理论文章,如蒋成瑀《民间口头故事和古代说唱文学——略谈革命故事的艺术源流》(《革命故事会》1978 年第 3 期)、张紫晨《介绍几种散文体民间文学样式(一、民间传说)》(《革命故事会》1978 年第 5 期)、《介绍几种散文体民间文学样式(二、民间童话)》(《革命故事会》1978 年第 6 期)等。这些理论文章,正与《故事会》对不同样式的传统民间故事的引入同步。读者可以边阅读故事,边通过这些理论文章,加深对传统民间故事的了解与认识。这些以往完全被忽略的传统民间故事以及新兴的故事样式,在 1978 年的 6 期中逐一登场,预示了新故事百花齐放、千舟竞渡的繁荣时代的到来。

第七章 《故事会》复刊后的新故事理论探讨及其生产实践

从第40期起,《故事会》恢复原名。随着“革命”印记的剥落,《故事会》的新故事不但没有如一些学者预言的那样衰落,反而在新时期迎来了充分的繁荣,并引领了一大批故事类报刊的集体登场。故事类报刊的繁荣一直延续至今,其中《故事会》独领风骚,近400万册的发行量不但占据了故事类报刊的“半壁江山”,更领先于第二名近10倍。1985年,它曾以760万册的发行量创造了世界期刊单语种发行的最高纪录。自1988年以来,在全国9000多种期刊的激烈市场竞争中,《故事会》的发行量一直保持前五的位置,并连续多年高居榜首。《故事会》创造的神话,从世界范围来看,也是令人吃惊的。反映当代生活的民间故事,在日本有“现代民话”,德国有“每日的故事”,还有苏联和东欧流传的“政治笑话”,然而,能够像《故事会》的新故事这样,从民间来,到民间去,深深扎根于民间,取得如此成功的,并不多见。

与其他故事类报刊接近通俗文学不同,《故事会》始终坚持以口头文学为中心,在形成新故事这一独立艺术形式的过程中,有着充分的民间文学理论自觉。尤其在1979年《故事会》复刊后，专门腾出一定版面，刊载了一系列探讨新故事理论的文章。一本普通的故事刊物，为什么要在登载故事之余，专门开辟理论专栏？这些理论文章对刊物的发展究竟起到了什么样的作用？这些理论探讨与学术界对新故事的研究之间又是什么关系？

本章回顾1980年代初由《故事会》刊物推动的新故事理论探讨与生产实践，旨在发现新故事背后当代民间文化、通俗文化场的裂变，重新定位当代文化格局中的“民间”，并重新反思20世纪民间文学学术理路与研究范式。正是在这些理论探讨中，新故事寻找到了一个重返当代民间的实践方向，从而将《故事会》推上了辉煌的顶峰。但也正是同样的实用主义倾向，使得当时的新故事理论研究缺乏对当代民间文化变迁的自觉反省，一定程度上导致了后来的新故事身陷通俗文化的泥沼。

第一节　新故事民间文学属性的确立

1979年1月，《故事会》第40期出版。从《革命故事会》到《故事会》，编辑部并未多加宣扬，只是在《革命故事会》1978年第6期也就是当年最后一期刊登了一则启事：“本刊自一九七九年第一期起，恢复《故事会》刊名，仍为双月刊，每逢单月出版，欢迎订阅。”

伴随着《故事会》这个温和的开端，却是刊物相当的理论自觉。从这一期开始，作为一本刊载故事的文学读物，《故事会》刊发的理论文章重新接续“文革”前对新故事之民间渊源、继承关系的讨论，开始有意识地剥离新故事的“革命”属性，明确民间文学的身份。

在刊物上发表有关新故事编讲的研究文章本是《故事会》的

传统。创刊之初的《故事会》是给各地故事员提供的故事脚本,因而在刊登故事之余还辟有诸如"经验交流""故事员的话""创作体会""小讲座""故事创作与活动笔谈会"等栏目,有些故事还有"附记"来帮助故事员理解该故事的主题,讲述时的技巧和注意点。这些文章并不讲求体系,多为故事编讲经验的交流。《革命故事会》也会刊发一些有关"革命故事"的讲述与组织,特别是如何贯彻"三突出"原则、选题如何配合政治运动、如何塑造英雄人物等问题的理论文章①。"文革"结束后,蒋成瑀、陈圣来等在不触及"革命故事"命名的前提下开始探讨革命故事与民间故事之间的关系②。1978 年第 5 期起,《革命故事会》连载张紫晨的《介绍几种散文体民间文学样式》。"编者按"指出刊发此文的目的是"作为今天搜集新传说和编写新故事时的借鉴"③。

《革命故事会》脱胎换骨为《故事会》,新故事理论探讨大胆跳出了"革命"的制约,开始系统地、有目的地倡导新故事写作。嘉禾的《恢复优良传统　遵循艺术规律——漫谈故事创作为工

① 相关的文章有陈永绩:《努力贯彻"三突出"的创作原则——移植〈智取威虎山〉片段〈打进匪窟〉的体会》,《革命故事会》,第 2 期;陈永绩:《为革命讲好革命故事》,《革命故事会》1976 年第 2 期;沈正艳:《努力塑造无产阶级英雄形象——谈讲好革命故事必须正确处理四个关系》,《革命故事会》,第 4 期;潘与庆:《用无产阶级专政理论指导创作——写作〈爷爷学手艺〉的体会》,《革命故事会》,第 10 期;吴士余:《要触及时事,要塑造无产阶级英雄人物——也谈提高革命故事的质量问题》,《革命故事会》,1976 年第 3 期;陆金昌:《加强政治学习是搞好创作的关键——〈新书记〉创作中的一点体会》,《革命故事会》,1976 年第 3 期。

② 相关的文章有蒋成瑀:《谈革命故事的口语化艺术》,《革命故事会》1976 年第 1 期;《独白、插话和对话——谈革命故事的人物语言》,《革命故事会》1976 年第 8 期;《谈革命故事的结构》,《革命故事会》1976 年第 4 期;《民间口头故事与古代说唱文学——略谈革命故事的艺术源流》,《革命故事会》1978 年第 3 期;陈圣来:《头脑里要有听众——听革命故事〈鸡毛大事〉后杂感》,《革命故事会》1977 年第 7 期。

③ "编者按",《革命故事会》1978 年第 5 期。

作重点转移服务》认为："只要有利于'四化'早日实现的，不管今天的，还是过去的，不管是中国的，还是外国的，不管是正面配合的，还是反衬的，不管是喜剧的，还是悲剧的"，"都应该得到鼓励和支持"[①]。不但不提《革命故事会》"团结人民、教育人民、打击敌人、消灭敌人的锐利武器"[②]，就连1963年"文艺宣传中最为灵便的轻武器"的说法也不提了。去除了为"革命宣传"服务的信条，新故事的选题、风格、内容及文化来源的多元性和包容性大大提高。文章进一步解释恢复《故事会》命名的原因："'革命故事'这一名称，在某种程度上也是受极左思潮影响的反映。好像不冠以'革命'两字似乎就不革命了。而且这种提法，也是作茧自缚，把故事创作的题材局限在一个小天地里，搞得非常单一和狭窄"[③]。

命名的更迭促成了新故事对民间故事的"认祖归宗"。《故事会》陆续刊发了陈圣来《不胫而走 历久不衰——从故事的人民性谈起》、溪源《口头故事的语言特色》、蒋成瑀《故事的"三迭式"结构及其发展》(1979年第4期)；刘守华《故事·小说·评书》(1979年第5期)；胡林森《讲写结合好》(1979年第6期)；姜彬《新故事要在传统民间故事的基础上发展》(1980年第1期)等文，持续探讨新故事与传统民间故事、评书以及小说之间的渊源关系。

从"革命故事"到"新故事"，其间的关键是以"人民性"取代

---

① 嘉禾：《恢复优良传统遵循艺术规律—漫谈故事创作为工作重点转移服务》，《故事会》1979年第2期。

② 《致读者》，《革命故事会》1974年第1期。

③ 嘉禾：《恢复优良传统遵循艺术规律—漫谈故事创作为工作重点转移服务》，《故事会》1979年第2期。

"阶级性"。1979 年 9 月,《故事会》的主办单位上海文艺出版社邀请故事工作者和故事理论研究人员 30 余人,召开了新中国成立以来第一次全国性的故事工作者座谈会。这次座谈会上,与会者讨论得最热烈的就是"故事的人民性问题"。而判断"人民性"的标准就是新故事的流传性:"凡是植根于人民群众之中,反映了人民群众要求,表达了人民群众心声的故事,就会受到人民群众的喜爱。人民群众中来,又能够回到人民群众中去的故事一定是好故事"①。

主持《故事会》工作的何承伟指出:"《故事会》要姓'故',那她所发作品的艺术风格上,就必须继承民间故事的长处,采用中国老百姓所喜闻乐见的形式,用白描的手法刻画人物,结构明快简洁,故事完整连贯,故事单线发展,写作要尽量采用短句,切忌用欧化句子。要多用比喻,节奏感要强,要朴实上口,易记易传——这便成了《故事会》以后选稿的一条艺术标准。"②

新故事应当植根于人民的日常生活。嘉禾的《打回"老家"去》,提出了"打回老家"的口号。文章说:"'老家'就在人们的日常生活之中,就在人们休息和闲余的时间里。"③还故事于民,回到民间文学属性,对于新故事的发展方向有着重大的指导意义。"把新故事划入民间文学的范畴,是为了在搜集整理、创作、改编和编选新故事时,指导思想更加明确,能够按照民间文学的基本性质是劳动人民的口头创作,适合人民群众口头流传,主要反映

① 沈国凡:《解读〈故事会〉——一本期刊的神话》,上海社会科学院出版社 2003 年版,第 26 页。

② 沈国凡:《解读〈故事会〉——一本期刊的神话》,上海社会科学院出版社 2003 年版,第 28 页。

③ 嘉禾:《打回"老家"去》,《故事会》1980 年第 4 期。

人民大众的生活、斗争和思想感情，表现他们的审美观念和艺术情趣，具有自己的艺术特色等，严格要求它，以求提高新故事的质量，促使它在人民中流传，把我们的工作搞得更好。”①

属性明确之后，如何流传就成为急需讨论的问题。《故事会》专门开辟“如何使新故事在人民群众中流传”专栏，发表了乌丙安的《不胫而走的路——谈故事的流传性》(1980 年第 6 期)；张功升《把故事员从背故事中解放出来》、张紫晨《新故事需要创造便于流传的艺术手法》(1981 年第 1 期)；顾乃晴《从来稿中看群众喜爱的流传故事》(1981 年第 2 期)；赵和松《先讲后写　边讲边改》(1982 年第 4 期)等文章，在讲写结合的独特创作方式中形成了自己独立的艺术形式。

通过系统的、有目的地讨论，复刊后《故事会》不但明确了新故事的民间文学属性，更开启了新故事研究的热潮，甚至在某种程度上创立了一门新故事学。

第二节　重建新故事写作理论及其生产

完成了新故事“民间文学”血统的追认之后，《故事会》理论研讨的重心开始向写作理论转移。写出值得流传的好故事，是新故事的生命线，也是《故事会》的命脉所在。对于刊物而言，新故事创作中的艺术规律，是比一般理论更为迫切的事。如何能最大程度上发现并催生与当代民间生活紧密联结，又能为群众喜闻乐见的优秀稿件，是刊物的中心工作，也是贯穿刊物组稿编稿全过程的指导思想。

---

①　张楚北:《要明确新故事的属性》,《故事会》1981 年第 3 期。

从刊物的实际出发，由《故事会》主导的故事写作理论探讨是与刊物的栏目设置、用稿要求密切互动的。理论与创作的互动关系存在下列特点。首先体现在民间故事类型的恢复与拓展。张紫晨的《介绍几种散文体民间文学样式》先后介绍了民间传说、民间童话、民间寓言、民间笑话与生活故事。相应地，《故事会》陆续开辟了“动物故事”“童话”“外国民间故事”“寓言”“歇后语”等栏目。“笑话”是最早在《故事会》上固定下来的栏目（1979 年第 2 期开始）。专门对“笑话”艺术进行探讨的有谭达先《笑话艺术浅说》（1979 年第 6 期）、《笑话艺术续说》（1980 年第 2 期）、刘守华《笑话艺术一得》（1982 年第 5 期）等。高度的理论自觉使“笑话”成为《故事会》长盛不衰的王牌栏目。1983 年第 1 期，刊登周竞《谈谈编讲儿童故事》，同一期出现了与之相配合的专栏“妈妈讲故事”。新的故事类型亦在探讨，1979 年第 4 期发表了何玉麟《浅谈“科学故事”的创作》，随之即有科学故事、科学幻想故事的发表。1980 年代前期，《故事会》的栏目还很不稳定，涉及传统故事搜集整理的有“风物传说”“土特产的传说”“文人故事”“机智人物故事”“清官故事”“谜语故事”等，往往每期突出某个专栏，其中比较固定的则是外国民间故事和各民族民间故事。

其次是重视新故事写作技巧辅导。现实题材的新故事，最初没有设专栏，只是在编排上一直放在最前面以示重点推出。新故事先后被冠名为“新传说”“新民间故事”，从 1981 年第 2 期开始，才固定为“新故事”。约与此同时，1981 年第 5 期起，《故事会》的理论专栏改为“短评”，都是针对性非常强的新故事创作技巧辅导：如《要“讲究”不能“将就”》《一语中“的”和弦外有“音”》《谈谈故事中的“重复”》《故事艺术要以情节见长》《要“讲究”生活的真实》《要根据故事艺术特点塑造人物》《故事也要讲究以情动人》《故事题目小议》等。连稿约也征集"有关故事创作和讲述的辅导性文章"。1983 年第 1 期起,《故事会》的理论专栏又改为"故事编讲辅导",集中探讨新故事创作的得失。吴文昶《怎样讲好故事》、陈圣来《从社会新闻中挖掘故事素材》、陈文《要注意新故事的特性》等文章切合创作实际,已经逐步走出传统民间故事的影响,开始寻找新故事的独特文体与艺术价值。

1984 年起,《故事会》改为月刊。而《故事会》复刊以来的新故事理论探讨,也到 1984 年第 6 期"故事编讲辅导"刊出溪源的《故事悬念琐谈》之后,戛然而止。一方面,从新故事民间文学身份的确定,到新故事创作技法的研讨,对刊物而言,已经完成了对新故事理论的实用主义探询。另一方面,愈演愈烈的期刊竞争,也使刊物有限的版面更集中在刊登优秀故事稿件,提炼品牌栏目上。特别是 1985 年下半年开始,沿用了多年的"新故事"专栏不见了,取而代之的是更为复杂的新故事分类,如法制故事、爱情故事、讽刺故事、生意经故事、当代写实故事、都市新传说等。而早期按传统民间故事类型划分的栏目"传说""寓言""童话"等所占篇幅越来越少,被压缩在"民间故事金库"这一个栏目中。这说明,经过多年的新故事理论探讨与写作实践,新故事已经形成独立的类型、主题,需要用更细的栏目划分来精确定位了。新故事取代了传统民间故事,成为刊物主推的故事类型。

理论文章的缺席并不代表《故事会》放弃了对新故事理论的进一步研讨。相反,由《故事会》组织的故事理论研讨会、写作笔会以及各类培训班更加活跃了。与前一阶段不同,此时的理论研究不再讨论新故事的属性与定义,也很少讨论传统民间故事技法的继承,而是更为细致地研讨新故事自身的文体类型及发展方向。刊物不但仍然主导着新故事写作理论探讨,而且通过独特的组稿、用稿与评奖方式,在探索中创造了一种较为成熟的口头传播与书面传播相结合的新故事生产与评价体制,其中蕴含了《故事会》对当代民间“讲故事”这一生活方式的思考。

一是深入基层,创作者、专家学者与编辑三方面结合,组成故事理论研讨的核心队伍。编辑部以研讨会、笔会、函授班、培训班、故事沙龙、读者俱乐部等形式,最大程度地组织起基层创作者,让专家、学者与编辑为普通作者尚嫌粗糙稚嫩的创作底稿把脉诊断,进行集体修改。只要稿件稍有修改的潜质,就获得《故事会》的全额资助。一些没有任何写作基础,一篇作品都没有发表过,有的甚至连字句通顺都很难做到的故事写作者在专家、编辑、新故事家的集体帮助下修改发表故事。1984 年成立的“中国新故事学会”,其领导既有故事学学者,也有张功升这样的新故事家。它还注意与地方文化部门的故事编讲活动结合,先后举办过几期针对全国文化馆创作干部的会议和培训班。编辑部还主动到有需要的地方上门辅导故事创作,经费都由编辑部全额承担。

二是建立了“书面—口头—书面”的作品修改体系。有的作者文化水平低,只会讲,不会写,或者写出的稿子极不通顺,编辑就手把手地指导作者修改。如故事家夏元寿最初是上海一家工厂的职工,他的第一份 5000 多字的稿子,编辑标注修改的地方达 23 处之多,18 个错别字,7 处是遣词造句的问题。经过反复修改,第 14 次的修改稿终于以《神秘的苔丽丝》为题发表于 1988 年第 2 期。几千字的稿件,修改的底本却达到十万字之多。有的作者只会书面写,不会口头讲。编辑部就专门请故事员讲,作者与编辑在下面听,吸取群众意见后,把讲述中发现的问题及时补充进来。经过这样“书面—口头—书面”的多重打磨，夏元寿、汪世炎、陈桂娣、庄良勤等来自基层的创作者，渐渐掌握写故事的技巧，把丰富的生活积累转化为一篇篇生动的新故事。专家学者、刊物编辑、普通作者、故事听众一同围绕具体作品进行研讨的方式，有效地实现了从群众中来、到群众中去的民间故事生产体制，也进一步推动了《故事会》的繁荣。

《故事会》对新人新作的扶持，尤其是对有故事核但写作水平不高的作品的反复修改，说明它有意识地追求新故事广泛而现实的生活基础。因为写作技巧可以磨练，但想要新故事与时代同行，最大限度地反映生活，必须从原始素材中寻找故事核。因而，从读者俱乐部到故事创作培训班，再到创作笔会，构成了自下而上的金字塔形稳固的新故事生活来源，使《故事会》的“民间”不光是对故事形式的简单继承，更是民间“讲故事”生活方式的精神承传。

三是建立了编读互动的大众传播机制。《故事会》始终重视与读者的交流，腾出紧张的版面刊登读者来信。尤其值得注意的是《故事会》富有特色的评奖机制。它从最开始就选择了专家与读者共同评选的方式，倾听群众的声音，让群众为刊物选用的稿件把脉。1981 年的新故事征文评奖，总共收到全国各地来稿 1000 多篇，近 2000 名读者参加了评选。1984 年—1985 年，举办了首届《故事会》优秀作品奖大奖赛，1988 年起，大奖赛从两年一届改为每年一届，评奖方式由评选委员会初选出 50—60 篇作品，再由读者投票确定名次，同时还增设了读者推荐奖。1998 年起，《故事会》优秀作品开始月月评。还进行各种专题征文比赛，如联合新故事学会举办的“中国最佳故事奖”，中国笑话大赛、微型故事大赛以及“青春读本”征文等。围绕着大奖赛，《故事会》

举办专门的笔会，有针对性地评稿改稿。专家与读者结合的评奖方式不仅成为《故事会》听取最广泛意见的评价机制，也为刊物开辟了一个与读者紧密联系的沟通渠道。

这一阶段的《故事会》新故事理论研究，从刊物的实际需求出发，围绕着故事写作技巧，通过培训班、笔会、研讨会，以及广泛的评奖机制，探索出一条大众传播时代的民间故事流传道路。与前一时期不同，它不再探讨新故事的本质属性，也不纠缠于抽象的概念，只是扎扎实实地解决“如何写好值得流传的新故事”这样的实际问题。在富有特色的新故事生产、评价与传播实践中，力图恢复新故事的“民间”本色。但是，这个未加学理分析的“民间”，由于缺乏有力的文化定位与理论支撑，很快就在通俗文学大潮兴起之后，变得立场模糊。新故事的民间文学属性也随当代文化场的裂变而渐渐可疑起来。

第三节　通俗文化影响下的新故事写作实践

刊物主导的新故事理论研讨，从《故事会》1979 年复刊开始，到 1980 年代中期基本落下帷幕。剥离了革命意识形态的新故事，在向传统民间文学的学习中确立了民间文学的属性。《故事会》自觉的民间意识，使它占领了新故事的理论高地。理论又反过来推动了新故事的繁荣，帮助《故事会》成为新故事的领军刊物。然而，随着社会转型的深入、消费文化的兴起、市场化以及港台与海外通俗文学的引入，文学发生了前所未有的面向通俗文化的裂变。由《故事会》主导的理论研究未能将新故事置放在当代文化场的整体演变中，及时思考并调整新故事对于当代民间文化的意义，实用主义的理论导向开始显示出薄弱之处。

从1983年起，刊物开始自负盈亏，市场竞争愈演愈烈。当时，《故事会》的成功已经成为许多杂志效仿的对象。“仅从1984年下半年的统计，全国故事类刊物已多达六七十种。除此之外，故事又开辟了一个新天地，即从刊物向着报纸延伸。《中国故事》《故事世界》《故事大王》《故事林》《故事家》《外国故事》《古今故事报》《今古传奇·故事版》等等，这些新创办的故事类报刊，让人顿感‘山雨欲来风满楼’之势。”[①]此时的故事类刊物，已经滑向言情、警匪、侦破等通俗文学。

《故事会》明显感受到来自通俗文学的压力。1989年第2期，《故事会》在“编者的话”中这样写道：“故事这一门民间艺术形式，越来越多地受到来自外界和其自身内部的挑战。如何使她在当今不受其他艺术门类的同化以及促进自身发展，已成目前故事创作者们的当务之急。这一期里，我们特别编辑了一组故事性较强的作品，旨在说明故事是故事本身而不是其他。”[②]显然，在通俗文化的挑战下，《故事会》意识到，仍然必须坚持民间文学的方向，才能保持新故事的特色，也才能守住刊物的生命线。

考察《故事会》新故事写作实践，可以看出以下几个特点。一是从传统民间走向多元现实。故事的产生从民间自发流传到个人自觉创作，早期类似“文革”时流传在江西九江地区的《蔷薇花案件》（1983年第5期—1984年第3期）、流传于苏北盐城地区的《冤狱恨》（1984年第5期—1984年第7期）、流传于陕西的《王奶奶的枕头》（1980年第6期）等从民间搜集整理的新故事越

---

① 沈国凡：《解读〈故事会〉——一本期刊的神话》，上海社会科学院出版社2003年版，第89页。

② “编者的话”，《故事会》1989年第2期。

来越少，而根据作者的亲身经历或耳闻目睹的真实事件、新闻素材创作的越来越多。如写科技致富的《财神爷》（1982 年第 5 期）、写国企改革的《服服帖帖》（1985 年第 2 期）、写个体户的《变迁》（1993 年第 6 期）、写进城打工者的《轿车里的故事》（1997 年第 8 期）、反映住房难的《来自恋爱角的新闻》（1992 年第 12 期）、反映看病难的《桑琼泪》（1995 年第 12 期）、反映拆迁问题的《三拆新屋》（1995 年第 12 期）等。这些故事紧扣时代的脉搏，不但远在精英文学之前关注到转型期社会的国计民生，甚至比新闻媒体对相关问题的关注都要来得早。它从老百姓的日常生活与个人体验出发，以小见大，切入社会问题的方方面面。如果按时间线索来梳理《故事会》的主题，将是一幅生动而发人深思的转型期社会众生相。值得注意的是，《故事会》在 80 年代初就开始引入异域文化。《故事会》的金牌栏目“外国文学故事鉴赏”先后介绍过《悲惨世界》《一仆二主》等名著，更介绍了大量的当代外国文学故事如《追捕老人的人》《演出没有停止》《小耗子》等。《故事会》还很早就借鉴、改编其他艺术种类的故事。事实上，60 年代的《故事会》主要是改编评书、戏曲和传统民间故事。新时期以来，《故事会》从电影电视以及其他文学刊物中改编故事，“故事传递”栏目的设置就旨在扩大故事的来源，提升刊物的文学品味。随着“故事中国”网站的创办，手机、网络等新媒体也构成了《故事会》的生活世界，并进一步形成了跨媒体经营的格局。融通中外古今，杂糅多种媒介样式，使《故事会》新故事满足了民间对“奇闻”“轶事”的心理需求，以口头、书面与现代传媒互相作用的方式呈现出一个复杂多样、日新月异的当代民间社会。

二是新故事本身的类型、体式不断发展。“中篇故事”既是《故事会》的品牌栏目，也成为《故事会》创造的适应现代人讲述与阅读需求的新故事体式。如上面提到的《蔷薇花案件》总计五万多字，故事曲折离奇，用了整整五期版面连载。其后推出的中篇故事连载《冤狱恨》《一个“杀人犯”》《三封密电》《花烛恨》《海角情》等更是涉及谍战故事、侦破故事、情仇故事、武侠故事、婚恋传奇等内容。这些故事一方面借鉴通俗小说复杂多变的情节，一方面强调故事性，不管是整理改编，还是个人创作，都尽量避免小说冗长的描写，突出新故事易讲易记易传的特点。中篇故事越写越长，讽刺故事、三分钟典藏故事则越来越短小精悍，在千字之内，有的甚至仅两三百字，它适应“短、平、快”的现代节奏，也成为通过《故事会》优秀栏目提炼出来的新故事体式。

随着时代的发展，越来越多的当代写实故事取代传统的民间故事，占据了《故事会》更多的版面。传统民间故事的“三叠式”结构发生了较大变异，已经不明显。值得注意的是，新故事“易讲易记易传”的关键因素——“故事核”。《蔷薇花案件》虽然篇幅很长，但其中的“梅花党故事”“绿色的尸体”“金表”“太平间的特务”“装有毒药的牙齿”“误戴证章”等故事核却在同时代《一只绣花鞋》、《绿色的尸体》等反特故事中反复出现，具备很强的流传性。“‘故事核’是指十分‘讨俏’的生活细节，奇特有趣，令人忍俊不禁。”[①]它可能是“一个情节、一个细节、一句话、一个动作”[②]，往往出人意外，又合乎现实常理。许多学者都讨论过“故事核”的改造、加工，但新故事发展到今天，我们可以从大量的新故事文本中辨认出“故事核”的流传与变异。如《三百元的故事》

① 杨春清：《新故事创作要善于捕捉生活中的“故事核”》，商鹏蓉、余强主编：《新故事研究文集》，华岳文艺出版社1987年版，第7页。

② 吴川淮：《论故事的模式感与扩张力》，商鹏蓉、余强主编：《新故事研究文集》，华岳文艺出版社1987年版，第59页。

(1979年第5期)、《四百元的故事》(1984年第5期)、《二百元的故事》(1983年第6期)、《老鹰叼走大黄牛》(1985年第2期)都围绕着一笔金钱的遗失、寻找、复得,来展开人物良知与道德的搏斗。其中讨巧情节的关键都在于“失而复得”,只不过或“智取”、或“巧归”,复得的方式不同。《一百个称心》(1981年第5期)、《抢憨大》(1983年第3期)、《彩蝶》(1984年第1期)都写金钱腐蚀婚恋关系,为了结婚抛弃女儿、老母或傻儿子的故事;《绿毛龟传奇》(1996年第3期)、《被放生的老鳖》(1998年第2期)都围绕捉放老鳖展开人物的悲欢离合,相似的故事反复刊登,且反响都相当好。由此可见,对新故事来说,与其关注它对传统故事结构的继承,不如梳理它围绕着时代主题形成的、不断重复并变异的故事核。

三是“领先半步”的民间价值坚守。与精英文学自上而下的视角相比,《故事会》新故事采取了一种自我讲述的立场。特别是“百姓话题”“我的故事”这两个栏目,涉及的话题都与百姓生活密切相关,如房子、钞票、打工、宠物、有钱人、大哥大、狗等,话题可大可小,但又落到“我”的自我讲述,以“我”的经历、闻见为内容。在城乡关系描写上,以农村读者为主要对象的《故事会》有更从容的心态,既有《城里人和山里人》(1997年第1期)写山村之善良淳朴,《失踪的阿福》(1993年第4期)写进城卖瓜农民的小喜剧,温暖喜人;又有批判乡村陋俗愚昧的《新嫁娘》(1993年第6期)。中篇故事、当代写实故事中更有大量描写拐卖人口、买卖婚姻、因风水或琐事口角引发的连环命案,以及由于乡村封闭而产生的腐败专制等故事。它立足农村,写农村现实而无高高在上的启蒙期许,着力写人物自身的抗争,无论悲剧喜剧,都在善恶分明、因果有报的故事模式中实现民间的自我修复，表达着“眼光向下”的民间立场[①]。“都市新传说”栏目的开辟说明刊物并不自限于农村市场，开始将城市生活纳入视野，对当代民间的表现亦随时代变迁扩容到都市。

对社会时弊的讽刺与还击体现了民间智慧。尽管有些故事还存在清官模式，但更多的故事依靠群众自发的智慧，如惩治腐败的《陪搓》(1995 年第 12 期)、《酒瓶子的秘密》(1993 年第 7 期)，甚至清官也得依托群众，如《王老汉买字画》(1996 年第 3 期)。不少故事通过智斗惩恶扬善，如《陌路情》(1993 年第 7 期)、阿 P 系列的《换鞋》(1997 年第 1 期)。即使没有惩治的环节，也充满了民间情趣和笑讽的力量。《选贼》(1992 年第 5 期)、《一票否决》(1998 年第 3 期)中选举贼、火化指标等荒谬情节揭示官僚主义的危害。讽刺食品卫生问题的《罚苍蝇两公斤》(1994 年第 10 期)，两兄弟抓苍蝇没满指标同时想到向舅舅的豆腐店借苍蝇。《郑屠杀羊》(1998 年第 6 期)儿子梦游误认老爹为羊而注水，医生问起病情时连忙答道：“是干净水！我们从不给羊打脏水的！”《小偷搬家》(1994 年第 10 期)不但辛辛苦苦替主人搬了一趟家，还倒贴了搬家的车钱，最后怕暴露身份连一顿饭都没吃上。这些笑点是人物对自身行为的嘲讽，搬起石头砸自己的脚。

与同时期通俗文学题材重复，多集中于武侠、言情等类型不同，《故事会》新故事充满了生活气息，来自田头、工厂、都市，来自百姓的日常生活，真实自然，不做无谓的说教，又坚持美好健康的普世价值。故事核奇巧有趣，但不猎奇，奇得有理有道。

---

① 秦文苑：《情趣向上 眼光向下——浅析〈故事会〉的编辑思想》，《出版科学》2007 年第 2 期。

《第三个条件》(1983年第6期)在民间流传中的结局是丈夫咬下了负心妻子的鼻子,故事性倒是强了,但格调不高。发表时就改成善良的丈夫放弃了第三个条件,妻子被感动,重归于好。《新娘教子》(1998年第3期)靠装神弄鬼劝醒了贪污腐败的书记,书记得知真相后不但不责怪,反而感叹道:"谁教我重新做人,谁就是我的亲娘!"这句话出人意料,又发人深省。用主编何承伟的话来概括,就是"领先半步",既不曲高和寡,也不随波逐流,要做一副醒世的"劝人方"①。大量涉及时代题材的新故事切中时弊,涉及社会伦理道德的方方面面。生活的真实性、传奇性与教育性有机地统一在一起。

在通俗文学、大众文化大潮中的《故事会》还是不是新故事?新故事是否还属于民间文学?学术界与《故事会》编辑有着不同的看法。早在1980年代初,刘守华、姜彬就因新故事的内容、体式及传播方式的变化而对新故事的民间属性有所犹疑。② 他们只好把新故事一分为二,分为新民间故事与通俗文学。受"告别革命"的时代思潮、"再解读"和当代文学中发现"民间"等学术思路的影响,游自荧、隋倩、李云等人的研究辨析出加诸新故事之上的革命意识形态影响,以及民间对于革命的反作用力,认为在革命意识形态消退之后,新故事从革命通俗文艺向通俗文学转变。③

① 李晓晔:《〈故事会〉大理论撑起"小刊物"——访〈故事会〉杂志主编何承伟》,《传媒》2002年第10期。

② 相关论述见刘守华:《故事学纲要》,华中师范大学出版社2006年版,第166页;刘守华:《故事学的春天》,《民间文学论坛》1986年第5期;刘守华:《中国民间故事史》,湖北教育出版社1998年版,第795页;姜彬:《新故事的性质和特征》,《姜彬文集》第三卷,上海社会科学院出版社2007年版,第124—125页。

③ 李云:《从群众文艺到通俗文学——〈故事会〉(1979—1986)在新时期的转型兼及"80年代通俗文学热"》,《中国图书评论》2009年第12期。

《故事会》主编何承伟坚持新故事易讲、易记、易传的口头流传性，认为新故事是社会主义民间文学，强调新故事对传统的继承与发展。他说，“新故事的‘新’字，严格地说，是一个时间概念，是指当代人民群众创作的各种的故事，而不是指与传统民间故事完全对立的，毫无血缘的故事”。“社会主义民间文学主要是口头语言艺术”，“尽管一些故事用文字固定下来后，也可供人阅读，但它主要还是供人讲述的，而阅读是第二位的，次要的”①。即使到新世纪，何承伟仍然强调故事的“可传性”“集体性”。对新故事类型体式的变化，他认为应当以“集中了人类智慧的文学”突破原有的民间文学阶级论，“站在现代人的角度，以现代人的眼光看中今中外”，“告诉人们现实世界的丰富多彩性”②。

事实上，学界对新故事的判定更多受到当代文学与文化观念的牵制。如果我们从《故事会》自身对新故事理论的研讨出发，从新故事的生产方式与写作实践出发，应当说它从“革命民间”到“通俗民间”的演进，恰恰构成了一个“当代民间”的自我发展史。追溯 20 世纪民间文学学术史，我们不难发现，“五四”学者倡导民间文学，一看重其在人类学、民俗学上的科学价值，二看重其为“国民心声”的文学价值③。“五四”时期“白话文学”“平民文学”“俗文学”“民间文学”的混用为民间文学留下了两种发展可能：一个“无产阶级的”革命民间④；一个“出生于民间，为民

① 何承伟：《应该明确新故事的属性》，中国民间文艺研究会上海分会编，《民间文艺集刊》(第四集)，上海文艺出版社 1983 年版，第 147—151 页。

② 李晓晔：《〈故事会〉大理论撑起“小刊物”——访〈故事会〉杂志主编何承伟》，《传媒》2002 年第 10 期。

③ 《歌谣・发刊词》，《歌谣》周刊 1922 年第 1 号。

④ 徐蔚南：《民间文学》，上海世界书局 1927 年版，第 3 页。

众所写作，且为民众而生存的"通俗民间[1]。彼时，民间文学与通俗文学交接往来，互相转化。主张推陈出新、改旧编新的延安文学，也把通俗文学的写作与民间故事的整理改编视为"文艺大众化"不可或缺的两个方面。"不仅要收集、保存、研究和学习民间文艺，而且要给以改进和加工，使之发展成新民主主义的新文艺。"[2]某种程度上实现了"五四"学者对民间文学所赋予的新的文学期待。

直到50年代，郑振铎的俗文学观才被彻底批倒，"在民间流传的通俗的文学，不能一概认为是民间文学，同等看待，而应以阶级的观点去检查这些作品"[3]。民间文学终于与通俗文学切断了联系，借阶级论窄化为劳动人民的口头文学。1961年的"社会主义民间文学范围界限问题"大讨论，批驳了资产阶级的民俗学、俗文学，提出了作家文学与民间文学"合流论"。"合流论"在今天看来当然是荒谬的，但它却是在阶级论的前提下，对劳动人民文化水平提高，"人民"内涵的扩大，书面传播与口头传播交互作用，民间文学向前发展的一种勉强解释。"文革"结束后，民间文学研究界又对"改旧编新"问题进行了讨论。由于急于去除革命意识形态的影响，当时的论争呈现出一边倒的局面，改旧编新论者的答辩文章无法发表[4]，只强调民间文学的科学价值，搜集、

---

① 郑振铎：《中国俗文学史》，上海人民出版社2006年版，第17—18页。

② 郭沫若：《我们研究民间文艺的目的——在中国民间文艺研究会成立大会上的讲话》，见《民间文学论文集》，浙江人民出版社1982年版，第1页。

③ 北京师范大学中文系55级学生集体编写：《中国民间文学史》上册，人民文学出版社1958年版，第9—17页。

④ 张弘：《民间文学改旧编新论》，时代文艺出版社1991年版，第310页。张弘在《后记》中提到，1980年《民间文学》月刊上关于改旧编新问题的讨论，他寄去的18篇答辩文章全部不予发表。1981年8月讨论被人为中断。

整理与抢救传统的“民间”，却对鲜活的、发展的当代民间文学视而不见。因此，由《故事会》刊物主导的这场新故事理论的研讨以及新故事生产实践恰恰是在民间文学主流学界之外的一次成功突围。民间文学学界对新故事以及新故事背后的当代民间的犹豫乃至遗忘，显示了当代民间文学学术理路与研究范式的偏颇。新故事是当代中国民间文学研究中不可或缺的组成部分。传统的乡土自发的讲故事生活方式已经永不能再现。当代民间文学已经，并正在面临通俗文化、大众传媒乃至新媒体的全新传播语境，必须重新建构新的口头性。只有在民间文学、通俗文学与精英文学三元文学格局中，保持彼此间的动态互通，特别是民间文学与通俗文学的勾连往来，才能创造出有着深厚的民族传统、又具时代性的大众文化来，从而恢复民间文学的文学价值。正是从这个意义上来说，从当代生活与创作实践出发的《故事会》新故事，有着不可替代的学术价值。借用岳永逸对民俗学的反思：“现代性、都市化、公民的日常生活会成为当代中国民俗学基本的研究对象，至少会与传统、过去、乡民的日常生活这些研究对象一样重要。”[①]也只有当新故事成为重要的研究对象，当代民间文学研究才能跳出革命民间与通俗民间的纠缠，走出遗产抢救的困境，在发展中保护民间文艺生态，为当代民间的转型、变迁留下可变空间，重返民间文学与当代生活的血脉联系。

① 岳永逸：《反哺：民间文艺市场的经济学——兼论现代性的民俗学》，《思想战线》2010 年第 5 期。

第八章　新世纪之后的《故事会》

20 世纪 80 年代后期，随着通俗文学、大众文化的蓬勃兴起，《故事会》面临着激烈的竞争。一方面，是各类通俗文学刊物的大量发行；另一方面，从 20 世纪 80 年代到 90 年代，短短十年间，各种故事类期刊数量呈现出迅猛发展趋势，全国几乎每个省都有一家故事类的报刊，进入 21 世纪后，新的报刊还在创办。中国故事期刊协会公布的不完全统计资料显示，《故事会》《知音》《读者》等国内故事类期刊有 130 多种，所有故事类期刊月发行量一共在 1000 万册左右，而仅《故事会》的发行量就有 400 多万册。可见《故事会》作为老牌故事类期刊在全国故事类期刊中仍然占有绝对领先地位，并具有相当的影响力。新世纪已经过去 20 年，大浪淘沙，目前的故事类报刊 20 世纪八九十年代的繁荣到今天已呈退潮之势，由《故事会》开启的新故事传统正处于调整与适应期，《故事会》是如何立于不败之地的呢？新世纪以来的《故事会》，首先面对的仍然是期刊的生命线：市场，还是市场。面向市场的调适，《故事会》大大拓展了新故事的表现范围与艺术风格，“以发表取材于现实生活的新故事为主，也选载少量的优秀传统故事，还发表由国内外文学、影视名著改编的文学故事。它以大力倡导富有鲜明时代特色与民族风格、既有生动有趣多姿多彩，又寓意健康雅俗共赏的故事文学，受到广大读者的欢迎和文化界的好评”[①]。

本章关注新世纪以来《故事会》的栏目变迁与“新故事”的形态演变，梳理新故事的核心主题，以及新故事生产方式的变化。进入新世纪以来，面对市场的激烈竞争，《故事会》不断地调整期刊的栏目设置，故事内容也越来越复杂多变。本章立足于《故事会》的新故事文本，采用定量和定性研究相结合，内容分析、引证分析等多种研究方法并用，以《故事会》2000 年至 2012 年的 13 年时间为抽样范围，从可持续发展角度，分别从每一年的四个季度各抽取一本，并且根据上下月刊交错的原则，抽取 52 本作为研究样本，通过对《故事会》文本的仔细阅读，统计出详细的数据并进行分类研究。抽样结果如表 8-1 所示：

表 8-1　2000—2012 年《故事会》样本抽样表

年份	1 月	2 月	3 月	4 月	5 月	6 月	7 月	8 月	9 月	10 月	11 月	12 月
2000		O			O			O			O	
2001	O			O			O			O		
2002			O			O			O			O
2003		O			O			O			O	
2004	O 下			O 上			O 下			O 上		
2005		O 下			O 上			O 下			O 上	
2006			O 下			O 上			O 下			O 上
2007		O 下			O 上			O 下			O 上	

① 刘守华：《中国民间故事史》，商务印书馆 2012 年版，第 648—649 页。

续表

年份	1月	2月	3月	4月	5月	6月	7月	8月	9月	10月	11月	12月
2008	O下			O上			O下			O上		
2009		O下			O上			O下			O上	
2010			O下			O上			O下			O上
2011		O下			O上			O下			O上	
2012	O下			O上			O下			O上		

注："O"表示抽取的样本。2004 年 1 月开始，《故事会》每月出两刊。

通过抽样研究，对《故事会》的栏目设置、新故事主题进行具体入微的研究，探讨新世纪以来《故事会》新故事文本背后反映出社会热点的变迁与价值导向。对于新世纪以来的新故事生产方式变化，本章将结合文本与实地调研，阐析《故事会》与新世纪以来的群众性故事活动之关联。

第一节　栏目变迁与新故事形态演变

面对激烈的期刊市场竞争，新世纪以来的《故事会》着重在栏目的调整与设置上，吸引读者购买与阅读。一个特色鲜明、主旨明确的好栏目，会给期刊带来强有力的口碑与品牌。栏目往往是期刊办刊宗旨和理念的体现，充分反映出期刊的个性和特色。期刊的栏目设置并不是一成不变的，它会随着时代的发展而变化。"栏目的设置和变迁是编辑主体对目标市场受众群体特点的把握，反映了随时代变化人们的审美情趣、阅读方式、关注主题发生的转变。"[①]《故事会》进入新世纪以来的栏目调整，始终在坚持贴近群众、贴近生活、保持个性的编辑思想指导下，关注市场上读者的阅读习惯和阅读兴趣的变化，针对不同的读者，不断调整和创新栏目，丰富《故事会》的内容，体现出栏目的创新性、时代性和丰富性的特点。

《故事会》的定位是贴近老百姓日常生活，寓教于乐，具有时代气息的新故事期刊。《故事会》栏目多，且随着读者审美情趣、阅读习惯、阅读兴趣的变化而在原有的栏目基础上进行适应时代要求的调整，对一些不适合人们精神需求的栏目进行优化删除，创新增设符合当时人们审美需求的栏目。经统计，2000 年到 2012 年共 13 年间，《故事会》共出现过 57 个栏目，由 2000 年的 18 个栏目，经过不断地创新和优化，目前常见栏目数量调整为 37 个。

按照《故事会》栏目的出现时间以及栏目的数量，统计出该刊栏目的设置情况，并可以从表 8-2 中明确地看出该刊的核心栏目以及重点栏目。

表 8-2　《故事会》栏目数量统计表

栏目	栏目数量	总共期刊数	栏目出现频率
本刊信息传真	52	52	100%
笑话	52	52	100%
幽默世界	52	52	100%
中篇故事	52	52	100%

① 潘珏：《新时期〈中国妇女〉杂志栏目与封面研究》，湖南师范大学 2010 年硕士学位论文。

续表

栏目	栏目数量	总共期刊数	栏目出现频率
3分钟典藏故事	51	51	100%
中国新传说	43	43	100%
法律知识故事	17	17	100%
青春励志故事	3	3	100%
经典传递	3	3	100%
动感地带	2	2	100%
快乐辞典	36	38	95%
东方夜谈	49	52	94%
我的故事	48	52	92%
传闻逸事	34	42	81%
民间故事金库	42	52	81%
外国文学故事鉴赏	42	52	81%
故事中国网文精粹	19	25	76%
微博故事	9	12	75%
情感故事	31	43	72%
情节聚焦	30	43	70%
海外故事	24	36	67%
阿P故事	30	51	59%
职场故事	4	7	57%
漫画故事	29	52	56%
编读往来	15	27	56%
百姓话题	26	52	50%

续表

栏目	栏目数量	总共期刊数	栏目出现频率
16 岁故事	24	52	46%
第一推荐	11	24	46%
开卷故事	7	16	44%
智慧小屋	19	52	37%
感动中学生故事	9	28	32%
游戏空间	8	25	32%
名人讲故事	16	52	31%
新一千零一夜	6	20	30%
手机版故事	3	11	27%
新生肖故事	2	8	25%
悬念故事	8	36	22%
点击网络故事	7	35	20%
哲理故事	10	52	19%
故事传递	10	52	19%
发财金匣子	8	43	19%
银手指·金点子	2	11	18%
当代写实故事	9	52	17%
情节 ABC	6	35	17%
短信王中王	4	28	14%
谈古说今	5	52	10%
绝对小孩	2	22	9%
历险故事	4	50	8%

续表

栏目	栏目数量	总共期刊数	栏目出现频率
战争故事	4	51	8％
财富故事	1	16	6％
生意经故事	3	51	6％
妈妈讲故事	3	51	6％
小白信箱	2	35	6％
中国笑典	1	38	3％
智力故事	1	52	2％

注："栏目数量"意为该栏目在《故事会》中所出现的次数；"总共期刊数"意为自该栏目出现以来，《故事会》总共出版的刊数。"栏目出现频率"意为该栏目在期刊栏目中所占的比例。

根据表 8-2 的数据，以 90％的栏目出现频率为界限划分核心栏目，由于 2012 年新出现的栏目如"青春励志故事""经典传递""动感地带"样本少而不具有普遍性，因此剔除这三个栏目。可见，新世纪以来《故事会》刊物的核心栏目有"本刊信息传真""笑话""幽默世界""中篇故事""3 分钟典藏故事""中国新传说""法律知识故事""快乐辞典""东方夜谈""我的故事"。这些核心栏目，自出现以来一直保留至今，并且出现的频率相当高。特别是"本刊信息传真""笑话""幽默世界""中篇故事""3 分钟典藏故事""中国新传说"和"法律知识故事"，自出现至今，在每一期《故事会》中都有，是固定的栏目。

以 50％的栏目出现频率为界限划分《故事会》的重点栏目，共有 12 个重点栏目（"职场故事"栏目为 2011 年出现的新栏目，样本数据少而不具有普遍性，因而不将其列入重点栏目中)。重点栏目有:“传闻逸事”“民间故事金库”“外国文学故事鉴赏”“故事中国网文精粹”“微博故事”“情感故事”“情节聚焦”“海外故事”“阿P故事”“漫画故事”“编读往来”“百姓话题”栏目。

《故事会》推出的核心、重点栏目都是由编辑部精心策划,因此具有较强的稳定性,也不会随意变更。在以上22个核心或重点栏目中,有13个栏目是继承了《故事会》新世纪以前设立的传统栏目。例如,为了迎合社会民众对于娱乐消遣的审美需求和改变不合理现状的愿望,《故事会》继承了3个娱乐性较强的寓教于乐类栏目:1979年设立的“笑话”栏目,1987年设立的“阿P系列幽默故事”栏目以及1988年的“幽默世界”栏目。这些栏目,主要刊登具有幽默、滑稽色彩的喜剧风格故事,在寓教于乐中塑造出一系列调皮任性、幽默滑稽抑或是爱欺骗、要手腕等社会中真实存在的人物,嘲笑民众的不良行为,讽刺了各种不合理的社会现象。从“笑话”到“阿P系列幽默故事”“幽默世界”的栏目发展,实则丰富了“笑话”这一传统故事体式,将简短、单纯博人一笑的民间笑话,发展成了由具备一定性格特征的喜剧人物贯穿的系列情景喜剧。阿P这个喜剧主角身上,既有爱面子,贪便宜等普遍人性弱点,也有随着时代发展而出现的新特点。变与不变构成阿P性格的丰富性。阿P经历的一系列故事,都带着时代的烙印,如开店、当副总、送快递、治理乱停车、洗桑拿、抓小三等,都是当下老百姓鲜活的日常生活。以普遍人性的弱点,经历老百姓的日常,阿P身上的喜剧性就是这个时代的喜剧性。阿P系列与幽默世界中的新故事,是新故事中幽默类型故事的新发展,它将传统简单短小的笑话发展成完整的幽默讽刺故事。

《故事会》在关注当代社会生活的宗旨下,继承了1984年设立的情节曲折生动并反映当代生活的“中篇故事”栏目、1996 年推出的侧重于关注民生、讲普通人的身边事，述老百姓的心里话的“百姓话题”栏目以及展示作者真人真事与真情的“我的故事”栏目；同时也继承了 1991 年设立的讲述新奇怪异的东方奇事，现实性与荒诞性结合，带有讽刺批判色彩的“东方夜谈”栏目；由故事家转述或改编传统民间故事，情节巧趣，蕴藏智慧的“民间故事金库”栏目；以及从“外国故事”“外国故事鉴赏”再到“外国文学故事鉴赏”，介绍国外经典文学作品，引导读者“正确阅读与鉴赏外国文学名著”的栏目[①]；还有刊载一些编辑部的征文信息，编辑读者相互交流的平台——“本刊信息传真”栏目。

“东方夜谈”由全国著名的故事家吴文昶主持，“仿效《天方夜谭》《十日谈》的形式，由东方人讲古今中外的新奇故事，同时坚持将每期准备发表的故事由吴文昶等善于讲故事的作者，在群众中先口头讲一遍，在听取了听众的反应之后，再请作者进行修改，然后再到群众中去讲，达到基本满意了才在刊物上正式发表”[②]，这是在故事越来越书面化，依靠个人创作的情况下对故事“口头性”的坚持。同时，也以作者创作“口头故事”的实践，突破了对传统民间故事理论所要求的只能忠实记录民间口头自发流传故事的局限性。“百姓话题”要求“从普通百姓的角度出发，可谈生活中的感人事迹，也可谈令人发指的现象，还可议论当前社会的热点、焦点问题。话题要小，要有令人耳目一新的故事”[③]，

① 沈国凡：《解读〈故事会〉——一本期刊的神话》，上海社会科学院出版社 2003 年版，第 67 页。

② 沈国凡：《解读〈故事会〉——一本期刊的神话》，上海社会科学院出版社 2003 年版，第 97 页。

③ 《“百姓话题”征稿启事》，《故事会》1998 年第 3 期。

具体组织了以下的话题："话说'大哥大'""也说'宽容'""手心手背都是肉""戏说'宠物'""闲话'收藏'"等等。刊物还向广大读者征集话题本身："栏目所需要的故事不宜太复杂，但须有一个新鲜、奇巧的核心情节。同时，为了开拓题材，欢迎读者推荐具有热点效应的话题题目"①。不但面向广大读者征稿，还把话题权也交给了读者。改进后的"百姓话题"涉及了当下社会生活中的许多热点话题，如打官司体现了法制社会；家有"小皇帝"凸显独生子女教育问题；还有"怕老婆"这类增加了时代新鲜内容的传统话题。"百姓话题""我的故事"显示了《故事会》"新故事"向生活、向时代的靠拢。强调"百姓"和"我"的视角，更是强调当代民间的自我讲述。正如沈国凡所观察到的，《故事会》"特别注意所发表的故事与读者之间的思想感情交流。这种交流不是隔岸观火，不是隔靴搔痒，而是心贴着心，刊物上所发表的作品就是在读者身边发生的事情，让作品真正地走进读者，打动读者，在读者的心中产生共鸣"②。

《故事会》的"中篇故事"栏目已经是深受欢迎的招牌栏目，新世纪以来的"中篇故事"更集中于表现当代生活的方方面面，体式上"尽力做成'压缩饼干'，宁可将长篇压缩成中篇，让读者花最少的时间，获得最大的阅读效果；决不做'发面馒头'，将短篇'发酵'成中篇"，内容上"有对社会上各种不良风气的抨击，也有对高尚人格的褒扬；有对陈规旧习的指责，也有对新人新事的歌颂；这里有对婚外恋者丑陋灵魂的曝光，也有对婆媳真情的心理描述；有公安干警英勇无畏的形象，也有犯罪分子深藏的幽

① 《"百姓话题"征稿启事》，《故事会》1998年第9期。

② 沈国凡：《解读〈故事会〉——一本期刊的神话》，上海社会科学院出版社2003年版，第225页。

灵。悲剧和喜剧在这些动人的中篇故事里上演，灵魂与肉体在这些文字中接受着洗礼”[①]。创刊时期《故事会》就以一至两万字的中篇故事为主，但那时多改编自戏曲、电影、小说、报告文学等其他作品，复刊后的《故事会》中篇故事加上了较多流传在民间的传奇故事，如谍战、公案等，传统故事与当代故事各占一半。新世纪以来的中篇故事，不但内容上更大比例地偏向当代故事，体式上也向更符合时代审美需求的伦理故事、情感故事、侦探故事等新的故事类型靠拢。

还有一些虽从统计数据看是非重点，但有独特价值的传统栏目也值得关注。如1983年设立的“妈妈讲故事”栏目，作品面向低幼儿童，以妈妈讲故事的口吻，突出叙事者的亲切性，栏目整合了以往零星发表外国童话、寓言等作品，“改变了过去编发这类稿件相对比较零碎的局面”[②]；1993年设立的“16岁故事”栏目面向《故事会》日益壮大的青少年读者群体，改变了以往只讲述过去的历史故事的状况，反映了蓬勃向上、世界观正在形成期的当代中学生生活，推出后备受中学生的欢迎，也成为后来《故事会》编辑部的系列文摘《青春读本》的基础。1998年的“名人讲故事”栏目，一方面让大作家写小故事，让纯文学向通俗文学靠拢；另一方面，尽管作家们的故事可能在通俗、可讲述性上不如《故事会》的其他作品，却往往含义隽永，在表层意义下开拓了另一个语义空间，是通俗故事的提升。“名人讲故事”栏目实现了通俗故事与纯文学之间的沟通。1993年由“社会故事”改变而来

---

① 沈国凡：《解读〈故事会〉——一本期刊的神话》，上海社会科学院出版社2003年版，第69页。

② 沈国凡：《解读〈故事会〉——一本期刊的神话》，上海社会科学院出版社2003年版，第81页。

的“当代写实故事”，1996 年的“故事传递”栏目以及“哲理故事”“谈古说今”等栏目也都在故事的当代性、经典性上有所突破。

《故事会》根据现代人审美情趣以及心理需求，与时俱进地推出新栏目，一共创新了 33 个栏目，如下表所示：

表 8-3　新世纪《故事会》创新栏目统计表

时间	新栏目
2000 年	生意经故事、战争故事、3 分钟典藏故事、历险故事
2002 年	情节聚焦、情感故事、发财金匣子、传闻逸事
2003 年	快乐辞典、中国笑典、漫画故事
2004 年	悬念故事、海外故事、点击网络故事、情节 ABC、小白信箱
2006 年	感动中学生故事、短信王中王、编读往来、游戏空间、故事中国网文精粹
2007 年	第一推荐、绝对小孩
2008 年	新一千零一夜、法律知识故事
2009 年	财富故事、开卷故事
2010 年	微博故事、银手指・金点子、手机版故事
2011 年	新生肖故事、职场故事
2012 年	青春励志故事、经典传递

新世纪以来《故事会》创新的 33 个栏目中，9 个新栏目成为了核心或重点栏目，如：2000 年推出的“3 分钟典藏故事”，主要刊登一些寓意深刻而精短、充满哲理的小故事，给社会民众带来一些为人处世、提高自身素质的启发。“3 分钟典藏故事”发展了短小精悍的小故事体式，篇幅短小，含义深刻，随着它成为《故事会》的金牌栏目，小故事的样式也得到充分发展。进一步推进的

还有“微故事”,字数进一步缩减到130字以内,与新浪微博合作推出,每月设置一个话题,在网络征稿,评选每月最佳“微故事”,从2011开始举办一直至今,仍然保持较高的投稿率和阅读量。

2002年《故事会》与时俱进地将1988年设立的“都市新传说”优化为“中国新传说”栏目,同年,还增设了反映百姓生活中复杂情感状况的“情感故事”栏目、关注社会热点的“情节聚焦”栏目,这些栏目从人们的生活、情感、社会等不同的侧面来表现当代城市普通民众的生存和生活状态。2002年的《故事会》还在“民间故事金库”栏目的基础上,又创新了展现原汁原味的传统民间故事的“传闻逸事”栏目;2004年,在“外国文学故事鉴赏”的基础上,将1987年设立的“天下奇闻”栏目优化为“海外故事”栏目,以适应时代发展的需要,更进一步扩大了海外故事的类型作品,这是故事世界性的进一步提升。对外国文学名著与优秀故事的引介,都以“编译”的方式进行了中国式的转化,“经过加工之后,变成了适合中国人口味的东西,也就获得了生命力”①。

新世纪以来,消费文化思潮兴起,在原有幽默故事栏目的基础上,2003年新创了“快乐辞典”“漫画故事”等娱乐性栏目,进一步扩大了《故事会》趣味性栏目的比例,也适应当前社会大众不断增强的娱乐需求、从读文字到读图的阅读方式的转型。

随着社会的发展和进步,新媒体的崛起,《故事会》紧跟时代潮流,创新了一系列符合读者时代需求的栏目,如由2004年“点击网络故事”栏目改变而来,精选《故事会》刊物网站“故事中国”上发表的网络故事的2006年“故事中国网文精粹”栏目,以及一

① 沈国凡:《解读〈故事会〉——一本期刊的神话》,上海社会科学院出版社2003年版,第67—68页。

些非核心重点的栏目如2006年、2010年、2012年分别新推出的“短信王中王”“游戏空间”“手机版故事”和“微博故事”等栏目。2004年、2006年分别增设的“小白信箱”、“编读往来”栏目则加强了编辑与读者之间的互动。这些新栏目的出现，体现出了传统传播方式与网络、手机等新渠道传播相结合，民间话语权在网络中越来越受重视的趋势。

在建设健全法制社会的大背景下，针对广大社会民众法律意识薄弱，普遍缺乏法律知识的情况，2008年《故事会》开设了“法律知识故事”栏目，刊登了一系列发生在老百姓身边真实具体的案例，生动形象地宣传法律知识，对广大读者进行普法教育，引导老百姓知法、懂法、守法，而故事后面的“律师点评”更是起到了“解剖一个案例、明白一个道理”的作用。

《故事会》还推出了一些注重实用性和现实性的新栏目。如2000年创新的“生意经故事”、2002年的“发财金匣子”、2009年的“财富故事”、2011年的“职场故事”都是关注百姓经济生活的栏目；2009年、2010年新设了为社会民众普及知识的“开卷故事”以及指导读者们进行新故事写作的“银手指・金点子”栏目；《故事会》针对青少年学生，2006年和2012年分别新设了“感动中学生故事”和“青春励志故事”，是以往“16岁故事”栏目的延伸。

另外，《故事会》还根据作者来稿不时来创新一些栏目，但这些新栏目相对不稳定，有的仅出现过一次。如：2000年的“战争故事”“历险故事”，2004年的“悬念故事”“情节ABC”，2007年的“第一推荐”“绝对小孩”，2008年的“新一千零一夜”，2011年的“新生肖故事”栏目等。

《故事会》栏目随着时代变迁和读者审美兴趣的变化不断优

胜劣汰，在保持核心栏目稳定性的基础上，对一些不符合当代人们审美需求的栏目进行删除和优化，体现出栏目设置的灵活性。新世纪以来《故事会》删除优化栏目的情况统计如下：

表 8-4　新世纪《故事会》删除优化栏目统计表

时间	删除栏目	优化栏目
2000 年	智力故事	
2001 年	战争故事	
2002 年	妈妈讲故事	"生意经故事"优化为"发财金匣子" "当代写实故事"优化为"中国新传说" "都市新传说"优化为"中国新传说"
2003 年	谈古说今	
2004 年	名人讲故事、智慧小屋	
2005 年	小白信箱、情节 ABC	
2006 年		"点击网络故事"优化为"故事中国网文精粹"；"小白信箱"优化为"编读往来"
2007 年	短信王中王、绝对小孩	

2000 年删去了"智力故事"栏目；2001 年删去了"战争故事"栏目；2002 年删除了传统栏目"妈妈讲故事"；陆续删除了一系列传统民间故事栏目如"谈古说今""故事传递"栏目，这些栏目的删除更进一步缩减了传统故事在《故事会》中的比例。2002 年将"当代写实故事"优化为"中国新传说"，并将 1988 年创立的"都市新传说"栏目优化为"中国新传说"；2006 年将"点击网络故事"优化为"故事中国网文精粹"栏目、将"小白信箱"优化为"编读往来"。这些栏目的删除和调整，使《故事会》改变了旧的面貌，新栏目的出现带来了新的气息。

《故事会》的成功很大程度上是因为精心策划的栏目，栏目的设置不是一成不变的，既要保证核心栏目的稳定性，又能优化和创新新栏目，既体现出刊物的特色，又与时俱进符合受众的多样需求和审美情趣。刊物栏目的变化与新故事形态的演变结合在一起，呈现出以下几个趋势：

(1)新增了较多幽默、智慧、娱乐消遣功能的趣味性栏目，如“漫画故事”“中国笑点”“快乐辞典”“经典传递”等等，特别是图文并茂的故事形式。

(2)反映当代生活的新故事所占比例越来越大。删减了一部分传统民间故事栏目，如“战争故事”“传闻逸事”；新增反映当下社会生活的新故事栏目，如“情感故事”“新一千零一夜”“中国新传说”“情节聚焦”等等，这些故事或重情感、或偏传奇、或以情节取胜，这说明，新故事文体在反映当下生活的同时，已经具备多样的艺术风格。

(3)《故事会》的读者层次越来越广泛，从农民、家庭妇女、青少年、职场白领到高级知识分子。适应社会阶层的分化、职业分工的细化，《故事会》为不同的读者群设立了他们感兴趣的栏目，如“感动中学生故事”“职场故事”“财富故事”“青春励志故事”等。新故事也相应地拓宽了反映生活的面，从主要面向农村读者，走向真正的面向全民，男女老少皆宜。从“大众”“群众”“人民”到“百姓”的称谓变化，就显示了当代民间阶级性的淡化，日常性、生活化的强化。

(4)功能性越来越强。随着社会法制建设的推进，“法律知识故事”成为核心栏目，通过生动的故事讲述，以及故事结束后的律师点评，为广大人民宣传和普及人们生活中能用到的法律知识。“财富故事”“开卷故事”等栏目也为读者提供了丰富的知识。这说明,故事不仅有娱乐作用、文艺功能,只要与老百姓的生活实际真正结合起来,同样还可以继续它的宣传教育功能。

(5)栏目紧跟时代潮流,适应媒介的变迁,迎合读者审美情趣,及时推出一系列新阅读方式的栏目,如“点击网络故事”“故事中国网文精粹”“手机版故事”“微博故事”等。新世纪以来网络文学的发展壮大,一定程度上冲击了故事热,新故事如何适应网络时代?原有的中篇故事、小故事和新出现的微故事,是否满足读者的需求?还是有待发生更多的形式嬗变,迎接网络文学的挑战?应该说,故事是永恒的,《故事会》刊物如何调适,新故事如何通过栏目的调整,继续文体形式的创新,是其生命力所在。

(6)从“本刊信息传真”、“小白信箱”到“编读往来”,越来越注重与读者之间的互动。《故事会》举办过“我和《故事会》的故事”征文(1998年)、《故事会》优秀作品大家评(1998年)、“我为《故事会》添风采”活动(1999年),还邀请读者代表来上海参加“《故事会》与二十一世纪研讨会”等类似与读者牵手,倾听读者的意见与心声的系列活动。尤其是《故事会》优秀作品的评选,从纸质选票到短信投票、网络投票,读者的参与方式紧跟时代,评选完全交到读者手中,评出当月、当年的优秀作品,读者的话语权和主体性得到了很大的重视。

《故事会》在保证核心栏目的稳定性、坚持刊物特色的前提下,优化和创新新栏目。栏目由强调单一的教育功能,到增加娱乐消遣功能;传统民间故事栏目减少,反映当下社会的新故事栏目增加;扩大读者面,增强功能性。紧跟时代潮流,推出一系列新阅读方式的栏目,从网络平台的2004年“点击网络故事”和2006年“故事中国网文精粹”;再到手机平台的2010年“手机版故事”和“微博故事”，又发展到如今的微信、喜马拉雅等平台上的“听故事”；2004 年“情节 ABC”用发短信猜情节，2012 年“动感地带”每月设置两个有奖竞猜故事，都体现出《故事会》越来越注重与读者之间的互动交流，交流方式和平台也越来越多元化、立体化。

第二节　核心主题及其体现的价值观

《故事会》刊载了大量、丰富的民间创作的新故事，作为当代民间文学，“强调寓教于乐，在娱乐性中包含着一定的严肃性。它重视思想、道德教育，要人们相信真理，支持正义，卑视丑恶；它传授经验、知识，启迪智慧，满足读者的求知欲；它帮助人们认识生活，认识世界，给予希望、勇气和力量”①。《故事会》主编何承伟也曾说过：“故事就是一种‘劝人方’，它要教人的是一些做人的基本道理”，“故事中所表现的是一种‘大智慧’。这种智慧因其集体性而具有一种直指人心、振聋发聩的作用。”“做人的基本道理也就是一些具有永恒性的东西，比如诚信，你说是新的还是旧的？几千年来的故事中早就在反复讲这个问题了，但在今天它依然有新意。实际上，中华民族的一些优良的传统不可能老变，世界各民族几千年总结出来的人生哲理也总是历久弥新。这些做人的道理，说到底就是一种大智慧！”②因此，我们可以认为《故事会》的基本主题是“教人怎样做人”。大众文学的特质就决定了新故事的主题不能过于先锋，而是通过具有时代气息的

---

① 蒋成瑀：《新故事理论概要》，上海文艺出版社 1989 年版，第 13 页。

② 李晓晔：《〈故事会〉：大理论撑起“小”刊物——访〈故事会〉杂志主编何承伟》，《传媒》2002 年第 10 期。

新情节，表现旧的主题，宣扬中华民族的传统美德以及当代社会主流价值观。

新世纪以来13年间的52个《故事会》样本中，包含1137个新故事文本。这些新故事文本，按照故事题材分类，可以分为7个类别：社会生活故事、政治生活故事、经济生活故事、生活智慧故事、家庭生活故事、幽默故事、动物故事。而即使同一个题材，由于叙述角度的不同，反映的主题和表现的思想意义也会有所差异。因此，这7个故事类别下，又包含了不同的故事主题。

在社会生活故事中，分别有展示社会风貌、宣扬互助感恩、弘扬爱国敬业的主题；

在经济生活故事中，分别有宣传致富生意经、诚信经营的两大主题；

在政治生活故事中，有揭露官场阴暗的反腐主题、赞扬公安干警机智的破案主题以及宣传普及法律知识的主题；

在家庭生活故事中，分别有父爱母爱主题、子女孝敬长辈主题、婚姻爱情、兄弟手足情以及和谐邻里关系的主题；

在生活智慧故事中，有为人、处事的智慧、赞扬机智人物三大主题；

在幽默故事中，有善意嘲笑讽刺不良行为的主题以及消遣娱乐主题；

在动物故事中，有动物报恩、动物间的真情、保护动物三个主题。

据统计，这1137个新故事文本中，社会生活故事262个，生活智慧故事249个，家庭生活故事253个，政治生活故事175个，经济生活故事117个，幽默故事65个，动物故事26个。这些新故事的主题数量如下图所示：

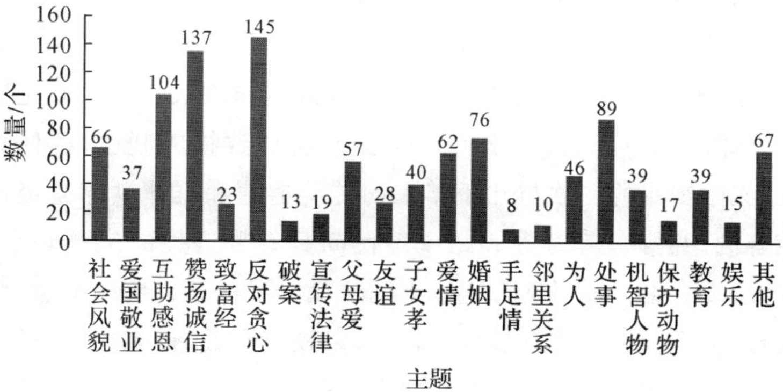

图 8-1　新故事主题数量统计

注:有些新故事中同时包含好几个不同的主题,该图依据主题分别计入。

从图 8-1 可见,新世纪以来的《故事会》中,反对贪心的故事最多,共有 145 个;其次则是赞扬诚信的主题,共有 137 个;宣扬助人感恩主题的新故事 104 个。明显可见这三个主题新故事都超过 100 个,是新世纪以来《故事会》的热门主题。它与《故事会》强调故事是一种“劝人方”的理念相一致,重视在新故事中“讲述做人的道理”,“从人性出发,紧贴着人们心灵的最深处,从做人的最基本的道理来展开故事。这样,就使这种纯理性的最基本的道德标准,又在故事的形象中得到了升华,在人们心灵深处产生着一种不易察觉的裂变,使人们在听故事的同时,思想境界也得到了提升”[①]。在《故事会》的办刊理念中,有一条是始终坚守的,那就是——“故事要讲做人的基本道理”这个办刊宗旨。

① 沈国凡:《解读〈故事会〉一本中国期刊的神话》,上海社会科学院出版社 2003 年版,第 215 页。

下面就对这三大核心主题进行具体分析。

1. 反对贪心的主题

古人云,“人心不足蛇吞象”,贪婪终会自取灭亡。贪心是民众群体生活中的大敌,贪心不足必然会导致损人利己,群体毁灭,无限膨胀的贪欲与几千年来的传统道德和群体秩序是极不相容的。因此,反对贪心是中国民间具有普遍性的道德观念。在《故事会》中,反对贪心这一主题被赋予了极其重要的地位,数量最多,不仅有揭露官员贪污腐败,以权谋私的,还有反对贪财、贪图小利、向读者告诫贪欲的强大破坏力。

首先,反对贪心的主题中,反对贪财是一个非常重要的从属主题。如 2002 年 12 月《故事会》“东方夜谈”栏目中《恐怖的电梯》就讲述了一个因贪财而失去生命的故事。一位美丽的姑娘认识了一名得了绝症的外国王子,王子用美丽的红宝石求婚,说死后就把全部财产给她,姑娘被宝石和巨额的财产打动而答应了王子的求婚。不久就王子去世了,姑娘进入了放置着宝石的电梯,才发现自己再也无法逃出电梯,因为这座电梯其实是一个装饰着宝石的棺材,下面燃烧着熊熊的烈火,只要电梯一启动,姑娘就必须要为王子殉葬了。

这则故事情节曲折跌宕,结局出乎意料却又在情理之中,深刻地反映出了贪财带来的悲剧后果。世间万事万物有得必有失,贪财只会失去更多宝贵的东西,甚至是生命,想必看过这个故事的每一位读者心中都会产生一种毛骨悚然的感觉。通过字里行间感受故事人物的命运的同时,也会在心中敲响警钟。

讲述因贪财而失去更多的故事还有很多,如《一杯苦酒》《猴爪》《新工作》《寻狗启示》《魔鬼送来的盒子》《外面的世界》《魔鬼的“十三”》《巨款失落之后》等许多故事都向读者展示了贪心会让人付出代价，不要因贪财而失去工作、孩子、朋友，甚至生命，最终引发悲剧。

其次，批评贪小便宜的行为。贪小便宜的行为在生活中屡屡发生。人们往往认为贪小便宜不会造成多大的后果，趋利心理更使得这种行为不被约束。2009 年 5 月上“中国新传说”栏目中的《实在是福》一文，以第一人称展开，说的是“我”经过技校的学习，来到沙石厂做工程车装沙的试用工。“我”的师傅教“我”一个“点炮”的绝技，以此来谋取车主的香烟等小利小惠。利用这个绝技，吓跑了装“霸王车”的局长表弟，将厂主奖赏的一个红包孝敬给了师傅。然而，红包里却是一张“开除通知”。最后，经过师傅和厂主激烈的争吵，“我”才明白：师傅利用“点炮”潜规则谋小利被厂主发现，而厂主则等到试用工熟练以后，开除工资高的师傅，得到廉价劳动力。真相大白以后，“我”也终于明白了做人要实在，踏实工作，不可贪图小恩小惠，否则只会失去工作又丢了尊严。

这则故事情节生动曲折，通过一个红包来使整个故事转折，揭露行业潜规则，批评人们对小利小惠的贪欲。这种不符合道德标准的行为一旦开始，终有一天会被拆穿，果不其然，最后事情暴露，也让主人公受到教训从而悔改。

贪小便宜最终会因小失大的故事，如《午夜奇遇》《二十年前的收据》《油葫芦》《太太有点烦》《我没有抢劫》《贪心夫妇》《10 年的心债》等，都取材于现实生活，讲述了因贪小恩小惠而失去更多的故事，让读者进行美丑判断的同时进行深刻的反思。

最后，官场反贪反腐的故事更是占了反对贪欲主题的近一半。不仅有从正面揭露贪官们贪污受贿、以权谋私、公款吃喝、乱设名目搞创收的故事，显示出社会民众对官员丑陋行为的强烈谴责和无比痛恨;也有揭露贪污腐败的根源是行贿,反贪反腐要靠人民的监督。还有的赞扬清官们身处复杂的官场仍能保持良好的本性,在面对他人行贿的时候,能拒绝诱惑,并且能够不畏强权制服贪官污吏。

2004 年 1 月下"中国新传说"栏目中《10 只礼品兔》故事,讲述了退休职工刘老汉的三个儿子生活遇到了困难,为了减轻儿子们的负担,刘老汉就去菜市场捡一些散乱着被丢弃的嫩菜叶,掩饰说是去喂家里养的兔子,几次三番,大家都认为他是养兔专业户。转眼到了年末,管理菜市场的工商所所长要给领导送礼,菜市场的蔡主管找到了刘老汉,以天天捡菜叶喂兔子没交管理费为由索要十只礼品兔。刘老汉急得当夜便发起了高烧,直到蔡主管送完礼才拎着四五只瘦小的兔子来交差,气得蔡主管禁止他再捡菜叶,并且没收了他的车,引起了市场小贩们的不满,大家帮着刘老汉砸了锁拿回三轮车。蔡主管便伙同所长以刘老汉有黑养兔场为借口来检查"兔舍",却连兔粪都没见着,恼羞成怒地要加倍处罚。忍无可忍的刘老汉指着家里的妇女、小孩说:"这就是兔子!说是喂兔,其实全是人吃的,你们不是爱吃兔吗?那请吃吧!让大伙看看你们的嘴有多大,牙有多尖多利!"看到这情景,周围的人们纷纷谴责:"哎哟,真不得了呀,到靠捡烂菜叶生活的下岗职工家找兔吃,亏他们做得出!"最后,所长一行人只能满面羞愧地溜走了。

这则故事情节荒诞,作者并没有设置一个公正清廉的人来主持公道,也没有让一个机智的人物出场来解决问题。然而从刘老汉为了凑齐礼品兔的行为中,却让读者体味到他内心的辛酸;从官员到刘老汉家搜查兔窝的情节中,更是成功地揭露了官员贪婪无耻的嘴脸,辛辣讽刺了官员们滥用职权来欺压弱势下岗职工的丑陋行为，激起了读者对贪官的强烈谴责和无比痛恨。

揭露官员贪污腐败的故事，如从侧面讽刺官员贪污，建豆腐渣工程的《一流高手》；揭露官员受贿、以权谋私的《这个赝品有点玄》《烤芋高人》《财神敲门》；批判钱权交易、受贿贪污、官官相护的《天怒人怨》《特殊礼物》；乱设名目搞创收谋私的《主编不好当》《最后一件羽绒衣》《奖出来的祸事》；批评公款吃喝、公车私用的《索命车》《撞死一头象》《到底怎么办》；《老憨卖瓜》指出贪污腐败的根源就是行贿；《急中生智》则告诉人们反贪反腐要靠人民的监督。

赞扬清官保持自身清廉正直的品性，拒绝贪污腐败的故事，如 2003 年 11 月“中国新传说”栏目的《你的软肋在哪里》讲述建筑工程公司的经理何必想要利用美色行贿拿下工程，找到了尤刚市长的软肋——初恋小梅，演戏设下圈套想抓住尤市长的把柄。尤市长面对美丽的小梅动摇了，眼神凝视着小梅脖子上撩人心魂的美人痣，而小梅却误会尤刚觉得美人痣碍眼，用激光去除了它。尤刚在动摇关键的时刻，发现美人痣不见了，又意外发现了何经理的阴谋，他立刻警醒不可以贪图美色，终于拒绝了美色诱惑，保持了人民干部清廉的品格，誓做一颗硌牙的“铜豌豆”！这则故事情节跌宕起伏，作者在文中设置悬念，赞扬了尤刚市长能认清自己的软肋，并在关键时刻拒绝诱惑，扼杀自己贪恋美色的欲望，让读者在看故事的过程中不禁为他捏一把汗，而结局阴谋的暴露又让人松了一口气，整个故事在扣人心弦中发人深省。

2. 赞扬诚信的主题

孟子曰：诚者，天之道；思诚者，人之道也。诚信是中华民族的传统美德，更是我们安身立命的标准之一。在《故事会》中，赞扬诚信的品格，批评欺骗、不守信用的故事数量非常多。诚信的主题也广泛存在于各种题材中，如告诫人们日常生活要以诚待人，更要忠诚于自己的情感和婚姻；也有赞扬经济生活中的诚信致富，批评商业诈骗、造假等不诚的行为；还有批判官员干部们的讲话假、大、空，注重形式主义、面子工程而毫无实际行动的行为。

首先是倡导诚信待人。2005 年 2 月上"我的故事"栏目的《你能给我拍张照吗》，以第一人称讲述了"我"带着女友回农村老家举行婚礼。补拍照片时，村口的张媒婆哀求我们想要和新娘子一起拍一张照片，却被任性的女友拒绝了。回省城时，张媒婆又一次出现，塞给"我"她最珍贵的礼物——两双绣花鞋和一包红枣，吞吞吐吐地想要拍一张照片。"我"动了恻隐之心，却发现胶卷已用完，看着充满期待的张媒婆，我只能装模作样地给她和女友照了合照，并答应她过年前寄过来，心想她过段时间或许早就忘了这件事。等到再次回乡时竟得知张媒婆刚去世了，去世前受了风寒还顶着风雪来我家询问照片的事情。张媒婆的儿子因抢劫被抓，她为了能让儿子积极改造，就骗儿子说家里已经为他找好对象，还说要寄照片给他，可儿子一直没等到照片，知道母亲在骗他，越狱又拒捕，结果被枪毙。得知真相后，"我"才明白她为啥要合影，原来是要以此来拯救她唯一的儿子。

这则故事开头就设下悬念，直到结尾才道出真相，而这个真相却能深深地触动读者的心灵，引起读者的反思，在我们的生活中，我们是否也对他人做了承诺？是否完成了自己的诺言？也许在我们不知道的时候，我们的背信弃义给他人带来了无可挽回的伤害。《姑娘的伤心事》《风筝能飞多高》等故事都告诉我们要正直诚信，不该出尔反尔，否则只会伤人伤己。

其次，提倡诚信致富在人们的经济生活中也十分重要。2009 年 8 月下“我的故事”栏目的《商业头脑》，讲述了“我”装修时遇到收废品的阿婆想以高价收我家的废纸箱，阿婆付了订金，约好六毛一斤，两个月后来收。谁知两月后，废品收购价下跌到两毛五，“我”心想阿婆肯定不会来收便卖了。第二天，阿婆却还是以原价来收购废品。为了不付双倍的违约金，“我”当夜就去废品站买了一百斤纸箱卖给阿婆反而还赚了许多。正当得意之际，却被阿婆带到同一家收购站，才得知阿婆为了供孙女上学才辛苦地收购废品，这笔无法退回的黑心钱注定要让“我”愧疚一辈子。

这则故事将阿婆的诚信、收购站老板的正直善良和“我”损人利己的“商业头脑”作对比，告诫我们不该耍损人利己的小聪明，而应像阿婆一样诚实守信，坚守承诺。《商人不爱钱》《鸡腿的味道》等故事也赞扬了做生意要诚信，反对为了盈利而欺诈、伤害消费者，只有一颗善良的心才能赢得财富。更多的故事则从反面的角度来表现奸诈的商人，制作虚假广告进行商业欺诈、恶性竞争等行为。如《买胶卷》《结账》批判的是虚假广告促销现象；《螃蟹的半条腿》《铤而走险》《一颗鹿心》《三步倒》《流泪的青香蕉》展现的是商人贩卖假冒伪劣产品和盗版产品的行为，破坏市场的正当经营；《恶性竞争》《天衣有缝》《厨房机密》批判了恶性竞争、偷取商业机密的行为；《砸腿讨工资》《一夜惊魂》，描写工人设计拿回自己的工资，保护自己的合法权利的故事，批评老板拖欠工资，出事故后逃避责任、毫无良心的行为。这些故事批判不守商业诚信，制造假冒伪劣商品欺诈消费者以及恶性竞争的商业行为；赞扬通过诚信经营而致富的传统美德。故事中都包含着“诚信”的主题，是人类普遍关注的品德，表现出社会对讲诚信、重道义的商业道德和商业文明的呼唤，只有诚信的社会才能消除不公平的现象。

再次，诚信主题在官场故事题材中则表现在两方面：赞扬官员干部能够诚信对待人民，说实话，办实事；反对官场的不诚之风，批判官员干部们讲官话、套话，注重面子工程，虚伪地溜须拍马，出尔反尔。

2005 年 11 月上"中国新传说"栏目《临时决定》讲述了一则关于照相的故事。于县长要调到市里当副市长了，临走前，县委和县政府设宴送行。席上巧遇偏远的十八道沟的李乡长，于县长便问起了曾经因为和自己合影而激动得发抖的九十岁的孙大爷。于县长立刻想起了那张照片在回县城的路上被秘书不小心曝了光，可怜老汉一生也只照过这一回相，还没照成……于县长把事儿说了一遍，还道了歉。谁知李乡长却表示孙老汉压根没当一回事儿，他根本不相信有大官儿肯和他一个山里老农照相，以为那相机是假的，是在哄他开心呢！于县长听完，沉思片刻后对市里来的领导们道了歉，坚持连夜赶去十八道沟，要给孙大爷补照一张相。

故事中的于县长以小见大，知错就改，展现出他诚实守信，体察民心，以身作则地维护共产党干部的好形象。然而，当今社会中也有许多官员干部只会虚伪地讲空话、不办实事，只注重面子工程、形式主义。如 2003 年 2 月"中国新传说"栏目的《121 工程》，陶秘书用官方文字写了一封情书却被贾书记错当成会议演讲稿，不但没有任何不妥之处，还赢得雷鸣般的掌声。这则故事虽然没有直接点明书记演讲的假、大、空，但是毫不影响读者们对这个现象的判断，嘲讽了领导们的会议演讲都是套话、空话、毫无价值的官话。

最后，提倡坦诚相待的爱情。在当代爱情婚姻题材中，恋人之间因互相怀疑对方的爱，不信任对方而导致分手或不可挽回局面的故事很多；揭露夫妻之间没有坦诚相待，对婚姻不忠诚而使家庭破裂的故事更是不少，他们往往等到失去后才惊觉自己的错误。但赞扬夫妻情侣之间以诚相待，全心全意信任对方的故事则相对较少。

2010 年 6 月下“中国新传说”栏目的《别跟我玩爱情诡计》讲述这样一个故事：小石和女友每天傍晚都在公园里约会，但总有个男人在附近对着他们发呆，让小石很不自在，更让他担心的是女友却觉得那个男人很有诗人的气质。有一天，小石迟到了一会儿，却发现了男人占了他的位子和女友相谈甚欢，生气的小石拉都拉不走女友。于是小石便设计冤枉男子偷了 500 块钱，想让女朋友醒悟。谁知，在关键时刻，那个男子却掏出 1500 元钱拍在小石身上，说不陪他演戏了，掉头就走。这回轮到小石犯傻了，再也解释不清，不得不同意分手。再遇到那个男子时，才明白原来他也曾经遇到过这样的事情，这招就是那时学会的。两人不约而同地叹道：“真不该玩什么爱情诡计呀，在爱情中，还是坦诚相待好。”

这则故事情节曲折新奇，结尾点明文章主旨，告诉读者在爱情中需要相互信任，坦诚相待，不要要阴谋诡计，一旦暴露，只会弄巧成拙。《天堂里的夫妻钟》《步步紧逼》等故事也批判了夫妻双方不诚信，出轨后千方百计地设计谋夺对方的财产，最后造成悲剧。

3. 赞扬互助感恩的主题

《故事会》自创刊以来一直坚持主流价值取向，赞颂真善美，鞭挞假丑恶，符合老百姓的价值观。而互助感恩，自古以来便是中华民族道德教育的一个重要的主题。但是不可否认的是,当下的社会风气却让“助人”包裹了太多的疑虑。人与人之间的真情、理解、互助、友善、信任在不断地变形,助人反而惹上官司,旁观者更是冷漠逃避,缺乏应有的社会责任感。这不禁让我们困惑和迷惘——是否还要继续发扬真情互助、见义勇为的精神?《故事会》在这个时候以一个个取材于老百姓日常生活的新故事,教人做人的道理,晓之以理,动之以情,赞扬人间互助感恩的美好品德,提倡回归做人的基本道德,给广大民众树立了正确的价值导向。

互助感恩这一主题下的新故事,主要包含了两种形式:一种是赞扬无私助人的美好品德,一种是宣扬感恩图报的报恩精神。这些新故事大都以普通人物在日常生活中的小事去感染读者,使读者能够感同身受,与故事中的人物达成情感上的共鸣。

首先,赞扬无私助人的美好品格。2008 年 3 月上“中国新传说”栏目的《捎来的真情》讲述了一个这样的故事:李老汉每周都要给在滨城上大学的女儿捎东西,在车站偶遇客车司机李云飞。由于去邮局太远,末班车又已经开走,小伙子便主动提出帮忙捎东西,说比邮局便宜,还货到付款。李老汉便常常让他代捎,心想终于找到了一条寄东西的捷径,多、快、好、省!有一次,李老汉多了个心眼儿,问女儿每次收东西付多少钱。多的话可不划算!谁知女儿却说李大哥没收钱。这下李老汉傻了,总觉得有蹊跷:“世上还有白帮忙的好事?小伙子不收费,别是有什么企图?想到女儿……”李老汉便嘱咐女儿把事情和小伙子解释清楚。等到周末的时候收到了小伙子的信,才明白:小伙子的妹妹因为录取通知书在捎送的途中被司机弄丢了,最后妹妹没上成大学投河自尽。他后来成了司机就发誓给人捎东西一定要捎到。他把李姑娘当成妹妹了，并且道歉让他们误会了。看完信，李老汉半晌没说话，第二天打了满满两包山核桃来到车站……

这则故事开头设下悬念——小司机为什么愿意白帮忙，有什么企图；情节委婉曲折，李老汉想要澄清却没有机会，最后，通过小司机信中的告白来解开悬念，使得李老汉内疚不已，结局出人意料却又在情理之中。故事赞扬了小司机热心善良和无私助人的美好品德，虽然作者没有直接对李老汉的行为做出任何评价，但是读者却可以从字里行间来体会李老汉的所作所为，是以小人之心度君子之腹，还是为人处世应有的谨慎？看完故事读者想必也会反思，为何会出现这种矛盾，我们到底应该如何对待他人的无私帮助？

赞扬无私助人的故事还有很多，例如《走向天堂》中的老师卖自己的肾救学生，绝症病人为帮助学生而捐出自己的钱；《朋友抽了我的筋》中的朋友为了让我改掉坏脾气，家庭和睦，宁肯被误会；《半份菜的午餐》《镜头外的故事》《好一个吻》等故事都赞扬了善良无私地帮助他人，不求回报的高尚品德。

其次是提倡感恩，助人与感恩的主题常常紧密地联系在一起，懂得感恩是做人的基本道德准则，是一种处世哲学，是生活中的大智慧。我国自古就有"滴水之恩，当涌泉相报""施人慎勿念，受施慎勿忘""投我以桃，报之以李""谁言寸草心，报得三春晖"等美好的处世信条，"感恩图报"是我们这个礼仪之邦的优良传统。然而，当今社会正处于急剧的转型期，经济、物质高速发展的时代，经济体制与社会结构的转变，使得思想观念、价值观、道德观、生活方式都发生扭曲，感恩意识渐渐缺失，甚至被人们所淡忘。唤起感恩意识，重塑积极美好的社会认知新向导，成了精神文明建设的一个重点。

《故事会》新故事中助人感恩的主题,也包含着助人得报的朴素恩怨观和老百姓良好的愿望。

2005 年 5 月下"中国新传说"栏目的《血染的灵芝草》讲述了赵灵芝在自己生日那天帮助了一名在街边求助的和自己同名的小女孩,让她完成学业,小女孩给灵芝寄来了感谢信,两人成了朋友。灵芝以出卖身体赚钱供男朋友刘志强读大学,刘利用完她后背叛了她,说不愿娶婊子使家庭蒙羞,新女友更是羞辱她。不堪重负的灵芝绝望自杀,被刘志强救下送去了医院。小灵芝的父亲来探望她,并送上了小灵芝冒着生命危险去悬崖摘的血灵芝。小灵芝因此摔折了腿,再也不能上学了。听到这个消息的灵芝泪如雨下,两天后前往山区,打算永远陪着小灵芝,成为她的老师。

这则故事情节塑造了两组对照的人物,一对是灵芝和新女友,另一对则是刘志强与小灵芝。从灵芝卑躬屈膝、忍受煎熬也要资助男朋友刘志强完成学业,帮助陌生的小灵芝重新入学,可以看出虽然灵芝地位卑微,但拥有美好的心灵,热心善良、无私助人不求回报的高贵品德;而新女友虽然是大学生,社会地位高,有权有势,却不懂得尊重他人,口出恶言侮辱灵芝,毫无善心可言。而小灵芝在接受灵芝的帮助后,写感谢信感恩,时常通信交流感情,给灵芝痛苦的生活带来快乐,在得知灵芝重病后又不顾危险攀崖摘血灵芝,想要报答恩人;刘志强却完全相反,利用灵芝的单纯和善良,从灵芝的血汗钱中骗取生活费,等到她毫无利用价值的时候又过河拆桥,背叛灵芝,使得灵芝绝望自杀。通过同样受过灵芝帮助的两个人:陌生的小学生和至亲的男朋友,两相对比,赞扬了小灵芝感恩图报、冒险救恩人的高尚品德,强烈批判了刘志强过河拆桥、忘恩负义,趋炎附势的恶劣行径。这就是《故事会》所起到的价值导向作用。

感恩图报的故事有很多，如《千年金钗》《煎饼妹子》《魂系阿玛蒂》《亲爱的傻叔叔》等等。还有赞扬动物为报主人或恩人的恩情，在危急时刻挺身而出，甚至献出自己的生命的故事，《麂子报恩》《人鹿奇缘》《编外员工》《蜂林奇缘》《夜惊老鹰山》，恰到好处地演绎了"滴水之恩，涌泉相报"的传统美德。其他还有赞扬以德报怨的《送一轮明月》《天下打工一家人》等故事，充分展示了中华民族宽容和博大的胸襟。

除了三大主题之外，《故事会》新故事中宣扬为人处事智慧这一主题的也有许多。如《奇妙的电警棍》《孩子不见了》告诉人们考虑事情要周到；《一步改变一生》《站起来》鼓励人们要抓住机会，勇于尝试；《活人的篓子》赞扬处事的高度责任心；《双胞胎》《吃草莓》《还有一只苹果》提醒人们要乐观积极对待困难，换角度思考问题等等。

赞扬父爱母爱主题以及女子孝敬父母的故事也相对较多，反映了社会普遍关心的老人问题。《别让老爸出丑》《上路带着扑克》《火力侦察》《爱的唢呐》《礼物》等故事描写了父母对子女深沉的爱和用心良苦。《助听器的故事》《把那面墙留给娘》《爱的味道》《化整为零的孝心》《不一样的手》《打包的菜》表现了子女对父母的敬爱和孝顺；《城里的儿子》《免费保姆》《妈妈在远方》都是"儿子虽弃亲，亲心仍护子"的故事，展现出父母对子女的爱和关心，同时也批评儿子不孝不养的行为，也揭露出现代社会中婆媳关系紧张的现象。两相对比，就发现子女对父母的爱远远不及父母对孩子的爱。往往等遇到危机的时候孩子们才会体会到父母的爱，这些故事告诉我们要对父母保持一颗敬仰和孝顺的心，不要等到失去了才懂得珍惜。在现代社会老龄化问题越来越严重、婆媳关系紧张的趋势下，《故事会》新故事宣扬一种父母爱、子女孝的价值观，告诫人们要对父母、长辈保持一颗孝顺的心，要对得起父母的关爱。

在爱情婚姻题材故事中，还有赞扬“真爱”和“有情人终成眷属”的主题。《江湖儿女行》《爱你的心》《非常设计师》《人算天算全失算》《爱拼才会赢》《荧光衣》《绝不求救》等故事都展现了男女、夫妻之间的缘分，真诚的关怀以及甘愿牺牲自己保护对方的真爱。反面的故事则有《爱情抄底》《货架上的存折》《我要借宝马》等，描写当代社会中青年男女在爱情中掺入了金钱观念，爱情变得不再纯粹。当网络深入普通百姓的生活中以后，“网恋”成为当代人们爱情话题的一个新的主题，《坐在轮椅上的杨贵妃》《网恋爱上姐夫》等故事展示出网恋带来的刺激和虚幻的美好，而实际却给自己、他人和家庭造成了巨大的危害。

另外，在这个物质社会中，人人都有求财招富的心理，《故事会》贴近生活、贴近实际、贴近群众，洞察人们的心理需求，编发了许多“发财致富”主题的故事，如《生意人的妙招》《一个品牌的诞生》《开漆大典》等，告诉人们这是一个眼球经济的时代，品牌是一种无形资产，做生意需要适时有技巧地策划和宣传，进行差异化经营，吸引人们的眼球。《推销的妙招》《决不用色彩》告诉人们要用独特的创意来吸引客户，要善于抓住机会，别出心裁。《“站起来”的作料》体现出做生意要多动脑筋，善于观察，迎合顾客的需求，方便顾客。《收购猴子》则是采用小故事的形式，为人们普及股票的操作方法，简洁易懂。《改变一生的投资》告诉我们投资要选对人，努力和信心是成功的关键，展现出一个善用小钱成巨富的典型。《26 条毛巾》《牛人真多》宣扬利用商机赚钱的道理，启示人们要善于利用自己的长处来赚钱，抓住商机，也告诫人们不义之财不可取的道理。《谁动了我的生意》告诉人们做生意时不妨吃点小亏赚大钱，不要斤斤计较，知己知彼方能百战百胜。《故事会》新故事贴近实际地教给人们发财致富的道理，告诫人们要诚信致富，要善于利用资源、抓住各种机会，别出心裁地营销，学会合作致富等。

《故事会》杂志通过新故事文本，围绕着做人的道理，宣扬了中华民族的传统美德以及现代社会价值观念，通过林林总总、与时俱进地反映当下社会生活的各类题材，集中传达反对贪心、赞扬诚信和互助感恩等三大主题，以及处事智慧、父母爱、子女孝、真爱等常见主题，提倡回归做人的基本道德，给广大民众提供了价值尺度和道德示范。

第三节　转向个人创作的生产方式

从《故事会》创刊的20世纪60年代直至“文革”后期的《革命故事会》，一直是由党和政府领导的文化宣传机构，来动员、组织各级各类故事员，进行“革命故事”的创作与讲述的。1979年，《故事会》复刊，“革命故事”为民间故事、新故事所取代。同步于文艺界的开放宽松政策，故事活动也不再由各级党委和文化宣传部门来专门组织，而是转变成以刊物为中心的组稿、投稿、刊发的运营机制。也正是在1979年底，《故事会》正式从民间文艺编辑室分离出来，单独成立编辑部。《故事会》编辑部通过理论探讨、故事创作函授班等形式，完成了以刊物为中心，对新故事创编活动的组织与引导。必须指出的是，现在仍然活跃的、卓有成绩的新中国第一代新故事家大多是在“文革”期间开始“革命故事”创作与讲述活动，然后在20世纪80年代顺利转型，与故事刊物紧密结合,通过投稿,发表故事与讲述故事相结合,实现了整理改编故事与个人创作的结合。

如张功升,“早在一九六一年,还在当工人的张功升同志,就开始业余创作并讲说革命故事。二十三年来,他从工厂讲到农村,从幼儿园讲到敬老院,从街道讲到军营,从机关讲到学校,先后讲过三百多个故事,共讲了两千多场,听众达二十多万人次”①。张道余从60年代创作《说嘴媒人》流传全国开始,其50余年的故事生涯,始终植根于他所在的上海金山地区的讲故事传统,经常与群众“窝故事”,是该地区故事活动的领军人物。70多岁的张道余,至今还是《故事会》的特约编审,每月参加编辑会的审稿会,审读20多万字来自全国各地作者的作品,逐一提出是否录用和修改的意见,同时还是中国新故事艺术委员会专家组成员,担任过两届国家级民间文学最高奖——山花奖的评委。在一次访谈中,他提出:“新故事家虽然是书面创作,但要坚持以口头讲述为基点。……故事是口头文学。既然标上‘故事’这个名称,就要尊重故事是口头文学的本质。”②吴文昶是“在传统民间故事中泡大的,连同他那朴实、幽默和风趣的性格,都会使我们忆起传统民间故事中机智的智囊人物”,“他的故事不是伏案‘写’出来的,而是面对群众‘讲’出来的。他从群众中发现故事苗子,有时是三言两语,有时是一枝一节,然后细加揣摩,衍化出有头有脑的故事,再返回到群众中去讲出,并搜集反馈信息,再讲出、再修改;一个故事往往要反复五六次,甚至十来次,才能定

① 中国水利电力文学艺术编辑部编:《张功升创作故事选》,水利电力出版社1984年版,第1页。

② 侯姝慧:《新型社会意识形态的建构与中国新故事家研究》,《民族文学研究》2014年第3期。

型、落笔成文。吴文昶的新故事真切有趣，口头性特别强，故事员无须加工，拿到本子就可以讲”[①]。《故事会》1991 年第 1 期开始，吴文昶主持了一个新栏目——“东方夜谈”。在栏目开头，他对故事的日益书面化表示不满，“能讲可听的故事实在太少”，“要我登台讲一些真正属于故事的好故事，而且让我到全国各地去寻找和挖掘各种各样的故事”[②]。他坚持故事应当是能“让大家在茶余饭后讲的”，并形成了“拉家常”式的吴派故事风格[③]。吴文昶撰写的《新故事必须坚持口头性》《还是要坚持口头性》等文，都再三强调新故事的口头性。黄宣林是在 70 年代后期开始故事活动的，同样将故事植根于口头性，何承伟评价：“他的故事比一般作者还多了一道工序，那就是‘讲’。他的作品或是先讲后写，或是讲讲写写，或是先写后讲，但始终与‘讲’字不离不弃。”[④]

侯姝慧在总结这批 1960 年代到 1980 年代初期中国新故事家的特点时指出，他们“区别于传统民间故事家的特征有以下两点：一是在内容和主题方面，新故事家既能够向群众宣传党的政策方针和道德规范，又能够通过故事部分地表达群众思想，是思想沟通的枢纽；二是新故事家具备讲演和配合讲演进行书面创作的能力，在创作中形成了具有个性的自由语体”[⑤]。根据中国

① 蒋成瑀：《吴文昶故事集·序》，《吴文昶故事集》，上海文艺出版社 1991 年版，第 1—3 页。

② 参见沈国凡：《解放〈故事会〉——一本中国期刊的神话》，上海社会科学院出版社 2003 年版，第 96 页。

③ 由吴文昶弟子丰国需、方赛群等总结。

④ 何承伟：《黄宣林和他的故事世界》，黄宣林：《黄宣林讲故事》，上海文艺出版社 2012 年版，第 2 页。

⑤ 侯姝慧：《新型社会意识形态的建构与中国新故事家研究》，《民族文学研究》2014 年第 3 期。

新故事学会副秘书长金洪汉的总结,可以被称为新故事家的标准为:“A 至少要有二十年以上从事新故事活动的经历;B 讲的故事至少要在千场以上,听众要在一百万人次以上;C 创作发表的故事作品至少要在 15 万字以上;D 要既能创作又能讲演,并且具有独特的艺术风格;E 在本地区或在全国的故事界有声望”[①]。讲写结合,既能整理、改编民间故事,又能从当下生活中提炼、创作符合时代要求的新故事,是这批新故事家的共同特点。在与时俱进,宣传党的方针政策的同时,新故事家又通过将新故事与当下民间生活的紧密结合,使即时性的政策宣传,转化为普世化的道德训诫。正如何承伟所总结的故事特点,“其一,是一种劝人的‘药方’,用东北话说,故事就是一种‘劝人方’,它要教人的是一些做人的基本道理。其二,故事中所表现的是一种‘大智慧’。这种智慧因其集体性而具有一种直指人心、振聋发聩的作用”。新故事要传达“做人的基本道理,因此,我们追求的是情节的新而不是主题的新。故事的主题虽然是旧的,但是在情节上要有一种时代的气息”[②]。从 60 年代大讲“革命故事”,到“文革”故事的激进革命,再到“文革”后、80 年代恢复故事的民间身份,培育出新故事的时代性、鲜活性,新故事家们深谙民间叙事的结构规律,因而也善于以故事口语的方式,沟通政府与民意,传达出新的意识形态。可以说,《故事会》的期刊定位与价值旨趣塑造了他们,他们正是与《故事会》共同成长起来的。

整个 80 年代是新故事家们的成长期,也是“文革”后从群文

① 金洪汉:《现代中国的讲故事和新故事》,辽宁省新故事学会、故事报社编:《辽宁新故事论集》(内部刊物),1988 年,第 52—53 页。

② 李晓晔:《〈故事会〉大理论撑起“小刊物”——访〈故事会〉杂志主编何承伟》,《传媒》2002 年第 10 期。

系统组织领导的故事活动，转向以刊物为中心的故事培训、写作、投稿与刊发的生产机制，从大讲“革命故事”时期的集体编讲转向了个人创作。“文革”开始故事活动的新故事家们，往往是创作、写作的多面手，既能编讲民间故事，又能创作新故事。如毛一昌既有搜集整理的《枫泾民间故事》，也有创作的故事《特殊身份的警官》；丰国需两次参加了余杭地区的民间故事搜集整理，又是新故事创作与讲演活动“美丽洲”故事会的带头人。黄宣林、肖士太既整理了“文革”时期地下流传的谍战故事《“蔷薇花”案件》，也由此开始了自己的新故事创作之路。《故事会》编辑部还适时打造了“中国故事家创作丛书”。1989 年出版了第一本《吴伦故事集》，1991 年出版《吴文昶故事集》，1993 年出版《黄宣林故事集》《崔陟故事集》，1996 年推出《夏元寿故事集》，1997 年出版《何初树故事集》，2001 年出版《肖士太故事集》，2003 年出版《范大宇故事集》。这些故事家的成功，具有一定的示范作用。同时，随着《故事会》主办的一期又一期的新故事创作培训班、创作笔会，第二代新故事家们也逐渐成长为中坚力量。与第一代新故事家不同，80 年代开始新故事创作的作者多以故事写作为主，投稿、发表、获奖，是他们的主要发展模式。他们的写作风格更为多样，眼界更为宽阔，接受了更为多元的影响，吸收了民间的、传统的、现代的、西方的各类叙事文学的养料。有的故事也接近于小小说、微型小说。他们的作品既发表在以《故事会》为代表的各类故事刊物上，也发表在《小小说选刊》《微型小说》等刊物上。这说明，转向个人创作的新故事，在文体上开始与小小说、微型小说有所混淆。这种混淆，其实并不一定标志着新故事文体失去独立性，反而是小说开始吸收新故事的“叙事性”，转向以刊物中心的个人创作生产机制的必然结果。

在故事类期刊、报纸的激烈竞争下，《故事会》对发表的故事提出了更高的要求："要与时俱进，与读者的需求同步发展。要做到这一点，还要注意两个问题：一是它的表达方式不能变，也就是说它固有的文学样式、它的味道不能变，如果说没有故事的味道，人们就不会看你。因此，故事的表现方法不仅不能弱化，而且应当越来越强。二是我们拓展的领域要宽。传统民间故事由于当时人们生活的局限，它的内容、题材的局限性很大，像新疆的《阿凡提的故事》、浙江的《西湖民间故事》等。这些故事具有区域性、地方性的特征，有局限性"[①]。为了打破传统故事的地方性局限，何承伟提出故事创作的当代性与世界性："当代故事创作需要打破这种局限性，在全球范围内进行创作、改编。因此，所谓与时俱进，就是说我们的故事就是要站在现代人的角度，以现代人的眼光看古今中外，就是告诉人们现实世界的丰富多彩性"[②]。《故事会》在20世纪80年代初就编译了许多经典外国故事，编译、介绍外国故事的传统一直延续到21世纪。在这种持续的努力下，一些新故事作者的创作也受到外国故事的影响，有的甚至开始了类型化的创作。

为了在同类故事类刊物中保持独特的竞争力，何承伟始终强调新故事的民间性、日常性。1996年推出"百姓话题"栏目，他给该栏目的题词是："说大事、小事，普通人身边的事；讲闲话、实话，老百姓心里的话。"何承伟说："关键是《故事会》所发表的故

① 沈国凡：《解读〈故事会〉——一本期刊的神话》，上海社会科学院出版社2003年版，第332页。

② 沈国凡：《解读〈故事会〉——一本期刊的神话》，上海社会科学院出版社2003年版，第332页。

事，一定要变成老百姓自己的故事。”[①]“百姓话题”“当代写实故事”“社会故事”“财富故事”等都与当下百姓的日常生活息息相关。1998年，《故事会》还推出了“名人讲故事”栏目。乍看似乎与民间性、日常背道而驰，实则是借名人效应，打造故事的精品。“名人讲故事”，是让名人向民间靠拢而非相反。在实际操作中，由《故事会》编辑夏一鸣约稿，先给作家邮上几本《故事会》，让作家熟悉故事的写作形式，要求每篇作品不超过3000字。作家陆文夫向其他刊物投稿，从来都不允许修改稿件。他给《故事会》的初稿有6000多字，经过与夏一鸣的反复沟通，三易其稿，压缩成3000字。几乎每位作家给“名人讲故事”的稿件都经历了这样的修改过程。何承伟在一次访谈中提到：“我们开设过‘名人讲故事’栏目，邀请陆文夫、刘心武、叶辛、陈世旭等一大批著名作家为《故事会》写故事。作家们反应非常热烈，态度特好，一点没有大作家的架子——不过，说实话，作家真的写不过老百姓”[②]。1998年第9期“名人讲故事”发表了邓刚的《特别任务》，编辑要求作家按故事的要求改写，结果这篇故事获了大奖。“名人讲故事”栏目的设计也十分精心，有名人的个人简介、主要作品、艺术成就及个人嗜好，配有一副该名人的漫画，以及作者题词，谈自己对于故事或者《故事会》的看法。如金庸为《故事会》题词：“前人的智慧或愚蠢，都在故事中长期流传。后人听了衷心佩服，或者是——哈哈大笑！”(1999年9月20日)陈忠实的题词是，“《故事会》是一大奇迹，写小说的作家可以得到启示。”

---

① 沈国凡：《解读〈故事会〉——一本期刊的神话》，上海社会科学院出版社2003年版，第335页。

② 李晓晔：《〈故事会〉大理论撑起“小刊物”——访〈故事会〉杂志主编何承伟》，《传媒》2002年第10期。

(2000 年 6 月 29 日)2009 年,《故事会》编辑部在“名人讲故事”的基础上,结集出版了《60 位大作家给你讲故事》。

创刊于 1963 年的《故事会》还利用自身积累的故事资源优势,出文摘、选本、系列丛书。早在 60 年代,《故事会》就出版过单行本《闪闪的红星》《两个稻穗头》。80 年代则出版了“《故事会》丛书”,有《恐怖的脚步声》《彩蝶》《“2020”的幕后》等。从 1997 年起,《故事会》编辑部推出了“故事会爱好者丛书”,有《芝麻官故事》《聪明人故事》《生意经故事》《家庭故事》和《历险故事》五种。第一批“故事会爱好者丛书”的成功,推动了后续的丛书陆续出版,《16 岁故事》《情爱故事》《滑稽故事》《荒诞故事》《名作故事》《谜案故事》《怕老婆故事》等共 55 种,平均每套的发行量高达 30 万册。2001 年,《故事会》又推出了《青春读本——感动中学生的 100 个故事》,从数万件作品中,大浪淘沙,由广大中学生推荐、筛选出 1000 多个故事,再特邀上海市几所重点中学的同学们组成“读书会”,根据多数同学的公认,最后才集结了 100 篇优秀故事。由于广泛听取了中学生的意见,《青春读本》一经面世就大受欢迎。其后 2003 年推出了第 2 部,2005 年第 3 部,2008 年第 4 部,2010 年第 5 部,2016 年则连续推出青春读本的第 6 部和第 7 部。

随着第一代、第二代新故事家们的成熟与作品积累,其他出版社也纷纷推出新故事家专集或丛书。华东师范大学出版社以“最受农民喜爱的故事家丛书”为名,推出了《小站来了个乞丐》(范大宇)、《一个团长两个兵》(尹全生)、《我以前跟你一样》(黄胜)、《牛村驻马办》(何葆国)、《会说鸟语的人》(崔新三)、《就差一层窗户纸》(张国心)、《看一眼一百万》(丰国需)、《谁偷看了保姆的日记》(吴邦国)、《找个笨蛋帮忙》(方冠晴)、《桥上有个祸》

(叶林生)、《真的假的谁玩谁》(顾文显)、《同猴子交换人质》(徐凤清)共计 12 种。丛书以当代农民为目标读者,题材上注重民间趣味,有传奇故事、市井逸闻、乡土风情、致富理财、婚恋嫁娶,涉及农民生活的方方面面,语言通俗生动、机智风趣,有较强的可读性、趣味性。陈忠实推荐这套丛书时提到:"农民作为故事最重要的原创者和传播者,又最需要优秀故事作品的滋养。把国内一流故事家作品集中推荐给农民朋友,是一项意义重大而深远的出版工程。"①曾经在诺贝尔文学奖颁奖典礼上把自己定义为"讲故事的人"的作家莫言无疑对故事有深刻的见解:"'最受农民喜爱的故事家丛书'选辑的多为传奇故事、乡土农事、市井逸事、婚恋家事等。这些故事的作者,自身就是百姓中人,他们的情感立场和审美趣味与劳动大众是一致的。他们讲述的故事情节生动,引人入胜,雄辩地证明着'故事高手多在民间'的判断。这是一套有趣的书,不仅仅适合农民朋友阅读。"②2013 年,广西师范大学出版社出版"中国好故事"丛书,同样也是新故事创作者的个人文集,其中有:《一元钱的温暖拯救》《演艺人生》《墙上有只眼》《长眼睛的怪树》《和谐的玉米》《暗度周仓》《开在废墟上的花》《对门是门》《一九八五年的冰棒》《神秘的古钱币》等。选本、丛书、文集,正是新故事转向个人创作的必然成果。

进入新世纪以来,随着经济的繁荣富强,各地的群众文化开始复苏。故事讲演、故事评奖活动也得到复兴。往往以第一代新故事家以为中心,带动了本地区的故事创编活动,形成一个新

① 陈忠实:"推荐语",范大宇:《小站来了个乞丐》,华东师范大学出版社 2009 年版,封尾。

② 莫言:"推荐语",范大宇《小站来了个乞丐》,华东师范大学出版社 2009 年版,封尾。

故事活动中心。如张道余之于上海金山，吴文昶之于浙江桐庐（由其弟子方赛群主导），毛一昌之于枫泾，夏友梅之于浦东川沙，徐荣耀之于湖北宜都，钱昌莲之于上海青浦等。他们还往往以师徒传承的方式，将新故事活动播撒开来。吴文昶就是浙江地区的播种者，他的两位学生，一位是杭州余杭地区的丰国需，一位是桐庐的方赛群。丰国需在余杭创办"美丽洲"故事会，又进一步带出了徐永革等故事员。2007 年，余杭区成为全国首个"故事之乡"，并挂牌"中国新故事创作基地"。方赛群创作的新故事经常获奖，也在桐庐影响了潘晓炜等一批故事员。2013 年，桐庐获"中国故事之乡"和"中国故事研究基地"称号。2011 年被中国民间文艺家协会命名为"中国故事基地"的枫泾，以"毛一昌工作室"为首，以"唐秀芳故事演讲队"、"故事大篷车"故事演讲队、故事创作队、方言故事演讲队、成人普通话故事演讲队、少儿故事演讲队为主体，开展故事讲演活动。还有一支由教师、学生、企业员工和退休人员共同组成的故事创作队伍，故事作者达 30 多名。上海青浦的凌林生、钱昌莲，在 20 世纪 60 年代就开始成为故事员，凌林生还到北京参加过 1963 年由中宣部召开的全国曲艺座谈会，是座谈会上唯一的故事员代表。创办于 2012 年的青浦重固镇的"泉之音"故事沙龙正是在钱昌莲的指导下进行。嘉善县文化馆于 2012 年成立故事队，以钟爱文为首的故事员们深入茶馆、敬老院，开展故事讲演。2015 年中国民间文艺家协会故事委员会授予嘉善县"中国新故事之乡"称号。嘉定安亭镇的"百姓故事团"，拥有成员 30 多人，汇集了上海乃至全国优秀的故事创作者和表演者，每年创作故事 100 个以上，定期举办"说说唱唱百姓乐"双周故事会，作为全市唯一的市级故事团，平均每年在全市农村、社区、企业、学校等场所巡讲约 150 场次。

进入新世纪以来，以第一代新故事家及其传人为中心，通过传帮带，以故事会、故事讲演与各级各类故事比赛等形式，涌现出了一批故事员与故事创作者。江浙沪地区的新故事活动，在文化馆等群文系统的指导下，又进入了一个新的繁荣期。这些故事活动还与传媒结合，如上海人民广播电台的“双周故事会”及金山电视台的讲故事节目等。

与“大讲革命故事”时期不同，当前群文系统对新故事活动的组织与引导，不再是行政性与强制性的，故事员大多是义务的，对故事有自发的兴趣。新故事活动基本上从县级下放到乡镇级的文体活动中心。如金山的枫泾镇、山阳镇，青浦的重固镇，余杭的塘栖镇等。形式上以各级各类的故事创作、讲演比赛为主。据不完全统计，有自 2007 年开始举办的中国故事节，由中国民间文艺家协会、中国故事委员会、《民间文学》杂志社等联合举办，两年一届，是一个集故事创作比赛、故事表演比赛的国家级专业性故事节；2004 年起由上海浦东川沙镇发起举办长三角地区故事邀请赛，每两年举办一届，至今已经举办了七届，2003 年浦东川沙被文化部命名为“全国故事之乡”；2012 年起由浙江省曲协举办的浙江省故事会，每年一届，目前举办了八届；2006 年起举办的“中国(浙江)廉政故事大奖赛”，由浙江省作家协会、省民间文艺家协会等主办，杭州余杭区委宣传部、区文联承办，每三年举办一届，2015 的第四届比赛共收到 2507 篇作品，是历届最多的，在全国各类故事比赛中，影响力较大；2013 年起由浙江省民间文艺家协会和嘉善县人民政府联合举办吴根越角新故事创作邀请赛，每年举办一届，2015 年的主题是“善文化”；浦东曹路镇举办的故事邀请赛在 2016 年扩大到华东六省一市，命名为“追梦路上——‘浦东曹路杯’华东六省一市故事邀请赛”，征集与诚信、创业、廉政、新城镇和新农村建设等相关的故事。还有一些面对特定对象的，如少儿故事节、大学生故事节等。通过故事节、故事比赛，聚集了新故事的创演人员，鼓励原创故事；又通过比赛主题的设定，引导了新故事价值观的呈现。如嘉善县文联的“新农村·新风貌·新故事”采风征文创作、浙江桐庐的“中国故事节长三角红色故事会”等。但在表面繁荣的故事比赛背后，必须看到存在的问题：1. 各类赛事数量多，影响力不足，投稿数量多在1000篇左右徘徊，数量最多的“廉政故事大奖赛”也就达到2500多篇；2. 获奖面窄，各类比赛的获奖者多为老面孔。这一方面说明新故事创作仍是一个手艺活，需要专业的技能，故事作者的数量很难进一步扩大；另一方面也表明新故事比赛与真实民间的讲故事活动有所脱节；3. 繁荣兴盛的故事赛事，除了非常优秀的作品会在《故事会》《民间文学》《山海经》等赛事的合作刊物上发表，大部分获奖作品的传播程度低。这一方面说明获奖故事的质量亟待提高；另一方面，层出不穷的获奖作品，究竟有没有像以前那样在民众中口头流传呢？甚至获得民间文艺的最高奖项“山花奖”的新故事作品，除了成为故事爱好者们学习、模仿的范本之外，其在民众中的影响力究竟如何？这些现象表明，新世纪以来故事生产进一步转向个人创作之后，群众性的故事活动与故事刊物发表之间开始脱节。夏一鸣就曾谈到在2014年的金山地区的一次故事大赛中，《故事会》编辑部成员只挑到了3篇优秀作品发表①。

新世纪故事讲演与创作活动的另一个显著特点是低龄化。

① 夏一鸣访谈，访谈人：夏一鸣、王姝，时间：2015年1月6日，地点：上海《故事会》编辑部。

由于故事的讲演与创作，有利于儿童、学生综合素质的提升与全面发展，少儿故事培训在各地兴起。上海的夏友梅故事学校、桐庐的米阳文化开展的少儿故事培训已经形成了一定的口碑。1987年开始，桐庐连续举办20届“小故事大王选拔赛”活动，培养出一大批“小故事大王”。特色故事学校也在各地陆续出现：2008年，余杭区云会中心小学被授予“中国故事之乡余杭区青少年故事讲演基地”称号，由丰国需担任校外指导老师；2013年9月，嘉善干窑小学成立全县首个青少年“故事大王”培育基地，《山海经》杂志社授予该校“浙江省少儿故事活动基地”称号，成立了“窑廊人故事队”。前述很多故事比赛大多分为“少儿组”与“成人组”，以适应少儿故事的蓬勃发展。这当然是新故事后继有人的利好，但我们不得不指出，少儿故事培训带有较强的功利色彩，讲演重于创作。少儿讲演的故事又以新故事为主，以普通话为表达方式，一定程度上割断了与传统民间故事的联系。

转向个人创作的新故事，故事比赛与故事刊物的脱节，讲演人才多于创作人才，书面发表多于口头流传，这是新世纪以来转向个人创作的故事生产方式的问题所在。尽管《故事会》编辑部每年还在组织改稿会，也会去参加各地方组织的故事沙龙，编辑部的十余位编辑，每人负责联系二三十位故事作者，骨干故事作者数量约有四五百人，但其构成并不稳定，成员也在不断变化。20世纪80年代的《故事会》发表的故事往往酝酿期较长，至少有半年左右，口头—书面的反复加工修改时间，现在就得适应文化工业式的生产方式，有些还只是新闻点，尚未形成成熟的故事，就匆匆发表了。

网络、新媒体的出现，使故事的生产节奏加快，稿件的来源更加多样化，自发写作的故事作者数量增加，进一步加剧了这一问题。现在甚至还有运用软件抓取笑话的,一次就可以抓取几百篇,批量生产。2001 年起,雪晴故事网、故事联盟、故事江湖等一些民间故事网站纷纷创办。这些由民间故事爱好者自发创办的故事类网站,目的是聚集来自不同地域、不同行业,不同生活经历、不同学历背景的故事创作者,一起交流故事创作和投稿的经验。早期的故事网站,以故事论坛为主要形式,为故事作者与故事刊物的编辑建立了一个交流沟通的平台,还提供在线投稿服务。“一是成功地建立了一个编者和作者、作者与作者之间交流的平台,对故事理论和故事创作的提高起到了促进的作用。例如,当时一些‘故事论坛’定期请各刊物资深编辑和故事创作家以在线即时讲课的方式,聚集了一大批的故事创作者和各大故事报刊的编辑参与讨论”,“它改变了故事类刊物传统的投稿、审稿方式,编辑在线阅稿,既便捷又高效,大大地缩短了刊物的审稿周期”①。民间网站由于资金的问题,有的很快陷入困境,还有的不得不向故事类刊物靠拢,取得刊物的资金支持。民间故事网站的出现,倒逼故事类刊物纷纷建设自己刊物的网站。如《故事会》创办的“故事中国”(www. storychina. com)等。故事派对(www. storyparty. com)在故事网站中较为特殊,它是由杭州市余杭区文联主办的,既非刊物主办,也非纯民间,具有一定的官方色彩。

故事网站中,《故事会》主办的“故事中国”较为成功。因为《故事会》编辑部较早地具有现代媒体意识,早在 2006 年,就以《故事会》为核心期刊,与时尚杂志《秀》、旅游杂志《旅游天地》等,成立了上海故事会文化传媒有限公司,下设图书部、新媒体

---

① 金伟:《故事类网站的现状及基本功能》,《今传媒》2007 年第 9 期。

发展部、制作发行部、市场营销部、广告部等部门，从事出版物、网站、数字化产品的策划、采编、出版、发行等，兼营设计、制作、代理、广告业务、商务咨询、会展服务等。以上海故事会文化传媒有限公司为主体，改变了刊物的单一经营模式，走上了“书刊互动、网刊互动的立体多元化发展之路”①。“故事中国”网站的主要栏目有“连线故事会”“人气写手”“故事门户”“长篇故事”“听故事”“网上书店”“我的故事会”“论坛”等，既优选《故事会》刊物的故事，也发表网站原创故事，还为故事写手与读者提供“人气写手排行榜”“本周浏览排行榜”“总浏览排行榜”的统计。《故事会》论坛的“故事会在线”栏目提供了读者、写手与编辑的即时交流平台，有读编互动、刊物点评、故事茶馆、编辑讲堂等栏目；论坛还提供了在线投稿的方式，为每位《故事会》编辑设置在线投稿的专栏，让投稿者直接与编辑互动交流，这个版块是加密的，只有发帖人（投稿人）与版主（编辑）能看到。“新北方故事沙龙”也是只能特定用户查看，访客不能访问。“故事中国”网站至今还是非营利性质的，以提供、发现故事稿源为主要功能。

《故事会》还建设了故事会官方微博、故事会官方淘宝店、故事会新浪博客、故事会微信公众号、故事绘微信公众号等，构成了完整的《故事会》新媒体内容。其中，《故事会》微故事大赛的新浪博客，每月举办微故事大赛，给定主题，投稿要求：“正文字数在 130 以下，力求情节出人意表，立意隽永深远，文字鲜明生动。”微故事大赛从 2011 年起一直举办至今。“故事绘”微信公众号，由上海九译影视传媒有限公司运营，将发表在《故事会》上的优秀故事请故事员讲述，以音频形式推出。该公众号于 2016

① 金伟：《故事类报刊现状及发展趋势》，《传媒》2007 年第 8 期。

年2月推出,2016年7月起停止运营,改在喜马拉雅FM听书平台上推出《金牌故事绘——精品悬疑》《故事会——悬疑推理》《故事会——开怀一笑》《故事会——现代言情》等栏目。“故事会”微信公众号作为《故事会》的微信主号,由上海故事会文化传媒有限公司2011年开始运营,至今保持每日更新,每次推出四到五篇文章,如《故事会》经典作品赏析等。但除了《故事会》经典作品、音频故事之外,其他文章特色并不鲜明,往往或“读者文摘化”,或类同于其他的网络“心灵鸡汤”,如“你所谓的焦虑,不过是对未来的恐惧”(2017年2月3日)、“你需要的不是诗和远方,而是眼前的靠谱”(2016年12月23日)等。据夏一鸣介绍,该公众号由《故事会》编辑部的新媒体部运营。总体而言,从“故事中国”到“故事会”微信公众号,《故事会》拥抱新媒体的反应速度并不慢,只是网站更多停留在纸质刊物的网络化与在线投稿功能,微信公众号的发布风格较为陈旧,淹没在面貌相似的众多网文之中,未能显现出自己的独特性。

2001年起出现的众多故事网站有的已经停止运营,坚持至今的有故事派对网,但主要发布以政府为主导的故事比赛信息,如第四届中国廉政故事大奖赛、余杭区故事活动的消息等,更新并不及时。网站刊登的故事更新停留在2012年,业界新闻的最近更新日期是2015年,全网最新的消息发布于2016年1月,是中国(浙江)廉政故事大奖赛的获奖名单。从故事派对网的发展历史来看,曾经有过相当的辉煌。《电脑报》曾将其与“榕树下”一起列为全国著名的在线投稿网站加以推荐。尤其是网站于2002年10月1日创建的“网络新故事创作培训学校”,每期历时3个月,共举办了10余期。巅峰时期,网校学员每月在故事期刊上发表故事的数量,高达150篇以上。网站与《今古传奇(故事版)》《古今故事报》《故事家》《山海经》《上海故事》《故事世界》等故事刊物保持合作关系,提供在线投稿。通过笔会、改稿会、故事演讲比赛、采风活动,培养故事写手与故事员。2005 年,网站还针对传统新故事衰落,提出了“现代故事”的全新概念,以“现代性、情节性、网络性”作为衡量现代故事的新标准。雪晴故事网创办于 2003 年,原名“雪晴休闲文学”,是一家由故事写手创办的个人网站,也是以促进写手与编辑沟通、提供在线投稿为主要功能。网站分为故事频道和论坛两大部分。雪晴网在线投稿区的驻站期刊有《故事会》《上海故事》《今古传奇(故事版)》《喜剧世界》《民间传奇故事》《山海经》《百家故事》《民间文学》《三月三·故事王中王》《传奇(传记文学选刊)》等 10 种。一方面,2000 年左右的网站以 BBS、论坛的形式为主,这一形式如今已衰落。各类网站自身经历了一个优胜劣汰的过程。另一方面,由于以《故事会》为代表的故事类刊物的网络化、新媒体化转型差强人意,服务于传统故事刊物,以在线投稿为主要功能的故事类网站发展态势也不佳。雪晴网是坚持至今,仍在探索故事的网络化、新媒体化的一家。2014 年 5 月,雪晴故事论坛点击量突破一亿次,会员达到六万余人。2016 年 11 月,雪晴网获得中国故事节枫泾故事会征文优秀组织奖。在“雪晴故事”的微信公众号推介上,这样写道:“雪晴故事网已经走过了 10 年时光。在大多数同类写手网站关门的艰难时刻,我们依然在坚持,我们要做最后一搏。这十年,我们见证了故事的繁荣与衰落,今天故事依然坚挺,衰败的只是传播渠道。纸质媒体的传播功能在减弱,新媒体还未全面接棒。这是一段困难的转型期。我们坚信,故事没到尽头,百姓需要好看的故事。在以微信公众号为代表的新媒体平台上,雪晴网已经占据一席之地。未来,故事通过微信传播也许是一种大势！传播渠道的改变，我们的故事作品该如何适应之，如何让微信读者爱上您的故事？”在线投稿的定位，服务于传统故事刊物，发布各类故事比赛信息，是故事类网站、故事类新媒体的局限性所在。它并没有真正利用网络空间的特点，缺乏写手与网民的互动交流，借助网络更新、还原故事的“民间性”。因而，在网络文学风起云涌的时候，失去了竞争力。

下　编

新故事文本研究

第九章　新故事类型学分析

类型分析是民间故事研究的一种重要方法，类型学作为民间故事研究的一个分支学科，贯穿了民间故事研究的各个阶段，几乎所有的民间故事研究范式都需要与类型学嫁接。民间故事的类型研究，的确可以用来解释“民间文化事象自身的彼此间的关系问题”，也即“民间文化事象的雷同性，或言重复性、不断重现性问题”[①]。从缪勒的神话学派、弗雷泽的人类学派，到芬兰学派的“地理历史比较研究法”、列维-斯特劳斯、普罗普等的结构主义等无一不是依据自己的学术理念与研究方法，对民间文化事象的这种重复性加以解释说明，以期揭开“重复性”背后的规律。尤其对民间口传故事而言，与作家文学最大的不同，就在于长期流传过程中形成的固定程式，以及随着地域、时间的变迁而不断演变，又始终保持着的故事类型体系。那么，对于将书面传播与口头传播相结合的新故事，是否还存在这种“变与不变”辩证法中的故事类型系统呢？我们还能否运用故事类型学的理论

---

① 刘魁立：《历史比较研究法和历史类型学研究——在中国首届民间文化高级研讨班上的学术报告》，钟敬文主编：《民间文化讲演集》，广西民族出版社 1998 年版，第 208 页。

来解剖、分析新故事呢?尤其是当新故事全面转向个人创作的今天,还是否拥有在当代民间的口头流传?以及在这种口头流传中的类型积淀?进一步而言,通过这种类型分析,能否管窥隐含在新故事类型背后的当代民间价值结构?以往我们的民间故事类型学说,都是运用于传统民间故事,那么,从传统民间故事到当代新故事,如果传统故事类型未能在新故事中继续支撑着它的叙事结构,本应具有较大稳定性、固化的故事类型难道就于当代终止?如果新故事中缺失了传统民间故事意义上的类型,那么它的民间性何在,又如何以特定的类型结构,扩大它自身的流传范围?本章试图梳理以往的民间故事类型研究,并以此考察新故事的叙事文本,剖析它对传统故事类型的继承与创新,从而将传统民间故事类型的研究拓展到新故事的文本领域。

第一节　传统民间故事类型研究概况

产生于19世纪末、20世纪初的芬兰学派,在达尔文的进化论和斯宾塞的实证论基础上,从"欧洲中心主义"出发,认为民间故事有着单一的起源,从一处传播到另一处,从简明形态向繁复形态发展,他们通过对民间故事异文的搜集与比较,总结归纳出其结构类型原型,寻找发源地、流传路线及其传播的范围,以期发掘众多异文背后的文化内涵。芬兰学派"通过对散见于世界各地的某一情节的各种异文的比较研究,根据纯粹形式方面的特征,来探寻它的所谓'最初形式'和所谓'最初国家',同时力图指明它产生的时间和流传到其他地方的先后时序,他们还常常在自己的书中绘制大量的图表和地图以标明流传的路线等等。

他们将自己的这种研究方法称作‘地理历史比较研究法’”[①]。在芬兰学派的基础上，1910 年，阿尔奈(Anitti Aarne)在《故事类型索引》中提出了民间故事的类型(type)，并为芬兰和北欧地区的民间故事编制了类型索引；1928 年汤普森(Stith Thompson)在阿尔奈的基础上，根据更大范围的民间故事材料，增补修改出版了《民间故事类型索引》，将民间故事分为动物故事、普通民间故事、笑话、程式故事、未分类故事五大类。此后世界各国根据(AT 分类法)编纂的其他索引大致不下百余种，还出现了一些专题索引和区域性比较索引，AT 分类法在民间故事研究界形成了相当的共识。

AT 分类法是以情节类型作为编纂索引的基础，“类型索引暗示一个类型的所有文本具有一种起源上的关系”[②]，类型是就其相互类同或近似而又定型化的主干情节而言的，至于那些在枝叶、细节和语言上有所差异的不同文本则称之为“异文”。越是引人入胜的故事，它的异文也就越多。汤普森这样介绍 AT 分类法的目的：“一个研究者使用这种方法力求达到的最根本目的，莫过于完全弄清楚某一特定故事的生活史。他希望通过分析不同异文，研究有关历史地理因素，运用一些众所周知的关于口头传播的事实，找到该故事原型的某些东西，并能较合理地解释该故事在依次产生的所有的不同异文时所发生的变化，这些变化还将指出它的原型产生的时间、地点以及它所发

---

① 刘魁立：《世界各国民间故事情节类型索引述评》，《民间文学论坛》1982 年创刊号。

② [美]斯蒂·汤普森：《世界民间故事分类学》，郑海等译，上海文艺出版社 1991 年版，第 499 页。

生变化的原因。”[1]

AT分类法出现后，1928年，也就是汤普森修订阿尔奈类型索引的同一年，作为运用AT分类法研究中国民间故事的尝试性开端，由钟敬文和杨成志完成的《印欧民间故事型式表》，附录在夏洛特·索菲娅·博尔尼所著《民俗学手册》（*The Handbook of Folklore*）一书中出版[2]。《印欧民间故事型式表》编写了印欧故事70个类型的情节提要。其后，1931年，钟敬文先生又撰写了《中国民谭型式》，连载于杭州《民俗周刊》，后又集中发表在《开展月刊》之《民俗学专号》。[3]《中国民谭型式》只完成了作者计划的一半，“作者的立意与其说是要编纂一部反映中国民间故事类型全貌的索引，毋宁说是要为民间故事搜集家、研究家指出一条概括和分析情节类型以便于进行比较研究的新途径”[4]。真正第一次完成中国民间故事类型编写的是一位德国学者。1937年，艾伯华的《中国民间故事类型》在AT分类法之外，完全按照中国民间故事的独特情形创立号码编号，全书选录3000则民间故事，归纳出246个故事类型[5]。艾伯华的主要材料来自东南沿海一带省份，特别是浙江中部，因而有较大的局限性。1978年，美籍学者丁乃通完成了《中国民间故事类型索引》，主要采用AT

---

① [美]斯蒂·汤普森：《世界民间故事分类学》，郑海等译，上海文艺出版社1991年版，第517页。

② 杨成志、钟敬文：《印欧民间故事型式表》，国立中山大学语言历史研究所1928年版。

③ 钟敬文：《中国民谭型式》，《开展月刊》第十、十一期合刊“民俗学专号”，1931年。

④ 刘魁立：《世界各国民间故事情节类型索引述评》，《民间文学论坛》1982年创刊号。

⑤ Wolfram Eberhard, Type of Chinese Folktale, FF Communications, no. 120, Helsinki, 1937. 参见[德]艾伯华，《中国民间故事类型》，王燕生、周祖生译，商务印书馆1999年版。

分类法的编码体系进行编制，涉及 7344 件作品，归纳出 843 个类型①。这次将中国民间故事类型，向国际通用的 AT 分类法靠拢的尝试，也使中国民间故事能够纳入世界民间故事的系统中。其后，金荣华在“中国民间故事集成”的基础上，于 2000 年和 2002 年分别出版了《中国民间故事集成类型索引》的上下两卷。相比之前的几种类型索引，金荣华的材料最为丰富，他运用了中国民间故事最新的田野作业成果，对一些故事类型做了重新的命名，简便了检索方式。2002 年刘守华的《中国民间故事类型研究》运用现代民间文艺学中的母题、类型研究法，精选了 60 个中国各民族常见故事类型，就其口头和书面形态、文化内涵和审美情趣、民族地域特色，以及源流探索、跨国跨民族比较等，分别进行了个案剖析②。2007 年祁连休的《中国古代民间故事类型研究》③，从中国古代民间故事类型自身的特点出发，“以通常由一个或多个母题（情节单元）组成的‘故事类型核’作为鉴别类型最主要或唯一的准绳。在相当长的时间和广阔的地域中流传的民间故事，无论怎样变异，只要其故事类型核不变”④，就认定为一个类型。这本书资料收罗丰富，论述独到精辟，阐述了中国古代民间故事类型的发展趋势、中国古代民间故事类型的亚型、中国古代民间故事类型中的民间故事与民间传说互换现象等，研

---

① Nai-tung Ting, A Type Index of Chinese Folktales: In the Oral Tradition and Major Works of Non-religious Classical Literature, FF Communications, no. 223, Scientiarum Fennica, Helsinki, 1978. 参见丁乃通：《中国民间故事类型索引》，郑建成、李倞、商孟可、白丁译，中国民间文艺出版社 1986 年版。

② 刘守华：《中国民间故事类型研究》，华中师范大学出版社 2002 年版。

③ 祁连休：《中国古代民间故事类型研究》，河北教育出版社 2007 年版。

④ 户晓辉：《类型：民间故事的存在方式——读祁连休〈中国古代民间故事类型研究〉》，《民俗研究》2007 年第 3 期。

究了各个朝代的民间故事类型，是在丰富翔实的中国古代民间故事书面材料的基础上完成的故事类型研究集大成之作。2014年顾希佳的《中国古代民间故事类型》配合了他本人编纂的《中国古代民间故事长编》的丰富材料，综合采用AT分类法体系，沿用丁、金二人的已有编码，新增订了大量未编码的类型，编制成“中国古代民间故事类型表”与“中国古代民间故事类型索引”，并对15组类型展开了具体研究[①]。

在运用AT分类法研究中国民间故事的过程中，从世界性的视角出发，努力将中国民间故事纳入通用的AT分类法体系，难免削足适履之嫌；从中国民间故事的现实出发，编制具有民族特点的类型索引体系，又难免在与国际学术界对话时存在沟通交流的障碍。2009年台湾东华大学陈丽娜博士学位论文《中国民间故事类型研究》回顾了中国民间故事类型研究的历史，详论艾伯华、丁乃通、金荣华三大故事类型索引，兼及祁连休、袁学骏等其他类型研究，最后对AT分类法与中国民间故事类型之关系进行了展望，她希望能够在综合各种民间故事索引的基础上，建设一个可以“进行本国性或跨区域、族群等民间故事比较研究，或提供故事在各索引的位置，检索相关资料、了解各类型故事的关连性”的通用平台[②]。“如果说《中国民谭型式》为我们指明了中国民间故事类型索引编纂和研究本土化道路的话，经历了以《中国民间故事类型》民族化和《中国民间故事类型索引》国际化为宗旨的两部索引，到《中国民间故事集成类型索引》追求

① 顾希佳：《中国古代民间故事类型》，浙江大学出版社2014年版。

② 陈丽娜：《中国民间故事类型研究》，台湾东华大学2009年博士学位论文，第318页。

民族化与国际化结合的诉求”[1]，其中贯穿始终的正是这种普遍性与特殊性的矛盾。而在这一普遍性与特殊性矛盾的背后，则是AT分类法自身存在的缺陷。

首先，AT分类法假设了民间故事的单一起源性。“本是同一个故事，在不同时间空间背景上的人群中间口耳相传时，既保持着它的基本形态，又发生局部变异，便构成大同小异的若干不同文本了。故事学家通过比较其异同，将这些文本归并在一起，称之为同一‘类型’。类型是就其相互类同或近似而又定型化的主干情节而言，至于那些在枝叶、细节和语言上有所差异的不同文本则称之为‘异文’。”[2]陈连山就此批评道：“（刘守华）对故事类型的描述是一个起源与发展的历史过程，显然把一个原本只是潜在的假设当作事实来叙述了。这种假设是无法证明的，它也不符合人们确定故事类型的实际工作过程——没有哪一个类型学者是在论证了各个故事文本的历史渊源关系之后再确定它们属于同一个类型。这个假设使我们误以为故事类型的确定是一个完全客观的历史问题，而不是学者个人进行的一个抽象归纳的问题。”[3]

其次，AT分类法主要以情节为依据进行分类，刘魁立认为：“关于情节的研究决不应该、也决不能代替对于蕴含于情节之中的其他因素的分析和研究。正如大家所知道的，单纯的情节归纳，不仅不能向我们提供一幅明晰的历史发展的画面，不仅不能

---

① 林继富：《“中国民间故事类型索引”研究的批评与反思》，《思想战线》2003年第3期。

② 刘守华：《中国民间故事类型研究》，华中师范大学出版社2002年版，第2页。

③ 陈连山：《普遍性与特殊性之争：确定中国民间故事类型的两种思路》，《河南教育学院学报》2008年第6期。

为我们描述民间故事反映历史现实的图景，不仅不能使我们哪怕是最一般地认识民间故事创造者和讲述者的面貌，而且单纯的情节分类连民间故事本身的主题、形象、语言色彩、内部结构、思想倾向也不能向我们提示。”他认为，应当“把编纂索引看作是研究工作的手段，而不是研究工作的目的；看作是研究工作的准备，而不是研究工作本身”[①]。他还介绍了保加利亚的民间故事研究家阿尔纳乌多夫曾以故事中所出现的形象（主人公）作为分类的基础，进行保加利亚民间故事分类的工作[②]。汤普森在增订阿尔奈索引时，也发现仅以情节为单位对民间故事进行分类编制索引的不足，他提出应该把情节再进一步分解为更细小的单位——母题（motif）。“一个类型是一个独立存在的传统故事，可以把它作为完整的叙事作品来讲述，其意义不依赖于其他任何故事。当然它也可能偶然地与另一个故事合在一起讲，但它能够单独出现这个事实，是它的独立性的证明。组成它的可能仅仅是一个母题，也可以是多个母题（一系列顺序和组合相对固定的母题）。”[③]当把分类依据下放到比情节更小的单位——母题时，中国民间故事的特殊性才得以显现。艾伯华就发现，“在中国的民间故事中每个母题都是正常固定的，同时也具有强大的生命力，然而母题链，即整个民间故事，又是相对地不稳定的”[④]。

---

① 刘魁立：《世界各国民间故事情节类型索引述评》，《民间文学论坛》1982年创刊号。

② ［保加利亚］米·阿尔纳乌多夫：《保加利亚民间故事分类尝试》，转引自刘魁立：《世界各国民间故事情节类型索引述评》，《民间文学论坛》1982年创刊号。

③ ［美］斯蒂·汤普森：《世界民间故事分类学》，郑海等译，上海文艺出版社1991年版，第499页。

④ ［德］艾伯华：《中国民间故事类型》，王燕生、周祖生译，商务印书馆1999年版，第2页。

在中国，民间故事的形成还没有停止，许多母题还有生命力。因此，这些母题在今天又能形成新的民间故事、轶事或其他的体裁样式，并在形成过程中继续存在下去[①]。丁乃通也认为："口传故事本来是变幻不定的，中国的民间故事尤其爱东拉西扯，一个类型连一个……有时同一故事会放在四个或五个类型之下。"[②]他强调，"必须至少要有三个不同的故事异文，才能构成一个中国特有的类型"[③]。

但是情节也好、母题也好，还是很难概括民间故事的丰富性。根据结构主义的理论，俄罗斯学者普罗普在1928年《故事形态学》一书中，就提出情节是属于内容的部分，应该根据故事各组成部分以及各部分之间的关系来分析和描述故事，即关注功能(function)，根据在事件发展过程中的意义来确定的主人公的行为。他的另外一部著作，1946年出版的《神奇故事的历史根源》进一步从功能转入内容的分析，剖析民间故事组织结构的内在顺序。普罗普并非典型的结构主义者，与列维-斯特劳斯主张民间故事具有普遍的内部深层结构不同，普罗普主张考察民间故事的功能结构。受普罗普的影响，1996年李扬的《中国民间故事形态研究》着眼于民间故事叙事本体的内在结构形态，对随机选取的50个民间故事功能图式进行了划分描述，从功能、人物、序列三个方面详尽探析中国民间故事的内在叙事结构，总结出了中国民间故事形态结构的区域特征，对中国民间故事进行了

---

① [德]艾伯华：《中国民间故事类型》，王燕生、周祖生译，商务印书馆1999年版，第432页。

② [美]丁乃通：《中国民间故事类型索引》，郑建成等译，中国民间文艺出版社1986年版，第17页。

③ [美]丁乃通：《中国民间故事类型索引》，郑建成等译，中国民间文艺出版社1986年版，第14页。

较为系统的研究[①]。

从普罗普的功能(function)、到汤普森的母题(motif),再到列维-斯特劳斯的神话素(mytheme)、邓迪斯的母题素(motifeme),以及米尔曼·帕里和阿尔伯特·洛德的口头程式理论,都试图找到民间故事通用的语义结构功能系统,从而索解民间故事重复性之谜。“民间文学文体本身在传承过程中,作为一种规范,要求的不是机械记忆,而是对传统的本质性的把握。传承人熟知作品的内容,充分感知形象的内蕴,对于作品的一切艺术手段有准确的感觉和把握。长期生活在民间文化和民间文学的氛围中的人,特别是经常参与这种文化活动的人,都掌握了一定的在演述过程中重新再现文本的技能。”[②]这些理论介绍到中国后,先后为民间文学、民俗学界采纳,成为习见的研究民间故事类型的方法,推动了民间故事类型研究。

已有的全面研究如 1999 年许钰在《口承故事论》[③]中根据故事虚构的不同情况和不同题材,将民间故事分成了动物故事、幻想故事、生活故事、机智人物故事、寓言、笑话六类,并对机智人物故事进行了全面适度的评述。也有针对某一故事类型的专门研究如 2005 年漆凌云的《中国天鹅处女型故事研究》[④]分别从演进轨迹、类型分析、形态结构和文化意蕴四个方面对天鹅处女型故事进行了全面的讨论,是我国研究天鹅处女型故事的第一部

---

① 李扬:《中国民间故事形态研究》,汕头大学出版社 1996 年版。

② 刘魁立:《历史比较研究法和历史类型学研究——在中国首届民间文化高级研讨班上的学术报告》,钟敬文主编,《民间文化讲演集》,广西民族出版社 1998 年版,第 211 页。

③ 许钰:《口承故事论》,北京师范大学出版社 1999 年版。

④ 漆凌云:《中国天鹅处女型故事研究》,湘潭大学 2005 年硕士学位论文,后由中国戏剧出版社 2008 年出版。

专著;2003 年康丽的博士学位论文《中国巧女故事叙事形态研究——兼论故事中中国民间女性观念》[①]、2010 年周晓霞的《颠覆与顺从——读中国机智人物故事》[②]综合运用文化人类学、后历史主义、后结构主义以及巴赫金的狂欢化诗学理论对机智人物故事进行重新审视,客观分析机智人物故事受欢迎的深层社会原因,深层研究机智人物故事中所蕴含的多棱文化信息。其他的研究还有江帆的《辽宁民间故事及其类型特征研究》[③]、顾希佳的《生与死的恋情——"人鬼夫妻型故事解析"》[④]、刘守华的《兄弟纠葛的悲喜剧——一个传承久远的民间故事类型》[⑤]、安德明的《万物有灵与人兽分开——猿猴抢婚故事的文化史意义》[⑥]、万建中的《一场关于人与自然关系的深刻对话——从禁忌母题角度解读天鹅处女型故事》[⑦]、徐美清的《民间徐文长性格中的负面性探讨》[⑧]、康丽的《民间故事类型丛的丛构机制》[⑨]、何智丽的《东海孝妇型故事研究》[⑩]等。

---

① 康丽:《中国巧女故事叙事形态研究——兼论故事中中国民间女性观念》,北京师范大学 2003 年博士学位论文。

② 周晓霞:《颠覆与顺从——读中国机智人物故事》,上海文化出版社 2010 年版。

③ 江帆:《辽宁民间故事及其类型特征研究》,《民间文学论坛》1997 年第 2 期。

④ 顾希佳:《生与死的恋情——"人鬼夫妻型故事解析"》,《民间文学论坛》2000 年 Z2 期。

⑤ 刘守华:《兄弟纠葛的悲喜剧——一个传承久远的民间故事类型》,《江汉大学学报》2000 年第 4 期。

⑥ 安德明:《万物有灵与人兽分开——猿猴抢婚故事的文化史意义》,《民族文学研究》2000 年第 1 期。

⑦ 万建中:《一场关于人与自然关系的深刻对话——从禁忌母题角度解读天鹅处女型故事》,《北京师范大学学报》人文社会科学版 2000 年第 6 期。

⑧ 徐美清:《民间徐文长性格中的负面性探讨》,《文学教育》2007 年第 2 期。

⑨ 康丽:《民间故事类型丛的丛构机制》,《民族文学研究》2012 年第 5 期。

⑩ 何智丽:《东海孝妇型故事研究》,云南大学 2015 年硕士学位论文。

在民间故事采录实践过程中,也相当程度地使用了类型学的方法。在“三套集成”的编撰过程中,1991年印发过一份《中国民间故事集成编选工作会议纪要》,对民间故事同一类型中的异文处理方法做了以下要求:

> 异文是指主题和基本情节相同的同一个故事,在细节上有不同的说法,或不同讲述者的讲述。在一个故事的若干异文中一般选取思想艺术水平最高的一篇作为正文排印,其他各篇中如有水平与正文不相上下,也比较重要而且在某些方面较有特色者,可以作为异文排列在正文之后。
>
> 这里要严格掌握方法,必须是同一故事的不同讲法才能作为异文处理;作品关联的对象物(地方风物、地方特产等)相同而故事情节要素根本不同,不属于异文范围。

还要求各地省卷本应制作本省的“常见民间故事类型分布图”,并就此说明道:“类型即指主题和基本情节相同而又定型的故事(包括各种异文),如‘老虎外婆’、‘蛇郎’等,都是一种类型。类型确定后,至少选取七、八种故事类型,将其流传地区用不同符号标在本省地图上。’”[①]这种做法存在很大问题,以什么标准来取舍决定“思想艺术水平最高的一篇”? 以代表性的异文遮蔽其他异文,也极大地削弱了民间故事的丰富性。美国学者邓迪斯说:“应该记住,一个故事类型是一个合成的情节概要,它在准确无误的细节方面对应的不是一个个别的异文,但同时又在某种

① 中国民间文学集成总编委会:《中国民间故事集成编选工作会议纪要》,1991年,见中国民间文学集成总编委会简报“民集办字(910)第5号”。

程度上包含着那个民间故事所有的现存异文。”①

类型研究本土化过程的难点正如刘守华在《中国民间故事史》中指出的，中国传统民间故事大量以书面记载存在，“口头书面传承的交错并行”是中国民间故事演进的主要特征之一，“芬兰学派所看重的是纯粹口头叙事文本及口头流传背景，而在中国民间文化生活中，口头传讲故事却是和民间说唱及戏剧演出，还有种种书面通俗文学作品的流传交织在一起的，后者对人们心灵的穿透力更为强劲”②。当代民间故事的搜集、整理与改编，《故事会》新故事的创作从 20 世纪 60 年代诞生伊始，就是在整个民间文艺生态的影响下生产运作的，民间的说唱、戏曲以及小说、影视、报告文学等当代文艺样式深深地嵌入到新故事的创编与流传过程中。在这样的综合文艺生态之下，迈向个人创作，以书面方式发表的新故事继承了什么样的传统民间故事类型呢？在新故事的情节、母题单元之中，是否存在传统民间故事的因素变异？

第二节　继承的故事类型

本节主要借鉴丁乃通的《中国民间故事类型索引》来研究《故事会》的新故事类型，但是在丁乃通的《中国民间故事类型索引》中，有很多故事如狐仙、鬼、龙等传说，轮回、报应、神仙考验人诚不诚心等带有宗教色彩的故事，还有趣联故事等都未曾收录。所以，还将结合刘守华的《中国民间故事类型研究》、艾伯华

① ［美］阿兰·邓迪斯：《民俗解析》，户晓辉编译，广西师范大学出版社 2005 年版，第 229 页。

② 刘守华：《关于中国民间故事类学的一些思考》，《民族文学研究》2004 年第 3 期。

的《中国民间故事类型》的故事类型分类来研究新故事类型。通过《故事会》新故事的文本阅读，的确可以比较发现以下得以继承的传统民间故事类型：

"神奇的宝物"型故事的一般故事情节是：主人公在偶然的机会下，得到拥有魔力的宝物，可以依靠宝物来得到自己想要的东西，但是一旦突破了禁忌，宝物就会失去魔力，最后由于他的贪心使宝物失去了魔力，落得更加悲惨的结局。在《故事会》中，该类型下的故事有：《猴爪》《魔鬼送来的盒子》《三个愿望》，这三个故事都包含着"贪心"和"魔宝"的母题。故事中的猴爪、盒子和魔瓶都有着魔力，可以实现主人的三个愿望，但是条件是千万不能随意动用这个宝物。主人抵不过自己的贪心，想要不费吹灰之力得到更多的金钱，一次又一次动用宝物，最终才发现，得到的都是以失去其他东西为代价的。

"神的赏罚"型故事的一般故事情节是：主人公在偶然中得到神的帮助，满足自己的欲望，而神因为他无尽的欲望而不再帮助他，让他付出代价。《贪吃的食指》讲述的就是这样一则故事：主人公有一根贪吃的食指，因为贪吃而离开了家，途中遇到了神仙的帮助，免费吃尽人间美味，最后也由于他无限制的贪吃而受到神仙的惩罚，失去了钱财。只有当这根贪吃的食指被砍掉之后，他才成为一个正常的人。故事中"贪吃的食指"暗示的就是人的贪欲，只有除掉贪欲，一切才会回到正常的轨道。

"铁匠和死神"型故事有《与魔鬼的交易》，完全采用了"铁匠与死神"的故事原型，讲述铁匠利用巫婆给的三个魔法，三次将死神囚禁住，延长了自己的寿命的故事。

"感恩的动物"型故事的一般情节可以概括为：一个人曾帮助过一只动物，当他遇到危险时，这只动物前来救助，甚至为了救人而献出生命。这个故事类型中包含着“报恩”的母题，演绎了“滴水之恩，涌泉相报”的传统美德。《鹿子报恩》讲述的是鹿冒着生命危险救下了曾经帮助过它的电线维修工。《人鹿奇缘》讲述的是猎人和母鹿一同掉入陷阱，猎人在危难之际帮助母鹿产下小鹿，而知恩图报的母鹿在临死之际将人和小鹿救出陷阱的故事。《编外员工》是猩猩报恩，《翡翠菩提》是蜥蜴报恩，《费希玛的金鱼》是金鱼报恩，《蜂林奇缘》是蜂王化身为人报恩。该故事类型还有一个亚型——“主人和狗”的故事类型，一般情节为：保护儿童的往往是水牛、狗等，偶然因为误会被打死。《主人的回报》完全采用了这个故事类型，主人外出的时候，义犬保护婴儿，咬死了想吃婴儿的狼，主人回来看到狗嘴巴上的血迹，误会狗吃了婴儿，将义犬打死，最后才发现了被咬死的狼。《打狼》是该故事类型下的一个异文，主人在深山中逃窜，义犬在山中寻找主人，变得很像狼，终于找到了主人，却被主人误会为狼而杀死。这个故事在情节设置上，借鉴了“主人误杀狗”的母题，但是故事开端加上了“主人畏罪潜逃”的情节，使故事更加充满惊险刺激的感觉。

“复仇的动物”型故事是在“感恩的动物”型基础上，增加了“复仇”母题。如《古井恩怨》《守卫者》都是这个类型的故事。在《古井恩怨》中，包含着“救人得报”“忘恩负义”“青蛇复仇”几个母题，通过描述乞丐救了巨贾而成为富人的义子，因为贪图小姐的美貌和家产，设计杀害恩人，陷害小姐的情人，夺走小姐的宠物——青蛇，逼小姐自杀。最后恶有恶报，死于青蛇的复仇。该故事诠释反对贪心的主题，同时也揭示了忘恩负义之人终将受到惩罚。

“鬼报恩”型故事的一般情节是主人公在无意中帮助了鬼，

后来主人公遇到危险或困难时，鬼回报主人公，帮助主人公解决问题。《流泪的青香蕉》讲的是做香蕉生意的主人公被朋友陷害，无法出售自己的香蕉，而正巧遇到了鬼奶奶和鬼孙子来买香蕉，得知婆孙俩是因为吃了有毒的香蕉而死，而主人公诚信经商的品质感动了鬼奶奶，它们帮助主人公卖完了香蕉，而出售毒香蕉的朋友却遭到了报应，被屋顶压死了。《撞见人心》讲述了货车司机黄大毛开车走神撞死了一个老头儿，路过的养鱼专业户胖鱼头下车救人后却被老头儿的子女咬定是肇事者，做了好事还赔钱。胖鱼头想起自己断了饲料的鱼塘，急得病倒住院了。而逃逸司机黄大毛运着一车饲料在经过胖鱼头的鱼塘时，竟然看到了窗外被自己撞死的老头的脸，吓得连车带人开进了鱼塘，给胖鱼头的鱼塘加了饲料。这个故事包含了“感恩”“善恶有报”的母题，赞扬了胖鱼头热心助人的善良本质，批评黄大毛的不负责任的肇事逃逸。

“仁慈的善行”型故事的情节可以概括为：有一个人看到别人有困难的时候，主动出手帮助。该故事类型中包含了“助人”的母题。《小小的善》中一对贫穷夫妻带着8个孩子去马戏团看演出，可是钱不够，旁边的男士看到男孩父亲眼中的痛楚，将自己的钱丢在地上，对父亲说“你的钱掉了”，父亲明白了原因，感动得热泪盈眶，他的帮助不仅给了他们尊严，更让他们明白了人间的真情。《门票不见了》讲述热心人暗中帮助爷孙俩的故事。“仁慈的善行”型故事是单纯的助人故事，赞扬了人们的善良和热心，乐于助人、不求回报的精神。

“秘密的慈善行为”型故事情节为：有两个熟悉的朋友，甲很慷慨，总在经济上帮助乙，但当甲陷于困境时，乙好像也不帮忙，直到最后才发现，乙其实为甲暗中购置房产或投资其他生意，并已为他挣了许多钱。《朋友抽了我的筋》讲述了朋友向"我"借了钱却迟迟不还,害得"我"在妻子面前一直底气不足,连老婆的啰嗦也只能忍下来。直到有一天,朋友得知"我"家庭幸福觉得是时候还钱给我了,才连本带利全部还回来,而朋友这么做是为了改掉"我"吃软不吃硬的倔脾气。这个故事生动体现出"滴水之恩,涌泉相报"的道德观念,也展现出朋友间互帮互助的真诚友谊。这个类型的一个亚型——"以计助友"型故事,如《为了后妈的约定》讲述了朋友得知"我"和后妈的关系僵硬,暗中以"我"的名义给后妈写信,关心孝敬后妈,还联合全班同学买药寄回去给后妈,终于缓解了母女关系,后妈也不再反对"我"继续念书。《生死合同》《永远的秘密》《拥抱我一下》等故事都是讲述在遇到困难的时候,朋友不惜被误会也要在暗地里帮助解决,最终真相大白,被帮助者明白了朋友的良苦用心,赞扬了朋友间不惜代价互相帮助的可贵情意,同时也力倡朋友往来要重义轻利,知恩图报。

"夺宝互谋俱丧命"型故事,基本情节为:两个盗贼或者老友,为了抢夺并独占一件宝物,互相设计、欺骗,最终双双丧命。《燃烧的池塘》中,两邻居为了抢夺一盒"水变油"的神奇药丸而互不让手,贪心的两人都不肯分享,最终两人因破坏"宝物"而失去性命。《不死的慈善家》中,慈善家中了大奖,两个贪心的大盗各自假扮慈善家,认为对方手里有巨额奖金,互相抢夺、厮杀,被警察逮捕入狱。

"两个小偷互相哄骗"型故事是"夺宝互谋俱丧命"故事类型的一个亚型:基本故事情节为两个小偷为了某一样东西而互相哄骗。《倒霉的吉米》中,又加入了"双双被捕"的母题。大盗吉米抓另一个大盗比利,想要将功赎罪,却反被比利抓到,两个小偷互相抓对方,最后都落入法网。《金蝉脱壳》中,小偷假扮主人,哄骗另一个小偷,最终聪明反被聪明误,双双受到法律的惩罚。

传统的"地主的无理条件,和仆人(长工)的对策"型故事已转换为老板与工人的关系,具体表现为:老板宣称要克扣工人工资,工人则利用自己的智慧和计谋讨回工资,老板最终因贪心而受到惩罚,或者幡然悔悟。该故事类型有两个亚型。"地主出难题,长工生妙计"型:《端上一盆拿手菜》中,贪婪的老板找理由克扣工资,表面上很大度,实际想以出难题打赌的方式让工人知难而退。工人们则利用自己的智慧策划各种点子,来拿回属于自己的工资,老板的行径让工人们寒心,老板最终失去了全部的员工。《要点工资不容易》中工人受工伤而老板不付赔偿金的行为让员工们无奈,在一次事故中为了得到赔偿金,员工们自导自演了一出闹剧,最终感动了老板,拿到了赔偿金,老板也认识到因为自己的贪婪而使员工们遭受到身体和心理的痛苦,就此悔悟并对员工们做出了承诺。"地主刻薄,长工报复"型:《到病床边去讨债》《无赖碰上泼皮爷》《这次绑架有点囧》这类故事中,老板盘剥员工,逼得工人走投无路讨债,在内心极度不平的愤怒下,工人们报复老板的贪婪和无耻,历尽艰辛,想方设法讨回自己的工资。故事深刻地揭露出既得利益者的凶狠和贪婪,弱势群体机智勇敢的斗争,表现出人们反抗剥削、改变不合理现状的斗争精神,最终贪婪者只会以失败告终。

"巧姑娘"型故事可以概括为:聪明的姑娘或妻子,在遇到困难的时候,利用自己的智慧解决难题。《要命的外财》中,老马正直诚实,不贪多发的退休金,科长却贪走了那笔钱,还诬陷老马未退钱,细心聪慧的会计姜小莉利用笔迹帮助老马证明了清白,并指认了贪财的科长。《被劫持的女司机》是聪明女司机借厕所留信号求救的故事;《复印彩票》中奖的女子打印彩票被偷换后,利用自己的智慧证明彩票所有权的故事。

"当良心"型故事源自传统的典当行业。这个故事类型中包含了"诚信致富"的母题,商人由于良好的商业道德赢得了民众的赞誉,诚实守信的思想品德招来了滚滚财源。《商人不爱钱》《鸡腿的味道》《有商不奸》《商业头脑》等故事赞扬了诚信经营,充满人情味的商业行为,反对为了盈利而欺诈、伤害消费者,只有一颗诚信、善良的心才能赢得财富。

"守财奴的物尽其用"型故事的基本情节是:守财奴为了减少浪费,不论有没有用,都要将每一个物品的价值都发挥到最大。《"不吃亏"打的》《吃药》《阿P搭便车》《好长的假期》《惊人之举》《不能说的秘密》都讲主人公贪小便宜却因小失大的行为,特别是《"不吃亏"打的》和《吃药》中主人公为了不"浪费"车费而宁愿坐过头再走回去,或者是为了不让药物过期而把没有用的药吃完,更是成功地刻画出主人公的贪婪和愚蠢,让人忍俊不禁。

"儿子虽弃亲,亲心仍护子"型故事的一般情节是儿子不孝敬虐待父母亲,而父母亲却毫无怨恨,仍旧任劳任怨地保护自己的孩子。《免费保姆》两位婆婆被儿媳嫌弃,不准照顾孙儿,两位婆婆就交换去对方家当保姆,来满足自己对孙儿的思念。结局是儿媳悔悟,婆婆回到自己家的情节。《错位》是该故事类型的另一个亚型,父亲到儿子的店里帮忙,儿子坐着休息,却让老父亲忙里忙外抬东西。

"快乐的穷人"型故事的情节为:一个穷人整天唱歌,激怒了一位富人,富人借给他很多钱,改善他的状况,穷人因此而忧虑,不再唱歌。他决定把钱还回去,宁愿受穷而保持快乐。《快乐值千金》就是这样一则故事,故事的情节基本一致,只是去掉了故事原型中“还钱”的结尾。富商妒忌穷苦人家的有说有笑,将金元宝扔到穷人家,穷苦夫妻每天琢磨这来路不明的金钱,又琢磨想要弄到更多的钱,从此再也听不到他们的笑声了。《快乐由自己决定》是该故事的又一变化,主人公替换为国王和穷人,并且在继承原型的基础上又加上了“难题考验”的母题。不快乐的国王妒忌快乐的穷人,国王出难题考验穷人,最后穷人解决难题,继续快乐的生活。他告诉国王,快乐是由自己决定的,要有宽大的胸怀。

“假死拆穿假孝顺”型故事:富人分遗产的时候,装死来测试儿子是否真心孝顺自己,最终发现了儿子的不孝。《不肯见上帝的富翁》中,还包含了“姜还是老的辣”母题,孙子谋夺祖父财产,故意送坏车、坏狗,假装孝顺,实际是想让祖父受伤出事,祖父假装死亡,拆穿了孙子的阴谋。

通过对《故事会》新故事文本与传统民间故事类型的对照解读,我们发现,还是有相当数量的新故事继承了已有的传统故事类型,其母题呈现出传统特点。但整个故事讲述的内容又完全是当代社会生活。这说明,传统故事类型同样可以注入新时代的内容。故事是不断发展变化的,民间故事的生命力在新故事中得到了延续。人物的职业、身份变了,人物与人物之间的关系却没有变,构成情节的母题没有变,人物的功能也没有变,还是按照传统民间故事类型的深层结构展开。刘魁立指出:“母题,是与情节相对而言的。情节是若干母题的有机组合而构成的;或者说,一系列相对固定的母题的排列组合确定了一个作品的情节内容。许多母题的变换和母题的新的排列组合,可能构成新的作品，甚至可能改变作品的体裁性质。母题是民间故事、神话、叙事诗等叙事体裁的民间文学作品内容叙述的最小单位。”“对于民间文学作品进行深层的研究，不能不对故事的母题进行分析。对比较研究而言，母题比情节具有更广泛的国际性。”[①]“母题具有组织和构成情节的特点。母题包含进一步展开叙述的能力，具备相互连接的机制。”[②]对于新故事的研究，转变观念，将研究作家文学时的情节单元，改换为民间故事研究中的母题，我们可以发现，传统母题在新故事那里得到了较好的继承。

第三节　创新的故事类型

当然，仅仅套用传统民间故事的类型，来研究反映更为丰富、复杂的当代生活的新故事，显然是不够的。考察新故事作品，借鉴传统民间故事类型的理论方法，可以概括出新故事一些具有类型性的故事结构来。

“小人物救国”型故事的一般情节为：在民族危急存亡之际，日本侵略者因为某些原因来求小人物（如剃头匠、郎中、管道工等）帮忙，小人物们利用自己的绝技杀死日本鬼子，最后牺牲。这个类型中包含了“民族大义”的母题，宣扬出一种爱国思想。《管爷》讲述的是在抗日战争时，日本军阀找管爷修水管，命令他画地下水管图，管爷为了国家安危大义灭亲，不惜杀了会泄密的

① 刘魁立：《世界各国民间故事情节类型索引述评》，《民间文学论坛》1982年创刊号。

② 刘魁立：《历史比较研究法和历史类型学研究——在中国首届民间文化高级研讨班上的学术报告》，钟敬文主编：《民间文化讲演集》，广西民族出版社1998年版，第224页。

父亲。《角顶师傅》中,角顶师傅爱国,拒绝为日本人将领剃头,后被日本军官杀害。赞扬了小人物们的爱国热情和大无畏不怕牺牲的精神。这一类型故事中,绝技是故事核,围绕着绝技展开争斗,最后彰显小人物的道德品质。

“善意的谎言”型故事:《与爱情无关》主人公得知丑女同事暗恋自己,在同事得了绝症后为了满足她的心愿,善意的撒谎对她表白爱意。在故事的结尾又加入了“误诊”情节,同事其实没有得绝症,而她还是公司董事长的千金,被主人公感动,要嫁给他,主人公及时说出了真相。《谎言如诗》中,死囚临死前想让警察帮助他完成两个心愿,警察在帮忙的过程中发现他再也无法实现心愿,于是撒了善意的谎言,使得死囚安心离开。

“鼓励式教育”型故事:母亲或老师在教育愚笨或顽劣孩子时,采用鼓励的方式,最后孩子获得信心,成为成功人士。《奖你四块糖》中,校长教育犯错的小孩子,用四块糖鼓励了孩子,让孩子认识到错误,最后孩子也成了乖孩子。《尊重你的孩子》中,儿子智商低下,成绩不好,母亲却没有责骂孩子,而是鼓励他努力读书,最后在母亲的鼓励下取得成功。

“爱要说出来”型故事,基本情节是主人公不懂得表达爱,用暗示的方法:写在字典上、录音等方式,却使他所爱的人(一般为父母或女朋友)产生误会,以致最后失去亲情或爱情。《你查字典了吗》讲述了男孩子暗恋一个女孩子,却不敢表白,于是将表白写在了女孩子的字典上,却被女孩子忽略了,最后表白失败的故事。《爱你在心口难开》中,患上不治之症的少年,爱上了CD售货员,每天都去买CD,终于有一次鼓起勇气将留着电话号码的纸条放在柜台上,却没等到女孩的电话,第二天就去世了。女孩来到男孩家,才得知真相,也发现男孩从来都没看到自己留在

CD上的表白。《手语爱情》中，女子不敢对暗恋的男生表白，于是用手语表白，但是男生却不明白手语的意思，他们错失了爱情，直到很多年之后，男子才明白当年的手语爱情。这些故事中主人公都不敢表白自己的爱意，以至于最后失去爱情。这一类型故事中，“错过”是其故事核，往往设置巧妙的细节，使“错过”合情合理。

“贪官故事”类型的情节设置一般为贪官通过某些手段，贪污公款或者受贿，通常会在某个契机下暴露真相。该故事类型下面有两个亚型。一是“乱设名目贪污”型故事，其一般情节为官员设立各种虚假的项目来贪污公款，最终被发现，受到法律的惩罚。《主编不好当》《奖出来的祸事》《龙灾》《愤怒的火神》等故事，都是讲述官员利用国家政策，设立各种部门和项目，将国家拨款用于吃喝玩乐或归为已有，造成人民财产的损失。另一个亚型是“特殊受贿暴露”型故事，情节设置为：官员表面上大公无私，暗地里却通过一些特殊的形式如宠物、植物来受贿，最后被曝光。《特殊礼物》《都是茶花惹的祸》《叼来横财》《狗送礼》《给狗拜年》等故事都是讲述官员利用自己的宠物、植物让行贿者投其所好来行贿，最终也因为这个媒介而暴露自己受贿的事实，受到惩罚。

“清官”故事类型一般包含了“清官制服贪官”、“拒绝受贿”的母题。故事情节设置为：清官拒绝贪官同流合污，不受贿，坚持正义，并惩罚贪官，赞扬清官的清廉公正、奉公守法，不畏权势制服贪官的正义感。《偷着过年》《牵牛打赌》《我是人民代表》《市长的软肋》等“清官”故事类型中讲述清官身处复杂官场能保持良好本性，积极为人民办事，面对他人行贿时能拒绝诱惑。“清官”故事类型之层出不穷体现出人民迫切渴望清官贤臣的出现，对比“贪官”故事类型，显示出人民疾恶如仇、爱憎分明的价值观。

“自食其果”型故事是一个新的故事类型，这个故事类型中包含了“善恶有报”的母题，基本情节可以概括为：某人做了不诚信（诚实）的事情，最后因为自己的行为而自食其果，善恶有报。《成就之星》中珠宝手工艺人老皮特在退休前做最后一次珠宝，副经理想让他用小钻石以假乱真，老皮特坚持自己的职业道德，拒绝了他的交易，在副经理偷走小钻石后，甚至不惜用上了自己与去世老伴的定情宝石来救急，真正完成了这件旷世名作。令人意想不到的是，总经理将这件旷世之作奖励给了德艺双馨的老皮特。故事赞扬了老皮特诚实敬业、德艺双馨的美好品德。《邻居的秤》中，陈老汉向邻居买猪肉，却发现缺斤少两，一问之下才得知，因为邻居家没有秤，便用自己卖给邻居的白糖作为参照物来称的猪肉。告诫人们不论待人还是经商都要诚实守信，你如何对待别人，别人也会如何对待你。精明的商人正是由于自己经商时的不诚信，聪明反被聪明误，自食恶果。这一故事类型让主人公搬起石头砸自己的脚，不诚信造成的恶果害人害己，同时加入了因果报应、善恶有报的观念。

“售假害人”型故事的基本情节为：有一个商家为了赚钱，出售假冒伪劣的商品，造成了他人伤亡。最后，这个商家被警察逮捕或者受到上天的惩罚。《福利院杀手》中，恰威斯集团为博得好名声而捐了受到污染的再生棉棉被，造成福利院里的孤儿先后染上柯萨奇病毒，对儿童造成了巨大的伤害。《流泪的青香蕉》小孙子由于吃了添加催熟剂的香蕉而死亡，鬼奶奶和鬼孙子帮助诚实的香蕉小贩，而另一个奸诈的香蕉贩受到了惩罚。《抢道》描写的是下一个加油站老板故意在加油站前抢道阻止司机加油，将司机们赶到下一个站加油，最后才得知先前的加油站卖的是劣质汽油，已经造成了两起事故。这一故事类型强烈批判了一些黑心公司只顾看到自己的利益，不顾他人生命安全和健康，生产和贩卖假冒伪劣产品的行为。

“文字欺诈”型故事的基本情节是：一个人利用汉语读音的复杂性来欺骗他人。这个故事类型中包含“语言误解”的母题，使故事情节带有诙谐幽默的风格。《文化餐》中商家菜谱上的菜名别致却名不副实，《给美女洗澡》一文则是利用文字的歧义误导顾客，《同名同姓》主人公冒充和自己同名同姓的作家到学校任教，结果遇到真作家来学校，于是谎言被拆穿，主人公被开除。这一故事类型往往通过对语言、文字理解的差异来构造情节，以轻松幽默的话语来表达反对欺骗，宣扬诚信的主题。

“演戏买宝”型故事的基本情节为：有一个人想要低价买到宝物，于是自导自演了一出戏来迷惑卖主，最终低价买到宝物，或者由于卖主的机智而购买失败。《心理陷阱》中，古董商人为了低价买阿珍的古青花瓷瓶，几个人故意演戏，一个装作要抢劫的样子，一个又装作“救星”，成功地让阿珍信任自己，并低价买下了瓷瓶。该故事类型中“欺骗”和“暴露”是基本故事核，要求故事精心设置“欺骗”关节，然后更巧妙地“暴露”这一“欺骗”。

“吸取教训助人”型故事是“仁慈的善行”型故事中一个新的亚型。这个故事类型的情节可以概括为：一个人因为自己的亲人（大多情况下是妹妹）由于某种原因而去世（受困），之后他遇到由该原因引起的情况，因想起自己的亲人而帮助他人。《半份菜的午餐》中，年轻的打菜师傅周宏帮助贫困生刘亚丽用半价打一份半的菜，暗地里帮刘亚丽补交餐费。这个秘密最后被室友发现，让大家误以为周师傅别有用心。周师傅为了不让刘亚丽误会自己辞职，在信中说出他助人的真相：他也是来自于贫困山区，他妹妹为了读书忍饥挨饿，在高考前夕饿晕了摔下楼梯，摔断了腿，再也无法完成念大学的梦想。他看到刘亚丽就和妹妹一样，于是暗中默默帮助她。《捎来的真情》司机无私助人，替人捎物被误会，最终才说出助人的真相是因为妹妹的录取通知书在捎信时被误丢，使妹妹跳河自尽，他就发誓不再让这种事情发生，所以才无私的替人捎物。《车祸无情人有情》中，女司机张霞遇到一起小车祸堵车，主动掏出两百元钱帮忙解决纠纷，疏散交通。肇事车主为了还钱寻找张霞，才得知她丈夫就是因为堵车时车辆抢道翻落山沟而死的，张霞为了避免类似的事故发生而助人。这个故事类型中，包含了“揭真相”的母题，使故事更加曲折生动，形象更加鲜明。尽管助人者的亲人出事之前她是否热心助人我们不得而知，但是之后他能不求回报地默默助人就值得被赞扬！

“一件善事使人有福”型也是“仁慈的善行”故事类型中的亚型。故事的基本情节是在“仁慈的善行”类型故事上增加了“善恶有报”的母题。《含着眼泪做好事》中，一对夫妇在长途车站上一不留神把 5 岁的女儿弄丢了，报案找了 3 年都没找到，在绝望之际在收容所找到一名神似女儿的孩子，为了治女孩的哑病把唯一的房子卖了，终于女孩开口说话了，告诉夫妇自己不是他们的孩子，因为害怕再次流浪才假装哑巴的。小梅的悲惨身世让夫妇十分同情，便收养了她。有一天，另一对夫妇带着一个小女孩在警察的陪伴下来到夫妇家，却发现两对夫妇的女儿被交换着收养了，各自都找回了亲生女儿。《抢劫没有发生》讲述了出租车司机在载客途中帮助了一名黑脸大汉，原本车上的劫匪乘客才没有抢劫成功，视财如命的司机这才明白了“帮助别人就是帮助自己”的道理。《搭车的小伙儿》中，阿兰除夕夜开车回乡探亲，帮助了一名小伙儿搭车回家，不巧的是夜里 11 点时车抛锚了，小伙儿一直陪着阿兰等待修车师傅，直到凌晨 5 点才修好车抵达县城。等小伙儿走后，阿兰才恍然大悟：小伙儿的家就在抛锚的地点，他是怕阿兰害怕，才陪她坐过头。《神奇的广播》讲述了濒临倒闭的大型超市帮助一名母亲寻找走失的孩子，每天在广播室每十分钟播放一次寻人启事，还将孩子的照片印在传单上发给每一个顾客，顾客们也开始关注找孩子的进展。一个星期后，终于在外地一个城市中找到了孩子。与此同时，这家超市也奇迹般地起死回生，几乎全市的人都愿意来这里购物，愿意听广播里传出的消息。这一故事类型中的主人公都因为无私地帮助有困难的人，而在自己有困难的时候收到了被帮助者或他人的帮助和回报，传递出善有善报的观念。

《故事会》中新故事反映的是当代社会生活，在故事内容上有别于传统民间故事，但是不可否认的是：它的情节设置上很大程度地借鉴了传统民间故事的故事类型。运用传统民间故事类型研究方法，研究分析新故事类型，我们发现新故事中不仅有许多故事脱胎于传统民间故事类型，更有许多新故事类型是从未有过的创新，填补了新故事类型研究的空白。继承传统民间故事类型的故事，主要有三大类：一类是神话故事，即有关“鬼”“神”“动物报仇”“魔宝”故事，其故事类型有：“神奇的宝物”“神的赏罚”“铁匠和死神”“感恩的动物”“复仇的动物”“鬼报恩”“会唱歌的骨头”等。另一类是讲述机智人物解难题的故事，故事类型有：“难题考验”“巧姑娘”“聪明的少女在家只身杀贼”“智者羞辱县官”“地主的无理条件，和仆人（长工）的对策”“难题求婚”型故事；还有一类则是关于人间真情、美好品德的故事：“仁慈的善行”“秘密的慈善行为”“当良心”型故事。

新故事在继承传统民间故事类型的基础上,更离不开对它的创新与发展。不仅在故事的结构设置上有所创新,情节生动凝练,还在故事内容上吸收现代社会生活的细节,内容更加贴近群众。新故事创新的故事类型有:“小人物救国”“善意的谎言”“鼓励式教育”“爱要说出来”“夫妻互谋夺财”“第二次失败”“贪官故事”“清官故事”“自食其果”“售假害人”“一件善事使人有福”“吸取教训助人”“演戏买宝”型故事,都是新故事创新的故事类型。当然,还有许多新故事,由于需要三个或三个以上的异文才可以定义为一个新的故事类型,一方面受限于新故事数量,缺乏足以构成类型的重复文本;另一方面,新故事反映当代生活的复杂性,故事内容多变,难以提炼概括出统一的故事类型。借用艾伯华的一段话,或许可以揭示出新故事类型概括的困难:“然而,把许多类型现在加以合并,或者以后加以合并,这对中国这种特殊的情况来说也并非是值得提倡的。如果过分地合并,那就将会证明所有的类型对全中国都是适用的了,地区性的差别就会完全消失。那样说来,民间故事资料对比较文化学来说就没有什么用处了,因为比较文化学的任务就是要仔细研究中国的各种特定文化,这恰好取决于那些细微的差别,而过于概括就会看不到这些细微的差别”①。随着书面发表及其传播成为主要途径,当代新故事的区域性特点正在日益减少。当代生活的空前复杂,也使新故事求奇求新,从表现上来看,正在日益离开某种固化的类型。因而,在运用民间故事类型概括的方法时,一是

① [德]艾伯华:《中国民间故事类型》,王燕生、周祖生译,商务印书馆 1999 年版,第 8 页。

很难穷尽，二是在普遍性与特殊性之间的尺度很难把握，在创新的故事类型的确定上，还须格外谨慎。无论如何，对于新故事类型的概括，不论是继承传统的类型，还是创新的故事类型，都还只是一种尝试，但从故事类型来解读新故事，这一研究视角尝试更贴近新故事的民间属性，尽管繁难，仍须努力，但确乎有其重要的意义所在。而以传统故事类型理论研究新故事的局限与困难，则提示我们应当进一步重新审视新故事的“类型”观念。

第十章　新的故事分类

在中国文学的传统中，叙事类作品一直是薄弱环节。从《故事会》创刊、激进的革命化到复刊时追溯民间根源，再到《故事会》随着时代脉搏的跳动，不断发展故事新类型，显示了新故事是怎样从传统民间故事脱胎而来，对传统民间故事的类型与情节元素进行新的改造的历史性过程。正是由于新故事的变动不居和永在路上的发展，导致了大家在考察新故事时，会以不同的角度来下定义，概括总结出了新故事的多样性特点。作家叶以群干脆认为："新故事是小说的一个品种。"[①]《故事会》老编辑钱舜娟则全面概括了不同学者对新故事的不同认识："曲艺界许多同志热情赞扬：新故事就是新评话，《曲艺》月刊多次发表新故事，有时就归入评话类。民间文学界也有些同志认为：新故事是社会主义时期的新民间文学，可是也有不少人不承认。我们觉得，新故事是在传统民间故事和说话艺术的基础上发展，又广泛接受小说、戏剧、电影、报告文学等各种新文艺体裁影响的一个文学新品种。其中有的作品具有民间故事鲜明的口头性特征，

① 叶以群：《浅谈新故事》，《文汇报》1964 年 6 月 14 日。

可以归入社会主义时期的新民间文学一类；有的作品受说书艺术的影响较深，却又比专业艺人作品更通俗化、群众化；有的作品则兼收了小说艺术刻画人物性格的复杂性和对环境、气氛描绘、渲染等优点，而运用的又是民族化、大众化的文学结构和口头语言；有的作品又不拘泥于传统民间故事的有头有尾等手法，而采用了电影、戏剧截取其精彩片断刻意点染，甚至近乎电影特写镜头的手法。各个地区的新故事受当地传统文化的影响也各有不同，一般来说，江、浙、沪一带的新故事受民间故事、评弹的影响较多；四川的新故事跟评书的关系较密切；北方的新故事除继承民间故事的传统，也受到北方评话的影响。就是上海一地，郊区和市区也有差别，一般来说，郊区农村的新故事受传统民间故事的影响更深些，而市区的工人故事受评弹、曲艺的影响更深些。部队的新故事，则受新文艺小说、话剧、电影、报告文学的影响较深。这和故事作者、故事员的文化生活环境不同有关，也反映出社会主义时代口头文学与书面文学的相互渗透，各种文艺形式的相互渗透。新故事的创作者们并不拘泥于一格，他们兼收并蓄，多方汲取营养，又使之化为自己的血肉和灵魂，创造出新故事自己的特色。”①

的确，新故事以其不同的艺术渊源，不同的地域色彩，呈现出多样的面目。在此百川到海，推陈出新，与时俱进的过程中，更为重要的，乃是新故事如何在今天，已经成为展现当代民间社会现实、文化、价值、观念的舞台，如何积淀当代叙事文学的故事原型，从而成为中国叙事类型的原生基地。因而，新的故事分类中的“类型”概念，不再是普罗普意义上传统民间故事的“类型”，

① 钱舜娟：《〈故事会〉创刊的前前后后》，《编辑学刊》1987年第1期。

而更接近好莱坞“类型”电影的意义，也是“当代大众类型文学”概念上的“类型”。夏烈认为：“（当代大众类型文学）它的边界既是‘当代’，又是‘大众’。‘当代’，意味着今天所提出与研究的对象——类型文学，是与当代科技和资本相适应的文学创作形态；其中‘当代科技’意味着现代性的网络、出版、电子通讯和个人电脑终端等科技平台与载体的出现，它们提供了当下类型文学发生、发展的崭新的物质基础，最终与人交互，影响和改变了时代的创作和审美习惯。而‘资本’意味着消费市场的构建和扩展，意味着对人们消费欲求的迎合和背后的利润诉求，它敏锐地鼓励和纵容新的创作和审美形态，无论妍媸，重在牟利，它是任何新因素的催化剂，同时也扮演始乱终弃的势利角色。”[①]同类型电影、类型文学一样，当下的新故事已然置身于文化工业的共同语境之下，新的“类型”如何重塑了读者与观众的想象，如何贴切地满足了大众的审美感受与需求，是当下新故事继承传统、不断创新的动力所在。

“故事艺术已经成为人性的首要灵感源泉，因为故事在不断设法整治人生的混乱，挖掘人生的真谛。我们对故事的嗜好反映了人类对捕捉人生模式的深层的需求，这不仅仅是一种纯粹的知识实践，而且是一种非常个人化的、非常情感化的体验。”[②]2013 年 8 月，上海故事会文化传媒有限公司开始系统整理刊物的故事传统，编辑出版“中国当代故事文学读本”系列丛书。在首套读本大受欢迎的基础上，在 2014、2015 年又连续推了三套。

① 夏烈：《类型文学：一个新概念和一种杰出的传统》，《文艺报》2010 年 8 月 27 日第 2 版。

② [美]罗伯特·麦基：《故事：材质、结构、风格和银幕剧作的原理》，周铁东译，中国电影出版社 2001 年版，第 14 页。

每套丛书分六册，分别为“社会写真系列”“言情伦理系列”“古今传奇系列”“幽默讽刺系列”“悬念推理系列”和“惊悚恐怖系列”。六册的命名，可以看出与当代好莱坞电影类型的相似度。从古典时代的戏剧到19世纪的小说，再到今天的影视作品，无论主导性文学体裁如何随世情与时代变迁，叙事类作品的核心始终是“故事”本身。时代之文学又不断需求大量求新求奇求异的“故事”来反哺自身。《故事会》编辑部编辑出版的“中国当代故事文学读本”系列丛书，呈现出新的类型化特点，正是新故事随时代发展而发生的嬗变。

在首套“读本”的封二，刊登着这样的“卷首语”，并一直延续到第五套，成为“读本”的统一标志：“‘中国当代故事文学读本’是一套荟萃中国当代故事文学创作精华的大型丛书，不仅囊括了故事界优秀作者的短篇精品力作，还首次整合了《故事会》杂志创刊以来内容厚实、情节曲折的中篇故事资源。这些故事发表时就在社会上不胫而走，而今经历了岁月的考验，仍脍炙人口，令人叹为观止。丛书分为六个板块，分别是‘悬念推理’、‘惊悚恐怖’、‘言情伦理’、‘古今传奇’、‘幽默讽刺’、‘社会写真’。这六个系列的故事或悬念迭起，或紧张刺激，或感人肺腑，或拍案称奇，或轻松诙谐，或严肃深刻，让不同审美趣味的读者都能于丛书上中找到自己喜爱的作品。品读这些故事，既能感受人物在各种情境里的喜怒哀乐，又能体悟命运在不同时代中的跌宕起伏，使读者在掩卷之余，思索片刻人生的意义”①。“读本”分期分批，分为六个系列，以单行本发行，已经有意识地按新的类

① 《故事会》编辑部：《封二》，《当代故事文学读本》，上海锦绣文章出版社2013年版。

型需求进行编选，以符合最广大读者的阅读需求。张晓凌、詹姆斯·季南指出，类型早在电影工业诞生之前就存在了，电影工业只不过进一步强化了分类，“向潜在观众传达一定的期望”，形成一种电影传统，从而将单个电影纳入传统，以“一种持续连环关系而加以推销”[①]。“读本”的六个系列分类，乃至于整个“读本”的策划与销售，都与好莱坞类型电影相似。《故事会》以新时代的眼光，重新检视自己的新故事传统，在传统故事与现代故事的转化上进行了自觉的推进。

第一节　社会与伦理类

“社会写真”与“言情伦理”系列与类型电影中的“言情”“伦理”类型接近，是六大系列中现实故事、当代故事比例最高的，的确可称得上当代中国民间社会的真实记录。“社会写真”系列的内容编排又进一步细分为“时代·生存篇”“诱惑·万象篇”“真情·灵魂篇”和“人生·启示篇”。“言情伦理”系列的内容细分为“至真·纯情”“诺言·痴情”“沉默·隐情”“禁忌·苦情”。当代生活的瞬息万变，很难用传统民间故事的类型框架来结构，仔细考察“社会写真”“言情伦理”新类型，会发现其中的关注点依然在道德、伦理与情感上。

社会故事、伦理故事的情节曲折复杂，往往多次反转，描写善与恶的交锋，边界不再清晰，要求我们以现代的眼光重审传统道德。如《两个保姆》中两人为侵吞独居老人的存款，一个费尽

---

① ［加］张晓凌、詹姆斯·季南：《好莱坞电影类型：历史·经典与叙事》（上），复旦大学出版社 2012 年版，第 31—32 页。

心机，做贴身保姆；一个作为银行工作人员利用职权，伪造印鉴，监守自盗。正在他们内外勾结，自以为得逞时，另一个保姆提前下手，将存款寄给了老人正在服刑的儿子。真相大白，原来两个保姆是夫妻，一个是机关算尽，一个是尽自己力量，减轻不听规劝丈夫的罪行。《好你个村长》村长因为贪生怕死，听凭歹徒为非作歹，遭到全村人的罢免，连妻子都拒绝他进门。于是假扮游医，四处寻访，要抓住歹徒，一雪耻辱。终于功夫不负有心人，软弱的村长在最后一刻挺身而出，用生命完成了村长的责任。《珍贵的破碗》吴老师故意把学生送来的假古董说成真文物，花巨资买下，实则资助贫困学生完成学业。事业有成的学生想来赎回破碗，才知道真相，也上了人生这一堂大课……

回到日常，立足普通人的道德水平，写芸芸众生在日常人生中的选择与行动，运用情节的巧合、反转，在其中暗寓道德训诫。如闹剧《分不均的头等奖》，买奖时人人不肯，中奖时人人来抢。喜剧《中奖之后》，宣传干事看错了有奖储蓄的中奖号码，有意换存折，无意中丢大奖。退休工人无意中大奖，有意寻失主。两位主人公的对比，显现出故事作者的道德立场。《吃霸王餐的人》寻衅滋事的刀疤脸男子吃霸王餐，硬向老板借钱，结果峰回路转，揭开老板不孝顺母亲的秘密。而刀疤脸男子所作所为，都是为了打抱不平。《不合格的应酬替身》讽刺公司招聘过程中走后门的不正之风，假副总遇上假处长，两个替身碰了头，误会和巧合中，大学生胡兵终于以自己的正直赢得了公正的竞争机会。《钱皮匠告状》主人公因为宣传自己有个做县干部的侄子，竟能让村支书低头，让恶霸邻居让步，老两口连走路时的背脊都直了许多，腰也变硬了。《看看你在做什么》中，自作聪明的城里主人，监视小保姆的一举一动，没料到小保姆反将一军，拆穿西洋镜后辞职，让主人措手不及。城与乡、富与贫的差异，就这样轻易摧毁了人与人之间的信任？《看谁先到家》，有钱人王总因为“家”太多，开着宝马车有家难回；清洁工吴婶牵挂小孙子，立刻辞职回家。这场总经理与清洁工的新龟兔赛跑，乌龟又赢了。因为乌龟为了生计，四处流浪，龟壳就是他的家。《父债子还》，老父亲假意留下债务遗产，实则给孝顺的小儿子留下一笔私房钱。《婆婆也是妈》，丈夫假意要毒死婆婆，让媳妇装孝顺。结果装出来的孝心换来了婆媳的真正和睦。《下辈子还要在一起》，儿子为了接老父亲去城里享福，让村人编了一个转世为牛的故事，骗去了老父亲相依为命的老黄牛。其实老父亲对儿子的孝心早就了如明镜。《一架“外快”彩电》也是中奖，但故事核改为战友向烈士母亲献爱心，故事的主体则是烈士母亲的邻居一家，让这家人的儿子中奖，媳妇想把彩电留给自己看，谁知婆婆要新彩电也不是为了自己，而是为了给烈士母亲排解宽慰。这台“外快”彩电，从中奖到转手，再到买回，兜兜转转，又回到了原地。一系列感人举动感化了原本自私自利的媳妇。《一张“全家福”》，阮主任家因为 4 次结婚，有了来自不同家庭的 10 个儿子，分成 3 个世界，互不往来。阮主任为照一张“全家福”，假托新妻子的名义给儿子们寄钱。新妻子生病住院，意外收到十兄弟的慰问。假戏成真，3 个世界 10 个儿子与新母亲终于和睦友爱地拍了一张真正的“全家福”。《赤子征母》，台胞江先生因思念母亲，竟公开征母。而竟然也有人利欲熏心，出卖自己的母亲。将信将疑的江先生假装上钩，原来征来的母亲竟是自己的亲生母亲。所有的一切只是为了试探江先生的诚意与孝心。《换房旅游》中的两对夫妻，喜欢刺激惊险的两人，因为换房旅游，竟然发展成了情人。这寻求刺激的凑成了新的一对，新妻子贪玩享乐，促成丈夫挪用公款，自毁前途。丈夫无意中回到了自己从前的家，却发现新妻子的前夫与自己的前妻成了一对幸福的夫妻，换房变换妻。《漂亮的女对手》揭穿了假招聘，实则利用应聘者白干活的骗局。故事通过巧合，将骗人者和应聘者设置成老乡，揭穿者宽宏大度，骗人者改过自新，最后大团圆的结局让主人公既收获了事业，也收获了爱情。《我的 QQ 里下了一场雪》中，网络恋爱演变成网络骗局。英俊潇洒的石林为哥哥报仇，以哥哥的名义报复那些见钱眼开的女子。不为钻戒所动的“我”，给石林一个意外，使他放弃了报仇，开始忏悔之路。

故事涉及当代社会的方方面面：赡养老人、台胞回国、城乡差距、贫富阶层、网恋、走后门、应酬等，故事的巧合推动矛盾的喜剧性解决。再如《会做媒的自行车》，男女主人公因丢车、偷车、还车又认车的误会和巧合，反而成为好友与恋人。《“金连锁”传奇》，骗子集团利用人们爱贪便宜的心理，以连环计引人上当。《阿木林升官》，厂长和主任因为都相中了唯一的大套公房，推举老实头阿木林担任分房主任。阿木林却利用厂长和主任的矛盾，巧妙周旋，最后将公房分到了真正需要它的普通工人手中。《说不清与查得明》，索伯清因为经历是非混淆的年代，认为如今的事情说不清。为教育青年解放军战士查得明，故意讹诈查得明的军大衣。两次冲突后，不料公安局给他摆事实，说证据，竟然水落石出，明辨是非。“说不清”变成了“查得明”，索大伯这才相信世道已变，也同样充满了生活智慧与情趣。

悲剧故事大多反映底层社会的愚昧贫穷，将传统道德法则与人性在金钱权势面前的扭曲变形做鲜明的对照。《一个山村教师的葬礼》中，因为一位乡村教师的葬礼与回乡美国华侨孙子的婚礼冲突，从县长到乡长再到村长，连蒙带骗，威逼利诱，将逝者孤零零扔在乡农机站,竟被老鼠咬坏了尸身;又抽调走所有的男劳力,让家属发不了丧;只有十几个孩子主动前来为自己的老师抬棺出殡。这支特殊的送葬队伍,迎面遇到了归国华侨,真相大白,县长、乡长、村长这才幡然悔悟,接过扛头,完成了最隆重的乡村教师葬礼。《小校长怒砸校门》中,年轻的刘校长不畏权势,为保护自己的学生,打死了村中光棍林阿贵的狼狗,又与前来挑衅的林阿贵打斗。谁知林阿贵的伯父是海外华侨,这一打可就捅了马蜂窝了。刘校长宁可不做这个校长,也不愿向恶势力低头。林阿贵的伯父回乡后,不肯原谅刘校长,还拒绝与乡政府沟通交流。直到孩子腿上被狼狗咬伤的伤疤说出了真相,事情才得到圆满的解决。《盼来的悲剧》,奶奶为了生孙子,逼儿子带着媳妇求神问卦,路上劳累导致媳妇难产去世。两个孙女不懂事,因为弟弟使妈妈生病竟剪去了婴儿的小鸡鸡。刚刚失去妻子的爸爸又失幼子,急火攻心,打死了两个女儿后自尽。因为盼孙子,竟落得一家人纷纷离世,只剩下奶奶一人孤苦伶仃,这盼来的悲剧究竟是谁造成的呢?《血鉴》中,两个亲如兄弟的家庭,一家孩子在玩耍中失手摔死了另一家的孩子。两个无赖舅舅提出了蛮横无理的要求,一一照办后,还是合谋着把活着的孩子摔死了。一直忍气吞声的村民终于被激怒了,众人一齐打死了这两个无赖。乡村伦理与正义。《换命》中,山村里原本和睦相处的两户人家,因为意外出了人命,药贩子从中作梗,不通过法律途径解决,而是提出以命换命,想私了此事。谁知恰恰中了药贩子的奸计,换来换去,把十五岁的女儿换到了人贩子手里。最终女儿得到解救,坏人得到惩罚,两家人却结下了冤仇。《扁担村抬出的棺材》中,为了一头走失的猪,连丧三条人命。或因一时误会,又遭挑拨离间,继而敲诈勒索,最后两败俱伤。乡村社会的道德法则，人性的贪婪与愚昧，暴露无遗。《山村罪人》中，因为强奸犯是村里唯一的支柱企业——玉石工艺品厂的厂长，为全村人的生计，竹妹只能放弃告状，还要承担诬告的罪名。法律与道德的颠倒，利益与良知的冲突。《借钱啊，借钱》中，从农村奋斗到城市的李计虎，成为全村人的公共银行，家里也成了全村人在城里的公共旅馆。当身患绝症的李计虎为自己讨债时，却遭到全村人的白眼和欺侮。直到村里的希望小学建成，村人才得知神秘的捐款者正是李计虎夫妇，他把全村人还给他的十几万都捐给了学校。他自己却再也看不到新校舍的落成典礼了。《作弊的三好学生》中，姐弟俩因家庭贫困，为了把唯一的上学机会让给对方，弟弟故意作弊代考，又自己写信揭发自己。通过家访得知真相的老师，跟校长商量后向上级请示，终于换来了又一个宝贵的读书机会，还替姐弟俩的母亲找到工作，解决了经济难题。《湖里有贼》写少年小波家境贫寒，为挣学费夜晚守夜看鱼。不料，抓住的偷鱼贼正是为了给自己凑学费铤而走险来偷鱼的父亲。而父亲为了保全儿子的颜面，宁可自沉水底，也不愿求生。知道真相的全村人却不约而同地一起隐瞒真相，由村长亲自送小波去省城大学读书。《10 只礼品兔》中，因贫穷在菜场捡菜叶的刘老汉，为了面子谎称捡回去是喂兔子。谁知被工商所领导得知，非让他进贡 10 只礼品兔。刘老汉交不出兔子，工商所追上门来，想找茬查封兔场。忍无可忍的刘老汉把家里房子说成兔舍、家人说成是兔子，发出激愤之言："他们是人不假，可他们吃了兔的菜叶，不是和兔一样吗？我一家三口下岗了，没钱买菜，就去菜市场拾些菜叶，说是喂兔，其实全是人吃了。你们不是爱吃兔吗？那……那请吧！"有时，生活悲剧以一种极端荒谬的形式写出，起到振聋发聩的效果。

社会伦理故事中,还有涉及“文革”的故事。与主流文学相比,新故事中的“文革”叙述体现了更多的民间立场,如关注“文革”所导致的悲欢离合,命运的浮沉,但道德立场反而更为保守。如张功升口述的《姑娘别怕》,讲述了火车站台上姑娘咬小伙子的鼻子的奇事,引出的却是右派下乡,其子与乡下女子恋爱订婚的往事。右派平反后小伙悔婚,导致姑娘做出咬鼻的极端举动。故事的重点,不在于姑娘与小伙子的恩怨离合,却主要放在火车上以安师傅为首的群众,为姑娘抱不平,联名写信给男青年的单位告发此事。变成了一个道德谴责的故事,但结尾留下了更多的余韵。安师傅在接到姑娘报平安的回信后,感慨道:“这些年来,尽管在我们的生活里遭受了许多令人痛心的创伤,可创伤终将会平复……”群众的道德立场是保守的,也正因此把一个复杂的伤痕故事,归结为简单的道德训诫,使故事平面化了。《解难题的人》是写“文革”中的知识分子遭遇,突出情节之“传奇”。中学教师鲍永东在“文革”中被扣上“反动学术权威”的帽子,难禁对数学的爱好,顺手解了《参考消息》上的难题,怕被人发现,又将写了答案的《参考消息》扔进垃圾堆。不料,被有心的日本人拾着,上报苏联科学院,又电告中国。在周总理的关怀下,直接从中央派人,以“逮捕”的名义,接走了鲍永东和他的母亲,让他到北京安心从事数学研究。《被通缉的人》是写新中国成立前夕,高三学生谢仲怀无意中捡到金表,拾金不昧,等待失主,却卷入一场凶杀案,成了一个通缉犯,不得不出逃。接着又因祸得福,赴美留学。50年代,谢仲怀毅然回国,报效祖国,却与真正的凶手重逢。不料,这位凶手另有苦衷,更通过替谢仲怀母亲治病,照料起居赎罪。“文革”中,这张老旧的通缉令又起风波,谢仲怀被扣上走“白专路线”的帽子,投入监狱。直到美国同学来访，才沉冤得洗，开始新生。

“文革”与“文革”结束后巨大的社会变革也改变了人性，使我们判断善恶的标准变得空前复杂。《痴情冷美人》，冷美人虽然嫁给了无线电厂的装配工，心中却一直怀念“死去”的知青恋人阿松。10年后，成为香港大老板的阿松突然出现在冷美人面前。他外表是过去的阿松，内心却已成斤斤算计的商人，甚至连爱情、连亲生的女儿也成为他的筹码。一面是变了的初恋，一面是对待阿松女儿亲如骨肉的丈夫，冷美人发现自己不是一个合格的妻子和母亲。人性的变与常，促人反省，发人深思。《最后的握手》，县委组织部副部长、老革命黄宝根看上了舞蹈演员朱小琴。被上级要求去说媒的妇女干部范洪珍万万没有想到，朱小琴是自己儿子李天庆的恋人。为了组织的要求，范洪珍忍痛拆散鸳鸯，还陪朱小琴去上海买结婚用品。婚礼上，心乱如麻的范洪珍不能面对新郎新娘，偷偷溜走，回来又要面对因痛苦烂醉如泥的儿子。婚后，朱小琴与李天庆仍然藕断丝连，私情暴露，天庆在混乱中砸瞎了宝根一只眼睛。一场轩然大祸，却因黄宝根息事宁人而风平浪静。丈夫的宽容，让小琴洒泪与天庆分手。“文革”来到，黄宝根生病无钱医治，天庆为他取钱摔瘸了一条腿。为鼓励丈夫活下去，小琴冒雪夜探干校，夫妻彼此扶持，终于熬到云开日出。20年后，黄宝根查出得了癌症，临终前把小琴与天庆的手握在一起。经历风风雨雨，爱恨交织，小琴与天庆终于要结婚了，范洪珍依然陪着，三人一起去上海买结婚用品。《失明以后》，研究所专家苏文祥因为家庭出身原因，狠心抛弃了自己的初恋情人。多年后，看到恋人仍然独身的消息，巨大的负罪感让他一下子失明了。身患绝症的妻子了解到真相后，与苏文祥的恋人出演了一场李代桃僵的好戏。两个伟大的女性，支持着苏文祥获得科研的成功。当他恢复视力时，才发现妻子已经去世一年多，女儿也忍受着失去母亲的痛苦，和早已原谅他的恋人一起维持着这个家。《一个女儿几个娘》，被遗弃在沙河镇国道旁的128里程碑前的周小芸，因身患白血病，需要寻找亲生父母移植干细胞，引来了多位似母亲又不是母亲的女性，有高级知识分子医院女院长，有成功女商人，她们或捐献骨髓，或亲自手术，像母亲一样挽救了小芸的生命。她们又各自有隐痛在身，或迫于情势，与恋人分离，结了不得已的婚，更为了解决这个错误付出了生命的代价；或爱上已婚的同窗好友，酿成家庭惨剧，骨肉分离。这是由“文革”铸成的时代错误，却要个人来背负罪孽。作为母亲，为还女儿一个清白干净的人生，在狱中向狱友、狱警求助，让每一个母亲把母亲的心愿延续下去，这才有了不是母亲，胜似母亲逐年写来的22封书信，而这份共同的母爱还在继续……

“文革”传奇的曲折情节，更多传达的是一种民间正义。《沈经理找儿子》，建筑公司老总突然接到下乡插队时的前妻的来信，方知自己在乡下留有一个儿子。这个儿子已经进城打工，就在自己的公司里。沈经理找儿子，通过暗访，终于知道儿子的下落。施工队长石兴旺却对沈经理支吾其词，只有民工对沈经理透露了真相，原来儿子被霸道的石队长打伤。怒气冲冲的沈经理找石队长兴师问罪，石队长却将沈经理带到医院认儿子。正在皆大欢喜之际，前妻却突然从天而降，戳穿了石队长的谎言。原来心狠手辣的石队长打伤了沈经理的儿子，竟然让自己儿子来冒充沈经理的儿子，最后弃子不顾，决定携款潜逃。还是前妻思子心切，及时报警，终于在小煤窑解救出自己的儿子。父子见面，谁知儿子不愿认父，千难万苦在城市打拼，只为了报答伟大的母爱。《情系红穗穗》，戏曲演员柳俊亭出于善心，收留小叫花为义子，取名柳逢春，长大后成为戏班的知名琴师。正在柳逢春与女主演何小凤不打不相识，两情相悦的时候，却遇到“文革”。剧团革委会主任因觊觎何小凤的美貌，罗织罪名，押走了柳逢春，小凤赠逢春一根红穗以表深情。师傅柳俊亭为义子逢春守护小凤母子，日久长情，与小凤结成忘年婚姻。“文革”结束后，柳俊亭与小凤调到省艺校，过上了安稳日子。小凤在街头无意中遇到盲艺人拉琴卖唱，凭着笛子上的红穗穗和一曲《夜深沉》，认出了柳逢春。见面相识之后，逢春为不破坏师傅与小凤的家庭，留下了红穗穗，独自一人消失在漫天风雪中。《金花圈》在那个贫穷的年代，因不慎丢失粮票和购粮证，父亲打死儿子后自尽，妈妈见此惨剧发疯。而拾得粮票与购粮证的青年不敢承认，却一辈子没结婚生子，以二十余年看护照料疯子妈妈的实际行动来赎罪。直到疯子妈妈临终，已成中年的他才去法院自行交代当年的过错。最后将疯子妈妈留给他的遗产变卖，打成一只小巧玲珑的金花圈，连同当年拾得的二十斤粮票，一起放在骨灰盒前。这些“文革”民间叙事表明，民间社会自有考察正义是非的价值准则，也有自身的赎罪与惩罚机制。

社会、伦理系列故事中，还编译、介绍了一些外国故事。如《残酷的诱惑》改编自梅里美、《阳光里的爱》改编自欧·亨利、《聪明的人》改编自菲立普·夏普，其他如法国故事《生死攸关的烛光》是二战故事，描写小女孩沉着冷静、机智勇敢地掩护了地下情报站，挽救了自己的家人。意大利故事《被羞辱的教师》，没有教师证的工人，自学成才后业余教工人子弟读书。被发现禁止后，所有的学生还是准时来上课。德国故事《蝴蝶翅膀上的爱》，为了让女孩的母亲回家，老人故意把自己说成是间谍，让女孩父亲去告密立功。柏林墙倒塌之后,老人在墙那边的母亲,带回了 20 只蝴蝶,每只蝴蝶翅膀上刻写了这个爱的故事。

这些外国故事的特点,往往短篇小说化,追求欧·亨利式的结尾,在故事的最后点题。如《手拉手上天堂》讲述身患白血病 8 岁小姑娘卡琳娜在同病房病友 6 岁的小男孩乔治的鼓励下,不再悲观哭泣,而是开始向往天堂、想念已逝亲人,最终与小男孩在病房举办婚礼,满怀爱意,携手共赴天国的故事。《生命的交锋》讲述贫富两户家庭的孩子,同时成为劫匪的人质。富裕家庭的男孩子被歹徒派回来取水,要求 15 分钟后必须回来,否则便枪杀留下的女孩。护子心切的母亲让男孩喝下强力催眠水,父亲却毅然跑着沉睡中的儿子坚守诺言,送水回去。在混乱中,父亲为女孩抵挡了罪恶的子弹,两个孩子终于得救。故事本来十分扣人心弦,讲述者却用了第三人称有距离的叙述,使故事缺乏现场感,而变成一种道德寓意的说教。《十三个女人和一条项链》十三个工薪阶层的中年妇女合资购买钻石项链,按规则申请轮流佩戴,表达她们对美好的向往,激起她们的自信与勇气,结果收获了积极的变化。而神秘的第十三个申请者,竟是卖出这条项链的珠宝商的妻子。已经破产的珠宝商提前为妻子买下了这份礼物,在一无所有时,为妻子留下珍贵的爱。《阿里的任务》阿里替邻居带两万先令给在城里的儿子巴德,途中被叛军俘虏,逃入原始森林。两年后,终于走出森林的阿里不忘他的任务,终于把两万先令带给了巴德。作为酬劳,巴德将马赠送给了阿里。到了马市上,阿里才知道,因为战乱引起通货膨胀,两万先令只能买一顶帽子,而巴德送给阿里的马,已经卖到了二十万先令。《道义的忠告》中,资助贫困学生托尼上学的汉克,为了不让托尼被道德绑架,谎称另一家待遇更好、前途更远大的大公司是自己持股的，让托尼放心地前去就职。两年后，新产品试验成功的托尼才知道汉克的公司早已倒闭，汉克自己也在三个月前去世。托尼在老人的墓地前看到他对自己最后的忠告："要讲道义，但不要生活在道义的阴影里。"《布丁里的银纽扣》，因感恩缔结的婚姻很快让跨国公司的主管艾琳产生了厌倦，当她遇到英俊潇洒律师事务所经理罗森时，觉得这才是真正的爱情。然而平安夜，罗森和前夫一样，端出了一盘布丁，并告诉艾琳如何找到藏有银纽扣的布丁。而这个秘密，正是艾琳的前夫告诉罗森的，希望罗森能把每年的爱延续下去。平凡而又不动声色的爱，让罗森自愧不如，也让艾琳哽咽，迷途知返。

受编译外国故事的影响，一些国内创作的故事也开始学习这种模式。如《也是潜规则》，女大学生毕业后不肯屈从于职场潜规则，马场大伯以训马为例，使其鼓起勇气出走创业。文末点题："职场上真正的赢家绝不是屈从潜规则的人，而是打破潜规则的人。"《弯弯的月亮》，曾经因为回答弯弯的月亮像豆角，遭到老师和同学否定的星子，长大后也成了老师。在自己的课堂上，保护了又一个回答弯弯的月亮像豆角的学生。想象力没有被扼杀的学生，几十年后成为作家，给星子老师寄来了新出版的长篇小说《弯弯的月亮》。《一碗牛肉面》，儿子照顾盲人父亲，谎称叫了两碗牛肉面，实际把牛肉面给父亲吃，自己却吃葱油面，还不断把父亲夹来的牛肉又偷偷夹回父亲的碗里。这举动感动了面馆的老板、伙计，免费赠送了一盘牛肉。去收拾碗筷时却发现儿子把干切牛肉的钱压在了碗底。《母亲的足浴》，失业的儿子为尽孝心，请母亲去足浴。谁知母亲从此爱上了洗脚，让儿子天天给自己洗脚，由此学会了足浴手艺。母亲又向居委会举报，取消了儿子的低保资格。直到儿子的足浴店走上正轨，儿子才知道母亲的良苦用心,其实母亲一点儿也不喜欢足浴。《爱在一日三餐里》,七十岁的根奶奶羡慕韩剧里的感情,一气之下去了女儿家,因为做饭的数量多少引发的小矛盾,才明白根爷爷融化在一日三餐里的包容的爱。《握住你的手》,大山里走出来的石旺在成为大老板后,忘记了山中的结发妻子,与小秘在一起过年。一场车祸却让石旺遇到了进城来找丈夫送麝香护手的妻子。只有妻子才知道石旺的手是曾经被冻伤的,戴上护手的石旺也紧紧握住了妻子的手。

归入社会伦理故事类型的还有谍战故事,这些故事其实构成了单独的谍战类型,之所以放入社会伦理故事,主要是偏重这些故事的情感性。如《龙剑怒出鞘》讲述大姑被戴笠奸污后,出家为尼,带着名义上是捡来的孤儿,实则是戴笠的私生子龙龙,隐居在“仙女庵”。身世之谜,父子天伦与革命大义之间的尖锐冲突,刺杀行动因戴笠的狡诈多端而失败,戴笠则将这个刺杀自己的仇敌的照片贴身藏着,直到飞机失事被发现。《抢劫六百亿》讲述解放初,旧上海银行警卫大队“五猴”押运班的五兄弟受新中国银行的委托,押运六百亿人民币到崇明。“薄刀党”的陷害、拉拢,五兄弟内部就藏有国民党的潜伏特务,共产党军管会的代表竟能治疗“薄刀党”的蛇伤,整个故事曲折动人,扑朔迷离,敌友难辨,六百亿人民币还能保住吗?《谁是布谷鸟》讲述上海解放前夕,围绕着炸毁还是保护发电厂,敌我双方展开了斗智斗勇的谍战故事。国民党情报处长黄云甫追查潜伏在自己身边的代号为“布谷鸟”的情报员,查来查去,谁知查到了自己的外甥女头上,而他处心积虑安排的炸弹早已被一一拆除,大势已去,天已大亮。《密字303》中,一个是青梅竹马的恋人,一个是削发为僧的表姐夫,一个是处决叛徒的救命恩人,一个游手好闲的花花公子，他们谁是同志，谁是敌人？情中情，错中错，一场殊死搏斗之后，花妹为送情报，忍痛毁容，终于混出封锁，顺利将情报交给上级。谍战故事在错综复杂的敌我矛盾中，融入亲情、爱情等情感纠葛，情节跌宕起伏，可看性强。

第二节　传奇与幽默类

丛书的六个系列中，“古今传奇”有较多的传统民间故事色彩，凸显民间故事的“传奇”色彩。因为文化传统不同，在西方类型电影中没有相应的类型。“古今传奇”系列分为“古今·异闻录”“人间·沉浮录”“天涯·奇情录”“江湖·恩仇录”四个部分。其中，大部分传统故事也发生了明显的时序下移，许多故事发生的时代背景下移到清末、近现代、抗战时期等。其中的民间立场是非常鲜明的。如《拉黄包车的王爷》中，为人豪爽，总是扶危济困的拉黄包车的傅定照遇到微服私访的乾隆，因无私献宝与乾隆结为异姓兄弟。没有说破身份的乾隆赠他折扇，让他有困难到北京来寻他。第二年，真的遇到难关的傅定照带着扇子进京寻找这位哥哥。一时间，没有人认出御扇，傅定照流落街头，沦为乞丐。被拆字看相的师爷认出御笔，巧妙安排，在夫子庙见到乾隆，从此一步登天，拜为杭州王爷。可过惯自由自在生活的傅定照辞谢了金银官位，宁可回去拉车，临别还邀请乾隆去杭州家中做客。以民间的视角，写帝王与平民的友情，傅定照的为人义气豪爽，视功名富贵如浮云，做王爷不如拉车自由，将综绷床留给皇帝阿哥睡，充分显现了民间自由的想象力与义利之间的价值取向。《乱世知交》中，董令矩上朝时忘带笏板，同僚宋千敏冒着欺君杀头的危险，将自己的笏板一折为二，竟然平安混过早朝。从此二人结下生死之交。几年后,董令矩告老还乡,回来老家丰县。明清易代之际,宋千敏流落南阳,结果遇到董令矩的侄孙。董令矩得知侄孙来报,不顾年老体衰连夜赶到南阳寻找宋千敏,并把宋千敏的家小全部接到府中。为了让后代不起嫌隙,董令矩以一文钱作价,将一半的地和房产卖给了宋千敏。几百年过去,两户人家已经繁衍成紧紧相邻的董村与宋村,一文钱的契约仍被仔细保管着,后人一直和睦相处。董宋两人的友情令人扼腕叹止,一文钱的卖房契约奠定了两家后人的长久和睦。乱世中有此肝胆相照的情义,传达了民间对情义的高度重视与褒扬。

传奇故事中有一类是宝物故事,与传统民间故事中的宝物故事不同,由于时序的下移,并不强调宝物的神奇功能,而是将宝物与世事沉浮,历史沧桑以及人物的命运变迁相合在一起,使宝物故事现实化。《王奶奶的枕头》中,孤身一人的王奶奶将一个又脏又破的小枕头视为宝贝,不许别人去碰。临终又将这个枕头郑重地送给照顾她的邻居吴师傅。吴师傅的孩子拆开枕头,发现里面是四颗核桃大小的夜明珠。大吃一惊的王师傅把珠子送到商店鉴定,老店员给王师傅讲述了一个小宫女护宝珠的传奇故事。王奶奶原来就是慈禧身边的小宫女,为不让宝珠流落海外,隐身民间。吴师傅将宝珠献给了国家,国家为王奶奶修墓立碑,还发给吴师傅奖金。《宝壶盖的故事》的故事底子是个穷秀才下棋,战胜朱元璋的故事,但加上了一个《王奶奶的枕头》那样的壳。三兄弟不知茶壶盖是个宝,被古董店收去后又想漫天要价。三兄弟拿不定主意,提出要求知道这个茶壶盖的来历。结果政府把三兄弟接到北京,一位老科学家讲述了穷秀才胜朱元璋的故事。这个胜棋赢得茶壶盖的周姓秀才,正是三兄弟的祖上。听完祖先的英雄事迹，三兄弟打消了大捞一把的念头，拿了国家给的3000元奖金，高高兴兴地回家了。《奇特的股票》朱司令拿出一条带血的手帕，给儿子讲忆苦思甜的故事。手帕却引起美国华侨的注意，想花大价钱换这块不起眼的手帕。追问之下，才知这条手帕竟是美国一家大军火工厂八位原始股东的凭证。宝物之宝，人物与宝物的命运交叉，展开近现代的历史画卷，最后以献给国家作结。献宝情节的出现，表达了新型的意识形态与文物政策对传统宝物故事的规训改造。

经改造的宝物故事重点往往不在宝物，而是重在围绕宝物展开人物的命运与时代的变迁。"文革"这个特殊的历史时期，是宝物故事喜用的时代背景，可以格外凸显情感、信义。许多故事还将时间段进一步延展到当下。《一盘玉棋三百年》，首先追溯玉棋的历史：乾隆路遇象棋村，御赐一副玉棋，以村中车姓、马姓为村名，改为"车马店"。这副玉棋在车、马两姓手中轮流执掌，每隔五年进行一次象棋比赛，赢者得以保管玉棋。地主的后人车宝瑞从台湾回来投资。车宝瑞与贫农出身的马明德从小一起长大、又一起学棋。童年时车宝瑞听从父亲的嘱咐，从马明德手中骗去了玉棋。上一代因玉棋结下的仇怨，与地主与农民对立的阶级话语奇妙地糅合在一起。下一代年轻人则化解了这一切，以棋会友，又共同建设贫困地区的小学，最后人棋团圆。《魂系阿玛蒂》中，知青下放，发现农民朱有福家有一把小提琴。这把小提琴是一个右派感谢朱有福的救命之恩送给他的。朱有福得知阿玛蒂小提琴价值上万后，不肯再卖，要把琴还给当年的右派。谁知儿子偷走去卖，又被田讲师偷梁换柱。为寻回提琴，朱少龙寻到音乐学院，正碰上当年右派的儿子，而田讲师正是这家的女婿。右派的遗孀与儿子决定卖出提琴，为蘑菇滩建一座希望小学,这所小学必须有一间高规格的音乐教室。珍贵的小提琴,与蘑菇滩上的花儿民歌传承,以及一代音乐人的希冀,在金钱与信义的交锋中进行了正确的取舍。中篇故事《翡翠王》写"文革"中"黑五类"上海知青冯申与毛妹这对恋人,为改变命运偷逃到邻国,却成了帕坎石场的苦工。因重情守信得到工头吞温的赏识,以毛妹为人质,让冯申带翡翠毛石回上海做一笔大生意。冯申回到上海,吞温的接头人已经"畏罪自杀",又无法与吞温取得联系。此时,"文革"结束,大批知青返回上海,冯申被兄嫂嫌弃,流浪街头。为生活所迫,冯申卖出了吞温的那包毛石,挣得第一笔钱,开始涉足赌石,成为上海滩上鼎鼎大名的"翡翠王"。多年后,冯申在云南边境遇到神秘的一老一少,赌石栽在他们手中。当他前往要求赔偿时,才发现瞎眼老人正是吞温,少年则是他与毛妹的女儿!毛妹却已经静静地躺在了翡翠做的骨灰盒中。十余年的恩怨情仇,都在一捧热泪中。其他如《化骨丹》《兴安岭探宝》都是知青在北方在极偶然的机会遇到珍贵的草药与药丸,有的还展开了对秘方的激烈争夺,插入商业间谍等复杂情节,当然最后还是献出秘方或研究秘方,回到献宝情节。

宝物之"宝",往往不在其神奇或魔幻的力量,而是技艺之神奇,或物件本身的稀有性,并对此种属性的"宝"进行了科学化解释。如《牛黄狗宝》中的牛黄、狗宝,《斗茶》中茶仙精制的茶中精品,《棺材与皮袄》中的碎羊皮袄和梗木棺材等。故事往往对宝物之稀有进行详尽的描述:《斗茶》茶仙的茶只喝一口就如同饮了十余杯,一炷香时间茶盅里还余一小半,却仿佛喝了有几大壶茶水。这么神奇的茶原来是在谷雨清明时节采的茶中精品,一年只能得半斤。《价值连城的案板》中,卖猪肉的案板养着一只蜈蚣,长年累月喝猪血,嘴中结下一颗宝珠。被商人预订下后,屠夫将案板洗净收藏，结果蜈蚣已死，宝珠功败垂成。《棺材与皮袄》中木匠和裁缝是一对好友，裁缝送给木匠一件碎羊皮袄，木匠给裁缝做的棺材又薄又小。两人都不以为然。第二年冬天，裁缝拜访木匠问起皮袄，随手扔在雪地里，竟一点雪都没落着，原来不起眼的碎羊皮袄是羊头顶的精华拼起来的。过了几天，木匠来拜访裁缝，无菜下酒，木匠说棺材中去年放了两碗菜，可以拿出来食用。原来棺材是罕见的梗木制成，都是至宝。这样的宝物故事还留存了传统民间故事的传奇味道。还有的在传统的基础上，进行铺衍，加入了复杂的故事结构。如盗宝故事《花烛恨》里的真假宝贝、真假君子、爱与仇，把官府与江湖交织在一起，用“五瓣梅花针”特殊的暗器记号区别忠奸。《百世修得同船渡》也是盗贼和捕快构成故事的两极，盗贼与捕快又是订有婚约的爱人。《宝刀传奇》是大故事套小故事，小故事之间又以严格的代际传承为序。第一个故事，神秘来客在先祖竞技得胜后，独揽铁匠铺子，名扬天下，号称“十八锤”。传到玄孙时，技艺更为精湛，更得皇帝赐紫金高炉。一老汉上门，要十八锤替他销毁一把菜刀。老人说起这把菜刀的来历，第二个故事，哑巴厨师。酒楼名厨八大铲，传艺给哑巴厨师。原来哑巴厨师学厨艺，是为了替父报仇，杀死因一顿饭菜处死自己父亲的大元帅。八大铲将菜刀传给哑巴，元帅死后，敌国来侵。第三个故事，江湖刀客。元帅的先锋得到这把菜刀，传给了后人。这位先锋的后人靠这把菜刀从一个落魄的刀客，转变成为让人闻风丧胆的刀神。为了在朝廷捞一官半职，刀神投靠家财万贯的公子哥，却被公子哥以一把假菜刀吓住被杀。第四个故事，浊世魔王。一个被称为混世魔王得到一块宝物玄铁，杀尽天下铁匠也无法打造玄铁。来了一位老翁，毁了将军的盔甲、宝马，才把玄铁打造成了一把菜刀。最后一个故事,先人遗愿。原来当年比赛打铁技艺的两家铁匠,都是一声响的徒弟。一声响就是靠这把菜刀打铁的。一声响的遗愿就毁掉这把菜刀,老老实实靠铁锤和铁砧打铁。两家徒弟五年一比武,轮流保管菜刀。最后一次决胜负。老人原来是失败的铁匠的后人,这是两家最后一次了结恩怨。故事又回到开头,所有的线索都得到了结,形成了精巧的叙事回环。

宝物的神奇或魔法功能倒是在外国故事得以留存。如《无法控制的欲望》中有一支魔法的笔,写什么就能实现。被魔法笔勾起无穷无尽的欲望后,主人公在地库拿珠宝时,没有了墨水,从而再也不能脱身。《魔瓶》可以实现主人的任何愿望,唯独不能延长生命。主人如果在卖掉瓶子之前死去,死后就得永远在地狱中受煎熬。想要卖掉这个瓶子,只能亏本出售。所以越卖越便宜。纪威得到魔瓶,有了别墅和财产,为了爱情,以 1 美分的价格又买回了魔瓶。纪威与妻子十分相爱,妻子知道丈夫的忧愁后,提出在法属群岛,有一种硬币叫生丁,1 美分等于 5 个生丁。妻子瞒着丈夫以 3 个生丁买下了魔瓶,从此变得闷闷不乐。纪威发现妻子的秘密后,决定让一个无赖朋友以 2 个生丁买下瓶子,自己再以 1 个生丁买回,替妻子把魔瓶的重负永远承担下来。不料,无赖朋友不愿出售可以带来财富的瓶子,纪威夫妇从此过上了平静安宁的日子。借宝物的神奇功能,来讽喻贪婪的欲望,歌颂真挚的情感。也有一些宝物的神奇,仅仅是展示性的,很难说有什么寓意,但这反而更质朴,接近传奇的本义。如《一幅镂刻版画》中的镂刻版画,竟然生动地展现、重演了一个黑衣人趁黑夜抱走这所房子里的一个婴儿的情景,与该家族的真实历史完全吻合!《生命烛》中,穷人麻田见到死神,见到了自己很快就要燃尽的生命烛。麻田不听死神的劝告，从一根新烛上掰下一截接上。死神使麻田成为神医，拥有了惊人的财富。此时，儿子却命不长久了。得知是自己扼杀了儿子的生命后，麻田回到山洞把生命烛还给儿子。

另一类传奇故事是以传奇性的绝技为中心，同宝物故事一样，将传奇性绝技放在近现代历史背景下，与爱国、杀贪、信义等题旨结合起来。《借刀杀人》中，剃头匠福庆哥手艺高超，遇到一个奇怪的剃头人，原来是大盗“草上飞”以头试法，要找一个手艺高超，能剃瘌痢头的剃头匠，杀掉贪官知府。福庆哥慨然应允，“草上飞”以自己的人头为见面礼，让福庆哥得以见到知府。戒备森严下，福庆哥借按摩制服了侍卫，趁剃头割了知府的喉管，守在门外的其他侍卫直到福庆哥从容离去好一会儿后，才发现事情不对劲了，而福庆哥早就消失不见。《角顶儿》中“角顶儿”指的是剃死人头，必须只用三刀剃干净，要有过硬的功夫，往往是剃头匠的绝活。孙三因刘七抢去“角顶儿”生意，正在茶园吃讲茶，日本人进了青亭县城，刘七被请去给汉奸会长“角顶儿”，却刺杀日本人，取义成仁。孙三抛弃前嫌，替刘七“角顶儿”，又故意摔坏胳膊，不愿给汉奸“角顶儿”。两个下九流的小人物，各自演出一段传奇。《神奇的一枪》中，两位主人公一个是国民党高级将领，一个是地下党员。为营救地下党，国民党军官开出了神奇的一枪，恰恰在心脏和肺叶的间隙处，可以死里逃生。也是因为这一枪，一个被打成叛徒，一个被当成凶手关押，“文革”结束后，两位老人才终于重逢。

古代背景的绝技故事突出绝技之绝，往往情节更为复杂，曲折多变，结尾出人意料。《钧瓷香炉》中，秦琼的后代秦效良与济南“白虎帮”斗法，骗中更有骗中骗，高手之外有高手，最后秦效良得胜，教育“白虎帮”掌门人不可贪心，不可欺人。《生死镖》白四方为完成周大人托付的生死镖，折断自己的双臂，才使出必胜招数，将周大人的儿子抓捕归案，原来周大人托付的生死镖正是自己这个打家劫舍的儿子！《苏老秀观棋》中，一僧一道 ，一盘棋下了三冬三夏，未分胜败。苏老秀上山观棋，向一僧一道学习松林弹跳、打水浇菜、铁背靠的功夫。最后才发现，两位高人是磁铁作棋，下棋实是练功。现实背景的绝技故事往往给绝技以一种科学性的解释，使传奇性减弱，道德教训的意味加强。《老头的奇招》中，潘二是个无赖，无吃无穿，只好做起了小偷，偷到一个修鞋老头那里，老头屡出奇招，事事料中先机。潘二欲拜师学艺，老头掀起棉被，原来两腿已因行窃被打断。潘二经过一番思量，放弃了拜师做扒手的打算，开了一家豆腐店，过起了安分守己的日子。《捉鼠专家》中，供销社的东西常丢，请来捉鼠专家，准确挖出老鼠的巢穴，又用“烟熏老鼠”、“鼠音灭鼠”等多种办法。这是将科学神奇化，传奇化。《了不起的鞋匠》中，鞋匠看鞋知脚，知道上访户占理，又无后台；看鞋知产地，知道上访户是哪里人，替上访户出主意送材料，果然得到公正处理。鞋文化，实则是一种关系文化。

传奇无奇不传，智斗故事是重要的类型之一。偏向传统的智斗故事“智”“奇”并重。《珍珠》中，“聚宝当”掌柜受人蒙骗，收入一颗假珍珠，因赔不起一百两当出去的银子，要寻短见。小伙计用计引来骗子赎当，骗子果然上钩，银子复归原主，一场风波就此平息。《孝猴》中，外乡人为了盗宝，杀死母猴，训练幼猴。两只幼猴长大后，竟懂得讨县令夫人的欢心，里应外合，成功告发外乡人。外乡人被处决之后，两只猴子缠住一个外地客商，县官一问，这客商身上穿的猴皮背心正是母猴皮所制。两只猴子捧着母猴皮，长啸一声，从此消失在大山中。《深夜锣鼓响》中，猴子学"变脸"绝技，在深夜玩耍，无忧无虑。被富家子弟带到都市表演，暴得大名，却为原来的主人寻来，当场砸死，坏了性命。《高手》中，白医生替黄医生治病，故意出乖露丑，把黄医生因竞争不过白医生而积郁的心病一扫而光，等黄医生明白过来，才真正对白医生心服口服。偏向当代的智斗故事更强调"智"的因素。《时尚敬老院》中，老爹向记者告状，敬老院破旧不堪，给村长老爹修的坟墓却豪华气派。县长现场办公，才知敬老院的修缮资金被乡长截留。村长老爹让孙子给自己修墓，把坟墓变成了敬老院。以坟墓为敬老院固然称奇，老爹自己告自己状，引起上级重视，才是更值得称道的智慧。《共有一个家园》中的驯兽师引来珍稀鸟类，智斗房地产开发商，使他的开发计划落空。《公牛》讲述"文革"期间，外国种牛"荷兰花"与本地种牛展开"牛王"之争，更遇人狼大战，"牛王"、狼王的殊死决战。本是对头的"牛王"最终齐心合力，终于战胜狼王，草原恢复了往日的和平，两头"牛王"又开始争斗。"牛王"、狼王战斗的背后，其实是人类的智慧。

信义，是民间故事的重要价值观，传奇故事中有一类就是关于信义的传奇。《双义庙》中，山西老乡李老实借给赵甲一百两银子做生意后就得急病死了，借钱没有留下任何契约。十年后，赵甲生意越做越大，店中来了一个伙计，正是李老实的儿子李小官。赵甲让李小官当了账房，却不提工钱多少。半年后，赵甲让李小官盘家产总账，算出来六万两银子，设宴请来同乡长者，当众将一半家产分给李小官。李小官不肯接受，几番周折，官府让李小官出钱修庙，命名为"双义庙"。《茶叶风波》中，苏州"孙春阳"南北货商店信誉极佳，客人买货不看货，直接付钱，然后按单拿货。一个商人到“孙春阳”买龙井，小伙计拿错茶叶被管事发现后，派伙计到各大客栈查找买错茶叶的商人。大老板亲自去客栈带了一斤上好的“龙井”，登门道歉。《店无戏言》中，挑剔内行的顾客来买十一根檀条，小伙计生气，冲口而出，能在这堆木料中再挑一根，只需付一半价钱。老板坚持店无戏言，真的只收顾客半价。结果这顾客是个大营造商，接下了杜月笙杜家祠堂的活，因木材店做生意诚信，特地订下总额高达两万元的订单。这都是重信守义，给主人公带来好处。《净土悠情》写清末民初的底层民间社会传奇，三对夫妻，彼此相欠又彼此相救，后配夫妻成兄妹，原配夫妻终于破镜重圆。《奇缘》中，亲生儿子幼时失踪，父亲老来无子，卖身给别人做父。竟也有敦厚君子，买下父亲。这对买来的父子回到家中才发现，儿子正是当年失踪的亲生！《生死交易》讲述二战时集中营发生的一场生死交易。庄园主夏韦尔拿整个庄园换来活命的机会，胜利后反悔，幸亏律师早有防备，保护了瓦赞拿命换来的庄园。《敦厚的杀手》中，贫富两家人换子，富家的父母相杀相仇，贫家的父亲却将换来的女儿视为亲生，甚至不惜为治她的病铤而走险做杀手。《拉斯维加斯的爱情》中，新娘为输掉钱的丈夫而赌，全赌城的老千高手都来帮不懂赌博的新娘，赌什么别赌爱情。这些传奇故事由于展现当下或海外生活，进一步丰富拓展了情节，但其中所坚持的信义、情义等价值观始终未曾改变。

讽刺幽默系列分为“妙语·博笑记”“痴人·奇遇记”“众生·变形记”“世间·颠倒记”四部分，主要反映社会不公正、不合理的现象，通过夸张变形的手法显现其可笑之处。其中占较大比例的一类，是对社会特权、走后门等现象的讽刺。如《VIP客户》阿牛在银行、饭店几次受冷落，一气之下办了几张 VIP，从此去银行不用排队，饭店吃饭有包厢，十分牛气。一次车祸，50个人一起来到鬼门关，小鬼拦路，问谁是VIP，阿牛趾高气扬，第一个进了鬼门关。结果那次车祸，49个人都救活了，只有阿牛一人没有醒来。《走后门的“好处”》，真能耐和过窝囊的两个儿子同时煤气中毒，送往火葬场，真能耐找来汽车，火化时又找人插队。过窝囊只能找到驴车送火葬场，结果驴车一颠一震，把儿子给震活过来了。真能耐这时大声哭号，这都是走后门儿的“好处”啊！《吃得开的理发员》，理发员江海和县委副书记同名名姓，为给老大爷排忧解难，写了张说明情况的便条，果然相关部门一路绿灯，解决了大爷的困难。事情戳穿后，理发员不卑不亢，说我只是写出真实的情况，签的也是真实的名字，何来冒充？为什么一张便条就管用？县委副书记陷入深思。《深奥的学问》，老师找副县长为儿子主持公道，副县长揭示了写便条的深奥学问，公函是可办可不办，信件是可信可不信，便条复写留了底，签名签老婆的更是暗示此事必须办成！《得意之作》，大法官为人正直，见不得开后门。布尔为了打赢官司，以仇人名义送大法官礼物。谁知女佣为尽心帮忙，自作主张又改回了布尔的名字，结果负负得正，布尔还是吃了亏。《对策》中的信子，在百货大楼偷窃。原来她是“非法行为调查股份公司”的调查员，专门调查渎职、失职行为。信子通过收买警卫成功摆脱偷窃罪，那个警卫却是公司派去监视职员非法行为的，信子却虚报了收买警卫的金额。在上级要开除信子之前，信子又拿出了收买的办法，上级果然也犹豫了。《奇特的储户》中村长借职权记下的一笔笔黑账；《招聘》中大公司招聘，正副经理以权谋私，钩心斗角，揭开了招聘的黑幕；《拍肩膀》中被领导拍过肩膀的小伙就能得到提拔；这些故事往往抓住特权社会的某一点，进行归谬推演，以短小精悍的篇幅，揭出可笑之处。

与当下社会反腐倡廉的要求相结合，讽刺幽默故事大力发展了反腐故事。《千万别怪小保姆》《小保姆要加工资》都是小保姆通过种种巧合，无意中挖出“二奶”，揭发了包二奶的大贪官。《新娘“鬼附身”》，小寡妇装神弄鬼，假装村长死去的老母亲“鬼附身”，点醒贪污的村长。最后点题的是村长悔悟的话：“谁教俺重新做人，谁就是俺的娘！”反腐故事有着夸张离奇的元素，如《仍然烦恼》，建筑老板本想用电子“小米粒”控制建筑局长，以获得合同。谁知“小米粒”进了局长的肚子，一直没反应，显示屏上写着“此公胃口太大，尚未找到胃壁。现仍在探寻中，请等待……”《神手卖鼠皮》，按品相定老鼠皮的价格，每回村长家的都比别人价高。神手问原因，小贩说村长家的老鼠吃得好，滑润光亮。神手便去乡政府食堂捉鼠，果然卖得高价，更有乡长家的老鼠定为特等，价格高得惊人。《贪婪的眼眶》，一老汉给严嵩带来一个骨片，号称“无餍”，金银越多，骨片越重，但只要撒一把黄土，就没分量了。还有的反腐故事通过一定的绝技、特异功能，展开反腐斗争，层层推进，往往小贪后面有大贪，大贪后面有特大贪。实际融入了侦破推理的情节。《特异功能》，为替师傅洗清冤枉，青工李保唐宣称自己有特异功能，看得出别人想什么。真真假假、虚虚实实，吓得厂里的大小领导，都不敢隐瞒，终于真相大白。如果真有这么个特异功能的人，伪君子还能立足吗？《模仿天才》，因为能模仿各种方言，学厂长讲话的青工张忠接了厂长的电话，无意中得到了厂长贪污受贿的线索。经过精心设计，纪检部门再让张忠扮演厂长打电话，顺藤摸瓜，把这个关系网一举打破，挖掉了大蛀虫，救活了一个厂！

官僚主义也是讽刺幽默故事的重要描写内容。《代代乡长》，代乡长组织大家集体考察，留下最不起眼的土地管理员小王代理代乡长的职务。王代代乡长现权现用，结清乡里拖欠各大饭店的吃喝款，拆除违章建筑，勇斗乡间恶势力。小王被解聘后，当起了厨师。却被乡人民代表大会选举为正式乡长。这个结尾显然是理想化的，小王根本就不在候选人名单里，又非直选，怎会被乡人大代表所知？但故事却表达了民间对官员的真实期望。《狗尾巴的故事》写刁乡长的官僚主义，为防治狂犬病竟然要求全乡杀狗。结果上级要吃狗肉，只好上了一桌狗尾巴宴。上级要求发展养狗副业，于是刁乡长又反来要求村民们重新养狗。《李老汉办证》，李老汉为办土地证，跑了几回镇上，要么管公章的人不在，要么签字的领导不在，就是办不成。等人都在了，领导为改变机关作风，说要去村里现场办公，让李老汉回去等着。到了那天，电视台、报社记者都在，李老汉却要让领导们多等等。村长三请四催，李老汉终于慢悠悠地来了，说家里管印章的儿子不在，儿子回来了，管大权的老婆又出去了，只能等着。《帮帮忙》，上级检查灭鼠工作，"吓死人公司"就专门养老鼠交老鼠尾巴来应付检查。《租树坑》，砍树剩下的树根春天发芽的无用嫩枝，被钉在新栽的大树上迎接绿化检查。《第二十个兽医主任》中，主人公无力与庞大的官僚机构抗衡，不得不因循守旧，跟十九个前任一样填写子虚乌有的骆驼报表，结果很快就升官调走了。《皮箱事件》，阿默德在出租车上丢了一只皮箱，报案后惹来了重重麻烦，以至于阿默德宁可说自己没丢皮箱，结果被判骚扰政府机关罪，要按刑法处置。

对官僚主义不仅仅停留在揭示其荒唐可笑，还在现实语境中进一步展开官僚主义的严重后果，以对比的手法传达出冷峻的思考。《愤怒的火神》中秦书记防火，做官样文章，征收防火费,建防火小分队,买消防设备。与村民有300多年历史的“防火公约”背道而驰。结果防火小分队在真正的大火面前无济于事,村民们不肯上山,要求取消防火费。这场火烧出了脱离实际、只摆花架子的官僚主义原形。《河东河西》,两个乡长,一个防患于未然加固堤防,一个洪水来时跳下大堤,结果防患于未然的没有功绩,跳大堤的倒成了英雄,很快升官。《一票否决》中荒唐的火化指标,逼出了把狗当人火化的荒唐事。《高见》,村主任为对付胡说八道的干部,训了一条狗,说“高见”就咬人,说“狗屁”就走开。《打张白条吧》,农科站打白条,上大学靠贷款,毕业证得靠单位介绍信换。《挂标语》,为挂一条标语,需要买保险、鞋子、袜子、帽子、手套和各种食品,竟需要16000元。真正制作一条标语的费用只有50元。

还有一类讽刺幽默故事针对的是人性弱点及丑陋之处。马克·吐温的《灵魂曝光》,外乡人用一袋假金币就试出了有着诚实声誉的小镇,其实个个都说谎。《死人说真话》,深爱亡妻的丈夫为见到妻子的鬼魂,在公墓过夜。到晚上,坟墓中的骷髅纷纷爬起来,刮去墓碑上的漂亮话、假话,写上真实丑陋的现实。《非正规理发》,理发的碰上卖菜的,因为贪便宜,就马马虎虎非正规理发,半斤半斤地非正规买菜。《不要皮儿》中吃白食的流氓;《一颗假眼珠》中借假眼敲诈的二流子;《拔牙内幕》中把公费医疗借给诸多亲戚拔了36颗牙齿……;《残疾》中为了讹人,小伙子在医院绑着石膏住了三年多,等赔偿解决后,好好的胳膊和手不能动了,真的变成了残疾。人的虚伪、贪婪、吝啬、小气,都被一一曝光。当然,由于中西文化背景的不同,中国的讽刺幽默故事缺少了一点“智”的成分,讽刺大于幽默,往往刻画丑陋入木三分,但缺乏温情和向善的力量。

第三节 惊悚与悬念类

“惊悚恐怖系列”分为“闪灵·诡事”“噩梦·异事”“探秘·险事”“夜谈·怪事”，该类型实际是按照西方传统命名的，该系列中的中国故事，其实源自民间的鬼故事传统。我们可以看出，在“惊悚恐怖”故事类型里，中西方两个不同传统存在明显差异。“悬念推理系列”分为“危情·疑案”“神探·谜案”“密谋·奇案”“铁证·悬案”四部分，从中可以看出源自中国公案故事传统的推理故事是怎样受到西方侦探与推理故事的影响，发生现代转型，但又仍然显示自身的特点来。

外国惊悚恐怖的传统，常与西方悬念推理小说混同，因为基于同一个传统。《故事会》大量编译、介绍的惊悚故事，实际是由犯罪案件构成，犯罪人的层层暴露，或受害人的步步小心，在彼此斗争中构成悬念，打造惊悚效果。由阿加莎·克里斯蒂原著的《惊魂莺庄》，丈夫是个连环杀手，妻子通过电话的静音键，在丈夫眼皮底下把危险的消息传送了出去，又反过来讲一个恐怖故事给丈夫听，拖住了丈夫，终于等到救援。甲贺三郎原著的《消失的棋子》，佐藤一时激动，杀死棋友后，从此疑神疑鬼，为了一颗消失的棋子，大惊失色，把罪行全部招供。再如《克尔街凶宅》，好友扮侦探，侦探扮杀手，骗中骗，骗得真正的凶手上门伏法。《梦境追踪》，不停梦见破碎的犯罪片断，汉密尔顿小姐向警察求助后，没有人相信她，于是决定自己找出真相。找到最后，发现自己也是犯罪行为的参与者，所有的梦见，都是她的亲身经历。她被同伙打伤了头部，失去了记忆，梦正是往日的追忆！这几则故事如归入悬念推理类也未尝不可，文集编选者可能强调故事的惊悚因素。

本来在西方的文类传统中，惊悚与悬疑，就是较为相似、略有区别的类型。许多惊悚故事本身就是基于罪行及其侦破、神秘事件、错综复杂的心理变态或精神分裂状态的内容，而悬疑故事则主要强调情节使人对主要人物的命运引起关切，而造成高度焦虑和紧张感，最后揭露令人意想不到的谜底。造成悬疑的情节同样可以是罪行或心理变态、精神分裂的原因。80 年代初《故事会》在引介这类故事时把批判的矛头指向了资本主义制度的罪恶。但吸引读者的，则是故事的惊悚与悬念。淡化了意识形态因素之后，惊悚与悬念故事得到充分的发展。《善人村》中警长与他的新婚妻子，落到了善人村。表面上热情招待，实际是要杀人祭岛。在装疯姑娘的帮助下，三人一起逃出善人村，伪装善良的残暴实在可怕。《艳饵》中科研专家狄村受美女勾引，卷入一桩谋杀案。对方威胁狄村，要求狄村为自己公司投票。涉及国家安全大事，狄村此时大义凛然，宁死也不服从。结果这只是让狄村参加绝密工程之前的一场考验，狄村成功通过了测试。

中国的惊悚恐怖故事往往涉及鬼魂的元素，这其实接续了中国鬼故事的传统。中国鬼故事，重点不在悬疑，而是借鬼魂说世相。《负重之壳》中房间的血迹，原来是原房主的鬼魂依依不散，因为买房，背上了沉重的负担，舍不得花钱治病，延误治疗去世了。《火车司机的爱》闹了三年鬼的机车在紧急关头，调用去运送救灾物资。胆大心细的小伙不怕女鬼，反而跟女鬼聊起了天，得知女鬼的枉死真相。女鬼大仇得报，机车不再闹鬼，小伙的傻妹妹突然心智开了。这实际是个鬼故事，故事中灵异转世的成分是故事的悬疑内核。《复仇亭》，复仇亭聚集了枉死之人的怨气，竟能改变人的心性，把普通人变成杀人恶魔。把复杂的现实逻辑推理，悬疑设计，替换成了鬼的逻辑，灵异的逻辑。

当代对鬼故事的改造，则是给予鬼故事以现实解释。世上本无鬼，庸人自扰之。总有人出于各种各样的原因装鬼，最后真相大白，打破了鬼故事的神秘，赋予鬼故事以现实教训。《“鬼”讨债》中，邻居起了坏心，赖死人的账，知情人装神弄鬼，让邻居在惊恐中良心发现，主动还钱。《恐怖邀请函》中，大学毕业，失业在家的小伙用望远镜看邻居，发现对面楼的秘密，以为是女鬼。两姐妹怕吓坏了小伙子，送去邀请函，才得知女鬼原来是残疾舞蹈演员。小伙受了教训，决定赶紧找工作，再不做无聊的事。《花圈之谜》中，孤身老人为自己买花圈，吓坏了花圈店的老板。一路跟踪，才知是孤独老人为自己提前办丧事。《死里逃生》把带有灵异色彩的末班车故事，改写了推理故事。赋予人物以法医学老教授的身份，变成一个犯罪推理故事。《边城奇事》其实是一个复仇故事。《地狱的回声》还给鬼故事加上一个反腐的外壳，被贪官迫害的姑娘，用放射性物质与仇人同归于尽，又借鬼魂之口，一一揭发证据，撕下仇人的画皮。

国外类似的故事，往往源自西方的魔法故事传统，常常与魔鬼、魔物等有关。《魔鬼的权力》，一旦得到魔鬼的权力就能看清世相，为所欲为，但为了拯救灵魂，就得把魔鬼的权力交给下一个人，交出去的同时，也就失去了青春与生命。《墙壁里的声音》，公司小职员无意中发现自己有穿墙过壁的本领。于是用这本领吓唬欺侮他的上级，又频频作案，抢银行、珠宝店，还戏弄警察，公开越狱。就在他改头换面准备去埃及穿行金字塔时，却遇上一位迷人的少妇。为了跟少妇幽会，约翰再次施展穿墙本领。谁知他把医生开给的他抗螺旋性硬化症药片当成了感冒药吃了，他被永远铸在墙壁里。《幽灵马车》是一辆满载死人的马车，

《我的邻居是幽灵》一枚暗褐色的古老钱币,使人发狂着魔,成为杀人犯。《神秘的维纳斯》神秘的维纳斯雕像杀人,连续杀死新郎、新郎的父亲。《黑猫》黑猫与妻子的合二为一,黑猫与妻子的尸体一起埋在墙壁里,在警察到来时报警复仇。一些中国惊悚恐怖故事也学习、模仿西方的魔法传统,如《魔猫》中被庄平栋害死的邻居母女,化身为魔猫复仇,附身在庄平栋的妻女身上,让庄平栋杀死了自己的妻子和女儿。《老宅秘事》婆婆训练黑猫,是为了除去不中意的媳妇。幸好媳妇涂了香水,混淆了黑猫的嗅觉。

更多惊悚恐怖故事还是基于设计精巧的犯罪,整个犯罪过程准确地利用受害人的心理,天衣无缝。真凶得到层层揭示,直到最后才揭发出意料不到的真相。《梦游疑云》福克曼利用妻子的梦游和洁癖,陷害妻子吃尸体,导致妻子假意自杀。谁知妻子露丝早已识破丈夫,反过来装鬼吓疯了福克曼。但这一切,都是露丝的新欢乔治一手导演的,因为露丝即将继承巨额财产,为了得到露丝的财产,乔治从挑唆福克曼陷害露丝开始,现在,一步步都如乔治所愿实现了。《魔鬼比尔》丈夫为了谋夺妻子的财产,伪造报纸,把妻子一直怀念的恋人比尔塑造成杀人恶魔,妻子负罪自杀。比尔愤而前来复仇。《天堂里的鬼影》丈夫装神弄鬼,逼疯妻子,只为寻花问柳。警察却耐心等待着鬼魂露出马脚,捉奸破案。《窗上怪影》演员通过表演吓走了原来的房东,把房子送给自己的竞争对手。又通过表演把竞争对手钉死在窗边。《死亡表演》穷途末路的演员,扮演敲诈犯,逼被敲诈者杀死自己,以获得高额人寿保险赔偿,用自己的生命做了一场最好的死亡表演。《致命的跟踪》丈夫发现了神秘的跟踪者,怎么也摆脱不掉。丈夫终于向跟踪者挑战,却被早就设计好的跟踪者推下火车轨道。原来跟踪者是妻子的情人,高明的凶杀其实就是一场游戏。《小岛谋杀案》仁简受雇为一个 6 岁孩子当家庭教师,谁知却卷入了姐姐为了财产,追杀弟弟的阴谋中。仁简保护着她的小主顾,闯过重重危机,终于靠自救摆脱了凶手。她与这个 6 岁的孩子也成了真正的姐弟。《吃人怪床》外省青年巴巴拉因为失眠发现了旅馆怪床的秘密,也替警长解开了多人自杀的案件。

与西方惊悚悬念故事相比,中国故事在情节设计上没有那么精巧,而是多归于道德教训。西方故事《塑像谜案》等把尸体封在水泥柱里,或把尸体雕成塑像,使警察无迹可寻。最后因为偶然的细节,罪案暴露,凶手被擒。《午夜小贞来》就学习了这一构思,男友的雕塑作品原来是用前女友的头雕成的。与《塑像谜案》相类,却加入了前女友鬼魂示警的灵异情节。《古画上的少女》与《一幅镂刻版画》相似,同样是一幅奇怪的画,画中少女用温柔和诱惑的目光,吸引着男子。男子发现画中少女身后 22 个穿着不同朝代衣服的男子,其中一个竟然是失踪于半年前的好友!灵异成分的加入,使《古画上的少女》比《一幅镂刻版画》更令人毛骨悚然。

自从西方惊悚悬念故事引入中国以来,就有了学习模仿。但学习的同时,还是保留了中国故事本身的特点。绝大部分向这类西方惊悚故事学习的中国故事,一定是有合理的现实解释,或以智脱险,或真相败露,得到圆满解决的。《炼狱 18 小时》在计谋的环环紧扣上就已经跟西方惊悚悬念故事很相像了,发展出了传统鬼故事或悬疑故事所没有的空前复杂情节:集团公司的真正所有者,精心设计了一套炼狱方案,在恐怖与猜疑中,让公司两个篡权者在互相攀咬中说出真相,最后罪犯伏法,正义得以伸张。像这样非常西方化的故事还是少数,大部分中国惊悚故事往往篇幅较短,仅将某一个关键点作为故事核,使得惊悚故事的解决方式显得较为简单。如《断掌》中,戏班魔术师替人送金条,怕对方不肯收,把金条做成一只手掌,当面断掌,给收金条的人开了个大玩笑竟惹出长达二十年的是非恩怨。《密林中的较量》,出纳员遇到抢劫犯,为证明被抢,让抢劫犯向自己的左胳膊开枪。土枪放过一枪就成了吹火筒,出纳员这下大显神威,把抢劫犯扑倒抓住。原来出纳员的左胳膊早就掉在了朝鲜战场上,那是只假胳膊。《会动的棺材盖》半路搭货车的老大爷因躲雨睡在棺材中,醒来打开棺材盖却把劫匪吓了半死,因缘际会救下货车司机,制服劫匪。《夜车生死劫》,开长途夜车的二大爷靠四年一遇的特殊生日给老板娘留下遇劫信号;《绝地逢生》,杨小兰因患绝症,毫不畏死反抗抢劫犯,在打斗中歹徒一枪打掉了恶性肿瘤,杨小兰起死回生。《夜半惊魂》,合租屋里奇事,女房客每晚都要尖叫一声,以为是个精神病人,原来是为了打开厕所里的声控灯,都是类似这样的小故事和小机巧。

向西方惊悚故事学习的中国故事还往往加入道德或意识形态的考量。外国故事《午夜枪声》是孤身女子一人在家,有伤兵前来借宿。从开始对伤兵的怀疑,到后来又来了第二个,也即真正的抢劫犯。伤兵翻转为护卫女子的好人,抢劫犯竟是自己的丈夫,原来是想用抢劫掩盖自己贪污公款的罪行,结果送掉自己的性命。中国故事《猎人借宿》的立意与情节,与《午夜枪声》有相似之处。也是孤身女子一人在家,有猎户前来借宿。正在惴惴不安,又来了真正的抢劫犯,借宿者制服恶徒。抢劫犯竟是借宿者的儿子,猎户正是为了阻止儿子的罪行而来。故事的机巧性不如《午夜枪声》,却更强调道德训诫。《第三具尸体》与《惊魂莺庄》有相似之处,也是女性、弱者通过反讲恐怖故事,制服恶徒。只不过《惊魂莺庄》是依靠电话传递险情,警察及时赶到,《第三具尸体》则进一步夸大了故事的力量,故事真的把歹徒吓死了。

中篇故事《乌拉吵传奇》《绿茵女士》《1 排 18 号》等则在通过爱国、谍战、除奸等元素的加入,使故事情节更为惊心动魄。《乌拉吵传奇》重新解释了东北三宝人参貂皮乌拉草,说乌拉草是一条叫乌拉吵的河流讹音而来。据说乌拉吵才是大清的龙脉所在,先祖在河谷埋下一笔巨大的财富,供子孙后代急难时使用。清末,负责宝藏的慎亲王将藏宝图交给黑旗军做军饷,而慈禧太后也盯上了这笔宝藏,派出大内高手追杀接收藏宝图的黑旗军将士。一个车店的小伙计无意中卷入了这场厮杀,凭着直觉站在正义一方,又凭自己的好水性,在两大高手对决时帮助了正义方。在高手死后,小伙计接过藏宝图,也接过了沉甸甸的责任。《她走进太平门》《绿茵女士》等都加入了谍战元素,将善与恶、真与假以复杂的情节悬念勾连在一起。《她走进太平门》骷髅杀人,嫁祸于人,计诱少女,坠入敌特的罗网。《绿茵女士》国民党用假绿茵逼疯名医夏省吾。新中国成立后医院领导明察暗访,找出真相,夏省吾与绿茵女士,经历生死劫难破镜重圆。《1 排 18 号》坐在大戏院 1 排 18 号的人,总是在看《三岔口》时被暗杀。被杀的有汉奸、国民党军官、土匪、革委会主任。原来一切都是一个自发组织的锄奸团所为。新中国成立后,规定已经废除,王三大的父亲临终吩咐儿子,要设法制止这种法外杀人的事。1 排 18 号的梦魇终于过去了。《魔影 707》则是把谍战故事与惊悚恐怖做了交叉,两具尸体,连环怪诗,两个演员,两个小丑,外国间谍,真假父女,层层推进,环环紧扣,最终公安机关识破诡计,以计诱敌,反败为胜,成功截获胶卷,一举擒敌。《雪魂》古老王国的宝藏传说，引来几大家族的后人寻宝。一个人揭开一层真相，最后的真相是什么？原来宝藏只是障眼法，是为了保存王室血脉而留下的谎言。

还有一些惊悚故事是探险、逃生、智斗类型。《楼兰惊魂》在楼兰古城发现超乎常态的吃人蝼蛄，科考队经历生死搏斗才逃出生天。《复仇的血蛙》讲述生态学家在巴西原始森林中遇到吃人血蛙的故事。《我当煤黑子》记录了亲身经历的一次矿难；《身后有只狼》则鼓励同伴逃离沙暴，装野狼叫，终于顺利摆脱险境。《家里钻进一条毒蛇》丈夫因为妻子不相信自己的话，只能彻底不睡，守护妻子，生怕家里钻进的毒蛇会咬伤人。捉蛇专家捉到蛇后，妻子被丈夫的守护与爱感动了。《王二嫂抓黑八》，王二嫂智斗黑八，黑八第一次躲进大水缸，第二次被王二嫂把脚套住，摔了个大马哈，又迎着一棍，终于二擒凶犯。《乞丐王国历险记》，记者哈米德为了采访，化装成乞丐，混入乞丐王国，几次遇到危险，差点被砍成残废，终于在小乞丐的帮助下，得到警察的解救等。

比较中国化的惊悚恐怖故事，还会融入传奇因素，有着令人惊悚的残酷。《绝杀》中，为争天下第一棋手的名号，父子两代人以命相搏，不惜牺牲无辜者的性命。一红一黑棋子，以剧毒浸透，只要一混合，必毒发身亡，是真正的绝杀。只有悲天悯人，无意名利的真正棋王才能破解绝杀。《法场怪事》中，刽子手杀亲外甥，本拟用刀背救人，混乱紧张中，分不清是刀背还是刀刃。外甥逃出，来找舅舅叩头致谢，叩了三个头后头竟掉了。《笑刑》，心狠手辣的史老爷逼死了自己的妻子，史少爷得知自己的身世后，用笑刑杀死了史老爷。《等待第十朵花开》，用血浇灌的玉女花，是十个少女的生命化成。凶残的恶魔却是自己的父亲，病怏怏的少爷竟是仆人的儿子，父女相仇相杀，所有的恩怨都随大火付之一炬，年轻的一代开始新的生活。《弹弓》宫女以花蕾为弹丸，侥幸博得皇帝一笑，还被封为“散花妃子”。皇帝却以人肉为弹弓，不动声色而无比凶残。

传统断案故事仍然具有民间故事的一些基本构思，如《三命奇冤》，一男一女无端被杀，黑驴失踪。官府去寻尸体，反而挖出一具老和尚尸体。上山查访，才知寺中大小和尚的奸情。寻黑驴终于寻到真正的凶手小和尚。《杨氏失踪之谜》，杨氏失踪，邻居诬告，生员杨同范发现尸体。环环紧扣，指证杨氏丈夫涂如松杀妻。班头李献宗细心查看，发现尸体竟是一具男尸。可总督派来的爱将刚愎自用，将涂如松屈打成招。涂母为护子，胡乱寻来一具女尸冒充杨氏。李献宗冒死向钦差告状，又施巧计从杨同范家中找出活着的杨氏。案情了结，李献宗却对官场彻底失望，飘然隐居。《失落的红绣鞋》，井下寻尸，却寻得另一尸。号称“小诸葛”的州官以红绣鞋为诱饵，终于抓住真凶，救回胡氏。《打狗挖坟》胖和尚无意中看破奸情，借打狗挖开坟墓，替死者申冤。许多故事都是一案揭开一案，找尸体却发现另一具，案中案，最后揭开真相。

传统断案故事案件能否真相大白往往与官员贪腐还是清廉有直接关系。《郑青天断案》中，知县郑振清微服私访，探得奸情，捉拿奸夫淫妇到案。谁知奸夫的舅舅知府，包庇枉法，指使外甥反咬郑知县是奸夫。危急关头，书吏变身八省巡按，知府革职，知县升官，百姓叫好。《天网无形》中，刘贵妻子被杀，刘贵被冤，周大人细心查看，发现了空心瓦盆底部藏毒的秘密。因欠刘家高利贷而起歹意的王窑匠伏法。五年后，升任巡抚的周大人在寒山寺了解到阴阳钟的知识，回想起东昌县一案。为了纠错，决心回头追查，查出寺院和尚私通刘贵妻子，为躲避方丈，刘贵妻子被阴阳钟撞死。奸夫和尚将尸体背回刘家,嫁祸刘贵。天网恢恢,终于不放于一个坏人。周大人勇于纠错,得到褒奖。《冤狱恨》丁黄氏为申冤告状,受酷刑,扳倒知县,淫官方去,贪官又来。经历几任官员的反复审理,没有一个是清官。丁黄氏油锅摸钱,惨骑木驴,最终靠牢头同情,从惨刑下逃生。十三年之后,丁黄氏与儿子扫墓,与仇人狭路相逢。丁黄氏怒不可遏,让儿子痛打仇人。仇人落荒而逃,两个月后在惊恐中一命呜呼。丁黄氏子孙满堂,安然度过晚年。

传统断案故事成功塑造了清官形象,如狄仁杰、包拯等其实都是善于从蛛丝马迹中寻找真相的高明侦探。《象棋玄机》中的狄仁杰参透了忽然死亡的杂技老班主手中紧攥两颗“马”棋的奥秘,教育班主的三个弟子因精诚团结,不该互相算计。《包公考子》,包公儿子上任之前,接受父亲的考验,要找出真正的偷鱼人。儿子几次错误之后,终于找到真凭实据,原来偷鱼人正是包公自己。《血色鞋印》中的知府通过凶案现场的细心勘察,从一个画蛇添足的血色鞋印找出真相。《顺蔓审瓜》中的知州细心审问,终于抓住受贿的门卒,又查出奸夫,揭开了瓜里藏蛙的秘密。《泣血送珠人》官府捕快打入匪窝,成了送珠人,这才发现外乡人神秘失踪之谜。原来强盗占山为王,珠宝商人的送珠秘方竟然是残忍的“杀人取珠”。《望月鳝》苏青天买黄鳝,终于找出有毒的望月鳝,洗刷了张氏“奸情杀夫”的罪名。《田知府隔省断案》田知府用计诓骗霸占姐姐财产的弟弟,使弟弟幡然悔悟,姐弟共享财富,重归于好。《三审刀案》,宋太宗借宝刀一案,看地方官如何审案。谁知宝刀是宋太宗的,杀泼皮无赖的正是太宗自己。《一语泄天机》,叩门便叫三娘子,定知房内无丈夫。这些细心勘查现场、寻找科学证据的清官,慎重对待每一件案子,不冤枉好人，不放过真凶，表达了民间社会对清官的渴求。

还有的传统断案故事的主人公并不是审案的清官，而是百姓自己，他们运用智慧追查真相。《寻玉追凶》，秦淮美妓婉玉接客的条件是珍稀古玉。刑部尚书送来背上有一微凹的玉龟，小吏奉命去藏宝阁寻找玉龟上失落的小龟。信阳知府得到密信，说大盗胡作非即将重出江湖，到十几年前曾作过案的顾家大院作案。知府埋伏，胡作非果然前来，逼问小玉龟的下落，知府将其拿获。顾家十几年前幸免于难的幼女正是婉玉，借寻玉报家仇。《瑞府朱虱案》，重点不在查案，而在查案的过程中展现百姓的情义。仆妇为报鳌拜之仇，蛊惑小姐违反禁令学汉人裹小脚。又养朱虱咬死瑞六两任夫人。办案的顺天府尹吴令休用满语一试，果然试出陪嫁丫鬟宝珠才是真正的瑞小姐。因怕裹小脚的事牵连父亲，才找人代嫁。因不肯离开青梅竹马的丈夫，宁可以下人身份陪嫁过来。案件真相大白，因为宝珠的重情守义，得到皇帝表彰，恢复正室身份。

就悬念故事的传统而言，西方比较注重推理的过程，主人公依靠智慧解决难题，寻找真相。《业余侦探》两个老姐妹是侦探小说迷，从被击昏的小偷入手推理，又利用攻心术审问小偷，又以细心的观察获得了侄子留下的证据，一举击破犯罪集团。《雷登荷尔街之谜》租客费尽心机租到雷登荷尔街上一间拥有200多年历史的老房子，却从不入住，原来租客是以此为幌子，大量出售假红便士邮票牟利。《偶数》西式茶具都是偶数，被害人的这套日式茶具应该是奇数，为什么少了一个茶碗呢。就靠这样一个生活常识解开了凶杀案的谜底。《电话那头的凶案》凶手用冰块撑住电话听筒，冰化后听筒自然落下，制造不在场的证明。大侦探却从电话旁的一摊水中看出了玄机。《儿时的凶器》回到老家的弗朗克先生被一枚钉子击中心脏。警察通过寻访弗朗克的母亲，得知费朗克小时候喜欢玩钉子。又在那棵雷电劈开的老树身上找到了数百枚钉子。原来弗朗克用儿时的手杀死了50年后的自己。

受到西方悬念推理故事的影响，当下的中国故事也开始更加注重推理的过程。《北上快车谋杀案》重在推理过程，飞驰的列车上，被害人被抛出一米开外，凶手一定是一个身强力壮的人。被害人喝醉，一只鞋子失踪，新袜子抽丝，脚后跟被撞伤，一定是扔出窗外时，脚后跟被撞在窗上钩破袜子，鞋子掉在车内，一定会马上扔出，鞋上会有凶手的指纹，根据列车的方向和速度，推断出鞋子在尸体的北边60多米处。《失踪的红豆杉》中，小区保安队长在红豆杉叶子消失的楼道中布下一个局，每户人家门口放了几片红豆杉叶子。只有小偷做贼心虚，很快清理掉叶子，这招叫引蛇出洞。《告密者》中，杀人埋尸体，以为无人知晓，谁知死者的京巴狗留下后裔，一窝没来由的京巴小狗使真相大白。《古怪的瞎婆》中，古怪的瞎婆为自己值不了几个钱的破宅开价十万，谁都认为是异想天开。原来买者是8年前借车祸害死儿子的文物贩子，瞎婆用自己的方式为儿子复仇。《心理学教授之死》，心理学教授的病人档案被盗，是想敲诈？还是想要掩饰什么？侦探辩听出电话里的救护车声，准确地抓住了敲诈者。敲诈者却对档案一无所知。失踪的一份档案，揭开了几十年前的尘土往事。侦探比罪犯慢了一步，心理学教授被杀，凶手究竟是谁？就在真凶即将逃离的一刻，侦探终于揭开一切。

相较而言，中国这一故事类型的推理成分还是弱于西方与日本，用以弥补推理过程简单化之不足的，则是加入了谍战、卧底、内鬼等情节设计，以爱国、革命、正义等价值取向丰富故事。

著名的《蔷薇花案件》，表面是案件，实际是谍战故事。白金手表里的炸药、绿色尸体、蔷薇花徽章、神秘的2400等奇特的情节，把进步资本家、公安局的内鬼、智能双全的公安干警等几类人纽结在一起，使故事曲折多变，引人入胜。《梅园生死劫》，上海解放前夕，民族资本家冯秉祥被黑帮绑架。冯家筹款救人，警察局却几次阻挠，冯家的内奸是谁？又如何向黑帮通知消息？新四军战士，冯家小姐的心上人李剑青在急难关头挺身而出，排除万难，挖出内奸，终于救冯秉祥出险境，争取到了民族资本家的支持。冯家小姐也和李剑青一起去了解放区。《槐树下的血案》，香港富婆回内地宣称要寻找"文革"中的恩人，将全部财产赠给他。谁知来了两个恩人，谁为真？谁为假？三声狞笑，暴露了"恩人"的真面目。警察化身巧安排，翻开"文革"的血腥往事，终于找到杀人凶手。

《故事会》一方面大力挖掘传统故事，一方面着力引介外国故事，体现了故事的世界性与当代性。由中西方传统交叉而来的新故事类型，一方面学习外国故事重推理的特点，一方面保留了中国传统故事的特色，以道德、情感、价值等意识形态的内容弥补了东方故事逻辑推理的不足。《故事会》系列选本的运作，将故事置放在世界语境和当代语境中，完成了故事类型的当代化转型：即传统传奇故事的当代化，惊悚悬念故事的大发展，社会伦理故事占主体位置，幽默故事强化了讽刺功能。

结　论

从1963年至今,《故事会》已经走过半个多世纪的历程。这本诞生于"大讲革命故事"中的期刊,其兴衰沉浮几乎与新故事的消长起伏相始终。它以一本刊物成就了新故事这一独立的文体,"新故事这种文学体裁的口头性特征,具体地表现在它的艺术形式以及它所反映的内容上,从艺术形式上来看,它采用了一系列具有口头性特点的语言、结构和表现手法;从内容上看,它则选择了适合口耳相传的题材、主题和情节"[①]。夏一鸣将新故事的特点概括为:"读得进去,记得住,讲得出来,传得开。要有易读性,容易口传,有传播的基础,好讲能讲。"[②]组建了一支新故事家队伍:"一大批文学新人在故事创作活动中成长起来,仅《故事会》一九六五年的一般联系作者就有三百余人,重点联系近百人,全国就难以胜数了"[③]。开创了一个新故事学科:"多院校的中文系专门开设了新故事课;一九八四年十一月二十日又成立

① 何承伟:《故事基本理论及其写作技巧》,大众文艺出版社1993年版,第58页。

② 夏一鸣访谈,访谈人:夏一鸣、王姝,时间:2015年1月6日,地点:上海《故事会》编辑部。

③ 钱舜娟:《〈故事会〉创刊的前面面后后》,《编辑学刊》1987年第1期。

了中国新故事学会，上海、抚顺、九江、山西等地的分会也纷纷成立。新故事不仅引起国内文艺界、民间文学界、理论界众多专家、学者的关注，也引起了国外专家、学者的注意，日本口承文艺学会曾派两批学者来华专门研究新故事”①。但是，50 多年，对于一种文体、一个学科而言，毕竟太过年轻。曾经借革命群众文艺运动、通俗故事浪潮而登上巅峰的新故事，在今天正面临着新媒体、网络文学的严峻挑战。在其发展的关键节点，重新梳理新故事的历史，厘清一些重要的理论问题就显得尤为急迫与必要。

与以往就新故事谈新故事的研究不同，本书始终将《故事会》新故事置放在 20 世纪中国民间文学学术史、群众文艺运动实践的大框架中谈，在 20 世纪文学场域裂变的大背景下，把新故事作为中国当代民间文艺的重要实践，与作家文学、通俗文学对照对比，从而寻找到新故事自身的位置，奠定其当代民间文学的身份与属性。从“改旧编新”到创编新故事，通过对新故事的理论考察与文本解读，我们认为，加诸新故事之上的革命话语，本来就是当代民间文艺生态的原有形态，“大讲革命故事”中亦有日常性、生活性的故事趣味，并于中形成了小故事、中篇故事等新故事的独特样式；新时期以来通俗文化场的裂变，新故事在通俗文学的大潮中顺势而为，既以通俗贴近老百姓的日常生活，又坚持口头性，进一步发展了故事艺术。何承伟认为：“个人创作的新故事中一部分能够在人民群众中口头创作和口头流传的作品汇聚到一起，形成了整个新故事的主流。”②他将新故事定义为当代民间口头文学：“新故事是指当代产生的反映现实生活的

① 钱舜娟：《〈故事会〉创刊的前前后后》，《编辑学刊》1987 年第 1 期。

② 何承伟：《故事基本理论及其写作技巧》，大众文艺出版社 1993 年版，第 47 页。

故事作品。从创作方式上来看,包括个人创作的适合口耳相传的故事和沿用传统民间故事创作方式形成的新的民间传说故事这两部分。新故事是在传统民间故事基础上发展起来的新时期的民间口头文学。"①

然而,随着非物质文化遗产保护的热潮,传统民间口头传说被高度重视,新故事的民间性却被转向民俗学的民间文学学科轻易遗忘了。我们通过对《故事会》新故事的文本细读,考察《故事会》的栏目设置、新故事文本的主题,运用传统民间故事类型研究的方法梳理新故事的类型,切实地发现《故事会》的栏目变迁与新故事的形态演进紧密地结合在一起;新故事的核心主题始终传达着当代民间社会的价值观;新故事在继承传统民间故事类型的基础上也形成了一些新的故事类型。何承伟曾经提到:"社会主义时期除了个人创作的新故事外,在人民群众中还口头创作和流传着许多各种类型的新的笑话、传说和故事。但由于种种原因,我们以前对这部分作品是不重视的。然而,它却是口耳相传,客观存在着。今年上半年我们在组织笑话、讽刺故事稿件时,发现在初选的一百四十多则作品中,约有五分之一的作品,是根据人民中间传说整理的。这些作品,往往同时从祖国的四面八方寄到我们这儿,除了细节、角度有所不同外,基本情节是一致的。例如《冒名顶"酒"的故事》、《找舅舅》、《改姓》、《你的头大》、《胡群看对联》、《如此恋爱》等,都有各种异文。"②这从事实上也证明了新故事类型的存在。故事家肖士太在《谈谈新故事创作的三点体会》中指出:"我们搞新故事创作的同志,更应

① 何承伟:《故事基本理论及其写作技巧》,大众文艺出版社1993年版,第22页。

② 何承伟:《对现阶段故事创作与流传中几个问题的探讨》,《抚顺故事》1979年第2期。

广泛地，深入地去搜集民间的口头传说，进行加工、整理，才能创作出好的故事来。万不能跟民间文学绝缘，关起门来苦思冥想。瞎编是创作不出优秀的故事作品来的。我发表的新故事，绝大多数都是从民间传说中整理或演变而来的。”[①]这说明新故事仍然需要传统民间故事的滋养，个人创作仍然离不开民间文化这一丰厚的土壤。个人创作与传统民间故事的集体性、口头性有着相当程度的对接。从笔者在上海、余杭等地的调研来看，新故事家、新故事活动都会有创作讨论、加工的过程。认识到这一点，才能回过头来更加理解嘉禾当年所说的：“充分利用社会主义的优越条件，在党的领导下，采取多种方式，集思广益，促使创作故事尽快具备民间故事能讲能传等特征，使之更受‘老家’乡亲们的普遍欢迎和喜爱”[②]。它表明，“新故事创作，只有在传统民间故事的基础上，加以发展，和有选择的吸取其他文学样式中，适合自己的那部分艺术手法来丰富自己”[③]。较之 20 世纪八九十年代的辉煌，面对新时代的挑战，新故事正处于一个低谷，其中，恐怕就有在激烈的市场竞争下，期刊改为半月刊后用稿量增大，偏向快餐式的文化工业生产，过多依赖个人创作与自由来稿，忽略了新故事的民间属性所致。

更重要的是，今天面对资本与科技融合下的文化工业生产语境，我们的文学场域正在或已经开启了又一轮新的更激烈的嬗变，新故事是否能够面向当代民间社会文化生产方式的转型，对接到新的类型文学生产呢？本书的最后部分，以新的类型文

---

① 肖士太：《谈谈新故事创作的三点体会》，中国民间文艺家协会辽宁分会、抚顺故事报社编，《抚顺故事论辑》（内部资料），出版年不详，第 259 页。

② 嘉禾：《打回“老家”去》，《故事会》1980 年第 3 期。

③ 何承伟：《新故事创作要着眼于在人民中流传》，《抚顺故事》第 4 期。

学概念，对《故事会》新故事进行了新的解读。对《故事会》以“中国当代故事文学读本”命名的系列选本加以细致研究，分析“社会写真”、“言情伦理”、“古今传奇”、“幽默讽刺”、“悬念推理”和“惊悚恐怖”六大类型与新的类型文学之间的相通之处，并梳理各个类型的民族传统渊源和西方类型影响，由此发现支撑故事类型演变背后的规律。从更长远的意义来讲，民间故事，应当也可以，也必须接轨文化工业的生产，正如革命、通俗的变迁，正是当代民间话语嬗变中的必然。民间，应当有更大容纳性与更为持久的生命力。与法兰克福学派对文化工业的批判不同，也许，《故事会》新故事直面文化工业的挑战，并不一定是文化工业对民间的收编，更有可能是民间传统的深化与延伸。《故事会》强调口述的再加工生产，约稿评奖、创作笔会等机制，口头文本与书面文本互为补充，讲述与阅读共同作用，构成了新故事的综合性流传方式，本身就是口头流传与工业生产的结合。

《故事会》的第一代编辑钱舜娟曾经这样总结刊物的成功经验：“一曰口，坚持口头性、口语化，这可以说是《故事会》的生命线；二曰新，思想内容新，始终跟上时代的步伐，反映人民的愿望，这是创办《故事会》的出发点；三曰深，工作方法深，时时刻刻深入群众、深入实际，这是《故事会》的根本工作方法”[①]。由《故事会》播撒于当代社会中的民间自我讲述，以持久的生命力呈现了自在、自足的民间文化意义。革命改造、启蒙立场的批判固然重要，但民间的自觉传承与自我更新可能更为根本。“讲故事”是一种根本性的民间生活方式，新故事承载着真挚的民间叙事传统，新故事的民间文学属性及其嬗变，以及当下所面临的挑

① 钱舜娟：《〈故事会〉创刊的前前后后》，《编辑学刊》1987年第1期。

战，正说明了当代社会文化格局中的民间叙事的重要意义。由新故事研究发现原生态民间的自我讲述，新故事的类型、母题的传承与创新，同转型期民间社会的价值观念、话语系统密切相关，这也正是新故事叙事结构的文化意义所在。

我们有理由相信，对新故事本体特征与民间文学属性的再认识，有助于改变当前民间文学的遗产状态，应当关注到鲜活的新故事民间生产，当代民间叙事所承载的文化价值内涵，建构现代性的民间。故事，永在民间。

后　记

步入《故事会》研究，是自觉而又不自觉。说其自觉，我在五年前完成了对现当代文学历史叙事的研究之后，寻找新的学术增长点，探索新的学术领域时，自觉意识到“民间”这一学术话语落实到文学生产与批评实践上的复杂性，因而选择了《故事会》新故事作为研究对象。说其不自觉，当我真正开始《故事会》研究，翻开那一页页生动有趣、又让人掩卷沉思的新故事时，儿时的记忆扑面而来。对于生于20世纪70年代的我来说，新时期复刊后的《故事会》新故事正是陪伴成长的枕边读物。也许在不自觉的童年记忆里，对于故事的痴迷，对于叙事的挚爱已经深深刻写在我的记忆里，一遇机缘便生根发芽了。

然而，从自觉、不自觉地选择《故事会》新故事为研究对象，到真正深入到研究对象的内部，梳理民间学术话语与学科发展的历史变迁，《故事会》新故事的演进史程，分析概括新故事的故事类型与分类，遇到的困难不仅仅在于民间理论的复杂性，新故事文本数量之巨，更在于整个研究的原创性：所有用以研究新故事的理论都是在前辈学者思考的基础上，结合具体的新故事文本内容，重新调适的结果。这也小小地实现了我的学术期待，即在中国文学的民间土壤之上，酝酿、发展出自己对于民间叙事的系统看法。

课题的完成必须感谢我的导师吴秀明教授对整个研究方向及时而又精准的指点，结对导师陈立旭教授对全书详尽的审读，并提出了许多启发性的意见和建议。感谢同门詹玲和我一起对课题的深入讨论，学生王佳莺在我的指导下选择新世纪之后的《故事会》作为她的毕业论文选题，并做了基础资料与数据的整理工作。在整个研究过程中，面对这样一个长期以来被现当代文学正统学术所忽略的全新研究对象，既有着艰难的开拓，又充满了探索的乐趣，这不就是选择学术为志业的意义所在吗？

王 姝

2020 年 12 月 杭州